1

Astrid Korten
MONDTEUFEL

IMPRESSUM

Copyright ©Februar 2021 Astrid Korten
Korrektorat: Angelika Hörner
Bildnachweis: ©Shutterstock /PicFine
Umschlaggestaltung: BOD Book on Demand
Frontcover: Marie Grassmann
Alle Rechte vorbehalten. Das Werk darf – auch teilweise – nur mit Genehmigung der Autorin wiedergegeben werden.

Herstellung und Verlag: BoD - Books on Demand, Norderstedt.
ISBN 9783753440118

Die Angst, die dir die Kehle schnürt,
soll haben keine Macht,
wohin der längste Weg auch führt …
A. Housman

**Eine endlose Leere
hat Tausend Gedanken,
mit Mängeln behaftet.
Vollmond
Zeit für Angst,
für Verlogenheit,
für Lügen, für Mord.
Zeit für den Mondteufel.**

Stellas Bruder Jordi wird im Alter von acht Jahren ermordet. Kurz nach dem Mord werden drei Jugendliche verhaftet und aufgrund eines Indizienprozesses zu zehn und acht Jahren Haft verurteilt.

Dreißig Jahre später erleidet die 42-jährige Stella eine Hirnblutung und wird in die Rehabilitationsklinik *Euphoria* verlegt. Wochen vergehen, an die sich Stella nach dem „Aufwachen" nicht erinnern kann. Sie erfährt, dass ihre Mutter gestorben ist und ihr Mann sie urplötzlich verlassen hat. Auch geschehen seltsame Dinge in der Klinik.

Sie fragt sich, wem sie noch trauen kann, seitdem ihr Gedächtnis sie im Stich lässt.

Langsam beschleicht Stella das ungute Gefühl, dass nicht alle Veränderungen auf ihre Hirnblutung zurückzuführen sind …

Astrid Korten

MONDTEUFEL

PSYCHOTHRILLER

MONDTEUFEL

Sternzeichen Schütze

Das silberne Licht des Mondes umhüllt mich mit einem geheimnisvollen Schleier. Die Dächer, die sein Licht widerspiegeln, schimmern weiß. Ähnlich gespenstisch sehen auch die Bäume aus, die Zweige erinnern mich an die knöchernen Finger einer alten Frau. Dem Vollmond werden besonders Kräfte nachgesagt. Er entflamme Liebende und sorge für Fruchtbarkeit, doch seine Macht soll Menschen auch unruhig und aggressiv machen. Möglich, dass daraus der Mythos vom wütenden Werwolf entstand. Immer wieder wird das Phänomen des Vollmondes auf unterschiedliche Weise beschrieben, von der Mondkrankheit über jaulende Wölfe im Wald, deren spitze Nasen auf die leuchtende Kugel am Himmel gerichtet sind, bis hin zum unruhigen Verhalten von Kindern und Erwachsenen. Einige nennen es Aberglaube, andere nehmen es ernst und treffen auf dieser Grundlage weitreichende Entscheidungen.

Seit meiner frühesten Kindheit habe ich mich bei Vollmond wohl gefühlt. Schon immer übte der Mond in seiner vollen Pracht eine ganz besondere Faszination auf mich aus. Ich bin bei Vollmond ausgeglichener, selbstbewusster, ruhiger, ich habe eine Mondseele. Ich möchte die ganze Nacht draußen verbringen und endlos auf dieses besondere Licht blicken, welches mit keinem anderen Leuchten verglichen werden kann. Ich lasse sein Licht tief auf mich einwirken, ein Licht, das mich wach hält, mir Ehrfurcht einflößt, mich tröstet, wärmt und mir Mut gibt. Manchmal mache ich einen Vollmondspaziergang durch die Straßen und die anfangs eher gespenstisch anmutende Stimmung wechselt innerhalb kurzer Zeit durch die tiefe Verbundenheit mit dem Mond. Eine solche Gelegenheit eignet sich wunderbar, um einen Plan in die Tat umzusetzen. Auch dazu dient die Kraft des Mondes. Was ich mir vorgenommen habe, kann also nur bei Vollmond gelingen. Heute Nacht ist Vollmond.

Aber heute Nacht ist es dafür noch zu früh.

Ich stecke voller Marotten, da bin ich mir sicher. Aber was sind schon Marotten? Tierkreiszeichen finde ich beispielsweise schon mein ganzes Leben lang interessant. Faszinierend. Fesselnd. Dabei sollte ich besser an anderen Dingen Gefallen finden. Aber es ist, wie es ist.

Ich verabscheue Schmutz und hasse unsaubere Gedanken. Mir wird übel beim Anblick von fettigen Fingerabdrücken an Türen, einer Explosion aus silbrigen Staubpartikeln auf dem Fernseher oder Essensresten in einem Kochtopf. Ich hasse den Unrat, den Hausmüll, faulendes Obst oder den Schimmel im Keller.

Ich liebe die Farbe Weiß. Weiß ist die Farbe des Todes.

Der Tod ist rein, weshalb ich mich auch nicht vor Leichen ekle. Ein toter Körper ist nur eine Hülle. Ich kümmere mich stets sehr sorgfältig um einen Toten und lasse mir Zeit. Ich spreche mit ihm, schaue ihn mir genau an, atme den Duft des Todes ein oder schnuppere das köstliche Leben, bevor ich es auslösche. Selbst, wenn ich junges Leben vor mir habe, verspüre ich diesen verräterischen Drang zu töten. Es ist eine zwanghafte, heimtückische Begierde, die mich erfasst, sobald sich mir jemand in den Weg stellt. Diese Lust zwingt mich zu Taten, über die ich später nicht mehr nachdenken möchte.

Mein neues Opfer wird ein im neunten Tierkreis Geborener sein: ein Schütze. In diesem Jahr stand der Mond der Schützen bis Oktober im Jupiter, was Wohlstand, Erfolg und Anerkennung bedeutet. Und zu allem Überfluss hat sich die finanzielle Situation der Schützen in der zweiten Jahreshälfte auch erheblich verbessert. Ich hatte nicht so viel Glück wie die Schützen dieser Welt. Der Schütze glaubt, ihm könne nichts passieren ...

Ich hätte gern den Mut eines Schützen, sein Leben-macht-Spaß-Talent, sein unbesiegbares Charisma, seine optimistische Lebenseinstellung und sein unerschütterliches Selbstvertrauen. Der Schütze nimmt sein Ziel ins Visier, spannt den Bogen und schießt den Pfeil geradewegs dorthin. Treffer! Ja, so sind sie: stets treffsicher, zielstrebig und feurig. Ich hasse angeberische, realitätsfremde Schützen.

Diese Woche wird es passieren. Schließlich haben wir Vollmond. Ich habe eine Schützin im Visier und mir unzählige Szenarien ausgedacht, aber sie alle verworfen, wegen Nichtdurchführbarkeit, zu hohem Risiko, falschem Zeitpunkt und idiotischer Angst.

Ich hatte nicht den Mut, war nicht in der richtigen Stimmung. Und es sollte eine saubere Angelegenheit werden. Es muss sauber sein, kein Tropfen Blut darf fließen bei Vollmond.

Am Mittwoch wird es geschehen. Am Mittwoch nehme ich mir die alte Frau vor. Ihr Mond steht im Jupiter, hat sie gesagt und behauptet, 2020 sei ihr Glücksjahr. Doch das Jahr ist fast vorbei, das Glück verbraucht.

Ich sehne mich wieder nach der Ruhe in meinem Kopf.

KAPITEL 1

Jeder Mensch erhält nach seiner Geburt einen Namen und mit ihm fängt eine Geschichte an. Der Name ist der erste Hinweis auf unsere Identität. Er sagt uns, ob wir ein Mann oder eine Frau sind, woher wir kommen und welche Richtung wir einschlagen sollen. Wir verbinden Namen mit gewissen Eigenschaften. Geben wir einer Person den Namen „Leo" oder „Lion" verbinden wir ihn mit der Macht und der Stärke eines Löwen. Selbst das Böse hat zahlreiche Namen, wie Satan, Luzifer oder Mephisto. In meinem Fall hat das Böse viele Namen: Lüge, Betrug, Rache, Mord.

Ein Name gibt aber niemals Auskunft darüber, wer wir sind. Nur der Mensch ist zu einer narrativen Geschichte fähig. Nur er denkt in Ursache und Wirkung, wir sehen komplexe Zusammenhänge und haben unsere Gesellschaft auf der Grundlage dieser Gesetze aufgebaut. Wir gehen zur Schule, lassen uns ausbilden, um zu einer Person zu werden, die wir sein möchten. Ein Mensch wird durch eine Geschichte geprägt, die mit ihm erzählt wird, die er selbst erzählen will. Er reflektiert seine Existenz in sie und eines Tages fügt sich alles zusammen. Aber es kann auch anders kommen und das Kartenhaus seiner Geschichte stürzt ein.

Die Geschichte, die mit unserer Geburt beginnt, nimmt ihren Verlauf in unserem Geburtsort. Wir werden von Menschen geprägt, die uns geboren haben, und zu welcher Zeit. Vor allem aber werden wir von den Menschen geprägt und angespornt, die in unser Leben treten. Unsere Familie, unsere Freunde, unsere Feinde. Menschen, die wir beeindrucken und von denen wir geliebt werden wollen. Und jene Menschen, die wir lieben. Sie ändern unseren Weg und wir tun es für sie. Sie sind Passanten oder immerwährende Begleiter. Wir passen unsere Persönlichkeit ständig der Geschichte an, die wir erzählen wollen. Wir alle leben mit erfundenen und geträumten Identitäten. Diese fiktive Identität treibt uns voran, hält uns wach und macht uns hungrig. Denn morgen beginnt ein neues Leben, weil wir jeden Tag hoffen, dass aus uns eine neue Person wird – jemand, der wir wahrscheinlich nie sein werden. Morgen wird es geschehen, morgen beginnt ein neues Kapitel.

Es geschah plötzlich. Von einem Tag auf den anderen wurde ich ein anderer Mensch. Und von einem Tag auf den anderen wurde ich durch eine Hirnblutung aus dem Leben gerissen, und als ich wieder aufwachte, fegte das Böse wie ein heftiger Sturm durch mein Leben.

Ich will nicht behaupten, dass es keine Vorzeichen gegeben hätte. Ich habe sie nur nicht gesehen. Ähnlich erging es mir bei meiner Erkrankung. Ich erinnere mich, dass ich einige Tage zuvor manchmal ratlos mitten im Wohnzimmer stehenblieb, als wüsste ich nicht mehr, was ich als Nächstes tun sollte, als wäre mir plötzlich etwas entfallen. Manchmal stockte ich auch mitten im Satz und verlor meine Gedanken. Dann suchte ich nach einem Wort und traf auf ein anderes. Oder traf auf nichts als Leere, auf eine Falle, die ich umgehen musste. Sekunden später waren die Welt und mein Leben wieder in Ordnung.

Und dann kam jener Herbsttag, der sich durch nichts Ungewöhnliches ankündigte. Vorher ging es. Danach ging nichts mehr. Ich erinnere mich an mehrere Pieptöne, die plötzlich die Stille in meinem Kopf störten, dann hörte ich den Klang einer Trommel. Die Paukenschläge lösten den Tinnitus ab und wurden ohrenbetäubend laut. Ich begriff, dass ich die Kellertreppe im Haus meiner Mutter nicht hinuntergehen durfte und die Blumenvase immer noch holen konnte, wenn sich in meinem Kopf wieder Ruhe eingestellt hatte. Doch in der nächsten Sekunden löste sich meine Welt in nichts auf, und jetzt bin ich offenbar aufgewacht.

Meine Augen sind starr auf die gegenüberliegende weiße Wand gerichtet, aber meine Gedanken sind weit jenseits der Helligkeit.

Ich sehe große bunte Kreise auf weißem Hintergrund, mein Blick hinter einem unsichtbaren Schleier, in dem mein Verstand sich als Gefangener wiederfindet.

Ich atme ein, aber mein Zwerchfell blockiert. Ich schließe die Augen und konzentriere mich auf meine Umgebung, zwinge mich, aus dem Nebel hervorzutreten, der parasitäre Gedanken in meinen Geist gewebt hat. Ausatmen. Den Gedankennebel vertreiben.

Als Erstes nehme ich Pieptöne wahr. Dann ist da das leise Surren eines anderen Gerätes. Schließlich dringt der Duft von Tee in meine Nase. Ausatmen. Den Gedankennebel vertreiben. Ich öffne die Augen. Es hat funktioniert. Die bunten Kreise auf der weißen Wand haben die Form eines Bildes angenommen: Eine zarte Blumenwiese, die den Frühling ankündigt.

Ich blicke zur Seite. Der Monitor neben meinem Bett zeigt die ruhige Verlaufskurve meiner Herzfrequenz, kein hektisches Stakkato.

Ich bin nicht mehr im Haus meiner Mutter. Ich sitze auf einer Bettkante und eine junge Frau in hellblauer Schwesterntracht fragt mich, ob ich noch eine Tasse Tee möchte. Ein zarter Duft umgibt sie, der mich an Maiglöckchen erinnert. Ich glaube, ich mag Maiglöckchen, aber sicher bin ich mir nicht.

Ich schaue mich um und entdecke neben meinem Bett eine Gehhilfe. Offenbar bin ich in einem Krankenhaus und die junge, dunkelhaarige Frau an meinem Bett ist vermutlich eine Krankenschwester. Aber wieso bin ich hier? Ist Julian in der Nähe? Hat meine Mutter mich hierher gebracht? Ich schlucke.

„Möchten Sie noch eine Tasse Tee, Stella?", fragt die junge Frau noch einmal und legt ihre Hand auf meine Schulter.

Unsere Blicke kreuzen sich. „Ich mag keinen Tee", antworte ich.

Jetzt legt sie ihre Hand vor den Mund und lächelt spitzbübisch. „Sie mögen keinen Tee mehr? Aber wie ist das nur möglich?"

Vielleicht träume ich nur?

„Sie meinen es ernst, nicht wahr? Ich bin überrascht, denn seit Sie hier sind, haben Sie jeden Tag Tee getrunken." Wieder ein verschmitztes Lächeln.

Ich blicke mich nervös um. Rechts von mir ist ein großes Fenster, links eine Tür. Habe ich tatsächlich jeden Tag in diesem Zimmer Tee getrunken? Um wie viele Tage geht es denn hier? Vielleicht sollte ich das einfach nicht alles für bare Münze nehmen.

Die hübsche Krankenschwester schenkt mir eine weitere Tasse Tee ein.

Ich mag wirklich keinen Tee! Ich möchte einen Kaffee!

Aber ich sollte mich jetzt wohl besser beherrschen. Irgendetwas ist passiert, und ich werde schon herausfinden, was es sein könnte. Ich fange von vorne an. Das machen Julian und ich auch immer, wenn wir miteinander streiten. Dann kappt einer von uns den Streit und schlägt vor, von vorn anzufangen. Für gewöhnlich bin ich das.

Noch einmal, los geht's! Vielleicht hilft es, wenn ich eine Geste mache, während ich sie um etwas bitte. Dieses junge Ding im gestreiften Blauweiß hat vermutlich wenig Erfahrung mit Menschen, die nach längerer Zeit wieder aufwachen. Mir fehlen ein paar Stunden, das ist mir jetzt klar, und währenddessen wurde ich offenbar hierher gebracht. Ob in meinem Kopf etwas passiert ist? Ich taste vorsichtig meinen Hinterkopf, dort, wo jene Trommelschläge waren. Keine kahlen Stellen, auch keine Verbände. Also keine Wunde am Kopf. Glück gehabt. Dennoch herrscht Chaos im Oberstübchen.

„Erinnern Sie sich, was passiert ist?", fragt sie freundlich und lächelt mich wieder an. In ihrem Gesichtsausdruck liegt echte Zärtlichkeit. Nicht das übliche gespielte Mitgefühl oder der eine peinlich berührte Blick einer Pflegekraft.

Ich zögere. Sie spricht weiter, aber ich habe mich längst geistig ausgeklinkt, einen unsichtbaren Punkt gesetzt. Irgendwann komme ich wieder aus meiner Gedankenblase. Ich senke den Blick und frage mich, wie wohl ihr Name ist.

„Ich werde jetzt Dr. Bremen rufen." Sie schaut auf ihre Uhr. „Ich glaube, er hat seine Visite auf Station E beendet. Warten Sie bitte einen Moment." An der Tür dreht sie sich noch einmal um. „Sie wissen doch noch, wer ich bin?"

Ich zucke mit den Schultern.

„Leonie, Ihre Betreuerin. Bis gleich, Stella."

Sie kennt meinen Namen.

Schwer atmend strecke ich die Hand nach der Wand aus. Keine großen bunten Kreise. Nur das leuchtende Weiß des Todes, dem ich entkommen bin.

KAPITEL 2

Ich erinnere mich. Mein Name ist Stella Hoffmann. Vor fast 42 Jahren gaben ihn mir meine Eltern: Ida und Erik Hoffmann. Sie hatten sich den Namen ein paar Monate vor meiner Geburt überlegt, als sie erfuhren, dass ich ein Mädchen war.

„Wenn du ein Junge gewesen wärst", sagte meine Mutter, als ob es eine echte Option gewesen wäre, „wenn du ein Junge gewesen wärst, hätten wir dich Thomas genannt. Oder Alexander."

Leonie kennt also meinen Namen. Was weiß sie sonst noch? Habe ich mich bei ihr bedankt? Danke für den Tee, obwohl ich ihn nicht mag. Danke für ihr Sich-um-mich-kümmern. Ein *echtes* Danke. Als Ausdruck meiner Anerkennung. Ich habe es ihr gewiss schon gesagt.

Betreuerin? Warum sagt sie nicht einfach Krankenschwester? Wie lange bin ich denn schon hier? Welches Datum haben wir heute? In welchem Krankenhaus bin ich untergebracht? Alles ist hier so unwirklich. Ich sehe mich um. Auf der Fensterbank liegt eine Zeitschrift. Wenn ich mich nicht täusche, ist es ein Klatschblatt, das Titelblatt ist ein Hochglanzfoto von Meghan und Harry und Baby Archie.

Beim Aufstehen wird mir sofort schwindelig. Ich halte mich am Bett fest und gehe ganz langsam zum Fenster, was sich nicht als einfach erweist. Der Schwindel zwingt mich, mich wieder aufs Bett zu setzen. Mein Kopf hämmert, dröhnende Kopfschmerzen foltern mich. Ich schließe kurz die Augen und versuche, meine Atmung zu beruhigen.

Eine frühe Erinnerung blitzt auf. Ich höre die Stimme meines achtjährigen Bruders Jordi: *‚Darf ich bei dir* *schlafen, Stella? Lässt du das Licht wieder an? Bleibst du bei mir? Kannst du die Tür offenlassen? Bitte …?'*

Ich lächle. Jordis Stimme ist eine zugleich schöne und eine traurige, schmerzliche Erinnerung. *‚Können wir beide zusammen frühstücken? Stella, hast du Angst? Weißt du, wo mein Kindergarten ist? Und du lässt bestimmt das Licht an? Bringst du mich ins Bett? Mami ist krank.'*

Oh Jordi ...

Leonie betritt in Begleitung eines kleinen Mannes mein Zimmer, sie holen mich in die Gegenwart zurück. „Hey Stella, da bin ich wieder", sagt sie.

Wieso wieder?

Der Mann kommt mit ausgestreckter Hand auf mich zu. „Ich denke, dass Sie soweit sind und wissen wollen, was mit Ihnen passiert ist. Ich bin Felix Bremen. Wir haben uns schon einmal gesehen, aber bis zum heutigen Tag haben sie mir noch keine Fragen gestellt. Ich fand es sinnvoller zu warten, bis Sie ganz bei uns sind. Übrigens nennen mich alle hier beim Vornamen. So fällt es etwas leichter, sich weniger förmlich zu unterhalten. Sind Sie einverstanden?"

Ich nicke. *Bremen ... Zwerg würde zu ihm passen.* Felix Zwerg. Das hätte mir gefallen.

„Gut. Es hat eine Weile gedauert, aber jetzt sind Sie ja wieder da, Stella. Seit Sie hier sind, haben Sie praktisch wie ein Autopilot reagiert. Jetzt scheinen Sie Ihre Umgebung und das Geschehen um Sie herum wieder bewusst wahrzunehmen."

Wovon spricht dieser Mann? Ich frage mich, was ich in einer Autopilotphase wohl angestellt haben könnte.

„Wissen Sie, wo Sie sind, Stella?", fragt Felix.

„In … in einem Krankenhaus?", antworte ich zögerlich.

Felix beugt sich zu mir herüber. „Sie wurden vor fünf Wochen in der Universitätsklinik operiert und haben dort zwei

Wochen verbracht. Sie hatten nach einem Aneurysma eine Hirnblutung. Das Aneurysma wurde durch eine Vene aus Ihrer Leiste behoben. Nach der Operation waren Sie schnell wieder bei Bewusstsein. Sie reagierten zwar auf Anweisungen, aber Sie schienen nicht wirklich aufzuwachen. Sie konnten mit Stimulationen nicht gut umgehen und lehnten alles ab, was mit fester Nahrung zu tun hatte. Sie wollten nur trinken und infolgedessen bekamen sie flüssige Nahrung. Deshalb sind Sie körperlich auch jetzt noch sehr schwach. Ihr behandelnder Arzt hat entschieden Sie für eine Weile in einem Pflegeheim unterzubringen. Und hier sind Sie nun, in der Rehabilitationsabteilung des Pflegeheims Euphoria. Verstehen Sie, was ich Ihnen sage, Stella?"

Lastendes Schweigen breitet sich aus.

Felix sieht mich an. „Was bedrückt Sie, Stella?"

„Ich weiß nicht. Das alles macht mir Angst", antworte ich leise.

„Verstehe. Können Sie sich an irgendetwas erinnern?"

Ich lege meine linke Hand auf die Stelle am Kopf, wo das Poltern zum ersten Mal auftrat.

„Ah, Sie erinnern sich also an den Moment, als es passierte. Hatten Sie Kopfschmerzen?"

„Ja … Aber Freddy war damals noch nicht da." Ich klammere mich noch fester an das Bett, als würde es unter meinem Gewicht schwanken, aber vielleicht verliere ich auch gerade den Boden unter den Füßen. „Da waren zuerst Paukenschläge."

Felix nickt zufrieden. „Freddy?"

„Dieses Hämmern vergleiche ich mit einem Straßenarbeiter, der mit einem Schlagbohrer mein Hirn bearbeitet. Ich nenne ihn Freddy."

Er schmunzelt. „Sie haben also ein Hämmern wahrgenommen. Und wissen Sie, wo Sie in diesem Moment waren?"

17

„Bei meiner Mutter. Ich wollte eine Vase aus dem Keller holen. Ich habe etwas fallen lassen, wollte meine Mutter rufen, aber mein Kiefer war angespannt. Die Worte weigerten sich zu kommen. Das Hämmern in meinem Kopf hielt mich davon ab, die Treppe hinunterzugehen."

„Eine weise Entscheidung", lobt Felix. „Sind Sie danach sofort gestürzt?"

„Ich weiß es nicht mehr genau. Aber da war plötzlich ein Gedanke: Ich habe einen Schlaganfall. Ich versuchte aufzustehen, aber meine Beine knickten ein und dann ... Ab da ist alles weg."

Er nickt. „Sie haben damals das Bewusstsein verloren. Ihre Mutter wählte sofort den Notruf und ein Krankenwagen brachte Sie in die Universitätsklinik, wo ein Scan ein Aneurysma zeigte."

Ich schließe die Augen ganz fest.

Felix berührt meinen Arm. „Sind es zu viele Informationen auf einmal?"

Ich öffne meine Augen wieder. „Ja."

Er geht auf die Fensterbank zu und nimmt die Zeitschrift in die Hand. „Können Sie lesen, was hier geschrieben steht, Stella?"

„GALA. Das Foto zeigt die abtrünnigen Sprösslinge des britischen Königshauses."

Felix grinst und legt das Magazin wieder beiseite. „Ich habe mich vorhin vorgestellt. Sagte ich, dass mein Name Paul sei?"

Ich bin nicht in der Stimmung für irgendwelche dämlichen Spielchen.

Felix hört nicht auf. „Oder habe ich gesagt, mein Name sei Felix?"

Ich nicke brav. *Noch bestimmen Sie, Doktor Zwerg.*

„Sie verstehen mich, Sie können also Informationen speichern. Sie sind wirklich wach, Sie sprechen zusammenhängend, wir können also anfangen", sagt Felix.

„Ich habe es verloren."

Warum sage ich das?

„Was haben Sie verloren, Stella?"

„Irgendeine Erinnerung. Irgendetwas. Ich kann es noch nicht sehen. Aber ich spüre es. Es zerreißt sich … Es entzieht sich. Ich musste vorhin daran denken."

„Sie werden sich wieder erinnern, Stella. Nach einer solchen Operation muss sich das Gehirn mit seinen Erinnerungen neu sortieren. Machen Sie sich keine Gedanken. Das Verlorene kommt zurück."

„Aber ich weiß nicht, ob ich das unbedingt möchte."

Ich sehe, dass der Zwerg seine Ohren spitzt. „Warum nicht?", fragt er.

„Weil es nichts Gutes ist. Ich glaube, es ist böse und das macht mir Angst."

„Haben Sie heute zu Mittag gegessen?"

„Nicht so richtig." Ich kann nicht anders, ich muss gähnen. Wie mache ich ihm klar, dass ich nur erschöpft bin und nicht unhöflich sein will?

Felix lächelt. „Ich sehe, Sie sind müde. Ruhen Sie sich ein bisschen aus." Er schaut auf die Armbanduhr. „Ich bin für ein paar Stunden außer Haus, aber ich komme später wieder. Dann erzählen Sie mir von dem Verlorenen. Leonie wird bei Ihnen bleiben." Er hebt zum Abschied die Hand und verlässt das Zimmer.

Leonie schüttelt die Kissen auf meinem Bett. „Legen Sie sich jetzt bitte hin, Stella. Sie brauchen ein Päuschen. Ich bin ganz in Ihrer Nähe. Wenn Sie sich nicht gut fühlen, dann drücken Sie den Knopf, und dann bin ich sofort bei Ihnen, okay? Ich sehe in einer halben Stunde wieder nach Ihnen, Stella."

19

Ich gehorche und lege mich brav ins Bett.

Stella ...
Als feststand, dass die Frucht im Mutterleib weiblich war, sollte ich nur einen Namen bekommen: *Stella*. Stella bedeutet ‚Stern‘, das wurde mir schon früh erklärt.

„Wolltest du, dass ich ein ‚*Star*‘ werde“, habe ich Mom einmal gefragt, als ich sechzehn war und bei weitem kein Star, sondern eine zurückgezogene, lahme Jugendliche, und voller Wut. Mein bester Freund war der Videorekorder, den ich mir als Aushilfe im Supermarkt verdient hatte.

„Natürlich nicht“, hatte Mom geantwortet. „Dein Vater suchte nach einem Namen, der schön klang.“

Ja, das hatte Mom gesagt, daran erinnere ich mich.

Meine Gedanken verlieren sich, jene, die Widerstand leisten, die urteilen, die vergiften. Wohin gehen die Gedanken nur, die aufbauen und zerstören, wenn die Welt zerfließt?

Wo oder was ist dieses Böse, an das ich mich nicht erinnere?

Ich würde liebend gern das Böse seinem Schicksal überlassen. Kann ich das? Muss man sich dem nicht widersetzen? Der Gedanke ist wie ein Schlag in den Magen.

Warum gehen mir diese Dinge durch den Kopf?

Meine Augenlider werden schwer.

KAPITEL 3

*Mein Handy klingelt, ich angle es aus meiner Handtasche.
Es ist meine Mutter, sie will bestimmt wissen, wo ich bleibe.
Ich drücke die grüne Hörertaste.*

„Mom, ich bin fast da."

*„Du bist die liebenswerteste Verspätung, die ich kenne,
Stella", erwidert Mom. „Übrigens habe ich mir vor ein
paar Tagen einige Fotos von Jordi angesehen und etwas
entdeckt, das mich beschäftigt und mich beunruhigt, etwas,
das mir Angst macht. Du darfst es aber niemandem sagen.
Ich möchte es zuerst mit dir besprechen. Und dann habe ich
noch eine Überraschung für dich. Hast du auch an die Sahnetorte gedacht?"*

*„Ja, Mom, mit zusätzlichen Schokoladenflocken, die der
Konditor höchstpersönlich für Dich auf den Kuchen ge-
streut hat. Was beschäftigt dich, Mom? Und was ist das für
eine Überraschung?", bohre ich weiter.*

Ich höre ihr Lachen.

*„Du warst schon als Kind sehr neugierig. Wenn ich es dir
sagen würde, wäre es doch keine Überraschung mehr. Und
am Telefon kann ich dir schon mal gar nicht sagen, was
mich beunruhigt. Wer weiß, wer da alles mithört ..."*

Etwas stimmt nicht mit meinem Gesicht. Ich gebe mir einen
Klaps auf die Wange.

„Hey, ganz ruhig", sagt Julian leise.

Ich öffne meine Augen und blicke suchend nach meinem
Handy.

„Das kann kein schöner Traum gewesen sein, vermute ich
mal", sagt Julian. „Hallo, mein Schatz. Leonie sagte mir,
dass du aufgewacht bist, da musste ich sofort zu dir kommen." Er streckt seine Arme nach mir aus.

Ich kuschele mich an ihn, spüre seine Lippen auf meiner Stirn. „Ich träumte, dass meine Mutter mich gerade angerufen hat", sage ich. „Ich möchte Mom gerne sehen."

Er antwortet nicht, reibt seinen Dreitagebart. Die Geste löst in mir ein ungutes Gefühl aus.

Ich blicke aus dem Fenster, um mich für einen Augenblick in den grauen, von Tropfen gepeitschten Windungen zu verlieren. „Ich möchte meine Mutter sehen, Julian!", wiederhole ich wie ein ungezogenes Kind.

Plötzlich schluchzt Julian. „Ich hatte solche Angst um dich, Stella, solche Angst! Es sah aus, als würdest du zwar jeden von uns erkennen, aber du bist wie ein Zombie herumgelaufen. Und dann wolltest du nichts essen, deshalb hast du auch so stark abgenommen."

Und ich dachte, meine Hose wäre mir zu eng. Hm … Gewichtsverlust. Nun, dann hat das Ganze hier auch eine gute Seite.

Julian streicht mir eine Haarlocke aus dem Gesicht. „Ich habe Karamell-Mousse für dich gemacht, aber ohne Rum, das verkraftet dein Magen im Moment noch nicht. Möchtest du?" Er hält mir den Plastikbecher mit der Mousse unter die Nase.

Ich schiebe seine Hand weg. Hat er nicht gehört, dass ich meine Mutter sehen will? Wieso redet er wie ein Wasserfall?

„Okay, ich werde die Mousse in den Kühlschrank stellen", sagt er irritiert und reibt sich mit einem Taschentuch den Schweiß von der Stirn. „Vielleicht magst du sie ja später."

Ich möchte etwas Nettes sagen. „Lieb von dir, danke dir." Mehr fällt mir nicht ein.

Dank dir. Danke für alles. Tausend Dank. Habe ich Mom für ihre Liebe genug gedankt? Was ist mit meinem kleinen Bruder Jordi? War ich ihm nah genug, war ich präsent und beständig genug? Ich weiß es nicht. Ich möchte mich auch an die vergangenen Tage und Wochen in Euphoria erinnern, aber ich habe sie verloren wie meine letzten Tage mit Jordi. Ich erinnere mich nur an unsere Gespräche, unser Lächeln und unser Schweigen. Schon vor dem Aneurysma kamen mir gemeinsam erlebte Momente stets in den Sinn. Manche habe ich vergessen. Die, die ich verpasst habe, wurden erfunden. Daran erinnere ich mich. Aber ich habe die Tage verloren, als mir klar wurde, dass etwas mit Jordi passiert sein musste, und dass unsere Zeit von nun an bemessen sein würde. Die Tage habe ich verloren.

Julian ist fast auf dem Flur, als er sich plötzlich umdreht. „Es wird schon wieder", sagt er und abermals ist Erschütterung und Trauer in seiner Stimme zu hören. Die Traurigkeit lässt sein Gesicht ein wenig welken. Dann ist er fort. Ich kann mich nicht erinnern, dass er gesagt hat, er müsse irgendwohin. Warum verschwindet er einfach so? Egal, es ist ohnehin alles zu anstrengend für mich.

Ich habe gemischte Gefühle. Eine Hirnblutung bedeutet demnach verlieren und von vorn zu beginnen, jede oder fast jede Stunde ein Defizit, eine Beeinträchtigung, einen Schaden verkraften zu müssen. So habe ich es zumindest vor Augen. Auf der Einnahmenseite steht erst einmal gar nichts mehr.

Aber von vorn beginnen besagt: Eines Tages wieder laufen können oder gehen, mich bücken und etwas aufheben, einen klaren Gedanken fassen, das Gedächtnis wiedererlangen, sprechen lernen, die Worte wiederfinden wie das Gleichgewicht, das Zeitgefühl, den Schlaf, das Gehör und bei alldem nicht den Verstand zu verlieren. Ein ständiger Kampf sich neu anzupassen, sich neu zu organisieren, ohne Hilfe zurechtzukommen, über Rückschläge hinwegzugehen, weil ich nichts zu verlieren habe.

Nichts mehr zu verlieren haben? Warum denke ich das? Und woher weiß ich, was die Folgen einer Hirnblutung sind? Ein Teil von mir spürt, wie die Flamme für das Leben gerade wieder entfacht, aber der andere Teil ist voller Zweifel. Dieser lebt isoliert in diesem Krankenzimmer, voller Erinnerungslücken. Ich stehe auf, aber setze mich gleich wieder hin. Es ist, als ob ein Teil meines Körpers nicht teilnimmt. Aber ich will mich nicht im Strom treiben lassen, der mich manchmal gewaltig, dann wieder sanft mit sich zieht. Der Arzt sprach von Kraftverlust. Ich denke, der Zwerg und ich sollten bald etwas dagegen unternehmen. Ich fühle mich wie eine alte Hündin als ich in Richtung Waschbecken schlurfe, Schritt für Schritt, während ich mich an der Gehhilfe festklammere. Ich kenne das Zimmer auswendig. Jede Möglichkeit mich abzustützen. Rechte Hand, linke Hand.

Zuerst muss ich das Waschbecken erreichen, mich am Rand festhalten und einen Blick in den Spiegel werfen, um zu sehen, ob ich auch aussehe wie ein Zombie und ob noch etwas an mir dran ist.

Als ich das Badezimmer betrete, überfällt mich eine heftige Migräne. Ich presse eine Hand an meinen Kopf, taumle und krümme mich vor Schmerzen.

„Nein … Bitte nicht … Nicht jetzt, ich bitte dich …", flüstere ich. Meine Stimme hallt wie ein fernes Echo. Ich schluchze laut und zwinge mich, meinen Atem zu beruhigen. Unterdrücke meine Übelkeit. Schlagartig bin ich wieder ganz ruhig und richte mich auf, brauche ein paar Sekunden, um mich von dem Schock zu erholen. Das Hämmern in meinem Kopf lässt nach, der Anfall ist vorüber.

Ich starre in mein Gesicht, sehe deutlich die Kontur meiner Wangenknochen, das stachelige Haar. Die dunklen Ränder unter den Augen, die fahle Gesichtsfarbe. Gestern sah ich definitiv besser aus. Oder vorgestern. Oder irgendwann einmal. Zeit ist plötzlich ein seltsamer Begriff. Ich drehe den Wasserhahn auf, warte, höre das Wasser laufen und betrachte mich weiter. Drehe mich nach links, nach rechts. Das Nachthemd hängt an meinem Oberkörper herunter. Mein Bauch ist flach wie mein Po. Keine Rundungen. Ich kann mich nicht erinnern, jemals so dünn gewesen zu sein. Da ist nichts Leuchtendes mehr an mir. Die Kopfschmerzen lassen sich an meinem Gesicht ablesen und in meiner Stimme hören: „Oh mein Gott". Mit bloßem Auge sehe ich die Folgen des Aneurysmas, an meinem Körper, höre sie in meinen Adern pochen. In einem geschlossenen Kreislauf. Meine Augen weiten sich, mein Körper fühlt sich taub an. Ich sitze in der Falle. Erbreche mich und starre weiter wie hypnotisiert den Spiegel an.

Die Tür schwingt wieder auf, Julian und Leonie betreten gemeinsam das Zimmer. Um mich herum winden und dehnen sich die Geräusche. Das pulsierende Summen verstärkt sich und bringt einen Tinnitus hervor, der wie die Flöte einer Teekanne in meinen Ohren pfeift. Meine Mundwinkel zucken. Ich lasse meinen Unterkiefer spielen, um die Geräusche zu bändigen, die in meinen Schädel dringen. Vergeblich.

Tränen treten mir vor Anstrengung in die Augen. Ich greife nach einem Papiertaschentuch und wische die Galle in den Mundwinkeln weg. Danach hebe ich langsam den Kopf und stütze mich auf die Gehhilfe, suche festen Stand, schlurfe zurück ins Zimmer und lege mich ins Bett. Der Tinnitus wird leiser und verabschiedet sich nach einigen Minuten ganz. Ich juble innerlich, bin in letzter Sekunde wieder aus dem Abgrund aufgetaucht.

Leonie trägt ein Tablett und stellt es auf den Nachttisch. „Frischer Orangensaft, eine Flasche Proteine und Kekse", flötet sie.

„Und ich habe dir die Kokosnuss-Kekse mitgebracht“, murmelt Julian. „Die magst du doch so gern.“

Ich schaue auf die Kekse, dann zu dem Mann, der behauptet, dass sie mir schmecken. Er ist wunderschön, ein jugendlicher Typ, seine grau-blauen Paul-Newman-Augen funkeln wie Scheinwerfer. Ich spüre die Wärme in meine Wangen aufsteigen und glaube, dass meine Gedanken mich erröten lassen. Meine Freundinnen halten es für ziemlich fragwürdig, dass ich mit einem elf Jahre jüngeren Mann verheiratet bin. Julian glaubt, dass sie selber gerne einen jungen Adonis in ihrem Bett hätten. Ich vermisse meine Freundinnen und möchte auch sie sehen, aber zuerst soll meine Mutter mich besuchen. „Ich würde Mom gerne sehen, Julian.“ Einen Augenblick lang versinke ich in Gedanken. Denke über das Ungesagte zwischen uns nach.

„Ist dir eigentlich bewusst, dass du fast gestorben wärst, Stella?“

Er ist wütend. Diese Feststellung sagt mir, dass ich Emotionen erkennen kann. *Gut.*

„Das wird schon wieder.“ Ich lächle ihn an.

„Dann darf ich dich doch wohl auch hier besuchen, wenn *ich* das möchte. Um mich davon zu überzeugen, dass es *dir* gutgeht!“

In meinem Unterbewusstsein regt sich etwas. *Wo ist Mom?* Ich schaudere.

„Alles ist gut, Julian. Ich finde mich ja gerade erst wieder.“

„Okay.“ Er schweigt eine Weile, in seine Überlegungen verloren. Dann verscheucht er offensichtlich die Enttäuschung wie einen bösen Gedanken.

„Mach dir bitte keine Sorgen, Julian. Mom hat einmal gesagt: Wenn der Mond dich liebt, was macht es dann, wenn die *Sterne* verblassen?“

Er hebt fragend die Augenbrauen.

„Das war eine Anspielung auf mein momentanes Äußeres."

Er betrachtet mich einen Moment lang. „Möchtest du zum Friseur? Es gibt hier im Haus einen. Ich könnte dort einen Termin vereinbaren, wenn du möchtest."

„Ja, später vielleicht. Das alles überfordert mich noch." Ich lasse ein gedankenvolles Schweigen eintreten. Und dann beugt er sich zu mir vor, starrt mich an. Er spricht leise, als wollte er mir ein Geheimnis mitteilen. „Weißt du, Stella, es *wird* alles gut werden", sagt er. Wieder sind da Tränen in seinen Augen.

Einige Sekunden lang sehe ich ihn an, versuche zu ermessen, was das Gesagte bedeutet. Was es *mir* jetzt bedeutet. Ich sehe das leichte Zittern seines Kinns, das neu an ihm ist. Ein Zeichen für Angst, für Verlogenheit oder aufsteigende Gefühle? Es ist ihm wahrscheinlich gar nicht bewusst und ich kann es nicht richtig deuten. Noch nicht, obwohl ich Fortschritte mache und mein Kopf ist klar. Ich werde es herausfinden. Die Wahrheit liegt stets im Detail. Und wieder verschiebt sich etwas in mir, etwas trudelt an die Oberfläche, etwas Böses.

Irgendetwas stimmt hier nicht. Etwas ist oberfaul.

KAPITEL 4

Ich träume von einem Dorf, seelenlos. Umgeben von dichten Wäldern. Ich schwebe.

Da ist ein sprudelnder Bach, eine Straße, eine Schule. Kinder. Eine mit Blumen gesprenkelte Wiese, nahe am Wald. Ein dunkler Fluss. Nebelschwaden.

Die Nacht schärft dort die Sinne, die Schatten und die Geräusche kommen, die Geheimnisse vertiefen sich. Ein Wäldchen.

Kinder stehen dort dicht nebeneinander. Lockige Haare umrahmen ihre jungen Gesichter. Ihre Augen funkeln in der Finsternis. Ihre Haltung verspricht nichts Gutes.

Ich kann sie trotz des Nebels sehen. Schwach treibt die Nacht das Echo ihrer Flüsterstimmen bis zum Wald.

Später höre ich ein Wimmern.

„Das muss aufhören", sagen die Kinder.

Ein Schrei. Undurchdringlich.

Ich halte mir die Ohren zu.

Dann ist es still.

Jemand steht neben meinem Bett. Ich spüre ihn, nehme den zarten Hauch von Desinfektionsmittel wahr und öffne die Augen. Es ist Dr. Zwerg.

„Sie haben geträumt."

„Woher wissen Sie das?"

„Sie haben *Jordi* gerufen und sich die Ohren zugehalten. Wer ist Jordi?"

„Mein kleiner Bruder. Er starb im Alter von acht Jahren."

„Oh, das tut mir leid. War er krank?"

Ich zögere. In mir ist plötzlich eine Unruhe, die ich mir nicht erklären kann. „Ich weiß es nicht. Ich erinnere mich nicht." Mein Kopf dröhnt. „Ist das normal?"

„War das schon immer so, Stella? Dass die Erinnerung an Jordis Tod lückenhaft war?"

Ich zucke die Schultern. „Keine Ahnung. Vermutlich", antworte ich.

Ein Blick aus dem Fenster zeigt mir die Dämmerung. Kann es sein, dass ich den Tag verschlafen habe? Welchen Wochentag haben wir heute? Welchen Monat? Es ist November, ich erinnere mich. Obwohl ...

Felix hat gesagt, dass ich zwei Wochen in der Universitätsklinik verbracht hätte und danach in unser Pflegeheim Euphoria verlegt wurde. Ich war am 15. November bei meiner Mutter, hatte eine große Sahnetorte dabei, weil Mom mit mir etwas feiern wollte. Und sie wollte mir sagen, was sie beschäftigt. Sie wollte nicht, dass ich mit jemandem über ihre Überraschung spreche, nicht einmal mit Julian. Ich habe mein Wort gehalten. Mir gefällt es, dass ich wieder in der Lage bin, zumindest meine Gedanken einigermaßen zu ordnen.

Zwei Wochen in der Universitätsklinik? Dann war ich bis Ende November dort. Dann müsste es jetzt Dezember sein?

Ich verkrampfe, meine Hände zittern und mein Puls beschleunigt sich.

„Ich sehe, dass Sie noch über etwas grübeln", sagt Felix.

„Habe ich den ganz Tag verschlafen?"

Er nickt. „Lassen Sie uns versuchen, jene Fragen, die Sie auf dem Herzen haben, ein wenig zu ordnen. Ein urplötzliches Zuviel an Informationen wird Ihnen zusätzlich Kopfschmerzen verursachen und damit werden Sie bestimmt nicht einverstanden sein. Ich kann mir vorstellen, dass Sie wissen möchten, welcher Tag heute ist, oder?"

Hm ... Felix kann also auch noch Gedanken lesen.

„Heute ist der neunzehnte Dezember", fährt er fort. „Ihre Hirnblutung ist fast auf den Tag fünf Wochen her. Es geschah um halb sechs nachmittags im Haus Ihrer Mutter, die sofort den Notruf wählte. Kurz darauf wurden Sie in der Uniklinik operiert. Erinnern Sie sich?"

Ich habe demnach fünf Wochen meines Lebens verloren. Einfach so! Weg! Verloren wie die Gedanken und die Erinnerungen der vergangenen drei Wochen. Aber zumindest sind die Worte da.

„Als Sie aufwachten, war klar, dass Sie aufnahmefähig waren und alles verstanden, was wir Ihnen sagten, Stella. Sie hatten zwar einige Wortfindungsstörungen, aber die waren von kurzer Dauer. Sie reagierten angemessen und schienen jeden Besucher zu erkennen."

Jeden? Wer hat mich denn dort besucht?

„Es ist gut möglich, dass Sie sich an nichts mehr von all dem erinnern." Felix lächelt, er versucht mich zu beruhigen. „Jeder Gedanke ist wie ein ins Wasser fallender Tropfen, der die Oberfläche wellt. Zu viele Fragen, zu viele Gedanken, zu viele Kreise im Wasser. Wenn das Gehirn solche Schläge einsteckt, reagiert der Mensch ferngesteuert wie ein Autopilot. Was vertraut ist, dringt zu ihnen durch, aber Ihr Gehirn hat es nicht gespeichert. Das ist zu anstrengend, diese Energie steht vorübergehend nicht zu Verfügung. Das ist auch der Grund, warum man keine Fragen stellt. Zu anstrengend."

Etwas stimmt hier nicht. Ich bin ein viel zu neugieriger Mensch.

„Wollte ich denn gar nicht wissen, was passiert ist?"

Felix sieht mich nachdenklich an. „Das war nicht eindeutig. Sie waren zeitweise aus unbegreiflichen Gründen ohne Sprache, später haben Sie kaum gesprochen, aber Sie schienen zu verstehen, was Ihnen gesagt wurde. In der Uniklinik hatten Sie nach der Operation starke Kopfschmerzen. Als Sie hier aufgenommen wurden, begannen wir sofort mit der Physiotherapie, soweit es die Kopfschmerzen erlaubten. Manchmal hielten sie völlig desorientiert mitten im Satz inne und verzichteten auf ein fehlendes Wort und gingen direkt zum nächsten über. Aber ich lernte, ihren Gedanken zu folgen. Und dann kamen die Worte und die Sprache wurde wieder flüssig. Sie haben um jedes Wort gekämpft. Um jeden Schritt. Jeden Zentimeter. Sie sagten immer wieder: Von vorne beginnen. Nichts aufgeben. Keine Silbe, keinen Konsonanten. Und schon gar nicht den Körper. Wir machten zehn Minuten lang Übungen, bis Sie Ihren Sättigungspunkt erreicht hatten. Sie haben noch viel geschlafen und Sie wurden regelmäßig zum Essen und Trinken aufgeweckt. Mit dem Trinken lief es gut, das Essen war und ist immer noch ein Problem. Deshalb bekommen sie hier auch proteinreiche Flüssignahrung."

Übungen, viel geschlafen, zum Essen und Trinken aufgewacht, mit der Physiotherapie begonnen?

„Ich weiß nicht, wovon Sie da reden. Mein Verstand war also wie trübe Flüssigkeit, dann wieder wie ein klares Gewässer. Ich kann mich an nichts erinnern von dem, was Sie da gerade behaupten."

Jemand klopft an der Tür.

„Ich glaube, Ihr Mann möchte Sie besuchen", sagt Felix. „Er wartet schon eine Weile und möchte Ihnen etwas sagen."

Mein Kopf schmerzt, füllt sich mit Nebel.

Die Tür wird geöffnet, Julian bleibt im Türrahmen stehen. Er ist blass und schaut an mir vorbei.

„Es fällt Julian schwer, ihnen etwas mitzuteilen", fährt Felix fort und nimmt einen Stuhl. Setzt sich neben mich. „In der Uniklinik waren Sie noch zu schwach. Deshalb riet Ihr behandelnder Arzt Ihrem Mann, den Vorfall nicht zur Sprache zu bringen."

Vorfall?

Julian legt eine Hand vor den Mund. Tränen rinnen ihm über die Wangen.

Meine Kopfschmerzen sind jetzt kaum zu ertragen und bereiten mir Übelkeit. „Was für ein Vorfall? Was ist los, Julian?"

„Wir sind der Meinung, dass es an der Zeit ist, Ihnen zu sagen, was mit Ihrer Mutter passiert ist", sagt Felix.

Plötzlich kann ich kaum noch atmen. Die Stille, die in das Zimmer eingezogen ist, macht mir Angst. Ich sehe Julian an.

„M … Möchtest du es wissen, Stella?", stammelt er.

Was muss ich wissen? Was machen sie mit mir?

„Es ist schrecklich, aber du musst es ja einmal erfahren. Deine Mutter verstarb sechs Tage nach deiner Hirnblutung. Sie war wegen dir sehr aufgewühlt und hat vermutlich ihre Medikamente nicht mehr eingenommen." Seine Stimme zittert. „Ich war so sehr mit dir beschäftigt, dass sie mir einfach nicht in den Sinn kam. Ich mache mir schwere Vorwürfe und hätte ihr mehr Aufmerksamkeit schenken sollen. Als Emma mich anrief, weil sie Ihre Mutter nicht erreichen konnte, bin ich sofort zu ihr gefahren. Ich habe deinen Hausschlüssel benutzt. Dort fand ich sie dann."

Aus Nichtbegreifen wird Fassungslosigkeit, aus Entsetzen Panik. Mom … Ich habe mehrmals von ihr geträumt, es gab Varianten. Entweder weil die Erinnerung an gemeinsame Erlebnisse nach und nach genauer wurde oder weil ich selbst einzelne Details hinzufügte, die ich für bemerkenswert hielt. Ich habe nie von ihrem Tod geträumt, nur von Moms plötzlich aufgetretener Angst, die sie beim Betrachten von Jordis Fotos in Besitz nahm.

Mit der schlichten Wahrheit seiner Worte kommt der Dolch, der mein Herz durchbohrt. Der Schmerz ist kurz und heftig. Ich zittere am ganzen Leib, das Pochen in meinem Körper will nicht aufhören. Ich schüttelte den Kopf, breche in Tränen aus. „Nein! Nein!" Das heftige Schluchzen lässt mich am ganzen Körper beben. Ich drehte mich auf die

Seite und übergebe mich. Meine Wangen stehen in Flammen.

Julian berührt meine Schulter. Er sieht widerlich aus, unappetitlich und schmutzig.

„Du hast nicht auf sie aufgepasst. Du hast saubere Arbeit geleistet", schreie ich ihn an.

Mom ist ... *Überraschung* ... *ist tot* ... *Mom* ... Satzfetzen wirbeln wie Steine auf mich herab. Ich will einen Gedanken festhalten, er fliegt davon. Mein Gehör nimmt Geräusche wahr, das Sinnesorgan lässt sich nicht abschalten. Mein Herz pochte wild.

Ich spüre, wie jemand sich über mich beugt und eine Nadel meine Haut durchbohrt, fühle, wie eine kalte Flüssigkeit durch meine Vene fließt und Sekunden später meinen Körper erwärmte.

Die Dunkelheit umarmt mich.

KAPITEL 5

„Sie kommt wieder zu sich", sagt jemand.
Ich öffne meine Augen.
Felix beugt sich über mich.
Gut.
Ich möchte in mein Haus zurückkehren, in meinem Bett aufwachen und meine Mutter anrufen. Wir werden über den vermeintlich fatalen Herzinfarkt gemeinsam lachen. *„Ich bin seit Ewigkeiten eine vorbildliche Herzpatientin, Stella, und weiß, wie wichtig diese Pillen für mich sind. Außerdem bin ich zu klar im Kopf, um den Überblick zu verlieren",* wird Mom mir sagen. Und dann wird sie mir ihr Geheimnis verraten, mir sagen, was sie beschäftigt. Höchste Zeit für ein klärendes Gespräch.

Ich habe Angst vor einer schlaflosen Nacht in diesem Bett, aus Angst vor dem nächsten Morgen, in dem ich erkennen muss, dass ich mein Leben nie wieder in die alten Bahnen lenken kann, weil Mom fort ist.

Ich befinde mich in einem Traum. Jetzt ist es kein Albtraum, die Farben und Formen der Dinge offenbaren es mir. Ich muss Dr. Zwerg und Leonie davon erzählen, ja, ich werde ihnen sagen, dass ich einen Traum hatte, in dem die Erinnerungen und die verlorenen Wochen plötzlich wieder da waren. Es war so leicht, ich brauchte weder ihre Kärtchen noch ihre Bilder um eine Erinnerung zu wecken.

Es ist so ermüdend, die ganze Zeit nur zu suchen und zu suchen, es schlaucht und erschöpft und zermürbt einen. Ich habe alles, was ich brauche, meine Erinnerungen, die verlorenen Wochen und Leonie, die mir am Abend zur Belohnung eine köstliche Praline bringt. Ich brauche sonst nichts, außer die Erinnerung an Jordi. Ja, das ärgert mich und etwas sagt mir, dass diese Erinnerung existenziell ist. Aber eins nach dem anderen. Nach meiner Entlassung werde ich mich auf die Suche nach meinem kleinen Bruder begeben. Auch diese Erinnerung wird mich einholen.

Felix macht sich bemerkbar und räuspert sich. Vielleicht ist da noch ein kleiner Schimmer im Dunkeln, ein Leuchtturm in einer Nebelwelt. „Es muss ein Schock für Sie sein. Der Tod Ihrer Mutter tut mir sehr leid, Stella. Ihr Mann erwähnte, dass Sie eine sehr enge Bindung hatten?"

Mein Atem stockt. Ich schnappe nach Luft. Ich will das nicht hören und presse meine beiden Hände gegen meine Ohren und kann nur noch schreien. Jemand packt mich, ich stoße die Arme weg und trete gegen eine Wade.

Julian flucht.

„Ihre Frau braucht jetzt Ruhe", besänftigt ihn Felix.

Ich höre, wie kurz darauf die Zimmertür geschlossen wird und öffne wieder die Augen. Julian ist fort.

Felix reicht mir ein Glas Wasser. „Nehmen Sie bitte einen Schluck. Es wird Ihnen guttun."

Ich gehorche.

Er nimmt einen Umschlag aus seiner Jackentasche. „Dieser Brief wurde Ihnen aus der Uniklinik nachgesandt", sagt er und legt das Kuvert auf den Nachttisch. „Es tut mir sehr leid, dass Sie jetzt auch noch den Tod Ihrer Mutter bewältigen müssen, Stella. Fragen Sie mich einfach, wenn Sie etwas wissen wollen. Wir können aber auch später weitermachen, wenn Sie sich etwas beruhigt haben."

Ich werfe einen Blick auf den Umschlag, erkenne die Handschrift nicht.

Meine Gedanken schweifen ab, eine ferne Erinnerung an ein Gespräch mit Mom kommt auf. Ich blende den Zwerg aus …

„Wenn ich alt bin, Stella, dann werde ich mich fest in einen Sessel schmiegen und die Musik von Tschaikowsky

hören. Ich werde die Augen schließen, um das Gefühl eines tanzenden Körpers wiederzufinden, und mir vorstellen, dass ich mit meinem gelösten, biegsamen und mir gehorsamen jungen Körper mit dir im Wohnzimmer tanze. Wenn ich alt bin, werde ich Stunden so zubringen. Aber ich werde bestimmt meine Medikamente nicht vergessen, denn ich möchte unendlich lange solche Momente genießen. Ja, ich werde die Augen schließen und mich mental in den Tanz projizieren. Weißt du noch, wie wir beide immer getanzt haben als du noch klein warst?"

„Ja, Mom. Ich erinnere mich an jede einzelne Bewegung."

„Der Tanz mit dir hat mich über Jordis Tod hinweggetröstet, Stella."

„Ich weiß, Mom."

„Wenn ich alt bin, wenn ich alt werden sollte, dann wird mir das bleiben. Die Erinnerung an den Tanz mit dir, mein Liebling. Du bist mein Stern und eine wunderbare Tochter."

Ich sehe Felix an. Bin wütend. Ich habe *keine* Fragen. „Wollen Sie mir weismachen, dass meine Mutter ihre Pillen nicht rechtzeitig eingenommen habe und deswegen gestorben sei? Erzählen Sie das doch dem Papst, aber lassen Sie mich mit dieser Absurdität in Ruhe!"

„Das ist eine deutliche Ansage. Okay, wir unterhalten uns später", knurrt Felix.

„Ich möchte mit Emma sprechen. Sie ist meine Halbschwester. Und Julian soll mir mein Handy bringen. Wenn Sie meinen Mann irgendwo sehen, sagen Sie ihm, ich möchte den Ort sehen, an dem meine Mutter begraben wurde."

Felix steht auf. „Ich werde veranlassen, dass Emma Ihre Nachricht erhält. Und ich schaue nach Ihrem Mann. Aber was Ihre Mutter betrifft … Sie wurde eingeäschert, Stella, es gibt keine Grabstelle. Ruhen Sie sich jetzt bitte aus. Sie dürfen sich nicht aufregen."

Dröhnende Kopfschmerzen. Der Nebel in meinem Kopf formiert sich zu einer dichten Wolke, die mir den Atem raubt und einen Schwindelanfall verursacht. Das Zimmer verwandelt sich urplötzlich in einen kreisenden Tornado. Von allen Seiten stürmen Pflegekräfte ins Zimmer und ich stehe im Mittelpunkt ihrer Aufmerksamkeit. Mein Blutdruck wird gemessen, ich bekomme mehrmals einen Klaps ins Gesicht, sie fühlen meinen Puls, schauen mir tief in die Augen, blenden mich mit kleinen Lämpchen und stellen mir unzählige Fragen: „Was denken Sie, Stella, was fühlen Sie?" Und dann ist da Felix, der mir sagt, dass mein Gehirn mal wieder Purzelbäumchen schlägt. Aber immerhin erhalte ich ein schwärmerisches Lob für jede normale Antwort, als würde er ein Baby für ein Bäuerchen loben.

Ich verlange nach Julian, aber niemand weiß, wo er sich aufhält.

„Ihr Mann hatte große Probleme, Sie in diesem Zustand zu sehen. Er hat eine sehr schwere Zeit durchlebt, weil er die Verantwortung für die Beerdigung Ihrer Mutter tragen musste, Stella", erklärt mir Felix. „Er wusste offenbar nicht, dass Ihre Mutter nicht eingeäschert werden wollte."

Ich schließe die Augen. *Blödsinn,* schnauze ich ihn in Gedanken an. Ich habe Mom bereits vor Monaten geraten, ihre Wünsche in einer Willenserklärung festzuhalten. Aber sie hat das immer lächelnd von sich gewiesen und gesagt, dass sie mir das beruhigt überlassen könne. Julian wusste das und ich war mir sicher, dass er Moms Wunsch respektieren würde.

Warum hat er sie dann einäschern lassen?

Felix und sein Gefolge verlassen wieder beruhigt mein Zimmer. An der Tür dreht er sich noch einmal um. „Ich sehe später noch einmal nach Ihnen, Stella." Und weg ist er.

Wenig später bringt mir eine Krankenschwester das Stationstelefon. Es ist Julian.

„Bring mir sofort mein Handy, Julian!", schnauze ich ihn an. „Und Charlotte und Marie möchten mich besuchen. Verdammt, warum verschwindest du immer einfach so?" In meinem rechten Ohr tobt ein Tinnitus. Julian verspricht mir schluchzend, das Handy vorbeizubringen. Irritiert unterbreche ich die Verbindung.

Ich erinnere mich, dass meine Freundin Charlotte am Anfang meiner Beziehung mit Julian gesagt hat, dass es ihr mitunter etwas seltsam vorkam, dass er so schnell in Tränen ausbrechen würde. Mir macht es nichts aus. Nach einer Ehe mit einem Mann, der seine Emotionen vor mir verbarg, genoss ich einen Partner, der seine Gefühle zeigen konnte.

Felix hat die Dosis der Schmerzmittel erhöht, demnach werde ich vermutlich im Bett einen Dornröschenschlaf halten. Er hat auch angedeutet, dass die Kopfschmerzen langsam nachlassen und dass Freddy sich eines Tages für immer von mir verabschieden wird. „Sie müssen sich keine Sorgen machen", sagte er und „Alles wird gut."

Ist das so?

Plötzlich muss ich an *Jordi* denken. Ferne Erinnerungen durchdringen eine Wolke. Was wollte Mom mir erzählen? Irgendetwas über die Fotos meines kleinen Bruders. Ich erinnere mich nicht genau. Vielleicht die mit Jordi am *Hangeweiher*, in dem wir oft badeten, oder Jordi im Wäldchen voller Dornengestrüpp hinter dem Haus, Jordi in der riesigen Zinkwanne? Bilder, zu denen mir die Geschichte dahinter jetzt fehlt. Unzählige Male habe ich sie mir nach Jordis Tod angesehen, während mein Herz gegen den Brustkorb hämmerte, aber die Bilder haben mich nie erreicht. In

Wahrheit hat mich sein Tod so schockiert, dass ich alles vergessen oder verdrängt habe, und mein Gedächtnis war nie wieder bereit, diese Erinnerungen wiederzufinden. Als hätte Jordi nie existiert.

Ich erinnere mich nur, dass Fragen nach Jordis Tod Schmerz auslösten, und so stellte ich Mom auch keine. Was sich nach seinem Tod in Moms Haus ausbreitete wie ein Tsunami, war die Stille. Wir haben Jordis Grab oft gemeinsam besucht, aber auch dort begleitete sie uns. Ich akzeptierte Moms Schweigen. Was mich erstaunte, was mich regelrecht verblüffte und mir schon immer den Atem raubte, war die Langlebigkeit von Moms erlebtem Schmerz. Eine trotz der Jahre brennende, glühende Wunde. Die nie verheilte.

Ich habe Mom vor meinem inneren Auge, die mir von fernen Erinnerungen erzählte, doch der Schmerz um Jordis Tod war immer noch da. Unvermindert. Und jetzt hatte sie nach all den Jahren irgendetwas auf einem Foto entdeckt, etwas, das ihr Angst machte.

Was wolltest du mir sagen, Mom?

Mein Blick fällt auf den Umschlag. Ich hatte ihn vollkommen vergessen. Ich öffne ihn und ziehe eine Karte und ein Blatt Papier heraus. Mit ihnen rieseln rote Rosenblätter aus dem Umschlag.

Die Karte zeigt einen leuchtenden Vollmond über einer dämmrigen Landschaft. Ich drehe sie um. Sie ist leer. Keine Genesungswünsche, keine Unterschrift. Dieses Mal erscheint er mir wie ein böses Omen. Ich lege die seltsame Karte beiseite, hebe die Rosenblätter auf und werfe sie in den Mülleimer. Dann falte das Blatt Papier auseinander. Es ist der Ausschnitt eines Zeitungsartikels.

Jordi Hoffmann war bis zum 21. August 1990 ein Name auf der Klassenliste seiner Grundschule. Geboren am 7. April 1982 in Aachen, lebte der Junge dort mit seinen Eltern Ida und Erik Hoffmann und der zwölfjährigen Schwester Stella im Stadtteil Brand. Am Donnerstag, den 21. August, einem heißen, stickigen Tag kurz vor Ende der Sommerferien, erscheint Jordis Name gegen Mitternacht im Aachener Polizeiticker. Der achtjährige Junge wird von den Eltern als vermisst gemeldet.

Erinnerst du Dich, Stella?

KAPITEL 6

Ich falte das Blatt Papier sorgfältig zusammen und lege es mit der Karte in meine Nachttischschublade. Dann stehe ich auf und erwarte Leonie in meinem Sessel. Ich rühre mich nicht und gebe nicht vor, zu lesen, zu grübeln oder sonst wie beschäftigt zu sein. In den ersten Wochen nach einer Hirnblutung ist das Warten fast eine vollwertige Beschäftigung. Eine von Dr. Zwergs Weisheiten.

Immer wenn Leonie lächelnd das Zimmer betritt, kommt dieser Raum mir nicht mehr so trostlos vor. Sie nimmt meine Hand, erkundigt sich, wie es mir geht und was mein Bauarbeiter im Kopf so treibt. Heute bringt sie mir ein Glas Milch für die Nacht, denn mittlerweile glaubt sie mir, dass ich keinen Tee mag. Außerdem legt sie Wert darauf, mir am Abend als Belohnung für meine Fortschritte eine Praline oder ein Bonbon anzubieten. Auf diese Weise möchte sie mich ein wenig glücklicher machen. Ich weiß das. Wir beide haben unsere kleinen Rituale. Sie liebt den Augenblick, in dem ich ihr zuliebe nach der Praline einen Bissen vom Abendbrot zu mir nehme.

„Haben Sie gerade nachgedacht, Stella?“, fragt sie.

„Ja, über meine Genesung.“ Ich habe mich entschieden, die Karte und den Artikel nicht zu erwähnen.

Sie zeigt mir einen Facebook-Daumen. „Aha, die Therapie der kleinen Schritte. So etwas braucht Zeit.“

„Stimmt. Das lässt sich nicht so leicht bewältigen. Mein Gehirn rotiert und dann ist da Freddy mit seinem Presslufthammer. Ich glaube, er plant wohl einen Tower.“

„Sie können nicht schlafen? Ist es das? Ich werde den Arzt darauf ansprechen. Anscheinend sind Sie am Abend besonders unruhig.“

„Mich beschäftigt da eine Sache ….“

Sie sieht mich betroffen an. „Ist es die Sache mit Ihrer Mutter. Ich bin Ihre Verbündete."

Ich lasse abrupt die Schultern fallen. „Ja, auch, aber nicht nur. Ich glaube, ich bin in Gefahr."

„Gefahr …? Sie sind hier sicher Stella. Dies ist der sicherste Ort der Welt."

Ich winke ab. „Stimmt. Vermutlich hat in meinem Oberstübchen das Zentrum für Einbildung etwas abbekommen. Könnte ich einen Kaffee bekommen?"

„Ich halte es nicht für eine gute Idee, Ihnen einen Kaffee zu bringen, wo Sie doch noch starke Kopfschmerzen haben", antwortet sie mit einem ernsten Gesichtsausdruck und schüttelt meine Kissen auf. „Darf ich Ihnen das Gesicht ein wenig mit kaltem Wasser kühlen? Das lindert ein wenig den Schmerz."

Ich nicke. „Ich bin so traurig und habe entsetzliche Angst, Leonie."

„Ich weiß …"

Wenig später hält Leonie mich. Ich weine so heftig wie noch nie zuvor in meinem Leben. Noch heftiger als damals, als ich begriff, dass mich mein kleiner Bruder nie wieder umarmen würde. Gewaltige, krampfhafte Schluchzer schütteln mich und lassen meinen Körper verkrampfen.

Ich liege in der Dunkelheit des Zimmers, starre mit trockenen Augen in das Schweigen des Raumes und versuche mich zu erinnern. Ein Erinnerungsfetzen ist wie eine heftige, fast greifbare Spannung, die in der Luft hängt, schmerzhaft wie eine Stichwunde. Nichts darf meine Gedanken jetzt stören, denn so verliere ich das Bild, das sich mir in diesem Moment offenbart: Das Lächeln meiner Mutter, die mich liebevoll umarmt, mich küsst.

Ich muss das Geheimnis um Jordi und Mom lüften. Muss an dem Fehlenden arbeiten, verschwundene Erinnerungen zurückholen und solche, die durch einen Namen, ein Bild oder einen Duft wieder geweckt werden. Ich muss die Schmerzen von gestern vergessen und lernen, mit denen von heute umzugehen. Und mit meiner Angst.

Erinnerst du Dich, Stella?

Ich schließe die Augen. Meine Gedanken überschlagen sich. Ich bin erschöpft und verwirrt, in Aufruhr, spüre die Wellen meiner Gedankengänge. Kein Organ verbraucht so viel Energie wie das Gehirn, hat Dr. Zwerg behauptet. Es ist für mich zu anstrengend, konzentriert und hellwach zu sein. Es zehrt an meinen Kräften.

Plötzlich zucke ich zusammen, öffne die Augen wieder. Am Rand meines Gesichtsfeldes schimmert etwas. Mein Herz pocht wild, meine Atmung beschleunigt sich, mein Blut pulsiert in den Adern, meine Fäuste graben sich in die Bettdecke.

Langsam drehe ich den Kopf in die Richtung, doch ich sehe nur wirbelnde Staubkörnchen, die im Licht der Nachtlampe glitzern. Ich bin allein im Zimmer, da ist nur noch Stille.

Und doch war da gerade etwas. Etwas Böses.

Die Nachtschwester ist gut und gerne im siebten Monat schwanger. „Ich kann mich glücklich schätzen, Stella, dass mir heute Nacht ein Praktikant zur Seite steht", knurrt sie und schüttelt die Kissen auf. „Ab morgen arbeite ich nur halbe Tage, und das auch nur tagsüber. Keine Nachtschichten mehr bis zum Mutterschaftsurlaub."

Ich bin traurig und enttäuscht. Kein Wort über meine Mom, kein Beileid, dabei wird sie doch wissen, was Julian mir heute Nachmittag gestanden hat. Nur ein ‚Wie geht es *uns* heute Abend, Stella?'

Wie es *mir* geht, weiß ich! Ob sie vielleicht doch nicht weiß, was die anderen heute mit mir besprochen haben? Ich sehe sie an und sie scheint wirklich nett zu sein, obwohl ihr Gesicht nur äußerste Aufmerksamkeit verrät, die sie mir beim Zudecken schenkt.

Mein Kopf ist voller Gedanken und ich wünsche mir sehnlichst ein wenig Ruhe. Ich möchte die Tür meines Zimmers abschließen und mich tief unter die Bettdecke verkriechen. Aber der Bauarbeiter unter meiner Schädeldecke legt den Betonbohrer nicht einmal für ein paar Minuten beiseite. Abermals grüble ich über den heutigen Tag und über die Dinge, die ich nicht verstehe.

Mom ist tot. Ein todbringender Herzinfarkt. Die Einäscherung, obwohl das nicht ihrem Wunsch entsprach. Die Karte mit dem Vollmond. Die Kopie eines Zeitungsartikels, darunter die Worte: *Erinnerst du Dich, Stella?*

Plötzlich habe ich Angst. Sie verschweigen mir etwas. Es ist eine Intuition, eine Schlussfolgerung, nichts Konkretes, nur ein Gedanke. Ich habe keine Ahnung, in was für einer Schweinerei sie da wühlen.

Ich bin in Gefahr, da bin ich mir sicher.

KAPITEL 7

Ich schlurfe mit der Gehhilfe über den Korridor. Der Mann, der mich begleitet, kennt mich offenbar schon eine ganze Weile. Auf dem Namensschild, das an der Brusttasche seines weißen Shirts befestigt ist, steht der Name *Hanno*. Gefällt mir. Er sieht gut aus. Ich mag eigentlich keine Ohrringe an Männern, aber bei ihm ist das anders, vor allem wenn er diesen winzig kleinen schwarzen Stein trägt, das sieht sehr hübsch aus.

Hanno ist vermutlich Physiotherapeut, aber ich werde ihn nicht fragen, obwohl ich ihn sehr sympathisch finde. Ich weigere mich, Fragen zu stellen.

Achte auf jede Kleinigkeit, denk genau nach, dann wirst du schon erfahren, was du wissen willst, hat meine Mutter mir als Kind gepredigt.

Weiter vorn im Gang steht ein Stuhl. Hanno schlägt vor, dass ich mich einen Moment ausruhe. Als ich mich setze, dreht er den Rollator um und lässt sich auf jenen Teil fallen, der offenbar für eine Sitzposition bestimmt ist, und errät meine Gedanken.

Er lächelt. „Wussten Sie nicht mehr, dass Sie mit diesem Ding nicht nur herumlaufen können, Stella?"

Ich will es mir und ihm nicht eingestehen, dass ich es tatsächlich vergessen habe. Unwillkürlich halte ich die Luft an, um meinen Atem zu beruhigen. „Es ist meine erste Gehhilfe und hoffentlich meine letzte. Nicht, dass mein Mann mir eines Tages sagt: „Spring auf, Puppe, ich fahr dich nach Hause!"

Hanno lacht laut auf. „Keine Sorge, Stella, wir werden dieses Ding hier möglichst kurz einsetzen. Ich möchte mit Ihnen schon bald im großen Physioraum trainieren, dort können wir an Ihrer Kondition arbeiten. Später, wenn Sie wieder fit sind, werden wir auch in unserem wunderschönen Park am See spazieren gehen. Wie fühlen Sie sich jetzt?"

„Ein bisschen wackelig auf den Beinen. Ich habe nebst der Erinnerung wohl auch meine Kondition verloren." Meine Hände umklammern die Armlehnen des Stuhls, als droht ein Kentern. „Ist dies das erste Mal, dass wir beide zusammen einen Spaziergang machen, Hanno?"

Jetzt sieht er mich ernst an. „Nein. Kurz nach Ihrer Ankunft in Euphoria haben wir das Aufstehen und ihr Gleichgewicht geübt. Ab dem vierten Tag ließ ich Sie mithilfe des Rollators gehen. Nur eine kleine Strecke. Sie waren durch starke Kopfschmerzen blockiert. Haben diese mittlerweile ein wenig nachgelassen?"

„Ich hatte diese Kopfschmerzen schon vor Wochen? Seltsam, ich erinnere mich nicht daran. Hm … Ich war wohl einige Wochen vollkommen abwesend. Ich habe alles verloren: Gedanken, Worte, Erinnerungen, jedenfalls für kurze Zeit."

„Das ist mir auch aufgefallen. Es muss seltsam sein, aufzuwachen und festzustellen, dass einige Wochen einfach ausgelöscht sind." Er bläst in seine rechte Hand. „Einfach so wie eine Feder im Wind."

Ich schmunzle innerlich. „Sie sind ja ein Romantiker, Hanno, und ich ein … ein Forrest Gump? Es ist nicht nur dieser Erinnerungsverlust. Ich habe das Gefühl, ich rede, fühle und denke manchmal wie eine Zehnjährige – eine Frau in den besten Jahren mit dem Habitus eines jungen Mädchens. Oder ein junges Mädchen, das versehentlich, durch ein Aneurysma die Welt und sich verloren hat. Bin ich ein Plemmi?"

Er grinst. „Sie sind weit davon entfernt, ein weiblicher Forrest Gump zu werden, Stella. Plemmi können Sie auch aus Ihrem Wortschatz streichen. Ihr Oberstübchen funktioniert einwandfrei. Muss alles nur noch ein wenig sortiert werden."

Plötzlich durchschneiden mehrere Pieptöne die Stille im Gang. Eine Krankenschwester eilt in ein Zimmer. Ich sehe mich suchend um und betrachte dann das rosa Klinikbändchen an meinem Handgelenk, als könnte dieser hässliche Gegenstand, den ich nach langem Zureden endlich trage, die Ursache meiner Abhängigkeit sein. Ich spüre eine Träne über meine Wange rollen und wische sie schnell weg.

„Meine Mutter ist gestorben, einfach so, und ich habe nichts davon mitbekommen, Hanno. Sie wurde eingeäschert, obwohl sie immer sagte, dass sie begraben werden wolle."

Hanno ist sichtlich betroffen. „Wirklich? Wie ist das nur möglich? Hatte sie nichts schriftlich hinterlegt? Kein Testament gemacht?"

„Sie hatte es mit mir besprochen, das genügte ihr. Also nein."

„Waren Sie die Einzige, die den Wunsch ihrer Mutter kannte?"

Plötzlich habe ich das Gefühl, dass ich auf meine Worte achten muss. „Ja."

„Sind Sie sich dessen sicher?"

„Nur weil ich ein paar Wochen nicht von dieser Welt war, heißt das noch lange nicht, dass ich verwirrt bin." Es klingt unfreundlicher als es von mir gewollt war.

„Es tut mir leid, ich zweifle nicht an Ihren geistigen Fähigkeiten. Ich kann mir vorstellen, dass es für Sie schrecklich sein muss, dass dieser Wunsch nicht erfüllt wurde. Haben Sie Geschwister?"

Ich habe wieder das Gefühl, dass ich achtgeben muss, was ich sage. Hanno hat bereits mit mir gearbeitet, er wird doch wissen, was passiert ist? Dann weiß er wohl auch, dass ich einen Ehemann und eine Halbschwester habe. Und er weiß um die Amnesie, die mich davon abhält, mich an die vergangenen Wochen zu erinnern. Hat er irgendwelche Informationen, die er mir vorenthält? Immerhin hat er Zugang zu meiner Krankenakte.

„Lassen sie uns eine kleine Übung machen, Stella, um Ihr Gehirn zu stimulieren und Ihnen zu helfen, Ihren Wortschatz in Schuss zu halten."

„Mein Wortschatz ist in Ordnung."

„Es ist sehr spielerisch. Ich sage Ihnen den Anfang eines Sprichworts und Sie müssen das Ende finden. Wir fangen mit etwas Einfachem an, Sie brauchen bloß das letzte Wort des Sprichworts zu erraten. Okay?"

Ich nicke wenig begeistert.

„Alle Wege führen nach…?", beginnt Hanno.

„Rom."

„Aller Anfang ist …?"

Ich lache leise. „Wie wahr. Aller Anfang ist schwer!"

„Abends werden die Faulen …?"

„Fleißig."

„Angst verleiht …?"

Ich zucke erschrocken zusammen. „Flügel. Woher wissen Sie von meiner Angst?"

„Es war mehr oder weniger ein Gefühl. Angst ist oft eine Frage des Selbstschutzes. Möchten Sie mir davon erzählen?"

Ich schüttle den Kopf und sehe ihm fest in die Augen. Ich möchte kein Gespräch über meine Angst führen. Hanno erweckt den Eindruck das zu respektieren.

„Ihre Wortfindungsstörungen sind jedenfalls verschwunden, Stella", stellt er fest. „Wunderbar. Ein zum Sprechen anhebender Mensch hat stets etwas Magisches. Diese Magie verwandelt sich nur in Tragik, wenn der Betreffende irgendwo ganz für sich allein mit Worten im Gehirn hantiert."

Ich stehe wieder auf. „Jedenfalls sind hier jede Menge verständnisvoll lauschende Mitmenschen, die dieselbe Sprache sprechen und sich kümmern. Das macht alles leichter. Können wir zurückgehen?"

Er springt vom Rollator auf. „Natürlich. Es tut mir leid, dass es für Sie so gekommen ist."

„Das kommt doch wieder in Ordnung?" Meine Stimme zittert leicht. Ich strecke meinen Arm aus. „All das. Meine verlorene Erinnerung, meine verlorene Kraft, all das, was sich in meinem Kopf verflüchtigt hat. Kommt das wieder in Ordnung?" Tränen trüben meine Augen. „Ich bin es doch immer noch, oder?"

„Ja, wenn wir weiter zusammen daran arbeiten, ist das alles vorübergehend. Sie müssen Geduld aufbringen. Es braucht Zeit."

Ich würde Hanno gerne etwas Nettes sagen, aber mir fällt nichts ein. Vielleicht bin ich kein netter Mensch. Stopp! Das bin ich und das weiß ich, wenn ich Hanno ansehe. Meine Empathie für andere Menschen habe ich nicht verloren.

Im Zimmer liegen mein Handy und ein großer Umschlag auf dem Nachttisch, aber von Julian fehlt jede Spur. Ich nehme das Kuvert in die Hand und lege es in die Schublade. Ich kann es später öffnen. Dann setze ich mich aufs Bett und drücke den Knopf des Schwesternrufs. Die Tür schwingt sofort auf. Leonie kommt herein.

„Wissen Sie noch, wer ich bin?", neckt sie mich mit einem strahlenden Lächeln und zwinkert mir zu.

Ob ich für die richtige Antwort Bonuspunkte bekomme?

„Sie sind Leonie, meine Lieblingsbetreuerin."

Sie drückt meine rechte Hand. „Schön, dass Sie wieder voll da sind, Stella."

Ich umarme sie kurz und nehme den süßlichen Duft ihres Shampoos wahr, der seit meinem Aufwachen in diesem Zimmer nichts von seiner Macht Erinnerungen zu wecken, eingebüßt hat. Ich mag ihr Apfelshampoo.

„Hanno hat mir erzählt, dass auch das Gehen im Gang gut vorangeht und dass er bald mit dem Konditionstraining beginnen will. Sie werden sehen, dass Sie sich dadurch besser fühlen werden, und es würde mich nicht wundern, wenn dann auch Ihr Appetit zurückkehrt. Haben Sie jetzt Appetit auf etwas Bestimmtes?"

Ich weiß es nicht. Nach dem Aufwachen habe ich ein Fläschchen Proteine getrunken und ein paar Bissen von dem gemischten Obst genommen, das mich aus einer Art Suppenschüssel anstarrte. Das Käsesandwich liegt in eine Papierserviette eingewickelt in der Schublade, für den Fall, dass ich später hungrig werden sollte. Das war bisher nicht der Fall.

„Seit wann habe ich keinen Appetit, Leonie?"

Eine merkwürdige Frage. Ich habe das Gefühl, dass es hier nicht um mich, sondern um eine andere Person geht. Hat sich auch meine Persönlichkeit verändert?

Leonie setzt sich neben mich. „Schmecken Sie denn was Sie essen und trinken, Stella?"

„Ja, ich denke schon. Die flüssige Nahrung schmeckt chemisch. Heute bekam ich zum Frühstück eine Schale mit Mandarinen. Ich mag Obst. Aber ich weiß nicht, was Appetit ist oder wie sich das anfühlt."

„Ich glaube, Sie werden wieder hungrig sein, wenn Sie mehr trainieren. Das wird Ihnen gefallen, weil Sie dann auch mit anderen Patienten zusammenarbeiten. Wir haben in einer halben Stunde eine Gruppensitzung. Möchten Sie nicht auch daran teilnehmen?"

Von welcher Gruppe spricht sie da?

„Ich habe die Gruppe noch nicht erwähnt, es tut mir leid, dass ich es nicht zuerst erklärt habe. Jede Woche trifft sich eine Gruppe der Rehabilitationsabteilung und diskutiert darüber, was hier gut und was nicht so gut läuft. Diese Gespräche werden von dem Psychologen der Abteilung und einem Teammitglied begleitet. Sie könnten sich heute Ihrer Gruppe anschließen und die anderen kennenlernen."

Meine Gruppe?

Ein messerstichartiger Schmerz schießt durch mein Trommelfell ins Mittelohr. Gefolgt von einem pulsierenden Schmerz, der mich zwingt, mich hinzusetzen. Ich klammere mich an die Tischkante und schwanke. Mein Blick ist verschwommen, punktförmige Sterne tanzen mir vor den Augen. Die Kopfschmerzen werden jetzt so stark, dass mir übel wird. Ich muss mich hinlegen.

„Die Teilnahme ist freiwillig", bedeutet Leonie schnell.

Schau an, ich werde ohne meine Erlaubnis einer Gruppe zugeteilt. Egal.

Mich interessieren andere Dinge. Warum hat mir Julian das Handy gebracht, ohne nach mir zu sehen? Warum schickt mir meine Mutter ohne Genesungswünsche diesen Zeitungsartikel. Die Worte darunter sind eindeutig ihre Handschrift: *Erinnerst du dich, Stella?* Welche Überraschung hielt Mom für mich bereit? Was wollte sie mir unbedingt anvertrauen? Wovor hatte sie Angst?

„Ich assistiere heute dem Psychologen und muss jetzt gehen, Stella." Leonie schenkt mir ein strahlendes Lächeln. „Sehe ich Sie vielleicht später?"

Ich zucke mit den Schultern.

Jemand klopft an die Tür und im nächsten Augenblick betritt meine Halbschwester das Zimmer.

Leonie geht an ihr vorbei. „Hey Emma."

Ich hebe eine Augenbraue. „Ihr kennt euch?"

Emma kommt mit ausgebreiteten Armen auf mich zu. „Du bist wieder bei uns und hellwach, wie ich sehe. Das gefällt mir. Natürlich kennen Leonie und ich uns, ich bin fast jeden Tag hier gewesen. Und jetzt möchte ich dich ganz fest umarmen." Sie packt mich und küsst mich.

„Bis später", sagt Leonie und schließt leise die Tür hinter sich.

Emma hält mich immer noch fest. „Musst du zur Therapie?"

„Ich muss gar nichts", antworte ich. Auf meinem Nachtschränkchen vibriert das Smartphone. Ich löse mich aus Emmas Umarmung. Zu spät. Das Display zeigt mir Julians Anruf. Soll er mir doch auf die Mailbox sprechen.

„Wie fühlst du dich?", erkundigt sich Emma.

Der Schmerz hat nachgelassen, Freddy hat kurz den Schlagbohrer beiseitegelegt. Ich spüre den seelischen Schmerz. Aber noch mehr fühle ich die Wut, die in mir tobt. Ich platze fast vor Wut.

KAPITEL 8

Emma hat uns Kaffee geholt. Sie spürt meine Wut und will mehr darüber wissen. Meine Halbschwester ist stets für Klarheit und dafür, die Dinge beim Namen zu nennen. Ich erinnere mich, wie verzweifelt sie meine Mutter manchmal mit ihren direkten Fragen und Äußerungen machen konnte. „Das hat sie von deinem Vater", knurrte Mom dann immer, wenn es ihr zu viel wurde. In Wahrheit verhöhnte sie mit ihren Worten Emmas Mutter Greta, jene Frau, die nach Moms Empfinden mit ihrem Ehemann durchgebrannt war und die trotz des Widerstands meiner Mutter an zwei Wochenenden im Monat meine Stiefmutter wurde.

Allerdings sträubte Mom sich nicht als ich sie fragte, ob ich meine Halbschwester zu meinem vierzehnten Geburtstag einladen durfte. Sie wusste, dass sie auch Greta ins Haus lassen musste, die zu diesem Zeitpunkt um meinen Vater trauerte. Dad starb zwei Monate vor meinem vierzehnten Lebensjahr. Ich habe meine Mutter nie mehr als in dieser Zeit weinen sehen.

Emma war damals fünf Jahre alt und ich erinnere mich sehr gut daran, dass sie damals die Bedeutung des Todes noch nicht erfassen konnte. Monatelang fragte sie, wann ihr Vater zurückkommen würde, warum er so lange fortblieb, ob sie ihn verärgert hätte, und mehr als einmal, was „tot" und „nie" genau bedeuteten. Sie bekam an vielen Orten Wutanfälle, oft in Läden, in denen viel von dem, was zerschlagen wurde, bezahlt werden musste. Auch wollte sie, dass ich zu ihr zog, weil wir den gleichen Nachnamen hatten. „Wir sind eine Familie", sagte sie immer wieder. „Du bist Stella Hoffmann, ich bin Emma Hoffmann, Deine Mutter ist Ida Hoffmann, meine Mutter ist Greta Hoffmann und mein Vater war Erik Hoffmann."

Ich fand Emma manchmal sehr ermüdend, aber ich habe sie nie gemaßregelt. Es war schön, nach Jordi eine kleine Halbschwester zu haben. Ich liebte die Tatsache, dass meine Mutter und Greta immer besser miteinander auskamen je mehr Zeit verging. Es gab aber auch Zeiten, in denen wir plötzlich keinen Kontakt mehr zu Emma und ihrer Mutter hatten. Greta hielt in regelmäßigen Abständen grundlos Distanz und reagierte auch nicht auf unsere Versuche, mit ihr in Kontakt zu treten. Ich wollte Emma immer gern sehen, aber ich kam nicht an ihrer Mutter vorbei. Sie lehnte uns ab und benahm sich unerträglich selbstsüchtig. Greta wollte uns auch nicht den wahren Grund für ihr Verhalten nennen. Nach einigen Monaten stand sie unerwartet wieder vor unserer Haustür und fragte reumütig, ob sie noch willkommen wäre. Wir gewöhnten uns an diese merkwürdigen Stimmungsschwankungen und rechneten jederzeit damit, dass die angenehmen Gespräche und die kleinen, fröhlichen Treffen mit Greta mit einem Mal auch wieder vorbei sein konnten. Mom sagte immer, dass mit Greta etwas nicht in Ordnung sei. Ich hingegen fand sie absolut cool und hatte sie gern.

Emma reicht mir eine Tasse Kaffee. „Auf wen bist du wütend, Stella?"

Ich nehme einen Schluck und stelle die Tasse wieder auf den Nachttisch. „Ekelhaft. Was ist das nur für eine Brühe? Gibt es hier irgendwo auch einen genießbaren Kaffee?"

Emma lacht. „Hey, du bist anscheinend wieder gut drauf. Weiter so, Schwesterherz. Ein wenig Durchsetzungsvermögen wird dir nicht schaden. Im Erdgeschoss ist ein Restaurant, in dem köstlicher Kaffee serviert wird. Soll ich einen Rollstuhl organisieren?"

Ich habe das Gefühl zusammenzubrechen.

Emma berührt meinen Arm. „Habe ich etwas Falsches gesagt, Stella?"

Ich winke ab und versuche zu antworten, bekomme aber kein Wort über die Lippen.

Emma tupft mir die Tränen von den Wangen. „Leonie hat mir gesagt, dass du dich nicht mehr an die letzten Wochen erinnerst." Ihre Stimme zittert. „Es … es tut mir so leid, dass deine Mutter nicht mehr da ist."

„Sie wollte begraben werden und er hat Mom einäschern lassen!"

Emmas Augen weiten sich, sie legt eine Hand vor den Mund. „Ich wusste es! Meine Mutter war schockiert, als ich ihr das erzählte. Sie sagte, dass unser Vater wusste, dass Ida schon immer eine Grabstelle wollte und gegen eine Feuerbestattung war. Danach rief ich sofort Julian an. Er hat mir nicht geglaubt und schien ziemlich irritiert über meine Bemerkung. Ich fühlte mich … Ich fand ihn … Ach was, egal."

„Nein, nicht egal. Was denkst du?"

„Es machte keinen Sinn. Lass uns über etwas anderes reden."

„Nein, sag schon!"

„Es kam mir vor, als würde er mir drohen."

„Hol bitte den Rollstuhl."

Während Emma sich auf dem Gang nach einem Rollstuhl umsieht, nehme ich das Handy und öffne die zuvor aufgezeichnete Sprachnachricht.

„Ich brauche Zeit für mich", höre ich Julian sagen. „Ich hätte es dir schon früher sagen sollen, aber ich fand es schwierig. Es ist nicht wegen einer anderen Frau, ich bin einfach nur zu sehr mit mir selbst beschäftigt. Ich brauche Abstand."

Meine Welt außerhalb Euphoria bricht zusammen. Ich erstarre.

Emma kommt mit dem Rollstuhl ins Zimmer und hält inne.
„Was ist denn los, Stella?"
Ich reiche ihr das Handy. „Hör dir das mal an!"
Emma macht keinen Versuch, ihre Abscheu zu verbergen.
„Was für ein Freak. Nimmt sich gerade jetzt so wichtig. So ein Arschloch!", knurrt sie und hilft mir in den Rollstuhl.
„Mach dir keine Sorgen, ich werde mich um dich kümmern, Stella."
Ich wünschte, ich wäre mental in der Lage, mir Sorgen zu machen.

Wir setzen uns an einen Tisch in der Nähe des Buffets. Hübsch dekoriert locken dort belegte Brötchen, Eiersalat, Kuchen, Smoothies und warme Häppchen die Besucher der Cafeteria an.
Ich sollte jetzt Appetit auf Süßigkeiten verspüren, denn das bewirkte früher der Anblick von Kuchen. Aber da ist etwas, das außerhalb meines Willens geschieht. Ich verspüre keinerlei Appetit, nirgendwo in mir ist etwas, was dem auch nur ansatzweise ähnelt, und ich frage mich, wie das nur möglich ist.
„Das sieht alles köstlich aus, findest du nicht auch?"
Emma zeigt auf die Anzeige über dem Buffet. „Was hättest du denn gern? Ein Baguette mit Eiersalat? Das werde ich nehmen. Komm, schließ dich mir an, dann fühle ich mich weniger schuldig."
Baguettes mit Eiersalat? Ich will hier raus!
„Mit Eiern vom Tortenhuhn?"
Emma grinst. „Was ist ein Tortenhuhn?"
„Keine Ahnung." Ich zeige auf den Kuchen in der Auslage. „Die schnöde Wirklichkeit?"

Emma berührt wieder meinen Arm. „Oh je. Du möchtest gar nichts? Noch immer nicht hungrig? Soll ich dir einen Kaffee holen?"

Ich zucke mit den Schultern. „Ja bitte. Entschuldige."

Sie nimmt mich in den Arm. „Keine Entschuldigung. Werde einfach gesund. Ich unterstütze dich bei allem, was immer es auch sein mag. Alles wird gut, Schwesterherz."

Ich beobachte, wie sie mit einem Tablett am Buffet vorbeigeht. Mir wird bewusst, wie gern ich sie habe und seufze.

Es hat zwar keinen Sinn, mir Julians Nachricht noch einmal anzuhören, aber ich kann nicht anders und tue es dennoch. Vielleicht weil ich hören möchte, was er nicht sagt.

Emma setzt sich wieder und schiebt eine Tasse Kaffee in meine Richtung. „Neue Nachricht?"

„Julian braucht Zeit für sich, es geht nicht um eine andere Frau. Verdammt, worum geht es dann? Hast du auch an der Beerdigung meiner Mutter mitgewirkt? Oder irgendetwas davon mitbekommen?"

Emma rührt in ihrem Kaffee ohne mich anzusehen. „Ich habe mich nicht eingemischt, Stella, und nicht mit Julian über das *Wie und Wann* diskutiert, er hat das allein abgewickelt. Aber ich war die Erste, die er angerufen hat, nachdem er deine Mutter fand. Ich ging direkt zu ihm und fand ihn völlig erschüttert vor. Er hatte auch Alexander angerufen, der ein paar Minuten später kam. Der Arzt deiner Mutter traf kurz darauf ein. Ich war froh, dass er da war, denn ich wusste nicht, wie ich Julian beruhigen konnte. Alexander ging auf Anraten des Arztes mit ihm an die frische Luft, um ihn ein wenig zu beruhigen."

Emmas Augen werden feucht. „Wir haben uns nach einem Bestattungsinstitut erkundigt und wurden auch schnell fündig. Julian hat sich allein um alles gekümmert. Er sagte, er sei sich sicher, dass du das gewollt hättest. Wir konnten dich nicht fragen. Sie hatten dich gerade operiert und du hast den größten Teil des Tages geschlafen. Der Neurochirurg hat uns geraten, dir nicht zu sagen was mit deiner Mutter passiert ist, der Schock könnte deine Genesung erschweren."

„Und war … ist Julian immer noch *völlig* erschüttert?" Emma nimmt einen Schluck Kaffee. „Keine Ahnung. Als ich ihn bei der Einäscherung sah, war er der Einzige, der ein paar Worte gesprochen hat. Eine Woche später wollte er dir sagen, dass deine Mutter tot sei, aber es gelang mir, ihn davon abzuhalten. Da wurde er plötzlich sehr unangenehm."

„Was meinst du mit unangenehm?"

„Lass uns über etwas anderes reden", antwortet Emma.

„Was verschweigst du mir? Ich will es wissen. Du verheimlichst mir etwas!"

Sie schüttelt langsam den Kopf. „Wirklich nicht. Ich wünschte, ich wüsste, was genau mit deiner Mutter passiert ist. Wieso lag sie ein paar Tage lang tot in ihrem Haus?"

„Ich hatte ja keine Gelegenheit vorbeizuschauen", spotte ich.

„Aber Julian schon, Stella. Als du in der Uniklinik operiert wurdest, rief er mich an und sagte, dass er sich um deine Mutter kümmern würde. Und seitdem sie tot ist, frage ich mich, ob er …"

Ich halte den Atem an. „Ob er was?"

Emma neigt den Kopf. „Ich frage mich, ob er uns etwas verheimlicht hat. Und warum? Sie haben sich doch gut verstanden. Deine Mutter mochte Julian, ich kann mir nicht vorstellen, dass er … Ich muss aufhören, darüber zu grübeln, das alles ergibt keinen Sinn." Sie streichelt meine Hand. „Es kann ein großer Schock sein, jemanden tot aufzufinden. Das verstehe ich. Aber ich verstehe nicht, warum er sich jetzt von dir distanzieren will. Es ist schockierend und ich nehme ihm seinen Egoismus verdammt übel."

Plötzlich riecht es nach Kälte und Leere. Tödliche Gedanken dringen in meinen Kopf. *Ich will begraben werden, Stella,* höre ich Mom sagen. Ein Flüstern aus dem Jenseits.

Mein Kopf hämmert, der Kaffee, den ich gerade getrunken habe, kommt mir hoch. „Ich muss mich einen Moment hinlegen."

„Es tut mir leid, dass ich so viel rede", sagt Emma. „Ich bringe dich zurück."

Eine Frau geht an uns vorbei, sie trägt einen Pullover mit dem Aufdruck einer Fünfzig-Euro-Note. Ich kann den Blick nicht von ihr abwenden.

„Kennst du sie?", will Emma wissen.

„Nein", antworte ich.

Plötzlich erinnere ich mich. Da war auch etwas mit Geld, aber ist es klug, mit Emma darüber zu sprechen? Ich muss lernen, wieder nachzudenken. Ich muss mich neu anpassen, mich neu organisieren und das Verlorene zurückholen. Aber wie ordne ich das Chaos in meinem Kopf?

Wieder in meinem Zimmer lege ich mich sofort hin. Die Vorhänge hinter mir sind zugezogen, durch den Spalt erahne ich das Nachmittagslicht. Die Abbildung auf dem Pullover beherrscht weiterhin meine Gedanken. Es ist, als schwebe ich durch die Langsamkeit. Die Zeit steht still, das Unheil naht.

Ich presse die Hände gegen meine Schläfen und suche die Erinnerung.

„Diese Kopfschmerzen werden nachlassen", beteuert Emma. „Das haben sie mir in der Uniklinik gesagt."

„Sagten sie auch, wann das sein wird? Vor Ostern oder nach Weihnachten?"

Emma schenkt mir ein Glas Wasser ein. „Trink einen Schluck und nimm noch eine Schmerztablette. Pillen und Kopfschmerzen sind stille Komplizen."

Ich lasse mich sanft in die Kissen fallen. „Es ist so seltsam. Du hast mich in der Uniklinik besucht und ich erinnere mich nicht daran. Mein traumatisiertes Gehirn hat mir auch dieses Stückchen Erinnerung genommen. War Julian auch dort?"

„Jeden Tag – weinend." Emma seufzt und spielt mit einer Strähne ihrer weizenblonden Haare. „Vielleicht wurde es ihm einfach zu viel. Zuerst wirst du bewusstlos in die Klinik gebracht, dann findet er deine Mutter tot auf. Aber dennoch ist es unverzeihlich, dass er dich jetzt im Stich lässt."

„Er will sich nur ausruhen", protestiere ich. „Du tust als wären wir schon geschieden."

Emma winkt ab. „Nein, nein. Entschuldigung. Entspanne dich, du hast recht. Er ist dein Mann. Ich sollte mich da raushalten." Sie erweckt den Eindruck, als würde sie noch über etwas grübeln.

„Raus damit! Sag schon!", ermutige ich sie.

„In der Uniklinik warst du wie in einer Art Trance. Du hast uns zwar verstanden, aber nichts drang wirklich zu dir durch. Das war echt gruselig." Sie geht in Richtung Tür. „Nimm bitte diese Schmerztabletten und versuche, ein wenig zu schlafen."

Erst jetzt fällt mir auf, wie nervös sie ist. Sie ist schlank, fast mager, ihre knochigen Hände kann sie nicht stillhalten, manchmal spielt sie mit den Fingern als wäre ihr Rock eine Trommel, manchmal kratzt sie sich am Ohrläppchen oder nimmt ihre Nasenspitze zwischen Daumen und Zeigefinger.

„Ich schaue mal nach, ob ich noch einen Kaffee auftreiben kann."

Bevor ich protestieren kann, ist sie verschwunden. Ich bin völlig erschöpft und wälze mich auf den Rücken. Eine seltsame Frage schwebt plötzlich wie eine graue Wolke in meinem Kopf.

Was geschah mit Jordi?
Ich verstehe den Gedanken nicht. Um mich abzulenken nehme den Umschlag aus der Schublade. Öffne ihn. Mein Kopf hämmert sofort ununterbrochen, ich habe das Gefühl, dass mein Gesicht in zwei Hälften auseinandergerissen wird, wenn ich nicht stillhalte. Eine Welle der Übelkeit überwältigt mich.

Ich sehe verschwommene Buchstaben auf losen Blättern hinter einem unsichtbaren Schleier und atme tief ein, aber mein Zwerchfell blockiert wie so oft, sobald sich parasitäre Gedanken in meinen Geist weben. Ich schließe die Augen und konzentriere mich auf meine Umgebung, zwinge mich, aus dem Nebel hervorzutreten.

Ausatmen. Den Gedankennebel vertreiben. Ich öffne die Augen. Es hat funktioniert. Vor mir liegen einige herausgerissenen Seiten, offensichtlich aus einem Tagebuch meiner Mutter.

Ich zittere, als meine Augen auf die ersten Zeilen treffen.

Samstag, 14. November 2020
Ich erwachte zum ersten Mal seit langer Zeit schweißgebadet und mit einem Schrei hinter den Lippen aus einem Albtraum auf. Die Schleusen meiner Erinnerung an die vergangene Nacht sind offen und ich kann den Fluss von Bildern und Geräuschen, die in meinen Kopf strömen, nicht aufhalten. Ich habe von Jordi geträumt. Ist es meine eigene Erinnerung? Oder einfach nur ein Traum, weil Jordi einst einen Teil meines Lebens einnahm?

Jordi …

Ich habe mir heute einige Fotos von meinem kleinen Jordi angesehen und etwas entdeckt, das mich in höchstem Maße beunruhigt. Ich wusste von Anfang an, dass an der Geschichte der drei Jungen, die Jordi getötet hatten, etwas faul war. Und so hielt ich damals in meinem Tagebuch alles fest, selbst die kleinste Kleinigkeit. Unwichtiges, Wichtiges oder das, was ich für wichtig hielt. Die Fotos und meine Tagebuchaufzeichnungen beweisen es.

Ich hatte sofort ein schlechtes Gefühl, als ich am Abend des 21. August 1990 unsere Wohnung betrat. Ich erwartete, dass Jordi schon zu Hause sein würde, hungrig und schmuddelig, nachdem er draußen gespielt hatte. Aber was bedeuten solche Gefühle schon? Während ich die Tomatensoße rührte und die Nudeln abschreckte, lag sein Körper bereits einen Kilometer entfernt im Fluss. Sein Herz hatte bereits aufgehört zu schlagen, bevor ich überhaupt den vagen Verdacht hatte, dass meinem Jungen etwas passiert sein könnte. Was tat ich, als Jordi starb? Hatte ich einem Patienten seine Medikamente gegeben, mit meinen Kollegen von der Abendschicht die Übergabe besprochen oder mich im Supermarkt an der Kasse angestellt? Was auch immer es war, mein Atem hatte keinen Moment gestockt, ich hatte keine Gänsehaut, fühlte in keiner Weise, dass Jordi in Gefahr wäre, dass etwas nicht stimmte. Ich hatte nicht einmal an meinen Sohn gedacht. Zweifellos war Jordi in meinem Kopf – das war er immer –, aber dann in einer völligen Selbstverständlichkeit.

Während mein Sohn Angst hatte, vielleicht sogar nach mir rief und bewusstlos und schwer verletzt durch den Wald geschleppt wurde, beklagte ich mich innerlich über den Verkehr.

Was genau mit Jordi passiert ist, wurde nie geklärt. Auch sein Skateboard wurde bis heute nicht gefunden. Jordi wurde nach Freigabe seiner Leiche am 30. August 1990 beerdigt. Die gesamte Schule war anwesend, mein Junge war noch nie so beliebt …

Stella kommt mich morgen besuchen, ich werde meine Sorge mit ihr besprechen. Ich glaube, sie schwebt in höchster Gefahr.

Freitag, 22. August 1990

Ich lebe mit meiner Familie in einer Wohnung am Ortsende von *Aachen-Brand*. Erik und ich sind seit vierzehn Jahre verheiratet. Wir haben eine zwölfjährige Tochter und hatten einen achtjährigen Sohn: Stella und Jordi. Erik arbeitet als kaufmännischer Geschäftsführer in der Universitätsklinik Aachen, er ist ein guter Vater. Er kümmerte sich um seine Kinder. Spielte mit Stella, brachte Jordi regelmäßig zum Sportplatz und ermutigte ihn, Tennis zu lernen, gab ihm Tipps, wie Jordi seine Technik und sein

Verständnis für das Spiel verbessern konnte. Er nannte ihn voller Stolz Jordi *Becker*.

Unsere Wohnung mit Blick auf das Wäldchen mutet idyllischer an, als es in Wahrheit ist. Auf den Balkonen der anderen Wohnungen stapeln sich Bierkästen neben Wäscheständern und Satellitenschüsseln. Der Wald ist ein Zufluchtsort für streunende Pitbulls und herumlungernde Jugendliche. Im Supermarkt um die Ecke pöbelt oft eine Gruppe Alkoholiker die Passanten an. Ich kann damit leben, weil wir in vierzehn Tagen in ein schönes Einfamilienhaus nach Laurensberg ziehen werden.

Am Donnerstagmorgen bin ich um sieben Uhr aufgestanden, Erik schlief noch, er hatte einen Urlaubstag genommen. Um halb neun begann mein Dienst im Pflegeheim Marienstift und davor musste ich Stella zur Schule bringen. Jordi hatte schulfrei und sich für den Nachmittag mit seinem besten Freund Timo verabredet, der aus dem Urlaub zurückgekommen war.

Timos Mutter Betty erzählte mir, dass Jordi gegen zwölf Uhr vor ihrer Tür stand. Timo und Jordi gingen gemeinsam zum Spielplatz, wo er Jordi die Skateboard-Tricks zeigte, die er sich selbst im Laufe der Ferien beigebracht hatte. Die Kinder blieben etwa anderthalb Stunden auf dem Spielplatz, dann gingen sie zurück zu Timos Haus. Um halb vier begleitete Timo seine Mutter zum Arzt und Jordi machte sich auf den Heimweg. So sahen ihn unsere Nachbarn: der kleine Hoffmann mit blondem Lockenkopf, Sneakers und seinem Skateboard unter dem Arm geklemmt.

Gegen halb fünf am Nachmittag wurden Erik und Jordi an der Eisdiele gesehen. Jordi hatte sein Skateboard dabei und rollte es unter seinen Füßen hin und her. Laut Erik wollte Jordi eine Weile auf dem Spielplatz skaten. Nachdem sie ein Eis gegessen hatten, gingen sie gemeinsam zum Waldweg, der hinter den Wohnungen verläuft. Dort trennten sich Erik und Jordi, der zum Spielplatz ging. Es war das letzte Mal, dass Erik unseren Jungen lebend gesehen hat.

Unsere Nachbarn sahen Jordi um fünf Uhr auf dem Spielplatz. Eine halbe Stunde zuvor waren drei pubertierende Jugendliche über den Platz geschlendert. Sie saßen auf dem Klettergerüst, tranken Bier aus Dosen und rauchten Joints und Zigaretten.

Aufgrund der Hitze standen die meisten Fenster und Türen der umliegenden Wohnungen offen. Meine Nachbarin Gisa hing die Wäsche auf dem Balkon auf, mein Nachbar Matthias zündete den Grill an. Er erwartete Besuch. Gisas Freundin Jasmin rauchte eine Zigarette und blätterte in einem Klatschmagazin. Sie alle erzählten mir mehr oder weniger die gleiche Geschichte: Die älteren Jungs kümmerten sich zunächst nicht um Jordi, der mit seinem Skateboard allein trainierte. Dann winkte ihm Elias von Zedlitz zu. Elias ist achtzehn Jahre, sieht gut aus und macht einen überheblichen Eindruck. Im Gegensatz zu den anderen beiden lebt er nicht im Aachener Stadtteil *Brand*, sondern im Villenviertel *Hangeweiher*. Er ist mit Jo Daschke befreundet, einem siebenjährigen, mageren Jungen, mit schulterlangen roten Haaren. Der dritte Junge, Markus Raabe, achtzehn und Jo's Nachbar, ist im zweiten Ausbildungsjahr und macht ein Praktikum in einer Autowerkstatt. Markus hat kurzes braunes Haar, ist kleiner, schlank und athletisch gebaut. Er bewegt sich anmutig, mit dem Gang eines leichtfüßigen Raubtieres, sagte Gisa.

Sie beobachteten, wie Elias Jordi herbeiwinkte. Jordi klemmte sich daraufhin sein Skateboard unter den Arm und ging zögernd auf die Jungen zu. Jordi kannte Elias. Linus, Elias' Bruder, ist in seiner Klasse und Elias bringt Linus oft zur Schule. Elias sprang vom Klettergerüst. Von den Balkonen aus konnte man nicht hören, was gesprochen wurde. Wenig später beobachtete Jasmin wie Elias und Markus Jordi mit viel Geduld einen Skateboard-Trick beibrachten. Der Junge mit den roten Haaren blieb am Klettergerüst, rauchte und sah den anderen zu. Jasmin hörte die Jungen lachen und setzte sich wieder hin. Als sie ein paar Minuten später wieder von ihrer Zeitschrift aufblickte, war der Platz leer.

Meine Nachbarn gaben zu Protokoll, dass Jordi mit dem Skateboard unterm Arm den Platz gegen Viertel nach fünf verlassen hat. Er winkte Elias und Markus zu als er am Klettergerüst vorbeischlenderte und zum Waldweg hinter dem Spielplatz ging — derselbe Waldweg, den Erik eine Viertelstunde zuvor auf dem Heimweg genommen hatte. Elias und Markus setzten sich wieder auf das Klettergerüst neben Jo.

Matthias kümmerte sich um den Grill. Er erzählte mir, dass er Markus und Jo auf dem Spielplatz gesehen hatte und dass sie oft Ärger machten, aber es war ihm zuwider, die Jungen zur Ordnung zu rufen. Deshalb war er erleichtert, dass Elias, Markus und Jo ebenfalls in Richtung Waldweg schlenderten.

Ich hatte um Viertel vor sechs das Pflegeheim verlassen und geriet in einen Stau. Es war entsetzlich schwül und ich konnte es kaum erwarten, mich zu Hause zu duschen. Gegen halb sieben war ich endlich zu Hause. Erik saß am Küchentisch und löste ein Rätsel. Ich erkundigte mich sofort nach Jordi und Stella. Erik vermutete Jordi noch immer draußen, Stella hörte in ihrem Zimmer Musik.

Als Jordi um 19.30 Uhr noch immer nicht zuhause war, rief ich Timos Mutter an. Aber sie hatte Jordi um vier Uhr nachmittags das letzte Mal gesehen, ebenso Timo. Jordi hatte nicht viele andere Freunde in der Nachbarschaft, dennoch rief ich alle Mütter an, die ich kannte. Niemand hatte Jordi gesehen.

Ich war zutiefst beunruhigt und lief durch die Straßen, rief nach meinem Jungen. Es war schweißtreibend heiß und roch überall nach gebratenem Fleisch, faulendem Abfall und Teer. Stimmen, Gelächter, ein Fußballspiel im Fernsehen, ein weinendes Kind und türkische Musik waren aus den Gärten und von den Balkonen zu hören. Ich hatte mich noch nicht einmal umgezogen. Meine weiße Uniform war schmuddelig, ich konnte meinen Schweiß unter den Achseln riechen.

Gisa hörte mich nach Jordi rufen, als sie die Wäsche von der Leine holte. Wie in der Nacht zuvor lag ein Gewitter in der Luft. Sie erschrak über die Verzweiflung und Angst in meiner Stimme und fragte, ob sie helfen könne und versuchte mich zu beruhigen. Ihr Sohn war neun Jahre alt und er kam auch einmal zu spät nach Hause, weil er Frösche im Wald gefangen hatte. Kinder suchten das Abenteuer und vergaßen dabei die Zeit.

Ich freute mich schon fast darauf, Jordi später den Kopf waschen zu können und wütend zu sein. Aber Jordi fing keine Frösche im Wald, da war ich mir sicher. Mein Sohn war nicht abenteuerlustig, er kletterte nie auf den höchsten Baum und war bei einem Versteckspiel stets der Erste, der gefunden wurde.

Gisa riet mir zur Polizei zu gehen. Nur der Sicherheit halber.

Um 20:22 Uhr erstatteten Erik und ich eine Vermisstenanzeige. Ich war erleichtert, dass die Polizistin die Situation richtig einschätzte und uns sofort ernst nahm, gleichzeitig hatte ich Angst. Es war also ernst.

Die Anwohner waren schockiert und entsetzt, boten ihre Unterstützung an und beschlossen, sich an der Suche nach Jordi zu beteiligen. Gegen zehn Uhr abends brach aber ein heftiges Gewitter aus. Der Regen spülte die Straßen blank und entmutigte einige Anwohner, auf eigene Faust weiter nach Jordi zu suchen.

Um 23:34 Uhr entdeckte die Polizistin Petra Senger etwas im Schilf der *Inde* in Aachen-Brand, kaum ein Kilometer vom Spielplatz entfernt, wo Jordi zuletzt gesehen wurde. Der Zustand, in dem Jordis Leiche gefunden wurde, machte deutlich, dass er bereits schwer verletzt war, bevor er in die *Inde* geworfen wurde. Sein Oberkörper war übersät mit blauen Flecken, am Hinterkopf war eine tiefe Wunde. Jordis Hände und Füße waren in Wasserpflanzen verstrickt. Sein Skateboard wurde nicht gefunden. Der Bereich um den Fundort der Leiche wurde weiträumig abgesperrt. Scheinwerfer beleuchteten den Abschnitt in der ansonsten völlig dunklen Landschaft.

In dieser Nacht lotste mich das Böse in der Dunkelheit durch meine Träume.

KAPITEL 10

Meine Augen weiten sich. Ich reibe sie mit der freien Hand, als hätte ich mir das soeben Gelesene eingebildet. Aber nein, ich habe nicht halluziniert.

Ich lese noch einmal einen Satz aus dem ersten Abschnitt: *Jordi wurde nach Freigabe seiner Leiche am 30. August 1990 beerdigt. Die gesamte Schule war anwesend, mein Junge war noch nie so beliebt ...* Warum erinnere ich mich nicht daran?

Ich nehme den Umschlag noch einmal in die Hand. Mein Name steht in deutlichen Buchstaben und in der Handschrift meiner Mutter auf dem Umschlag: *Stella.*

Wie ist das nur möglich? Das hier ist keine Nachsendung und erst jetzt wird mir bewusst, dass jemand in meinem Zimmer gewesen sein muss. Vielleicht in der vergangenen Nacht?

Ich lege die Tagebuchseiten in die Schublade. Mein Herz pocht wild, meine Atmung beschleunigt sich, mein Blut pulsiert in den Adern und meine Gedanken überschlagen sich. Ich bin erschöpft. Nicht nur, weil ich seit Tagen unruhig geschlafen habe, sondern vor allem, weil ich mir jetzt sicher bin, dass jemand in der Dunkelheit hier gestanden und mich beobachtet hat. Wie ein Schatten. Wer weiß, wie lange.

Ein paar Momente lang bin ich zu geschockt, um zu reagieren, doch dann bin ich auf den Beinen und an der Tür. Mir schwindelt, ich habe noch nicht alle Sinne beisammen, bin noch ganz benommen vom Schlaf. Ich verlasse humpelnd und mit einem Schluckauf mein Bett und gehe zum Fenster. Ich blicke in den Himmel und sehe keine Sterne, keinen Mond, nur feindselige Schwärze. Auf dem Gehweg ist nichts zu sehen, außer einem kleinen Hund, der unter dem Licht einer kugelrunden Laterne läuft. Sie schwebt über ihm wie ein träger Vollmond.

Ich lege mich wieder hin und nicke sofort ein.

Jemand tätschelt meinen Arm.

„Ich mache mir keine Sorgen. Du wirst sehen, alles wird gut. Sie wacht auf", höre ich jemanden sagen und öffne die Augen.

Links von meinem Bett sitzt Emma, rechts neben ihr steht Alexander, mein Ex-Mann.

Emma streichelt meine Hand. „Hast du dich ein bisschen erholt? Du hast fast eine Stunde lang geschlafen. Wie geht es deinem Kopf?"

„Freddy hat einen neuen Schlagbohrer, dieser ist ein wenig leiser", antworte ich.

Emma nimmt die Fernbedienung für das Bett und richtet mich ein wenig auf. „Freddy?"

„So nenne ich meinen Kopfschmerz. Sie sind nicht mehr ganz so heftig", antworte ich.

Alexander küsst meine Wange. „Gut, dass zu hören, Mädchen. Hier sind wir: deine hübsche Schwester und dein sympathischer, gutaussehender Ex-Mann. Du siehst auch besser aus als vor einer Woche. Ein bisschen wieder wie die alte Stella. Ich bin so froh, dass du jetzt wirklich wach und ansprechbar bist. Alma lässt dich herzlich grüßen, sie hat sich große Sorgen um dich gemacht und wäre gerne gekommen, aber unser Babysitter hat in letzter Minute abgesagt."

Er schenkt mir ein Lächeln, das perfekte weiße Zähne enthüllt.

Emma hält einen hellblauen Umschlag in der Hand. „Du hast Post bekommen. Soll ich ihn für dich öffnen?"

Nein, nicht schon wieder! Ich strecke meine Hand nach dem Umschlag aus. Mein Herz klopft. Neben dem Stempel fällt mein Blick auf die Abbildung einer Mondsichel.

Alexander sieht es ebenfalls. „Das kommt von jemandem, der weiß wie sehr du den Mond magst."

Ich öffne den Umschlag und ziehe eine Karte heraus, dieses Mal ohne Rosenblätter. Sie zeigt einen leuchtenden Vollmond über einer dämmrigen Landschaft. Ich möchte die Karte zerreißen, aber behalte die Kontrolle. *Bleib gelassen.* Jemand hat sich die Mühe gemacht, mir eine Karte zu schreiben, das sollte ich würdigen. Ich öffne sie. Starre auf die unbeschriebenen Innenseiten. Mich packt plötzlich die Angst.

„Was ist los?", fragt Emma und versucht, die Karte an sich zu nehmen, aber ich lasse es nicht zu.

Ich sehe wie die Zahnräder in ihrem Kopf rattern, wie ihre Neugierde zum Leben erwacht.

„Was hat dich so erschreckt, mein Schätzchen. Kann ich mal sehen?" Alexander beugt sich auch zu mir herüber.

Mein Schätzchen? Ich zeige ihnen die leere Karte.

Alexander steht auf und verschränkt die Arme vor der Brust. „Was ist das denn?"

Emma lächelt und zuckt mit den Schultern. „Typisch. Da hat jemand vergessen, seinen Namen zu erwähnen, weil er oder sie in Eile war." Sie kichert. „Könnte mir auch passieren."

Ich bereite mich darauf vor, mich aus der Geborgenheit des Bettes zu befreien. Die Kopfschmerzen werden stärker, ich strecke meine Hand nach Emma aus, erstarre aber in der Bewegung und sehe ich ihr direkt in die Augen. Ich bin misstrauisch. *Warum?*

„Was machst du jetzt damit, Stella?", fragt sie und schaut sich die Rückseite der Karte an. „Nichts. Nirgendwo ein Text. Was für ein Trottel."

„Du hast eine schöne Karte von einem Trottel bekommen", flachst Alexander. „Aber wenigstens hat der

Absender darüber nachgedacht, womit er dir eine Freude machen könnte. Mit dem schlichtweg schönsten Vollmond."

Ich hasse eine Verharmlosung und werde ihnen nichts von der ersten Karte, dem Zeitungs- und Tagebuchausschnitt erzählen.

Ich will dass sie gehen.

Nachdem sie das Zimmer verlassen haben, stehe ich auf und werfe einen Blick aus dem Fenster. Selbst im Dämmerlicht der langsam untergehenden Nachmittagssonne kann ich gut erkennen, wie Emma und Alexander sich auf dem Gehweg angeregt unterhalten. Ich frage mich, worüber sie so heftig diskutieren. Über meine Situation?

Ich habe stets ein unabhängiges Leben geführt und muss jetzt feststellen, dass ich momentan nicht allein zurechtkomme. Geplagt von Albträumen und seltsamen Nachrichten bin ich auch davon überzeugt, dass ich beobachtet werde, dass mich irgendjemand oder irgendetwas bedroht. Mir fällt es schwer, mich in der neuen Ordnung meines Lebens zurechtzufinden. Auch leide ich unter dem vorübergehenden Verlust meiner Selbstständigkeit und Erinnerung. Die Enge dieses Zimmers und die Monotonie meines momentanen Lebens stehen im kompletten Gegensatz zu meinem früheren Dasein, das von Offenheit und regem Austausch bestimmt war. Mein einziger Lichtblick sind Leonie und der Physiotherapeut Hanno, mit dem ich regelmäßig trainiere. Beide kümmern sich liebevoll um mich. Sie zeigen mir immer wieder, wie wichtig Kommunikation ist und wie sehr man Zuneigung und tiefes Verständnis braucht. Aber da sind auch der Tod meiner Mutter, Julians Distanzierung und die seltsame Post. Ein bisschen viel auf einmal.

In der Nacht wache ich von einem Geräusch auf und fröstele. Draußen tobt ein Sturm, einige feuchte, welke Blätter hat der Wind an die Scheibe geweht. Ich horche in die Stille. Da! Das Geräusch! Schon wieder. Als würde jemand vor meiner Tür in seiner Bewegung innehalten. Dieses Mal klingt es weniger metallisch als beim letzten Mal, aber es ist wieder da. Aber dieses Mal kommt es nicht vom Gang.

Wer auch immer hier auf sich aufmerksam machen will, steht nicht mehr vor der Tür. Er ist bereits in meinem Zimmer.

Ich schalte das Licht ein und bin so paralysiert, dass ich vor Schreck vergesse aufzuschreien.

Ich weiß nicht, ob ich erleichtert oder wütend sein soll, als ich meine Schwester sehe. Erleichtert darüber, dass der Eindringling Emma ist und kein Mörder. Oder wütend darüber, dass Emma es wagt, meine Nachtruhe zu stören.

„Du hast mich zu Tode erschreckt, Emma! Was machst du um diese Zeit hier?"

„Ich wollte noch einmal nach dir sehen, aber aufwecken wollte ich dich nicht! Ich habe mir Sorgen gemacht, nachdem du uns weggeschickt hast."

Sie lügt!

„Dass ehrt dich Schwesterherz, aber ich brauche meine Nachtruhe. Ich möchte nicht, dass du hier mitten in der Nacht auftauchst!" Ich spüre wie sich meine anfängliche Angst in Erschöpfung verwandelt. „Wieso haben sie dich überhaupt zu mir gelassen?"

„Der Pförtner kennt mich. Ich war schon oft in der Nacht bei dir."

Ich seufze. Schon wieder eine verlorengegangene Erinnerung.

„Entschuldige, Stella, aber mir hat diese leere Karte mit dem Vollmond keine Ruhe gelassen."

Ich zucke mit den Schultern. „Du hast fünf Minuten!"

„Jemand schickt dir eine Karte, ohne Namen und ohne Gruß. Du bist eine Mondseele, eine Mondfrau. Sie kann dir demnach nur jemand zugeschickt haben, der dich kennt und von deiner Liebe zum Vollmond weiß. Seit der Einäscherung deiner Mutter mache ich mir Gedanken. Ich glaube, dass du in Gefahr bist oder irgendein Unheil droht. Es ist nur so ein Gefühl und deshalb wollte ich heute Abend unbedingt nach dir sehen."

„Das ist lieb von dir, Emma, aber tue das bitte nie wieder. Du kannst gerne tagsüber zu mir kommen. Hier kümmern sich viele Leute um mich, also mach dir bitte keine Sorgen. Außerdem kann ich ganz gut auf mich selbst aufpassen."

„Ich habe auch über unser Gespräch gegrübelt. Hätte ich Julian genauer zugehört, wären mir die versteckten Warnsignale aufgefallen. Es war seine Stimme, sie klang anders und hat ihm verraten. Da ist irgendetwas faul und ich schwöre dir, dass ich das herausfinden werde."

„Nein! Du wirst gar nichts unternehmen. Darum kümmere ich mich, sobald ich hier entlassen werde. Ich bin müde. Komm her, gib mir einen Kuss und geh bitte nach Hause. Die fünf Minuten sind um und ich möchte schlafen."

„Okay. Entschuldige noch einmal, Stella, aber ich musste nach dir sehen", sagt Emma leise und umarmt mich fest.

Ich atme erleichtert auf, als sie die Tür hinter sich verschließt. Plötzlich verspüre ich einen Druck auf den Augen. Ein untrügliches Zeichen für zunehmende Kopfschmerzen. Rasch werfe ich zwei Tabletten mit Wasser ein und sinke in die Kissen. Ich bin aufgewühlt, weil Emma erneut Moms Einäscherung erwähnt hat. Warum weckt sie mich mitten in der Nacht auf und stochert in einer frischen Wunde herum?

Meine Gedanken nehme ich mit in einen unruhigen Schlaf.

KAPITEL 11

Aus den Trümmern hervor geklettert habe ich mich Stück für Stück wieder zusammengesetzt und mich aus dem Schrecken wieder hochgerappelt. Heute Morgen habe ich mich ohne Hilfe geduscht und angezogen. Ich habe in der vergangenen Nacht von Jordi und Mom geträumt. Beide haben mir einen Gutenachtkuss auf die Stirn gedrückt. Ich reibe meine von Müdigkeit gereizten Augen und betrachte mich aufmerksam im Badezimmerspiegel. Dunkle Ränder sind unter meinen Augen, die Lider geschwollen; das Stigma einer fast schlaflosen Nacht.

Etwas ist anders. Etwas hat sich verändert. Aber was? Ich schärfe meinen Blick, sehe mich um und schließe meine Augen für einen Moment. Öffne sie wieder und lasse den Blick durch das Badezimmer schweifen. Plötzlich ist es mir klar. Sehe es. Empfinde das gleiche elende Gefühl wie gestern Nacht. Etwas fehlt.

Ich humpele ins Zimmer, schaue in die Nachttischschublade und atme erleichtert auf. Die Tagebuchseiten und die Karten liegen unberührt an gleicher Stelle. Die leere Mondkarte stecke ich in meine Jackentasche und gehe wieder ins Badezimmer in der Hoffnung, dass alles an seinem Platz steht. Aber meine Toilettenartikel sind anders sortiert und meine Nachtcreme fehlt. Vermutlich war es eine demente Patientin, die in der Nacht umherirrte und sich im Zimmer geirrt hat. Allerdings kann ich mir die Nachrichten meiner Mutter nicht erklären und von dem Tagebuch hatte ich bis gestern auch keine Ahnung. Falls mich jemand zu Tode erschrecken will, werde ich es herausfinden.

„Aber alles zu seiner Zeit", flüstere ich. „Ich fürchte mich nicht vor den Toten! Die Lebenden sind viel angsteinflößender!"

Ich sehe wieder in den Spiegel. Ein Haarschnitt ist fällig. Mein Haar fällt mir ins Gesicht. Julian erwähnte einen Friseur im Haus, aber ich will nicht im Rollstuhl zwischen den Leuten sitzen. Ich möchte in eine Einkaufsstraße gehen und wie ein normaler Mensch einen Friseursalon betreten. Julian könnte mich hinbringen. Ach nein. Er *will* ein wenig Distanz. Er kann sich mit seinem Bedürfnis nach Abstand zum Teufel scheren, jetzt bin ich an der Reihe.

Ich schlucke einmal trocken. Was ist eigentlich mit Moms Haus passiert? Hat Julian bereits die gesamte Einrichtung aufgelöst? Ich muss es sofort wissen, schlurfe zurück in mein Zimmer und will gerade Julian anrufen, als ich vertraute Stimmen im Flur höre. Die Tür schwingt auf.

„Du hättest zuerst anklopfen sollen, Marie", appelliert meine Freundin Charlotte. Im nächsten Moment sind sie schon im Zimmer.

Marie hält ein in Alufolie gewickeltes Etwas in den Händen. „Hey Süße. Ich habe dir einen Apfelkuchen gebacken", sagt sie mit einem breiten Lächeln.

Im nächsten Moment werde ich von vier Armen fast erdrückt.

Charlotte, Marie und ich arbeiten gemeinsam in meiner Firma *Luna Jewels* im Zentrum von Aachen. Ein edles Schmuckstück zu entwerfen ist für mich ein prickelndes Erlebnis und ich gebe stets mein Bestes.

Ich blicke auf meine Hände und frage mich, ob das leichte Zittern eines Tages auch nachlassen wird. Oder werde ich womöglich meinen Beruf als Schmuckdesignerin aufgeben müssen?

Marie und Charlotte sind zu umtriebig und zu lebhaft. Ich möchte, dass sie sich beruhigen. Diese Unruhe belastet mich und es macht für mich Sinn, ihnen das zu sagen. Aber warum sehen sie mich so erstaunt an?

Charlotte grinst hinter vorgehaltener Hand. „Emma hat mir schon erzählt, dass du dich verändert hast und bestimmender bist. Finde ich gut. Selbstbewusstsein ist nie fehl am Platz."

Marie lächelt. „Unsere nörgelnden Stammkunden werden nicht wissen wie ihnen geschieht, wenn das einstige sanfte Reh ihnen widersprichst. Aber seh zu, dass ich in der Nähe bin, falls das passiert."

Ich bin nicht in der Stimmung für eine Diskussion über mein offenbar verändertes Verhalten. Vielleicht war ich für kurze Zeit nicht von dieser Welt, aber ich bin dieselbe Stella wie eh und je.

„Ist das Geschäft heute geschlossen?", erkundige ich mich.

„Es ist Sonntag, Liebes. Sollen wir dir einen Tageskalender aufstellen?", schlägt Marie vor.

„Behandle mich nicht, als sei ich verrückt."

Wut liegt in meiner Stimme und ich bin erstaunt über die Heftigkeit, mit der ich die Worte sage. „Ich habe schon einen Psychiater, der die Fähigkeit besitzt, Emotionen in meinem Gesicht zu lesen und meine Gesten zu entschlüsseln, aber seine Wahrnehmung wagt sich nie über diese Oberfläche hinaus. Er taucht selten in die finstersten Ecken einer Seele, wo die Monster lauern und auf ihre Geburt warten."

Ich bedaure meine Worte, die lustig hätten klingen sollen, die beiden aber anscheinend verschreckt haben. Meine Freundinnen lächeln gequält und verstummen.

Marie errötet und sieht mich entsetzt an. „Wow! Puh! Wer oder was hat dich denn gebissen?"

„Julian will sich für eine Weile von mir zurückziehen, er braucht eine Pause." Das erscheint mir ein besseres Gesprächsthema zu sein.

Sowohl Marie als auch Charlotte fanden es lächerlich, dass ich Julian vor drei Jahren unbedingt heiraten wollte. Ihrer Meinung nach sollte eine Wohngemeinschaft mit einem zehn Jahre jüngeren Mann ohne Trauschein genügen. Insbesondere Charlotte hatte vehement gegen meine Entscheidung protestiert. Ein jüngerer Mann könnte nach einer gewissen Zeit seine Meinung ändern und einen Kinderwunsch hegen. Tu dir dieses Elend kein zweites Mal an, lautete ihr Rat.

„Eine Pause von dir?", fragen beide gleichzeitig. „Aber warum?"

„Er behauptet, dass er mit der Situation nicht mehr zurechtkäme, er hätte sich emotional übernommen und braucht ein wenig Abstand." Jetzt könnte ich ihnen seine Nachricht vorspielen, aber etwas hält mich davon ab. „Es ist auch keine andere Frau im Spiel."

„Wetten, doch?", murmelt Marie. „Aussagen wie diese haben immer mit einer anderen Frau zu tun." Sie sieht Charlotte an. „Was denkst du, Charly?"

„Kein Kommentar", sagt Charlotte. „Du bekommst jetzt Kaffee und Apfelkuchen. Wir bringen dich ins Restaurant, wo wir uns weiter unterhalten können. Ich hole einen Rollstuhl, dann geht es etwas schneller."

„Aber Julian wird nicht unser Thema sein!", sage ich. Wieder höre ich den vehementen Klang in meiner Stimme, den ich von mir bislang nicht kannte. „Alexander nennt mich neuerdings *mein Schätzchen*."

„Klingt, als würde er mit seinem Penis hupen. Braucht er Verwöhnminuten? Da werden wir wohl zukünftig jede Menge Spaß haben", prophezeit Marie und schiebt lachend mich aus dem Zimmer.

Sie hat mir meinen Ausbruch scheinbar verziehen.

„Deine Freundin bringt dich jetzt zu einem bequemen Stuhl", sagt Marie. „Bald geht es dir besser Liebes. Wir vermissen dich so sehr."

Ich spüre Tränen aufsteigen und schlucke sie hinunter.

„Die alte Stella ist wieder da." Marie lacht und knuddelt mich.

Vielleicht bin ich bestimmender und biestiger als vor meiner Erkrankung, aber aus mir ist wohl auch eine Heulsuse geworden.

Charlotte reicht mir eine große Serviette. „Weine ruhig. Lass alles raus!"

Und wieder umschlingen mich vier Arme und erdrücken mich fast.

Ich sehe über ihre Schultern aus dem Fenster. Der Himmel ist tiefgrau verhangen, kündet von dem sich nahenden Winter. Hier und da dringt ein Lichtstreifen der Sonne durch die Wolkendecke, gleitet durch die Nadelbäume und das Herbstlaub der Ahorne und Buchen hindurch und tanzt auf der silbrigen Wasseroberfläche. Ein dünner Nebelstreifen gleitet über den kleinen See am Klinikpark wie ein sichtbar gewordener Atemzug.

Ich knirsche mit den Zähnen, als ein länglicher Schatten an uns vorbeihuscht. Im Gegenlicht wirkt seine Kontur bedrohlich.

KAPITEL 12

Ich bin nicht die Einzige, die emotional reagiert. Auch meine Freundinnen wischen sich die Tränen von den Wangen.

„Es musste mal raus", schnieft Charlotte. „Wir hatten solche Angst um dich."

Marie schenkt drei Gläser Wasser ein. „Das ist richtig. Ich fand es ein wenig beängstigend, dass du so – wie soll ich es sagen – so apathisch warst und so unerreichbar, als würde dich nichts mehr berühren. Und dann hatten uns die Ärzte verboten mit dir über den Tod deiner Mutter zu sprechen. Hätte ich es doch tun sollen?"

Ich lege eine Hand auf ihre Wange. „Ich weiß erst seit ein paar Tagen, dass meine Mutter tot ist, und wünschte, ich hätte es noch nicht erfahren."

Stille.

Ich ziehe die Karte mit dem Mond aus meiner Jackentasche hervor. „Die hier habe ich gestern bekommen."

Charlotte und Marie betrachten die unbeschriebene Karte.

„Jemand hatte es offenbar eilig", knurrt Marie. „Etwas schlampig, aber das ist alles. Hast du eine Ahnung, von wem sie sein könnte?"

Mir ist kalt und ich fühle mich scheußlich.

„Du zitterst ja", sagt Marie. „Soll ich nachsehen, ob eine Jacke im Schrank hängt?"

Mir gefällt der Ton nicht, den sie anschlägt. „Wieso redest du mit mir wie mit einem Kind?"

„Beruhige dich, Stella", fällt Charlotte mir ins Wort. „Das ist jetzt schon das zweite Mal. Marie meint es nur gut, deswegen musst du sie nicht anschnauzen. Eine Karte ohne

Text bedeutet nicht das Ende der Welt. Ist sonst noch etwas passiert, was dich dermaßen aus der Fassung gebracht hat?"

Ich zögere.

„Sag es", beharrt Charlotte. „Alles, was du sagst, ist bei uns gut aufgehoben."

Ich erwähne die Einäscherung meiner Mutter.

Charlotte wirft Marie einen Blick zu. „Demnach hat Julian dir einiges zu erklären", sagt sie. Ihre Augen sprühen Funken voller Abneigung. „Und jetzt ergreift er auch noch die Flucht. Das wirst du nicht akzeptieren! Ruf ihn sofort an und lass ihn hierhin kommen! Sag ihm nicht, dass wir da sind, somit kann er sich auch keine Ausrede einfallen lassen."

„Du hast recht, ich brauche Klarheit. Aber ich würde gerne allein mit ihm sprechen. Ich denke nicht, dass ihr dabei sein solltet." Ich hole mein Handy raus.

„Er kann dir alles Mögliche auftischen", warnt mich Charlotte. „Er ist äußerst begabt auf diesem Gebiet."

„Vielleicht konnte er das einmal, aber jetzt funktioniert das nicht mehr, Charly."

Marie lacht sich ins Fäustchen. „Ich liebe diese neue Stella. Sie haben dir ein Update verpasst. Wir werden jede Menge Spaß mit dir haben. Okay Mädchen! Und jetzt rufst du ihn an!"

Ich nicke und wähle seine Rufnummer. Höre den Klingelton. Zweimal, dreimal. Dann nimmt Julian den Anruf entgegen. „Wir müssen reden", herrsche ich ihn an. „Sofort!" Ich bereite mich auf eine Weigerung vor, aber Julian stimmt zu.

„Ich bin in anderthalb Stunden bei dir", antwortet er und legt auf.

Charlotte forscht nach einer Veränderung in meinem Gesicht. „Wenn   dieses   Aneurysma   dich   wirklich durchsetzungsfähiger gemacht hat, dann war es wenigstens für etwas gut", sagt sie und schüttelt den Kopf. „Unglaublich."

Marie ist heute besonders lebhaft, aber das ist fast immer der Fall. Sie ist das Vertriebsgenie von Luna Jewels. Charlotte hingegen ist ruhiger und weniger präsent. Sie ist für die wirtschaftliche Seite der Firma zuständig. Ich designe den Schmuck, kaufe das Rohmaterial ein und vermittle, falls es zwischen den beiden Mädels mal kracht. Aber ich habe mein Gleichgewicht verloren.

Plötzlich sehne ich mich nach meiner Mutter. Sie war so gut darin, die Dinge ins rechte Licht zu rücken, blieb immer gelassen. Sie hätte mein Gleichgewicht mit Leichtigkeit wiederhergestellt.

Marie ergreift meine linke Hand. „Grübel nicht weiter, versuche zuerst herauszufinden, was passiert ist. Vielleicht ist Julian in Panik geraten. Der plötzliche Tod deiner Mom und die Angst, dich zu verlieren, war zu viel für ihn."

„Julian war auch ein paar Mal bei uns im Geschäft", fährt Charlotte fort. „Und er hat wie immer nur geweint. Marie konnte besser damit umgehen als ich und deshalb schenkte sie ihm die meiste Aufmerksamkeit. Ich bin einfach nicht gut im Umgang mit weinenden Männern. Hast du sonst noch etwas auf dem Herzen, Stella?"

Ich nicke. „Ich träume neuerdings wieder von Jordi."

Charlotte sieht mich erschrocken an. Ihr Entsetzen ist fast greifbar und klebt wie eine dünne Schicht auf ihrer Haut. „Das bekommt dir nicht, Stella. Jordi ist jetzt schon so lange tot. Sein Tod hat dich damals so schwer getroffen, dass du die Erinnerung daran verloren hast. Du wurdest überdies ein Jahr lang psychologisch betreut. Lass die Vergangenheit los. Das ist nicht gut für deine Genesung. Wieso träumst du gerade jetzt von deinem kleinen Bruder?"

Ich ziehe meine Hand zurück und drücke meine Finger gegen meine Schläfe. Es gibt für mich dieses Mal keinen Grund zu schweigen. „Mom hatte sich Fotos von Jordi angesehen und wollte mir etwas sagen und jetzt ist sie tot." Ich atme tief ein und stoße die in meiner Lunge angesammelte Luft wieder aus.

Marie und Charlotte sehen mich entgeistert an.

„Ich ... Ich verstehe es nicht", sage ich „Sie war so gutgelaunt und wollte mir von Jordi erzählen, etwas, das sie bedrückte. Ich glaube, sie hatte auch Angst um mich. Ich möchte dieses Rätsel lösen, aber ich bin so müde. Das hier ist keine Reha, sondern ein Schlaflabor!"

Schweißperlen stehen auf meiner Stirn. Mein Herzschlag stolpert. Mit dem Ärmel meines Nachthemdes wische ich mir den Schweiß von der Stirn. Ein schriller Tinnitus strömt in mein rechtes Ohr. „Bringt ihr mich bitte wieder in mein Zimmer? Ich möchte ein bisschen schlafen, bevor Julian kommt."

„Ja, natürlich."

Marie schiebt den Rollstuhl und Charlotte hält meine Hand.

Ich lächle, denn ich bin nicht allein. Ich habe es mir nur eingebildet. Da sind Charlotte und Marie, zwei wunderbare Freundinnen, meine Schwester Emma, und dann sind da noch mein Freund und Ex-Mann Alexander, seine Frau Alma, und Julian, der etwas Zeit braucht. Die wird er auch bekommen. Aber zuerst muss er mir einiges erklären und seine Antwort muss hieb und stichfest sein.

Marie drückt mich fest an sich, als ich wieder in meinem Bett liege. „Jetzt schläfst du zuerst und machst dir keine Gedanken", beruhigt sie mich. „Charly und ich halten die Stellung im Betrieb. Wir arbeiten nur ein bisschen flinker als sonst. Fleiß hat noch niemanden umgebracht."

Das hätte meine Mutter auch gesagt. Ich beiße mir auf die Lippe und schlucke ein paar Mal.

„Wir kommen dich bald wieder besuchen", verspricht Charlotte. „Lass dich nicht verarschen, lass dich nicht täuschen. Und ruf uns sofort an, wenn du dich nicht wohl fühlst. Okay?"

„Ich glaube, sie schläft schon", höre ich Marie sagen.

Die Lautstärke der Pfeiftöne in meinem Ohr nimmt zu. Ich höre nur noch meine Atmung und das Rauschen meiner Blutzirkulation. Der Rest ist nichts anderes als ein zischendes, grauenvolles Ohrensausen. Ich atme zweimal in den Bauch, im Gleichklang mit dem Rhythmus meines Herzschlags. Sobald er sich beruhigt hat, schließe ich die Augen. Hinter den Lidern schießt eine Kaskade der Bilder und Töne aus meinen Träumen blitzartig durch meinen Kopf.

Mom wollte mir etwas Wichtiges sagen und jetzt ist sie tot. Ich verziehe schmerzhaft das Gesicht, als ich sie vor meinem inneren Auge habe. In der Hand hält sie ein Foto von Jordi. Mein Herz zieht sich zusammen. Ich höre sie „Oh mein Gott" sagen. Meine Magensäure erreicht einen Höchstpegel, als sie mit einem Mal mit Jordi über eine Wiese in den Wald läuft. Dann fliegen die Bilder urplötzlich wie ein Vogelschwarm davon, der Tinnitus wird leiser und verebbt letztlich ganz.

Die Dämonen liegen längst irgendwo im Dunkeln auf der Lauer, um in einem Augenblick meiner Schwäche zuzuschlagen, etwa, wenn man einen Fuß in die Vergangenheit setzte oder wenn eine Liebe verlorenging.

Mir ist als würde ich in eine unendliche Tiefe stürzen …

MONDTEUFEL
Vorhaben

Manchmal glaube ich, dass es nie so weit kommen wird. Ich werde nie in der Weise mit Stella abrechnen können, wie ich es mir bei ihr vorgestellt habe. Aber ich könnte sie so in die Enge treiben, dass sie nur noch nach Luft schnappen kann. Jetzt wo sie in dieser Klinik mit dem komischen Namen *Euphoria* liegt. Hört sich an wie eine Irrenanstalt statt einer Rehaklinik.

Ich werde ihr seelische Schmerzen zufügen, dass sie nur noch schreien kann. Ich werde sie nicht zu Tode prügeln, sondern sie quälen – vorerst.

Aber bin ich mir da so sicher? Dass ich nicht dazu fähig sein werde, Stella zu töten? Dass es sich auszumalen vielleicht nicht mehr genug ist? Dass ich meine Meinung vielleicht doch ändern werde?

Sie hat viele Jahre nach Jordis Tod einmal in einem Eiscafé am Nebentisch gesessen und mir einen kurzen Moment lang direkt in die Augen gesehen und dabei gelacht. Der kleine Jordi hat ebenfalls zwei Stunden vor seinem Tod gelacht.

Mit diesem Lächeln ist Stella einen Schritt zu weit gegangen, genau wie Jordi, sie haben beide die Grenze überschritten. Manchmal geht etwas einfach von selbst einen Schritt zu weit. Dann kann es leicht zu Unfällen kommen. Das Aneurysma hat Stella überlebt. Mit mir in ihrer Nähe wird sie den Tod nicht entkommen …

Ohnmächtige Wut kriecht in mir hoch, wenn ich an Stella denke. Dann rast mir die Ohnmacht der vergangenen Jahre durch den Kopf und bahnt sich einen Weg in meinen Körper.

Was könnte ich aus Stella machen? Vielleicht ein Missbrauchsopfer, ein körperliches Wrack, eine durchgeknallte Frau? Sie zerquetschen wie eine Banane? Hm ... sie wird mich eines Tages wohl doch zum Mörder machen. Um Mord handelt es sich doch, wenn man mit Absicht jemanden tötet? Ich werde sie vermutlich töten, wenn sie nicht damit rechnet ...

Manchmal höre ich die Menschen im Halbschlaf miteinander reden und dann höre ich zu was sie sagen. Ich bezweifle, dass sie wirklich in meiner Nähe sind, ich glaube, dass sie nicht wirklich existieren. Trotzdem höre ich hochkonzentriert und sogar ziemlich begierig den Stimmen zu. Stimmen wie diese, geben mir das Gefühl, dass sie mich lenken und begleiten. Das fühlt sich sicher an. Ich brauche Sicherheit, ich brauche sie seit meiner Geburt.

Mir kommt es vor, als strebt die Menschheit zunehmend nach dem sozialen Engineering des Lebens. Ich würde den Verlauf meines Lebens gerne ein wenig besser lenken, ich würde gerne ein wenig mehr Kontrolle darüber haben was passiert. Ich möchte meine Wünsche ein wenig positiver beeinflussen. Ich möchte meinem Schicksal einen größeren Glücksfaktor beimessen und dem Schicksal derer, die mir dabei in die Quere kommen, eine geringere Chance auf Erfolg geben. Ich will Regie führen.

Weshalb hat ein Mensch einfach Glück und ein anderer bekommt niemals das, was ihm zusteht? Wenn das Leben nicht fair sein will, sollte man dem Schicksal ein wenig nachhelfen. Oder es beeinflussen. Oder in eine andere Richtung lenken.

Ich kann alles erzwingen und noch mehr. Es ist an der Zeit, dass ich ein bisschen mehr von mir preisgebe, auch wenn ich mir damit keine Freunde machen werde. Aber das ist mir völlig egal und das empfehlen mir die Stimmen der

Leute, die ich nicht sehe, wenn ich schlummere. Sie sagen auch, dass ich ohne Medikamente meine Stimmungen steuern und leben kann und dass ich rechtzeitig den richtigen Weg eingeschlagen habe.

Meinen eigenen Weg.

KAPITEL 13

Ich weiß, dass meine Mutter tot ist und dass sie jetzt unmöglich auf der Bettkante sitzen kann, aber es fühlt sich so gut an, dass ich tief in mir dem Jubel nachgeben möchte, der mich anspornt, mit ihr zu reden. Ich liege im Bett, aber schlafe nicht, ich träume auch nicht, ich ruhe mich nur aus. Mit geschlossenen Augen spreche ich mit meiner Mutter.

Manchmal denke ich, mit mir stimmt etwas nicht, weil ich mich nie nach einem Baby gesehnt habe. Meine Mutter sagte mir einmal, dass mir der Instinkt fehle, den fast jede Frau besitzt. Als sie so mit mir sprach, hatte sie einen Blick in ihren Augen, den ich nicht ertragen konnte und der sich wie eine Ablehnung anfühlte.

Zuerst entschuldigte ich mich dafür. Aber als ich dreißig wurde und mir immer bewusster wurde, dass ich keinen Drang nach einem Kind verspürte, begann ich jedem zu widersprechen, der versuchte, meine Meinung zu ändern, und ich hörte auf, um Verständnis für meine Gefühle zu bitten.

Ich fand all die Babys, die in meine Arme gelegt wurden, wunderschön und bezaubernd, streichelte endlos winzige Finger, küsste sanft zarte Wangen und sang Schlaflieder für die Bündel. Greifende Händchen und lächelnde Münder bewegen mich immer noch und ich empfinde das neue Leben als Wunder. Aber nichts in mir hat sich je nach dem Muttersein gesehnt.

Ich konnte Mom allerdings nicht oft genug sagen hören, dass meine Geburt ihr Leben für immer verändert hatte, und möchte jetzt spüren, dass mein Gehirn ihre Worte aufsaugt und festhält, die nicht nur liebevoll, sondern vor allem fürsorglich und sicher waren. Ich sollte meiner Sehnsucht nach ihrer Stimme nicht nachgeben und den Tatsachen ins Auge sehen: Mom wird nie wieder auf meiner Bettkante sitzen. Ihre Gene sind aber für mich in vielerlei Hinsicht erkennbar. Ich bin ihr physisch sehr ähnlich, habe ihre schöne Gesangsstimme und ihre Kreativität geerbt. Und wie Mom kann auch ich leben und leben lassen. Obwohl …

Seit dem Aufwachen in Euphoria bin ich so schnell gereizt und reagiere heftiger als vorher. Es kommt mir vor, als wäre ich weniger in der Lage, die Menschen um mich herum zu mögen, irgendwo in mir wurde eine Tür geschlossen, die ich nicht mehr öffnen kann. Ich möchte Mom davon erzählen, sie um Rat bitten und von ihr getröstet werden, denn es fühlt sich nicht richtig an. Das macht die Einsamkeit spürbar.

Ich möchte ihr sagen, dass ich Angst habe. Dass Julian mich auch verlassen könnte, dass Charlotte recht hatte mit ihrer Aussage, dass Julians Bedürfnis nach Ruhe mit einer anderen Frau zu tun haben könnte. Die bloße Vorstellung, dass da womöglich eine andere Frau im Spiel ist, ruft eine glühende Wut in mir hervor, die sich ohne mein Wissen und ohne meine Zustimmung in mir eingenistet hat. Dadurch bin ich weniger bei mir, es verstärkt meine Einsamkeit.

Ich will meine vertrauten Gefühle zurück. Will wieder jene Stella sein, die ich einst war, bis die Dunkelheit mich oben an der Kellertreppe eingefangen hat.

Ich kenne diese neue Stella nicht, ich möchte sie nicht sein.

Falls es eine neue Frau in Julians Leben gibt, werde ich meinen Durst nach Rache stillen und sie töten.

Du meine Güte. Was ist das bloß für ein Gedanke?

Eine Hand berührt meine Schulter. Ich fahre in die Höhe und blinzle. Verschwommen nehme ich Julians besorgtes Gesicht wahr.

„Ruhig, alles ist gut. Beruhige dich", sagt Julian. „Du hast *so* tief geschlafen."

Ich schüttle seine Hand von meiner Schulter und spüre sofort eine nicht lenkbare, beängstigende Wut. „Ich habe *nicht* geschlafen!"

„Auch okay." Er nimmt einen Stuhl, stellt eine mitgebrachte große Tasche auf den Boden und setzt sich. „Soll ich dir einen Kaffee holen?"

„Nein! Ich möchte, dass du mir ehrlich sagst, warum du Mom hast einäschern lassen. Keine faulen Ausreden und vor allem keine Lügen!"

Julian wischt sich grimmig eine Locke aus der Stirn. *Wenn er jetzt sagt, dass er einen Haarschnitt braucht, schlage ich ihn ins Gesicht.*

„Sie hat mich angerufen und gesagt, dass sie dir gegenüber immer den Wunsch geäußert hat, beerdigt zu werden, aber dass sie ihre Meinung geändert hätte, weil sie wusste, dass du dich für eine Einäscherung entscheiden würdest." Er sieht mich direkt an. „Sie ging davon aus, dass du die Hirnblutung nicht überleben würdest. Ich habe sie auf eine Bestattung angesprochen, aber sie wiederholte, dass – falls du vor ihr sterben würdest, sie ebenfalls eingeäschert werden wollte."

Ich versuche zu begreifen, was ich da höre.

„Deine Mutter war außer sich, als sie dich fand und du mit heulender Sirene in die Klinik gebracht wurdest. Ich habe ihren Zustand nicht richtig eingeschätzt und mich hauptsächlich um dich gekümmert. Zwei Tage später rief Emma mich an. Sie konnte deine Mutter nicht erreichen. Ich fuhr sofort zu ihrem Haus und dann…" Seine Stimme stockt. „Zuerst dachte ich, sie würde schlafen."

„Ihr hättet besser auf sie achten sollen", fauche ich ihn an. Ironie und Wut liegen in meiner Stimme.

90

„Du hast recht", sagt Julian. „Ich werde mir nie verzeihen, dass ich so nachlässig war."

„Und jetzt?" Ich versuche, meine Stimme freundlich klingen zu lassen.

Er schaut zur Seite. „Momentan kann ich dir nicht mehr viel bieten, Stella. Ich habe mich in unserer Beziehung schon seit einiger Zeit nicht mehr wohlgefühlt. Wenn ich eine Frau wäre, würde ich sagen, meine Eierstöcke laufen Amok."

Mir ist plötzlich kalt. „Möchtest du mir sagen, dass du jetzt doch ein Kind willst?"

Er seufzt tief. „Ich weiß es nicht, ich weiß es wirklich nicht. Manchmal denke ich ja, ich möchte ein Kind und verwerfe den Gedanken sofort wieder. Ich weiß wie sensibel dieses Thema für dich ist, ich möchte dich nicht ein zweites Mal mit dem Problem belasten. Ich bin nicht Alexander."

Doch das bist du! Jetzt in diesem Moment! Ich ziehe die Bettdecke unter mein Kinn. „Gibt es da jemanden, der für deine Zweifel verantwortlich ist?"

„Es gibt keine andere Frau, wenn es das ist, was du andeuten willst."

Er lügt! Auch Alexander hatte vor der Scheidung gelogen. Damals habe ich ihm geglaubt und wurde getäuscht und betrogen.

„Ich möchte dich bitten, dass du, sobald du hier entlassen wirst, in das Haus deiner Mutter einziehst. Das gehört jetzt dir."

Ich starre ihn an und kann nicht glauben, dass er das gerade gesagt hat. Sein Gesichtsausdruck ist teilnahmslos. Auch meidet er den Blickkontakt und schaut an mir vorbei.

Ich stehe kurz vor einem Zusammenbruch und bringe mit einem Gähnen meine Gedanken zum Schweigen.

„Ich habe deine Angelegenheiten geregelt, weil du mich darum gebeten hast. Alle offenen Rechnungen wurden bezahlt. Ich denke, du bist jetzt so weit, die Dinge wieder selbst zu regeln." Er nimmt die Tasche und öffnet sie. „Ich habe deinen Laptop mitgebracht. Soll ich ihn auf den Tisch stellen?"

Ich antworte nicht, sehe ihm nur zu.

Er gibt mir meine EC- und Kreditkarte. „Du hast ja hier im Zimmer einen kleinen Safe." Im nächsten Moment nimmt er einen Schlüsselbund aus seiner Tasche. „Hier sind die Schlüssel."

Ich betrachte sein flaches Gesicht und die gerade Nase – die perfekte Verlängerung seiner Stirn. Seine Augen machen mir Angst. Er kneift sich in das rechte Ohrläppchen, was er immer macht, wenn er nervös ist und nachdenkt. „Deine Kleidung und deine anderen persönlichen Sachen sind bereits im Haus deiner Mutter. Später kannst du mir ja sagen, was du sonst noch haben möchtest."

Seine Worte erschüttern meine Gedanken. Worte, die wie Steine viele Kreise auf einer Wasseroberfläche entstehen lassen. Ich fühle mich in ihrem Strudel verloren und frage mich, ob er schon immer so eiskalt war. Meine Kopfschmerzen sind unerträglich. Ohne Vorwarnung werfe ich die Fernbedienung in seine Richtung.

Er weicht aus und springt auf.

Ich kämpfe gegen die Tränen. Blinzele. Mein Herzschlag beschleunigt sich immer mehr. Ich bekomme kaum noch Luft und spüre wie eine Ohnmacht naht.

„Raus! Verschwinde!", schreie ich.

Dann ist Julian fort. Mit weit geöffneten Augen bleibe ich still liegen und konzentriere mich auf meinen Überlebenswillen tief in meiner Brust – ein wenig unterhalb meiner Wut und einer panischen Angst.

Euphoria – Himmel und Hölle, Engel und Teufel, Schmetterlinge wie Leonie und Ratten wie Julian.

KAPITEL 14

Tränen schießen mir in die Augen, benetzen meine Wangen. Ich dachte immer, es sei ein schöner Satz, denn es war nie mehr als nur ein Satz, nur vier Worte: *Die Geschichte wiederholt sich*. Die Geschichte im Allgemeinen, aber nicht meine. Jetzt haben sich diese vier Worte bewahrheitet, ich hätte das nie für möglich gehalten. Sie bedeuten auch verlieren lernen. Das verlieren was mir geschenkt wurde, was ich verdient, wofür ich gekämpft und von dem ich geglaubt habe, ich würde es für immer behalten: Julians Liebe.

Einst ließ ich die Frustration, die Enttäuschung und die Traurigkeit hinter mir, als ich Julian traf und wir beide uns ineinander verliebten. Die Verliebtheit war so groß, so überwältigend und sie ließ keinen Raum für unangenehme Erinnerungen, zumal Julian keinen Gedanken an Kinder verschwendete, geschweige denn daran, welche in die Welt zu setzen. Erst als er mir das offenbarte, wagte ich es mich auf ihn einzulassen. Ich nahm mir vor nicht mehr darüber nachzudenken, was mir in meiner Ehe mit Alexander widerfahren war.

Ich erinnere mich wieder wie es sich angefühlt hat als Alexander auf Distanz ging und nicht mehr mit mir reden wollte. Ich erinnere mich an meine Verzweiflung, an die Angst die mich beherrschte, ohne den Grund für die damalige Situation zu kennen, in die wir geraten waren. Ich konnte die Veränderung nicht begreifen. Ich hatte eine kleine, finanziell gesunde Firma, immer wieder kamen neue Kunden hinzu. Alexander arbeitete zehn Stunden täglich als Fahrlehrer und das sechs Tage die Woche. Ich kümmerte mich neben meiner Firma auch um den Haushalt.

Es fing mit Kleinigkeiten an. Und dann beschleunigte es sich: Lügen, merkwürdige Anrufe, Überstunden in rauen Mengen. Ich glaubte anfangs, sein Verhalten hätte sich verändert, weil er zu viel arbeitete und machte den Vorschlag, einen Teilzeit-Fahrlehrer einzustellen, um Alexander zu entlasten. Aber trotz meiner Anstrengungen – meinem täglich immer wieder bei null anfangenden Kampf um unsere Ehe –, trotz des guten Willens, habe ich verloren. Manchmal öffnete ich die Wohnzimmertür und trat vorsichtig ein. Alexander saß auf der Couch und blickte ins Leere. Er deutete mit der Hand etwas an, das entfloh oder sich vor mir in Luft auflöste, und diese Geste der Ohnmacht verstörte mich zutiefst. Erst da wurde mir klar, dass unsere Ehe zu Ende war. Die nebenberufliche Fahrlehrerin stand bereits in den Startlöchern. Alma, eine ehemalige Krankenschwester, die zur Fahrlehrerin umschulte. *Sie* hatte einen Kinderwunsch. Nicht nur ein x-beliebigen, sondern ein kämpferischer Plan für die Zukunft. Sie zerstörte mein Sonarsystem und produzierte irritierend hochfrequente Töne mit Hilfe ihrer Genitalien.

In seinen Augen war sie die perfekte Mutter für seinen Nachwuchs. Alexander wollte nicht länger warten. „Bist du denn in Alma verliebt?", fragte ich ihn damals. Er blieb mir eine Antwort schuldig. „Ich habe meine Entscheidung getroffen", war alles was er mir sagte.

Ein Faustschlag in den Magen hätte nicht mehr weh tun können. Selbst heute empfinde ich einen ebenso großen Schmerz, dass ich am liebsten weinen möchte, sobald ich mich daran erinnere.

Ich war so schockiert, verwirrt und aufgebracht, aber ich wurde nicht wütend. Meine Mutter, Emma und meine Freundinnen sollten Verständnis aufbringen. „Jeder hat das Recht, seine Meinung zu revidieren und Vater zu werden", plädierte ich, „ganz gleich wie schlecht es mir dabei geht."

Es dauerte eine Weile, bis mir auffiel, dass mir niemand widersprach. Alexander lobte mich für mein Verständnis und schlug vor mich auszuzahlen. Ich wusste damals nicht, dass Alma finanziell unabhängig war. Später erzählte sie mir, dass die Weigerung ihres ersten Mannes, ihr ein Kind zu schenken, das Ende ihrer Ehe bedeutet hatte.

Ich nahm das finanzielle Angebot von Alexander an und zog wieder zu meiner Mutter. Kurz darauf machte mich Charlotte auf die zur Vermietung stehenden Geschäftsräume in Aachen aufmerksam. Sie hatte bereits ausführlich mit Marie darüber gesprochen und beide waren der Meinung, dass dies eine gute Gelegenheit für uns drei wäre die Firma weiter auszubauen.

„Man muss sich nicht der Leere stellen, die ein Verlust hinterlässt, Stella", sagte meine Mutter und streichelte meine Hand. „In deiner Situation bedeutet das, sich neu organisieren. Ohne Alexander zurechtkommen. Darüber hinwegkommen. Und sicher nicht auf Ablenkungen verzichten, sondern akzeptieren, dass es vorbei ist. Glücklich sein ist ein Entschluss." So blieben wir eine Weile sitzen und ich spürte, wie sich meine Handfläche in ihrer Hand erwärmte. Auf meinem Gesicht nahm ich auch eine Welle von Wohlbefinden wahr.

Ich hatte das Geld um die neuen Geschäftsräume umzubauen. Mom bestand darauf dass ich mit Charlotte und Marie das Abenteuer einging. So wurde ich vier Monate nach meiner Scheidung die Eigentümerin einer atemberaubenden Juwelierboutique mit einer großen Werkstatt. An dem Tag, als wir die neuen Räumlichkeiten eröffneten, erhielt ich eine WhatsApp von Alexander.

Du darfst mir gratulieren. Alma ist schwanger.

An diesem Abend habe ich mich fast ins Koma getrunken.

KAPITEL 15

Der Eindringling weiß, dass sie das leise Knacken vor ihrer Tür hören wird. Die Frau hat einen leichten Schlaf. Er hört, dass sie sich räuspert, dass sie den Kloß in ihrem Hals herunterschluckt.

„Ich weiß, dass Sie da sind", sagt die Frau leise. Ihre Stimme klingt weder nach Angst noch nach Tränen.

Er wendet sein Gesicht so weit wie möglich von ihr ab. Seine Perücke juckt. Die Brille rutscht ihm immer wieder über seine FFP2-Maske herunter.

Die Augen der Frau sind noch etwas trüb vom Schlaf und fragend. Sie versucht, sich aufzurichten, aber er stößt sie zurück.

„Ich habe Ihre Spielchen so satt!" Er spuckt ihr die Worte entgegen.

Die Frau lächelt resigniert.

„Ich werde jetzt ein Medikament in die Infusion geben. Sie werden nichts mitbekommen. Sie spüren es auch nicht", flüstert er.

Das ist eine miese Lüge, denkt er, aber immerhin wird der Schmerz nur wenige Sekunden andauern. Es geht immer sehr schnell.

„Arbeiten Sie hier?", fragt sie. Ihr Blick schweift über seine Uniform. „Sie kommen mir bekannt vor."

„Ja", antwortet er und injiziert die gesamte Dosis auf einmal in den Schlauch. „Ich arbeite hier. Und ja, wir kennen uns. Haben Sie es vergessen?"

Er wartet, bis die Krämpfe kommen. Die, die er unbedingt sehen will. Ihr Körper bäumt sich blitzschnell auf und erstarrt.

Ein wunderbarer Anblick.

Fast im gleichen Moment sinkt sie zurück in die Kissen. Er zieht die Nadel von der Spritze ab und steckt sie mit der Schutzhülle in seine Kitteltasche. Seine Handschuhe behält er an, immerhin muss er noch den Türknauf und den Aufzugknopf berühren.

Sekunden später ist ihr Körper wieder im Normalzustand. Ihm ist nichts anzusehen. Er malt sich aus, wie sie später aufgefunden wird. Wie eine ahnungslose Krankenschwester hereinkommt und fröhlich sagt: „Guten Morgen, gut geschlafen, Stella?", um kurz darauf festzustellen, dass sie von dieser Patientin nie wieder eine Antwort bekommen wird.

Ein amüsanter Gedanke.

Er geht zur Tür zurück und horcht, ob jemand in der Nähe ist. Auf dem Flur ist es still.

Dass ihr Zimmer unmittelbar neben der Eingangstür zur Station liegt, ist ein angenehmer Zufall. Somit ist es lediglich eine Frage von kommen und gehen.

An der Zimmertür dreht er sich noch einmal um.

Sie liegt still da und fast tut sie ihm leid. Ihre Augen starren ins Leere. Sie ist eine wunderschöne, stille tote Frau.

Die schönste bislang.

Kopfschmerzen reißen mich aus dem Schlaf. Die Wirkung des Schlafmittels lässt langsam nach. In meinem Kopf scheppert eine dissonante Sinfonie. Ich hätte mich gerne noch etwas weiter in dem schmerzfreien Vakuum aufgehalten. Aber das betäubende Schlafmittel ist verbraucht und blockiert nicht mehr meine finsteren Gedanken: *Jemand schleicht vor meiner Tür herum.*

Der Mond leuchtet in einem intensiven Weiß, ist beinahe voll und wirkt so nah, als stünde er nicht am Himmel, sondern unmittelbar vor meinem Fenster, bereit von mir hereingelassen zu werden. Das Einzige was mir die Stille der

Nacht gibt, ist eine Beklommenheit, die meine Brust aushöhlt. Ich habe vom Tod geträumt, aber mein Verstand ist nicht in der Lage sich an die Einzelheiten zu erinnern. Ich richte mich langsam in meinem Bett auf und muss dagegen ankämpfen nicht sofort wieder in die Kissen zurückzufallen.

Zu den Kopfschmerzen gesellt sich der seelische Schmerz des zweiten Verlustes innerhalb weniger Tage. Mom und Julian sind fort. Warum hat Julian mir das angetan? Charlotte hatte seine Unvollkommenheiten und die Makel auf der Oberfläche erkannt, während ich sondierte, was in der Tiefe lag.

Plötzlich erfasst mich eine eisige Kälte. Mein Körper zittert. Ich habe es soeben erst begriffen. Da ist nie etwas von emotionaler Bedeutung gewesen. Vor vielen Jahren hatte ein anderer Mann mit mir gespielt, mir SMS-Nachrichten hinterlassen, nicht mit mir gesprochen und mich vor vollendete Tatsachen gestellt. Und so unwahrscheinlich es auch sein mag, die Geschichte wiederholt sich: Julian praktiziert die gleiche Vorgehensweise. Sein erster Anruf hätte in mir etwas auslösen müssen. Es *muss* etwas gefehlt haben, aber was? Hat er mich nicht geliebt, sondern nur das Gefühl geliebt, das die Verliebtheit in ihm ausgelöst hat? Meine Augen füllen sich mit Tränen. Dann hätte ich nicht nur Julian verloren, sondern auch die Liebe.

Ich schaue auf die digitale Uhr auf dem Nachtschränkchen: 01:50 Uhr. Die perfekte Zeit, um meine Schlaflosigkeit zu nutzen. Vielleicht ist es an der Zeit zu den Jahren mit Jordi zurückzukehren und mich zu erinnern. Sollen die Postsendungen und die Nachrichten das nicht bewirken?

Vielleicht morgen oder übermorgen. Irgendwann.

Ich spüre plötzlich, wie unfassbar müde ich bin. Mein Körper fühlt sich taub an, meine Augenlider werden schwer. Dann gleite ich in einen traumlosen Schlaf zurück.

KAPITEL 16

Es ist drei Uhr morgens. Ich finde keinen Schlaf. Fragen schwirren in meinem Kopf herum, quälende Geister, die mich jedes Mal, sobald ich meine Augen schließe, zurückstoßen in einen ewigen Gedankenkreis.

Nach einigen erfolglosen Atemübungen erhebe ich mich, setze mich auf die Bettkante und blicke durch das Fenster in die schwarz-weiß gesprenkelte Nacht. Erste Schneeflocken taumeln vom Himmel. Der Vollmond zieht mich magisch an. Unaufhörlich kehren die Fragen in aufeinanderfolgenden Wellen zurück und lassen meine Gedanken im Schaum wieder verloren gehen. In den trüben und sandigen Gewässern meines Geistes ist Jordis Erscheinungsbild vor meinem inneren Auge beunruhigend deutlich. Sein blasses Gesicht mit den großen traurigen Augen ist in jedem meiner mentalen Bilder jetzt völlig klar.

Ich lege mich wieder hin und versuche das, was ich vor Augen habe, mit den Träumen und Flashs zu vergleichen, die mich in den vergangenen Stunden gequält haben und nicke ein.

Hand in Hand gehen Jordi und ich über die Wiese. Wir bedauern uns nicht wärmer angezogen zu haben. Unsere wasserdichten Jacken mit Kapuze und die Baumwollhosen sind ein zu dünnes Bollwerk gegen die winterliche Kälte. Die Temperatur liegt um dem Nullpunkt, die frostigen Gräser funkeln unter dem Nimbus eines fast vollen Mondes.

Ich blase meinen Atem in die rechte Hand und mache eine Faust. Die andere Hand habe ich in der einladenden Wärme meiner Jackentasche zusammengerollt. Wir halten am Rand des Waldes inne und setzen uns auf ein

Mauerstück. Ich atme tief ein, dann hole ich eine Nähnadel aus meiner Jackentasche.

Jordi sieht mich fragend an. Seine Augen sind vom mangelnden Schlaf ein wenig gerötet.

„Ich werde erst mir und dann dir in den Finger piksen", murmele ich. „Es tut gar nicht weh."

„Echt nicht?"

„Nein, du spürst es nicht. Du möchtest doch auch eine Mondseele werden?"

Jordi nickt heftig und reichte mir seine Hand. „Ja!"

Sekunden später sickert ein Tropfen Blut aus seinem und meinem Zeigefinger.

„Jetzt legst du deinen Finger auf meinen, Jordi."

Als unser Blut sich vermischt, grinst mein kleiner Bruder. Sein Lächeln ist ein wunderbarer Anblick.

„Jetzt sind wir Mondseelen, Jordi", flüstere ich, nehme seine Hand und lecke das Blut von seinem Finger.

Danach schlendern wir wieder langsam auf die elterliche Wohnung zu. Mir fällt eine Furche in den wilden Gräsern auf. Jemand ist dem alten Pfad und uns gefolgt ...

Plötzlich stehe ich allein auf dem Pfad. Jordi ist fort. Ich höre das Lachen der Kinder auf dem Spielplatz neben der Schule, höre das Läuten der Glocke, die das Ende der Pause ankündigt. Dann nehme ich den Geruch von frisch geschnittenem Gras wahr. Ich gehe weiter durch trost- und lichtlose Landschaften von beängstigender Flachheit und nichts, gar nichts ist dort, woran ich mich hätte klammern können. Eine Weltuntergangslandschaft ohne Wegmarken und Anhaltspunkte. Ich höre Jordi in der Ferne weinen, aber ich kann nicht zu ihm, denn unbekannte Hindernisse versperren mir den Weg. Kein Pfad vermag die unfruchtbaren Böden zu durchqueren. Ich suche nach einer Umgehung, finde aber keine, alles wird durch eine schwarze Masse versperrt. Jordis fernes Schluchzen bereitet mir

grauenvolle Schmerzen. Seine Stimme beginnt sich aufzulösen, der Faden mit Jordi reißt, das Schweigen siegt.
Die schwarze Masse umkreist mich und ich falle in einen bodenlosen Brunnen, aus dem ich nie mehr geborgen werden kann.

Die Tür öffnet sich, ich wimmere – die kraftlose Version eines Schreis. Eine Hand legt sich auf meine Schulter. „Ruhig, Stella. Sie haben nur geträumt", sagt die Nachtschwester und schenkt mir ein Glas Wasser ein. „Trinken Sie einen Schluck." Dann verabschiedet sie sich wieder und überlässt mich der Stille und der Dunkelheit.

Bilder und Geräusche fließen, einige Erinnerungsschnipsel kommen an die Oberfläche. Ich suche die Erinnerung an meinen Traum. Aber sie ist fort.

Über all den Fragen, die in meinem Kopf umherschwirren, habe ich den Rat meiner Mutter vergessen: „Schenke den Träumen keine allzu große Bedeutung, kümmere dich um die Realität. Nur sie wird deine Fragen beantworten."

Ich erschöpfe wichtige Kraftreserven, um die quälende Gewissheit zu unterdrücken, die sich ihren Weg aus meinem Unterbewusstsein nach oben kämpft. Die Wahrheit ist bereits deutlich sichtbar. Sie liegt verzweifelt vor mir wie ein Ertrinkender, den nur eine dünne Eisschicht von den helfenden Händen seiner Retter trennt. Doch ich bin nicht bereit, sie zu durchstoßen. Noch nicht. Mir ist in den vergangenen Stunden bewusst geworden, dass ich niemandem mehr von Jordi erzählen sollte.

Emma ist wieder bei mir, aber ich kann mich nicht auf ihre Worte konzentrieren. Die vergangene schlaflose Nacht fängt mich ein. Die Uhr an meinem Handgelenk zeigt drei Uhr nachmittags, aber mein Körper signalisiert eine mitternächtliche Müdigkeit.

Ich bin eingenickt und habe von Julian geträumt. Und auch jetzt, in diesem Augenblick, will ich auch nur an ihn denken.

Emma sitzt an meinem Bett und schnaubt verächtlich.

„Also, wer sich hier besser verpissen sollte…. Was für ein… na ja, egal. Gut, dass du mich angerufen hast, wir werden das gemeinsam lösen, Schwesterherz."

Ich frage mich, was genau gelöst werden soll.

„Nun", fährt Emma fort, „wie wäre es, wenn ich dir helfe, dein Leben wieder auf die Reihe zu bekommen? Das gelingt dir möglicherweise besser, wenn du irgendwo bist, wo du dich zu Hause fühlst. Das Haus deiner Mutter wäre doch perfekt. Wie habt ihr eigentlich geheiratet? Mit einem Ehevertrag oder in Gütergemeinschaft?"

„Mit einem Ehevertrag. Darauf hatte Mom bestanden."

Emma nickt, meine Antwort gefällt ihr anscheinend.

„Mom vertrat den Standpunkt, dass ihre Tochter den Erlös aus dem Haus niemals mit jemandem teilen sollte."

„Ihrer Fürsorge verdankst du ein warmes Nest, jetzt wo dein Mann dich verlassen hat. Sie hatte einen sehr weitsichtigen Blick."

Ich hebe eine Hand. „Stopp. Du kommst mir vor wie ein ICE. Julian und ich machen eine Ehepause, das ist alles."

„Eine Ehepause? So kann man es auch nennen, wenn man auf dem Abstellgleis geparkt wird." Emma wirft mir einen spöttischen Blick zu.

Ich bin sofort auf der Hut. „Weißt du vielleicht mehr als ich?"

Jetzt sieht sie mich verdutzt an. „Was soll ich denn wissen? Ich bin nicht unbedingt mit Julian befreundet, das wird sich nach dieser Aktion gewiss nicht ändern. Und bevor du jetzt sagst, dass er ein wenig Freiraum zum Nachdenken braucht, möchte ich nur darauf hinweisen, dass er dafür einen außerordentlich unpassenden Zeitpunkt gewählt hat.

Du bist hier in einer Rehaklinik, er kann nachdenken, soviel er möchte, aber es ist unnötig dich jetzt mit seinen Zweifeln zu konfrontieren. So sehe ich das."

Ich kann gerade nicht anders und lache kurz auf.

„Was ist daran so witzig?", fragt Emma irritiert.

„Nichts, aber ich liebe deine Offenheit, deine Ehrlichkeit. Wie du vorhin geschaut hast, hast du Dad sehr ähnlich gesehen. Diese gerunzelte Stirn, diese grimmigen Augen und die zu laute Stimme, wenn unser alter Herr wütend war."

Ich spüre plötzlich wie mir Tränen in die Augen steigen.

„Ich vermisse ihn auch", sagt Emma und breitet ihre Arme aus.

Ich hatte seit ein paar Stunden keine Kopfschmerzen mehr, jetzt sind sie wieder da und breiten sich in meinem Hinterkopf aus. Es sind immer die Emotionen, die sie hervorrufen.

„Soll ich dir Schmerztabletten holen?", fragt Emma und springt auf. An der Tür dreht sie sich noch einmal um. „Mach dir keine Sorgen um deinen unberechenbaren Mann, Schwesterherz. Ich werde ihn im Zoo den Raubtieren zum Fraß vorwerfen."

Ich lächle, obwohl Freddy mit dem Presslufthammer in meinem Kopf einen Freudentanz aufführt, schließe die Augen und nicke ein.

Ich höre leise Stimmen. „Schlafen entspannt. Sie muss das Ganze erst einmal verdauen und ihr Gleichgewicht finden. Die meisten Menschen suchen nach einem Zustand der temporären Abwesenheit eine Weile nach diesem Gleichgewicht. Das erfordert Energie, die ihnen aber eine Zeitlang nicht zur Verfügung steht."

Ich kenne diese Stimme, aber ich möchte meine Augen geschlossen halten. Mich ausruhen. Nicht hier sein.

„Ich werde morgen wiederkommen", höre ich Emma sagen. „Pass gut auf sie auf, Leonie."

Natürlich, Leonie, meine Pflegerin. Soll ich mich bemerkbar machen, ihnen sagen, dass ich wach bin? Ich spüre, wie mir jemand einen Kuss auf die Stirn gibt. Dann entfernen sich Emmas Schritte.

Worte drängen sich mir auf, ich nehme sie wahr, als würde Julian neben meinem Bett stehen.

„Wenn ich eine Frau wäre, würde man sagen, meine Eierstöcke laufen Amok."

Ich möchte fort von hier, irgendwo sein, wo mich die Vergangenheit nicht stört, wo es nur Erinnerungen gibt, die mit einem Glücksgefühl verbunden sind…

Mein Vater geht auf Zehenspitzen zur Kellertür und lächelt geheimnisvoll. „Spann das Kind nicht länger auf die Folter", protestiert Mom.

Ich möchte meinem Vater in den Keller folgen, aber Mom hält mich zurück. „Die Treppe ist viel zu steil, Stella."

Mein Vater kommt zurück und ich sehe das Puppenhaus. Ich hüpfe durch den Flur und klatsche in die Hände.

Mom lacht. „Ins Schwarze getroffen."

Sie sind weg, ich bin wieder wach. Es war nur eine Erinnerung, ein Flash. Ich wurde sieben Jahre alt. Wir waren eine wunderbare Familie, ich fühlte mich geborgen. Wer hätte gedacht, dass meine Halbschwester ein paar Jahre später mit diesem Puppenhaus spielen würde?

„Hege stets deine Erinnerungen, Stella", hatte meine Mutter mir oft gepredigt und mich immer vor dem Schlimmsten bewahrt. Aber sie hatte mir nie gesagt, dass es besser wäre, schmerzhafte Erinnerungen beiseitezuschieben und zu verdrängen.

Puppenhaus, glückliche Eltern, Unbeschwertheit. Verlorene Wochen. Alles weg. Demnächst gibt es auch keinen Mann mehr in meinem Leben. Nur ein Los der Staatslotterie, wo auch immer es sein mag.

Ich zucke zusammen, mein Herz rast. Bleibe einige Sekunden still. Mein Blick ist auf einen unsichtbaren Punkt an der Wand gerichtet. Meine Hände zittern, auf meiner Stirn und an meinen Schläfen perlt kalter Schweiß. Der Schmerz schießt sofort wieder in meinen Kopf, nur kurz, aber er ist kaum auszuhalten. Dann lässt er langsam wieder nach.

Los der Staatslotterie?

Ich erinnere mich wieder.

„Ich habe in der Staatslotterie einen Batzen Geld gewonnen, Stella. Ich hatte mir aus irgendeiner Laune heraus ein Los gekauft, auf das eine Megasumme gefallen ist. Dieses Lotterielos ist für dich, mein Schatz."

Das war Moms Überraschung für mich. Das hatte sie mir gesagt, als ich bei ihr war.

KAPITEL 17

Jemand ruft meinen Namen. Ich frage mich, wo ich bin, ja sogar wer ich bin. Mir kommt es vor, als komme ich aus einer unendlichen Tiefe an die Oberfläche, aber bringe kaum die Kraft auf, meine Augen zu öffnen.

„Sie haben sehr tief geschlafen", höre ich Leonie sagen. „Guten Morgen, Stella."

Hat sie vorhin nicht behauptet, ich müsse mein emotionales Gleichgewicht finden oder so ähnlich? Emma war auch hier, sie wollte mich morgen wieder besuchen. Ist es schon morgen?

Leonie berührt meinen Arm „Was machen die Kopfschmerzen?"

Ich habe keine Kopfschmerzen, Freddy schläft noch, aber meine Kehle ist so trocken, dass mir das Sprechen schwerfällt.

„Trinken Sie etwas, Stella, nach einem stundenlangen Schlaf ist man dehydriert", sagt sie und reicht mir ein Glas Wasser, das ich in einem Zug leere.

„Wie lange habe ich geschlafen?"

„Nun, ich bin gestern um acht nach Hause gegangen und da haben Sie schon geschlafen."

„Jemand war gestern mitten in der Nacht in meinem Zimmer, Leonie."

„Sie brauchen sich wirklich keine Sorgen zu machen. Ich habe in dem Bericht gelesen, dass die Kollegen der Abend- und der Nachtschicht versucht haben, Sie aufzuwecken, damit Sie etwas essen und trinken, aber Sie ließen sich nicht aufwecken. Es ist ganz normal, dass die Pflegerinnen noch einmal herumgehen und schauen, ob alles in Ordnung ist."

„Ich mag die Nacht nicht", nörgele ich. „Es liegt an den Flashs und den Albträumen. Ich verliere mich nachts – im Schlaf –, dann kommen die Flashs und sobald sie sich verflüchtigen, kommt Freddy und sucht sich eine neue Bohrstelle. Wann wird mein Gehirn endlich zur Ruhe kommen?"

Leonie nickt verständnisvoll. „Ich verstehe. Und wie fühlen Sie sich jetzt?"

Ich habe keine Kopfschmerzen, also muss ich mich wohl gut fühlen.

„Was wird heute von mir erwartet?", erkundige ich mich.

Leonie steht auf. „Ich habe in der Küche ein Tablett für Sie vorbereitet. Frisches Obst, eine Scheibe Brot mit Butter und Käse und einen Proteindrink. Soll ich es holen?"

Ich nicke und hoffe, so etwas wie Appetit auf das Frühstück zu verspüren, aber mein Magen kooperiert nicht. Leonie verlässt das Zimmer ohne meine Antwort abzuwarten. Ich werde sie heute nicht enttäuschen und alles essen, als Dank für ihre Fürsorge. Als Dank für den Kaffee, den Zuspruch, das Zudecken am Abend, die Gespräche, ihre Geduld, ihre Freundlichkeit. *Tausend Dank.* Nein, das wäre too much.

Ich möchte mich selbst zwingen wieder vernünftig zu essen. Je früher ich den Faden meines Lebens wieder aufnehme, umso früher kann ich nach Hause gehen. Zuhause bedeutet Moms Haus. Mein Elternhaus, eine vertraute Umgebung ohne Mom, ich werde dort ganz allein sein.

Jetzt soll Leonie hereinkommen und mir sagen, dass ich verwirrt bin und die falschen Schlüsse ziehe. Dass Mom auf mich wartet, dass sie sich um mich kümmern wird, dass bald keine Tränen meine Augen mehr befeuchten.

Ich spüre eine Hand auf meiner Schulter. *Leonie.*

„Gestern war jemand in meinem Zimmer, Leonie. Ganz sicher und es war niemand vom Pflegepersonal. Die Person hat auch eine Hand auf meine Schulter gelegt."

„Vielleicht hat Ihr Mann nach Ihnen gesehen."

„Mitten in der Nacht?"

„Oder eine der älteren Patientinnen hat sich im Zimmer geirrt. Wir haben hier einige Alzheimerpatienten. Ich werde dafür sorgen, dass niemand mehr uneingeladen Ihr Zimmer betritt."

Ich lege die Hände auf mein Gesicht.

Leonie reicht mir ein Taschentuch. „Wird es alles ein bisschen zu viel für Sie?"

„Ja", antworte ich leise und wische mir die Tränen von den Wangen. Unsere Unterhaltung kommt heute schleppend in Gang. Ich muss mich zwingen, nicht über Moms Tagebuch zu grübeln und an Julian zu denken, der mich so getäuscht hat. Vermutlich kann ich diese Beziehung auch nicht mehr aufrechterhalten. Ich bin so blind gewesen. Julian ist kein Leuchtfeuer, das mich nach dem Aneurysma durch den Nebel führen wird.

„Soll ich mich mal erkundigen, ob unsere Psychologin heute Zeit für Sie hat? Sie ist sehr nett. Es ist nicht wenig, was Sie gerade durchmachen, Stella. Ich denke, ein paar Gespräche mit der Psychologin werden Ihnen guttun."

Alles, was Leonie sagt, klingt aufrichtig und freundlich. Trotzdem ärgere ich mich über ihre Worte.

„Sie kann meine Mutter auch nicht wieder lebendig machen!" Sofort bereue ich den schroffen Ton meiner Stimme.

Leonie lässt sich nichts anmerken. „Das ist richtig und sie kann die Beziehung mit Ihrem Mann auch nicht beeinflussen. Aber sie kann Ihnen zuhören und Sie bei dem, was Sie gerade durchmachen, unterstützen. Darf ich mich erkundigen, ob sie heute oder möglichst bald Zeit für Sie hat?"

Ein einziges falsches Wort genügt in diesem Augenblick, um Leonies Bemühungen an meinem Bett zu zerstören. Sie weiß, wie gebrochen und verloren ich mich fühle. Niemand muss noch Salz in meine Wunden streuen. Noch ein Wort und ich vergesse mich.

Ich wüsste nur zu gerne, was Leonie über meine Beziehung zu Julian weiß. Woher hat sie diese Informationen? Wer redet hier über mich? Und mit wem? Leonies Vorschlag ist sicher gut gemeint, aber etwas missfällt mir daran.

Urplötzlich überwältigt mich ein unbehagliches Gefühl und lässt mich nach Luft schnappen. Es ist wieder eine Erinnerung an Jordi. Das Böse einer vergangenen Nacht holt mich ein. Es kommt direkt auf mich zu…

Das Zimmer beginnt sich zu drehen. Ich schließe die Augen.

„Jordi, Jordi. Du wirst nie wieder mit ihm spielen können!" Ein Flüstern. Die Tagebuchseiten meiner Mutter umkreisen mich und etwas Böses tritt daraus hervor …

„Oh, oh", höre ich Leonie rufen. Danach nichts mehr. Nur Stille und Schwärze.

„Jordi… Jordi…"

Ich erwache schweißgebadet, mein Herz klopft zum Zerspringen, dazu gesellt sich das Gefühl der Panik.

„Sie kommt wieder zu sich", sagt eine vertraute Männerstimme, aber ich kann sie nicht zuordnen. „Öffnen Sie Ihre Augen, Stella. Langsam ein- und ausatmen."

Ich ersticke ein Schluchzen. Dann öffne ich die Augen.

Ich sehe den kleinen Arzt vor meinem Bett stehen. *Felix, der Zwerg. Hab seinen Nachnamen vergessen.*

„Erinnern Sie sich, wer ich bin?" Seine Nase trifft fast meine. Der Zwerg riecht verdammt gut.

Ich ziehe meinen Kopf ein wenig zurück. „Felix. Was ist passiert?"

Felix zieht einen Stuhl ans Bett und setzt sich hin. „Sie sind ohnmächtig geworden und waren eine Zeit lang bewusstlos. Erinnern Sie sich, was Ihnen Unbehagen bereitet hat?"

Ich habe an Jordi gedacht und daran, dass ich nie wieder mit ihnen sprechen kann. Die Erkenntnis, dass er und Mom für immer aus meinem Leben verschwunden sind, hat mir den Atem geraubt. Aber da war noch etwas.

Das alles ist ein Angriff auf meine Gefühle, auf meine Fähigkeit mich zu erholen, auf mein gesamtes Leben. Jordi wurde begraben. Sein Grab habe ich oft besucht. Aber wo ist die Asche meiner Mutter? Oder hat Julian die Urne aus Bequemlichkeit im Garten geleert? Wenn ich herausfinde, dass er das getan hat …

Was ist nur los mit mir?

„Ich habe tief geschlafen und hatte noch nicht gegessen", antworte ich. „Ich vermute Zuckermangel."

„Sie haben den Namen ihres Bruders nach dem Aufwachen geflüstert, hat mir Leonie gesagt. Wollen Sie mir nicht erzählen, was ihnen da gerade durch den Kopf ging."

„Keine Ahnung. Aber vorhin habe ich mich an etwas erinnert. Vier Tage vor Jordis Tod ereignete sich etwas Merkwürdiges. Ich entdeckte einen blauen Fleck an seinem Arm und sprach meinen Bruder darauf an. Jordi erzählte mir, dass ein fremder Junge wütend auf ihn gewesen sei, weil er ihn mit Kieselsteinen beworfen hätte. Da hätte der Junge ihn hart am Arm gepackt, aber es war absolut nicht seine Absicht gewesen, Jordi zu verletzen." Ich halte einen Moment inne. „Wieso erinnere ich mich daran, Felix?"

„Weil sich der Vorfall kurz vor Jordis Tod ereignete. Und weil Ihre Erinnerung an Jordis Todestag erloschen ist. Ihr Gehirn sucht womöglich diese Erinnerung. Neben Jordis Tod muss irgendetwas an diesem Tag geschehen sein, so dass Ihr Gehirn darauf sofort mit einer Totalblockade reagiert hat. Was war Jordi für ein Junge, Stella?"

„Er war ein ruhiges Kind und ein fleißiger Schüler. Jordi hatte eine leichte Legasthenie und zog sich manchmal in sich zurück, aber er hatte Freunde. Niemand sorgte sich um ihn und er verursachte auch keine Probleme. Meine Mutter vergötterte ihn.“

„Wie ging es Ihnen dabei?“

Ich hebe irritiert die Augenbrauen. „Jordi und ich standen uns sehr nah. Was könnten diese Flashs ansonsten für einen Sinn ergeben?“

„Ich verstehe. Diese emotionale Nähe ist ebenfalls eine Erklärung dafür, dass Ihr Gehirn diese Erinnerung sucht. Sie wollen wissen, was damals geschehen ist. War das schon immer so?“

Ich zucke mit den Schultern. „Ja, nein, ich weiß es nicht. Mir fällt auf, dass ich, seit ich hier bin, nach den Momenten mit Jordi suche. Aber, dass selbst bei der Erwähnung einer Erinnerung Jordis Gesicht in der Dunkelheit eingefroren bleibt.“

Felix Fragen werden mir zu viel, ich wende mich an Leonie. „Ab heute werde ich besser essen, Leonie. Versprochen. Ich möchte schnellstens nach Hause. Meine Schwester könnte eine Weile bei mir wohnen und mich betreuen.“

Leonie zeigt auf den Tisch am Fenster. „Hanno aus der Physiotherapie möchte Sie nach dem Essen sehen. Auch er hilft Ihnen wieder zu Kräften zu kommen. Und ehe man sich versieht, schläft man wieder im eigenen Bett.“

Ich nehme ein paar Schlückchen von dem Proteindrink. Ein Bissen von dem Käseschnittchen. Ein zweiter Bissen, kauen, schlucken. *Noch einmal. Weitermachen! Mach einfach weiter, mach weiter. Mach weiter!*

Ich würge.

„Langsam. Etwas langsamer essen, Stella“, drängt Leonie.

Ich spüre eine unerklärliche Wut in mir aufkommen und würde gerne alles und jeden in diesem Raum kurzerhand erschlagen.

Felix mustert mich. „Warten Sie bitte noch eine Stunde mit dem Obst", rät er mir und steht auf. „Ich sehe heute Nachmittag noch einmal nach Ihnen. Dann können wir uns weiter unterhalten. Viel Spaß mit Hanno, er ist ein toller Kerl."

Verrückt... Hat Dr. Zwerg gerade versucht, mich mit dem Physiotherapeuten zu verkuppeln? In Euphoria steht die ganze Welt auf dem Kopf. Die Demenz hat hier Oberhand und färbt ab. Kein Wunder, dass ich hier Albträume habe, die mein Hirn zermartern.

„Kann ich Sie noch etwas fragen, Felix?"

Felix dreht sich um. „Natürlich."

„Kann mir das noch einmal passieren? Ich meine, besteht die Möglichkeit, dass da noch ein Aneurysma in meinem Kopf vorhanden ist?"

Felix steht wieder neben meinem Bett. „Wohl eher nicht, Stella. Der Hirnscan zeigte keine Anzeichen für weitere Aneurysmen. Sie müssen sich also keine Sorgen machen."

Ich möchte mich jetzt beruhigt fühlen. Aber das tue ich nicht. Ich habe Angst, denn ich will weder meinen Verstand noch die Lebendigkeit meines Intellekts und den Sinn für Humor verlieren.

„Ein Teil von mir hofft, dass eines Tages alles wieder wie vor dem Aneurysma sein wird."

Felix setzt sich auf die Bettkante. „Ihr Körper hat Sie ziemlich im Stich gelassen. Wenn Ihnen so etwas passiert, brauchen Sie Zeit, um das Vertrauen in Ihren Körper wiederzugewinnen. Nehmen Sie sich diese Zeit. Und … wir sind immer für Sie da."

„Aber wie konnte mir das nur passieren? Ich wusste nicht, dass da etwas in meinem Kopf vor sich ging. Hätte ich aufmerksamer sein sollen? Bin ich nicht zu jung für eine Hirnblutung?"

Felix macht eine beschwörende Geste. „Sie tragen keine Schuld. Ein solches Aneurysma ist in der Regel angeboren. Manchmal bemerkt man es nie. So ist es eben, der eine bekommt eine Blutung, der andere lebt und stirbt mit dieser Schwachstelle in einer Gefäßwand. Eine Frage von Pech oder Glück. Es stimmt, dass dies bei älteren Menschen häufiger vorkommt, aber eine schwache Gefäßwand kann in jedem Alter zum Problem werden." Er berührt meine Hand. „Sie haben überlebt, Stella, und Sie werden wieder völlig gesund. Blicken Sie nach vorn. Sie hatten Glück."

„Danke." Jetzt mag ich den Zwerg doch tatsächlich.

Hanno ist übertrieben fröhlich, das gefällt mir nicht. Aber ich gebe mein Bestes und laufe in der Brücke, nehme alle Hindernisse, die Hanno mir in den Weg legt, halte das Gleichgewicht und hebe zur Abwechslung brav meine Knie an. Niemand kennt mich hier, ich muss mich für nichts schämen und aufhören, mich beschissen zu fühlen. Die Anstrengung versuche ich vor ihm zu verbergen. Ich bin ein Phönix aus der Asche, eine Überlebenskämpferin. Das war schon immer so.

„Sie machen das großartig", spornt Hanno mich an. „Wir nehmen jetzt gemeinsam den Korridor ohne Gehhilfe in Angriff. Wenn nötig, lehnen Sie sich an mich an."

Wir gehen den Flur entlang, ganz nah nebeneinander. Ich behalte den Stuhl im Auge, der irgendwo auf halber Höhe steht. Wir passieren den Stuhl, ich schwanke nicht. Nie wieder. Niemals. Ich gehe weiter und weiter. *Weil ich hier raus will!*

„Morgen üben wir weiter", entscheidet Hanno, als er mich zum Zimmer begleitet. „Ich bin sehr stolz auf Sie, Stella."

Ich bin mir sicher, er meint es ernst und alles, was er sagt, ist gut gemeint, aber ich werde das Gefühl nicht los, dass ich bei diesem Mann auf der Hut sein muss.

Ich muss mit jemandem darüber sprechen. Vielleicht ist diese Psychologin doch eine gute Idee. Mit ihr könnte ich auch über die Geister sprechen, die mich in der Nacht heimsuchen.

KAPITEL 18

Ich schrecke aus dem Schlaf hoch und blinzele in das Spiel des Morgenlichts, das durch die Vorhänge in mein Zimmer dringt.

Eine kurze Nacht liegt hinter mir, in der ich von meinem imaginären Straßenarbeiter geträumt habe, der Hanno ein wenig ähnelte. Mein Schmerzgedächtnis meldet sich, die Synapsen spielen verrückt, aber die Kopfschmerzen sind erträglich. Ich spüre ein Kribbeln in der linken Wange und die Wärme in meinem Gesicht wie nach einer Ohrfeige. Ich bilde mir ein, Julians Worte zu hören und die eisige Stille danach. Die Tränen kommen unweigerlich mit dieser Erinnerung. Im Traum habe ich Julian ein Messer an die Kehle gehalten, ihm dabei direkt in die Augen geblickt, sein atemloses Flüstern gehört und ... Ich habe zugestochen. Wurde zur Mörderin. Julian sank zu Boden, sein Blut drohte mich zu überfluten wie ein Szenario aus einem billigen Horrorstreifen.

Ob dieser Traum einen Sinn macht? Ob ich während unserer Ehe schon einmal zum Messer gegriffen habe? Ich weiß es nicht.

Es ist ebenso ein befremdliches Gefühl, dass Wochen vergangen sind, in denen ich mit Menschen gesprochen, Fragen gestellt, Antworten gegeben habe und die Erinnerung daran nicht abrufen kann. Leonie erwähnte einmal, dass ich nach meiner Ankunft in Euphoria oft mit der Gruppe gegessen hätte.

„Sie waren danach Stunden lang verärgert, sprachen kein Wort und schmollten. Sie waren fünf Wochen lang zwar physisch anwesend, aber gleichzeitig mental unerreichbar."

Nach dem Mittagessen werde ich Emma anrufen, ich möchte wissen, was ich ihr und den anderen gesagt und wie ich auf sie reagiert habe. Ich möchte wissen, ob ich nach meiner Mutter verlangt habe und was mir geantwortet wurde. Vor allem möchte ich wissen, ob ich ihre ausweichenden Antworten und Ausreden unbesehen geglaubt habe.

Leonie begleitet mich in mein Zimmer. Die Gruppentherapie kommt für mich nicht infrage. Ich möchte ihr etwas Freundliches sagen und betonen, dass ich es niemandem übelnehme, der versucht, mich in den Alltag einer Rehabilitationsabteilung einzubeziehen.

„Sie müssen nichts erklären", sagt Leonie. „Und Sie müssen sich ganz sicher zu nichts verpflichtet fühlen. Ihre Situation ist eine andere als die der meisten Patienten, die sich derzeit hier aufhalten. Sie sind viel jünger, viel belastbarer und haben kaum nennenswerte Folgeerscheinungen. Die Gruppe, die hier momentan verweilt, ist bereits stark pflegebedürftig. Wir hätten Sie nicht in diese Gruppe einführen sollen. Es tut mir leid." Leonie lächelt.

„Ich möchte nur so schnell wie möglich nach Hause, Leonie.", sage ich leise, während Tränen über meine Wangen kullern.

Leonie zeigt auf einen Umschlag, der auf dem Tisch liegt und nimmt ihn in die Hand. „Vielleicht muntert Sie das ein bisschen auf. Fanpost, Stella!"

Ich nehme den Umschlag und ziehe eine Postkarte, auf der wieder ein Vollmond abgebildet ist und einige Tagebuchseiten heraus. Keine Rosenblätter.

Ich drehe die Karte um, starre auf den Text.

Liebe Grüße, meine Mondseele. Mom.

„Alles in Ordnung?", fragt Leonie.

Ich nicke.

„Dann lasse ich Sie jetzt mit der Fanpost allein. Bis später."

Sekunden später inhaliere ich förmlich die Zeilen meiner Mutter.

Mittwoch, 30. Januar 1991

Sie haben die mutmaßlichen Täter gefasst und der Staatsanwalt hat Anklage erhoben. Unser Anwalt erlaubte mir heute einen Blick in die Gerichtsakten zu werfen. Wir sind in dem Mordprozess Nebenkläger. So kann ich den Inhalt der Akte in meinem Tagebuch wiedergeben. Ich möchte jedes Detail festhalten.

Die polizeilichen Ermittlungen konzentrierten sich bald auf Elias von Zedlitz, Jo Daschke und Markus Raabe. Mehrere Zeugen berichteten, dass sie die Jungen zusammen mit Jordi gesehen hatten. Kurz nachdem Jordi den Spielplatz über den Waldweg verlassen hatte, sahen sie die Jungen auch in die gleiche Richtung verschwinden. Dies brachte die Drei unmittelbar in Verbindung mit dem Opfer, sie waren die Letzten, die Jordi lebend gesehen hatten.

Elias, Jo und Markus wurden getrennt verhört. Ihre Alibis stimmten nicht miteinander überein, aber alle drei behaupteten, den Waldweg gewählt zu haben, weil es der schnellste Weg zu Marlenes Haus war, Markus damaliger Freundin. Marlene bestätigte, dass Markus und seine Freunde mit ihr und ihrem Bruder zu Abend gegessen und danach ferngesehen hatten. Elias machte sich gegen neun Uhr auf den Heimweg. Er überquerte mit dem Fahrrad die *Freunder Landstraße*, wo Polizisten noch immer nach Jordi suchten, und radelte in Richtung *Hangeweiher*. Um Viertel vor zehn war er zu Hause, so seine jüngere Schwester Frida.

Jo verließ Marlene zur gleichen Zeit wie Elias und kam um zehn nach neun zu Hause an. Dies wurde von seinem Vater bestätigt, der zu Hause fernsah. Später am Abend, als das Gewitter vorbei war, rauchte Jo einen Joint auf dem Balkon seines Zimmers. Ihm fielen die Leute auf der Straße auf. Er wurde neugierig und ging auch nach draußen. Dort traf er auf Markus, der sich mit seiner Mutter einer Gruppe von Einheimischen angeschlossen hatte, die Jordi suchten. Markus erzählte Jo, dass ein Junge vermisst wurde, derselbe Junge, den sie am Nachmittag auf dem Spielplatz getroffen hatten. Jo hatte Angst. Als er am Tag nach Jordis Ermordung zum ersten Mal befragt wurde, sagte er aus, dass er diese Tatsache nicht gemeldet hatte, weil sie für ihn bedeutungslos schien und er nicht darüber nachgedacht hätte.

Auch Erik wurde mehrmals verhört und als möglicher Verdächtiger angesehen.

Am Donnerstag, den 23. August 1990, gestand schließlich Jo Daschke, dass er – zusammen mit Elias von Zedlitz und Markus Raabe –, Jordi getötet hatte. Sie schlugen meinen Sohn mit seinem Skateboard hart gegen den Hinterkopf und warfen ihn dann in die *Inde*. Auf die Frage, was danach mit Jordis Skateboard passiert war und wer ihm den Schlag versetzt hatte, wollte oder konnte Jo Daschke nicht antworten.

Jo, Elias und Markus wurden verhaftet und in Untersuchungshaft genommen. Einen Tag später zog Jo sein Geständnis zurück. Er sagte aus, dass er unter großem Druck durch die Polizei gestanden hätte. Seinem Verteidiger zufolge glaubte er, dass die Polizei bereits von seiner Schuld überzeugt war, er hatte Angst und fühlte sich in die Enge getrieben. Außerdem war er erschöpft vor Schlafmangel und Stress und war sehr besorgt um seinen Vater, der an einer schweren Depression litt. Jo hatte in den letzten Monaten mehr als sonst gekifft, um die Trauer über den Selbstmord seiner Mutter im Frühjahr zu verdrängen, er war verwirrt. Fantasie und Realität waren miteinander verwoben, die suggestiven Fragen der Polizei hatten ihn beinahe glauben lassen, dass er Jordi getötet hatte. Aber das war nicht der Fall. Jo wollte die Befragung nur schnell hinter sich bringen, in der naiven Hoffnung, dass er danach zu seinem Vater nach Hause gehen könne.

Obwohl Elias und Markus ihre Unschuld stets beteuerten und Jo sein Geständnis innerhalb eines Tages widerrufen hatte, ergaben die wackeligen Alibis und die Augenzeugenaussagen für den Staatsanwalt einen dringenden Tatverdacht, um die Jungen im Januar 1991 vor Gericht zu stellen.

Elias und Markus wurden wegen Mordes zu zehn Jahren Haft nach dem Erwachsenenstrafrecht verurteilt. Angesichts seines Alters - zum Zeitpunkt des Mordes war Jo Daschke siebzehn - wurde er milder bestraft und erhielt acht Jahre.

Dienstag, 31. Mai 1991
Draußen ist es stark bewölkt, der Himmel ist tiefgrau. Dieser Tag ist kein guter Tag, denn der ehemalige indische Ministerpräsident, Rajiv Gandhi, wurde heute auf einer Wahlkampfveranstaltung ermordet. Den Namen des Täters habe ich vergessen.

Seltsam, aber manchmal verliert ein Name die Persönlichkeit, die sich dahinter verbirgt. Wird eine Person durch ihre Taten berühmt oder berüchtigt, wird aus dem Namen eine Marke, ein Symbol, in manchen Fällen wird er sogar mit einem Adjektiv konjugiert. Hitlers Eltern hatten gewiss keine Ahnung, dass ihr Kind den Namen Adolf als Erwachsener für immer beschmutzen würde. Die Namen der Täter sind überwiegend bekannter als die der Opfer. Von vielen Opfern ist mir kein einziger Name im Gedächtnis geblieben, sie sind alle in Feuer und Asche verschwunden. So auch Jordi. Wir wohnen jetzt in unserem neuen Haus in *Aachen-Laurensberg*. Neben meiner Familie kennte hier niemand Jordi.

Opfer, an die man sich erinnert, sind selten und ihr Name verliert oft seine ursprüngliche Bedeutung. Sie werden zum Symbol für etwas Größeres – Anne Frank ist der Holocaust, ihr Name bezieht sich auf den Fall, der sie posthum berühmt gemacht hat.

Aber Opfer gehen selten in die Geschichtsbücher ein. Per Definition sind sie nicht interessant. Meistens taten sie nichts Besonderes, sie lebten nur ihr Leben, bis das brutal beendet wurde. Nur jene Opfer, die das Erlebte nacherzählen können, haben eine Chance, im Rampenlicht gehört zu werden. Aber die wahre Geschichte liegt bei den Tätern. Die Geschichte des Opfers ist nur die Geschichte eines Opfers. Das ist nicht fair, aber es ist nicht weniger wahr. Und das ist vielleicht das größte Verbrechen an den Opfern: dass ihnen die Möglichkeit ihrer eigenen Wiedergutmachung vorenthalten wird.

Ich will Wiedergutmachung für meinen achtjährigen Sohn. Ich will wissen, was tatsächlich geschehen ist, möchte von Jordi erzählen, dem kleinen fröhlichen Jungen, der am 21. August 1990 ermordet wurde und seit einigen Monaten auf dem Waldfriedhof von Aachen liegt …

Ich lege die Tagebuchseiten meiner Mutter zu den anderen in das Nachtschränkchen und lehne mich in die Kissen zurück. Dann betrachte ich die Karte mit dem Vollmond und rufe Emma an.

Meine Schwester steht eine halbe Stunde nach meinem Anruf an meinem Bett und betrachtet die Mondkarte. „Das ist makaber, Stella. Wie eine Botschaft aus dem Jenseits. Ziemlich makaber!"

Nein, es ist nicht makaber, sondern konfrontativ und es stimmt mich traurig. Bisher scheint es nicht zu mir durchgedrungen zu sein, dass meine Mutter tot ist, aber ich weiß, dass dies nur eine Art Verdrängung ist. Es ist nicht das erste Mal, dass ich so starke Emotionen in Schach halte. Ich verschließe mich, wenn Unheil droht. Meine Mutter war die einzige Person, mit der ich darüber sprechen konnte, aber sie steht nicht mehr zur Verfügung.

Emma starrt auf die Postkarte.

„Schau dir mal den Poststempel an, Stella."

„Was ist damit?"

„Das Datum auf der Postkarte, der 28. November."

Ich verstehe beim besten Willen nicht, was daran so seltsam sein soll. „Was ist denn damit?"

„Da war deine Mutter bereits seit fünf Tagen tot."

KAPITEL 19

Emma schaut sich die Karte noch einmal an. „Was für eine schöne Handschrift deine Mutter doch hatte. Vielleicht hat sie auch die erste Karte geschickt und in ihrer Betroffenheit vergessen, etwas hineinzuschreiben. War das auch eine Nachsendung? Hast du den Umschlag noch?"

Ich schüttele den Kopf. „In den Papierkorb geworfen und der wird immer morgens geleert."

Emma grübelt. „Ich habe nicht auf die Handschrift geachtet, aber ich denke, wir hätten es beide bemerkt, wenn sie von deiner Mutter gewesen wäre. Es fällt uns auch jetzt sofort auf. Hast du weitere Postkarten bekommen, auf denen ein Vollmond abgebildet ist?"

„Nein."

Emma zuckt mit den Schultern. „Okay. Fazit: verzögerte Nachsendung und ein vergesslicher Absender. Kein Grund zur Sorge."

Ich bin irritiert. „Stört es dich, dass ich dich deswegen gebeten habe, sofort zu mir zu kommen?"

„Natürlich nicht, ich dachte, du bist vielleicht erschüttert. Betrachte diese Karte als letzten Gruß. Tut mir leid, dass ich sie makaber genannt habe. Eines Tages werden wir den Kartenschreiber entlarven!" Sie umarmt mich fest und wechselt das Thema. „Hast du schon zu Mittag gegessen?"

Ich antworte nicht. Ich möchte vielmehr die Widersprüche und Lügen aufdecken, die mich umkreisen.

„Also, ich bin hungrig, wollen wir ins Restaurant gehen?"

Obwohl ich jetzt lieber eine Stunde schlafen würde, ist es klüger eine Kleinigkeit mit Emma zu essen. Ich brauche jemanden, der sich um mich kümmert, so stehe ich auf.

„Aber ich nehme deinen Arm, Emma. Keine Gehhilfe! Sie lässt mich zu sehr wie eine alte Hündin aussehen und ich bin erst zweiundvierzig."

„Du bist zum Schreien komisch", lacht Emma.

Ich möchte nicht mehr mit einer Gehhilfe über den Korridor laufen, aber meine körperliche Verfassung lässt mir keine andere Wahl. Der Weg zum Restaurant und zurück in mein Zimmer hat mich völlig erschöpft.

Emma hat versprochen mich morgen Nachmittag wieder zu besuchen. Sie hat sich krank gemeldet und möchte viel Zeit mit mir verbringen. „Sei einfach mein Kind", sagt sie zum Abschied. „Dann habe ich zumindest für kurze Zeit wieder eins."

Emma hatte vor kurzem eine Fehlgeburt. Ich hätte etwas Nettes, etwas Tröstliches sagen sollen.

In der Nacht folgen meine Augen dem angsteinflößenden Schatten, den das Licht des Mondes auf die Wand wirft: lautlos und ohne mit der Wimper zu zucken. Meine Hände krallen sich in das Bettlaken.

In Nächten wie diesen werden meine Erinnerungen klarer, lebendiger und schmerzhafter. Kurz vor Jordis Tod habe ich heimlich mit ihm einen spätabendlichen Mondspaziergang gemacht. Mithilfe der Taschenlampe führte ich ihn bei vollem Mond über den mit Wasserpfützen bedeckten Boden durch die kalte Nacht zu der alten, geheimnisvollen Schulruine.

„Wir lassen uns bezaubern vom Licht des Mondes, Jordi."

Jordi blickte zum Mond. „Geht er mit uns, Stella?"

„Ja, immer", antwortete ich. „Alles ist ein bisschen unheimlich, aber der Mond beschützt uns, denn wir beide sind Mondseelen."

Das dunkle, betonierte Labyrinth, in das Regenwasser eindrang, war einst ein alter finsterer Keller unter dem Schulgebäude. Fernab vom Tageslicht hatte ich hier oft mit anderen Kindern gespielt. Ich erzählte Jordi oft Geschichten von Lebensbäumen und Mondblumen, gläsernen Bergen und blauen Drachen, Zauberern und Geistern, weissagenden Träumen und den Weg ins Himmelreich. In dieser Nacht gab ich die Geschichte der Mondblume zum Besten. Jordi lauschte meinen Worten, die ihn ablenkten von dem blauen Fleck, der seinen zarten Arm verunstaltet hatte und schmerzte.

Ich hielt einen Moment inne und richtete den Strahl meiner Taschenlampe in einen leeren Raum. Die Spuren der alten Trennwände waren auf dem rissigen Boden sichtbar.

„Schau mal Jordi, das waren mal verschiedene Klassenzimmer. Von diesem Raum ist nicht mehr viel übrig, die Wände wurden niedergerissen. Richtig gruselig hier."

Als Antwort bekam ich nur ein stilles Nicken.

„Hinter dem Raum liegt ein kleiner Garten. Dort wächst eine wunderschöne Blume, die ihre Blüte nur am Abend und in der Nacht öffnet. Es ist eine Mondblume, weil ihre runde, weiße Blüte an den Vollmond erinnert, habe ich gelesen. Und wenn sie dir bei Vollmond ihre Blüte zeigt, wirst du mit Mut, Kraft und Stärke ausgestattet, was auch immer geschieht. Komm, wir sehen mal nach."

„Und wenn die Mondblume das nicht macht?", fragte Jordi ängstlich.

„Dann verflucht dich der Mond und du stirbst einen qualvollen Tod."

Als wir vor der Pflanze standen, warteten wir vergeblich auf das Öffnen der Blüte. Ich schauderte und bedauerte, dass ich Jordi von der Sage erzählt hatte. Er drückte sich fest an mich und griff meine Hand.

Als wir uns wieder über die Terrasse in die Parterrewohnung schlichen, zitterte Jordi am ganzen Körper. Ich konnte seine Angst förmlich riechen.

Er sprach in jener Nacht kein Wort mit mir. Vier Tage später war er tot.

Ich zucke zusammen. Eine Frauenstimme auf dem Gang stört meine Gedanken. Ungefähr fünfzig. Ein autoritärer, entschlossener Ton; jemand, der keine Zweifel hat. Ja, ich erinnere mich. In meinem Kopf entsteht ein Bild der Nachtschwester: eine weiß gekleidete Frau mit zusammengepressten Lippen, deren graues Haar zu einem Knoten zusammengebunden ist.

Stille.

Eine andere Stimme haucht mir etwas zu. *„Stella ..."*

Ich weiß, wem sie gehört, setze mich auf und öffne die Augen. Es dauert einen Moment, bis sich meine Starre löst. „Mom?"

Die Gestalt dreht sich um und schaut mich an. *„Ja, ich bin es."*

Fragen drängen sich in meinem Kopf, alle wollen gleichzeitig die Schwelle meiner Lippen überschreiten, aber ich schweige. Ich lege die Hände auf mein Gesicht, sinke wieder in die Kissen und gleite weiter hinunter. Ziehe die Bettdecke bis zu meiner Nase.

„Du bist tot. Wer bist du?", rufe ich laut, die Augen voller Tränen.

Der tanzende Schatten an der Wand antwortet nicht. Dann wird mir klar, dass mein Hirn mir einen Streich gespielt hat. „Ein Luftstrom, das bist du! Nur ein Luftstrom!", rufe ich.

Ich möchte mich fallenlassen und einschlafen. Einer eisigen Kälte erlauben, mich in ihr Leinentuch einzuwickeln. Die Geister zum Schweigen zu bringen, für immer. Ich bin so müde. Und während meine Augenlider halb geschlossen sind, blendet mich urplötzlich das Licht einer Taschenlampe, die auf mich gerichtet ist.

Irgendjemand ist im Zimmer.

Der Lichtstrahl ändert die Richtung. Ich erkenne eine männliche Silhouette. Ein Schatten im Dunkeln. Dennoch warte ich einen Moment, bevor ich den Alarmknopf drücke. Als ich mich wieder aufrichte, schickt mein Kopf mir pochende Salven. Die Gestalt ist kaum einen Meter von mir entfernt. Ich bin seiner Gnade ausgeliefert. Warum greift er mich nicht an? Warum tötet er mich nicht? Die Mondblume hat auch mir in jener Nacht mit Jordi ihre Blüte nicht gezeigt.

Ich schließe kurz die Augen, will Antworten. So entscheide ich mich, meine Augen wieder zu öffnen und dem Mörder zu begegnen. Ich knipse das Licht an.

Nichts. Kein Schatten, kein Mörder, keine Mom, keine Nachtschwester. Kein Albträume verursachender nachtaktiver Dämon. Kein sich herumtreibender Waldgeist. Nein, das traf wohl vielmehr auf mich als Jugendliche zu und reflektiert ein wenig meine heutige Veränderung.

In dieser Nacht sind meine Gedanken hässlich.

MONDTEUFEL
Veränderung

Als ich ein Kind war, sagte mir meine Mutter oft, dass ich nein sagen könnte, wenn mich jemand um etwas bitten würde, wozu ich nicht bereit wäre. Es käme nur darauf an, wie ich die Bitte ablehnen würde. Es müsste freundlich und höflich geschehen.

Es fiel mir damals schwer nein zu sagen.

Dann wurde Rosalie, eine Klassenkameradin, zwölf. Später erkannte ich, dass ihr zwölfter Geburtstag meine Veränderung eingeleitet hatte. Ihre Mutter organisierte eine Party in ihrem großen Garten. Eine Party, bei der man sich den Kuchen und die Limonade verdienen musste. Neben Kuchen und Limonade gab es auch Preise für die Gewinner von Sackhüpfen und Wettrennen. Der Preis für den Laufwettbewerb war eine Box mit spannenden Comicheftchen. Ich wollte diese Box unbedingt gewinnen und ging angespannt und gleichzeitig erwartungsvoll an den Start. Dort trat ich gegen drei Jungen an, die ähnlich groß waren wie ich. Und dann war da noch Rosalie, die deutlich kleiner war als ich und deren Beine schlotterten. Rosalie hatte ihren Vater vor einigen Monaten verloren und ich fühlte mich schon jetzt schuldig, falls ich gewinnen sollte.

Ich gewann und Rosalie weinte bitterlich.

Ihre Mutter tröstete sie, aber Rosalie stieß sie weg.

Ich sah zu, hielt die Box mit den Comicheftchen fest in den Händen und sah den sehnsüchtigen Blick in Rosalies Augen.

Rosalies Mutter versuchte, mich davon abzuhalten, aber da hatte ich es bereits gesagt: „Rosalie kann den Preis

haben, wenn sie verspricht, mir eines der Comichefte zuzu-
schicken."

Rosalie versprach es.

Ich behielt den Briefkasten wochenlang im Auge, bis ich
begriff, dass sie ihr Versprechen nie halten würde. Ich versuchte, nicht wütend zu werden und Rosalie nichts Übles zu
wünschen, aber als sie sich eines Tages ein Bein brach, war
ich glücklich darüber, sogar unvergleichlich glücklich.

Der Vorfall mit Rosalie war der Beginn meines anderen,
neuen Lebens. Ich wusste, wie dieses Leben aussehen sollte
und wie ich es ausfüllen musste.

Zwei Jahre nach dem Vorfall fand die Polizei Rosalies
Leiche. In der Zeitung stand, dass sie ermordet wurde, während sie am Waldrand ein Comicheft las.

KAPITEL 20

„Sie machen erstaunliche Fortschritte", stellt Hanno fest. „Ich schätze, es ist ihr starker Wille. Aber bitte nicht übertreiben, Sie haben eine schwere Operation hinter sich. Das schiebt man nicht ohne Weiteres beiseite. Wie fühlen Sie sich?"

Ich weiß nicht, womit er meinen erstaunlichen Fortschritt begründet, denn ich bewege mich gerade wie eine alte Greisin, die kaum ein Bein vor das andere setzen kann. Mir fallen fast die Augen zu und mir ist schwindelig. Aber zumindest habe ich keine Kopfschmerzen.

„Erschöpft. Zu wenig Schlaf", antworte ich.

Als ich taumle, packt Hanno meinen Arm. „Das ist tückisch, Stella. Lassen Sie uns heute nur das Gehen trainieren. Das Fitnesstraining erledigen wir morgen. Haben Sie schon Appetit verspürt?"

Was weiß dieser Mann sonst noch alles über mich? Es gefällt mir nicht, dass jeder hier alles über mich erfährt. Mit einigen festen Schritten gehe ich weiter und schüttle seine Hand von meinem Arm. „Ich habe keine Ahnung, was Appetit ist, aber ich esse, was sie mir hier anbieten. Es gibt Schlimmeres."

Hanno zeigt auf einen Stuhl. „Möchten Sie sich ausruhen?"

Ich gehe weiter.

Er lächelt. „Sie sind mir eine."

In der Tasche meines Sweatshirts vibriert das Handy.

Ich drücke die grüne Taste. Am anderen Ende der Leitung schnappt Emma nach Luft.

„Kannst du sprechen?"

„Nicht wirklich, ich gehe mit dem Physiotherapeuten über den Flur. Stimmt etwas nicht?"

„Irgendetwas? Ich finde kaum Worte. Du weißt doch, dass meine Mutter seit einiger Zeit mit einem Typen in Kanada chattet? Ich habe dir ein Foto von ihm gezeigt, als du noch in der Uniklinik warst."

Ich erinnere mich nicht daran, ebenso kann ich mich nicht daran erinnern, dass ich zwei Wochen in der Uniklinik verbracht habe. Wann wird das endlich jemand begreifen?

„Hilf mir mal auf die Sprünge."

„Ich habe dir das Foto von ihm gezeigt. Klischee pur: ein fetter Kerl, mit einem Karohemd, das nicht richtig schließt und großem Hut. So ein Wildwesttyp. Hände wie Kohlenschaufeln. Knallroter Kopf. Bestimmt wie ein Spezialist für Grillfeste! Widerlich. Mit ihm auf einer Insel und ich würde den ganzen Tag schwimmen."

Ich kann mir ein Lachen nicht verkneifen.

„Das macht überhaupt keinen Spaß!", schreit Emma. „Sie will für ein paar Monate zu ihm! Ein fetter, unattraktiver Mann, den sie aus dem Internet kennt. Wahrscheinlich riecht er auch noch nach Schweiß!"

„Sie will ihn kennenlernen. Was ist schon dabei?", versuche ich meine Halbschwester zu beruhigen. „Hanno möchte weitermachen. Komm doch morgen zu mir, dann können wir uns weiter darüber unterhalten. Bring deine Mutter einfach mit."

„Ich versuch es. Wir sehen uns morgen. Es tut mir leid, dass ich dich angeschrien habe."

„Ärger?", fragt Hanno. Vielleicht meint es Hanno gut, aber ich bin unruhig in der Nähe dieses Mannes. Es wäre schön, wenn er weniger Interesse an dem zeigen würde, was mich betrifft.

„Bis morgen", sage ich und betrete mein Zimmer.

Ich habe mich frisch gemacht und als ich aus dem Badezimmer komme, steht das Mittagessen auf dem Tisch. Ich frage mich, was aus meinem Appetit geworden ist. Kann der Heißhunger auf Schokoladencroissants, Bihunsuppe oder Pommes frites einfach aus meinem System verschwinden? Es scheint so.

Ich kann meine Hüftknochen tasten. Was ich mir früher erträumt habe, kommt mir jetzt so fremd vor, als würde das alles nicht zu mir gehören. Ich bin Stella Version 2.0 und möchte auf das Backup meiner Version 1.0 zurückgreifen, mit einem Ehemann, einer Mutter, ohne Kopfschmerzen und mit der Energie, die für mich einst so selbstverständlich war.

Hm ... Ein Seufzen. Jetzt erst einmal ein Mittagessen in Angriff nehmen. Einfach kauen, Hirn abschalten. Schlucken.

Du schaffst das, Stella.

Das Smartphone kündigt eine WhatsApp an. Es ist eine Nachricht von Greta, Emmas Mutter und meine Stiefmutter, die im Laufe der Jahre meine als auch die Freundin meiner Mutter wurde. Ich öffne die Nachricht.

Du hast vermutlich schon von Emma erfahren, dass ich meinen Freund in Kanada besuchen werde. Ich wollte dich vor meiner Abreise besuchen, aber Emma verursacht mir so viel Stress beim Thema Kenneth, dass ich beschlossen habe, mich davonzuschleichen, ohne dass sie es bemerkt. Sie glaubt, dass ich in Kanada bleibe, aber das habe ich wirklich nicht vor. Kenneth und ich wollen einfach nur herausfinden, was wir einander bedeuten.

Ich möchte etwa sechs Wochen bei ihm bleiben und wenn ich zurückkomme, besuche ich dich. Ich werde dir was Schönes aus Kanada mitbringen. Einen dicken Kuss, Greta.

Wie sehr wünsche ich Greta einen netten Partner, selbst wenn er in Kanada lebt. Das werde ich Emma sagen und dass sie sich glücklich schätzen kann, dass ihre Mutter noch lebt.

Freddy tanzt neuerdings mit einem Hammer durch meinen Kopf. Die Kopfschmerzen treten an unterschiedlichen Stellen auf: mal im Hinterkopf, dann in den Schläfen oder hinter meiner Stirn. In Windeseile werfe ich zwei Schmerztabletten ein, die bereits auf meinem Nachttisch liegen.

Gut essen, die Kopfschmerzen bekämpfen, alles tun, damit ich schnell wieder nach Hause gehen kann, um meine Erinnerungen an Jordi wiederzufinden. Und nach einem Los der Staatslotterie zu suchen, das irgendwo auf mich wartet. Ich bin so gespannt, wie hoch der Gewinn ist, zumal Mom völlig aus dem Häuschen war.

Jemand klopft an die Tür. Ich schlurfe hin und erreiche sie ohne zu schwanken. Auf dem Flur steht Britta, ein Mädchen mit Downsyndrom, das mich freundlich anlächelt. „Ich bringe die Nachtcreme zurück, Stella", sagt sie und händigt sie mir aus. „Ich habe sie im Aufenthaltsraum gefunden und Leonie hat mir gesagt, dass Sie sie vermissen." Ihr Lächeln ist so ansteckend, ich fühle, wie es mein Herz erwärmt.

„Das ist lieb von dir, Britta. Vielen Dank."

„Sie haben sie dort neulich nachts vergessen. Sie konnten nicht schlafen, sagten sie. Ich habe sie zum Zimmer begleitet, wissen Sie noch? Sie waren ein bisschen durcheinander. Aber das ist okay. Bin ich manchmal auch." Britta kichert und führt ihren Zeigefinger an die Lippen. „Ich habe niemandem davon erzählt. Tschüss." Sie dreht sich um und winkt mir vom Gang aus noch einmal zu.

Ich schließe die Tür wieder, schlurfe zum Fenster und öffne es. Trotz der kalten Jahreszeit dringt Vogelgekreische durch das gekippte Fenster. Vielleicht eine Krähe, die sich verirrt hat? Mein Blick gleitet nach draußen. Eine blasse, durch die Sonne zum Leben erweckte Winterlandschaft erinnert mich an eine Geschichte, die meine Mutter mir in der Kindheit vorgelesen hatte. Eine Geschichte über einen Kristall, der in tausend kleine Splitter zersprang und die Landschaft darunter wie einen Diamanten funkeln ließ.

Ich darf nichts von dem Schmerz erkennen lassen, den Brittas Worte in mir hervorgerufen haben und die mein Gleichgewicht gefährden. Ich kann mich nicht erinnern, mich jemals zuvor so allein gefühlt zu haben.

Bin ich in der Nacht mit einer Nachtcreme durchs Haus geschlafwandelt?

KAPITEL 21

Es ist Mitternacht und wieder kann ich nicht schlafen. Die Uhr auf dem Nachttisch zeigt zwei Uhr an. Irgendwo im Flur wird eine Tür geschlossen. Ich setze mich auf die Bettkante und schlüpfe in meine Hausschuhe.

Mein Morgenmantel hängt im Badezimmer. Ich schlurfe am Bett entlang und schaffe es ohne Probleme die Badezimmertür zu erreichen. Freddy meldet sich mit sanften Kopfschmerzen, sie sind erträglich.

Ich steige wieder ins Bett und lege den Morgenmantel ans Fußende. Ein Gespräch mit Dr. Zwerg ist morgen fällig. Ich will hier raus! Vielleicht kann Emma mich im Haus meiner Mutter betreuen. *Mal sehen.*

Ich werfe einen Blick auf mein Handy: keine Nachrichten. *Wer sollte mir auch nach Mitternacht eine WhatsApp schicken?*

Plötzlich höre ich schleichende Schritte auf dem Gang, jemand bleibt vor meiner Tür stehen. Eine Stimme zischt leise meinen Namen. Die Tür knarrt, als die Klinke sich bewegt.

Mir wird heiß, meine Kehle ist trocken. Mein Gefühl, dass jemand um mein Zimmer schleicht, war zutreffend, aber die Bestätigung verursacht mir mehr Angst als Befriedigung. Ich setze einen Fuß auf den Boden. Ein pochender Schmerz schießt in meine Stirn, explodiert im Hinterkopf. Ich ignoriere ihn, strecke meine Hand nach dem Morgenmantel aus. Bleibe eine Weile still.

Reflexartig werfe ich einen Blick auf den Knopf, der die Nachtschwester alarmieren wird. Dann hieve ich mich aus dem Bett und gehe ein paar Schritte in Richtung Tür. Halte inne. Weite die Augen, glaube an eine Halluzination.

Ein Umschlag wird unter meiner Tür durchgeschoben. Ich erahne den Inhalt noch bevor ich ihn in die Hand nehme und bücke mich, um ihn aufzuheben. In Windeseile reiße ich ihn auf und ziehe eine Karte und neue Tagebuchseiten heraus. Wieder ist darauf ein strahlender Vollmond abgebildet. Ich drehe sie um: *Du kannst deinem Gedächtnis nicht trauen.* Das Szenario wiederholt sich. Irgendjemand schickt mir Karten und ist heute Nacht ein großes Risiko eingegangen. Ich öffne die Zimmertür. Nichts. Nur Dunkelheit und Stille. Ich reiße den Umschlag auf. Dunkelrote Rosenblätter rieseln auf den Boden. Die Karte und Tagebuchseiten flattern im Rhythmus meiner zitternden Hände. Der Tinnitus pfeift in meinen Ohren wie die stoßweise ertönenden Geräusche eines Irren. Auch Freddy läuft in meinem Kopf zu Höchstform auf.

Ich lege mich wieder ins Bett und knipse die Leselampe an.

Freitag, 14. Juni 1991 - *Protokoll Verhör Elias von Zedlitz durch Staatsanwalt Joachim Ritter.*

Aktennotiz Staatsanwalt Ritter:
Vor mir sitzt der achtzehnjährige Elias von Zedlitz. Er ist körperlich gut gewachsen, braungebrannt und gibt sich selbstbewusst. Elias lernte den siebzehnjährige Jo Daschke im Kaiser-Karl-Gymnasium in Aachen kennen. Elias kannte die meisten seiner Klassenkameraden aus der Grundschule und aus dem Tennisclub. In Sachen Mädchen war Elias konkurrenzlos, aber er wollte keine feste Bindung. Er genoss seine Führungsposition und war der König der Klasse. Die Schulaufgaben meisterte er mit Leichtigkeit und schon bald war er neben der Schule mit interessanteren Dingen beschäftigt: Mädchen, Skaten, Tennis, Freunde. Die Schule

interessierte ihn nicht, die Klasse betrachtete er als seine Stammkneipe. Er glaubte, wenn er für einen Moment sein Bestes gab, würde er das Abitur schon schaffen. Er täuschte sich und musste eine Klasse wiederholen. In dieser Klasse hatte er noch mehr Spaß, weil die Schüler ein Jahr jünger waren als er und sie alle zu ihm aufsahen.

Elias Klasse bestand zum größten Teil aus Schüler der Eishockeymannschaft, es gab ein paar Skater, eine Gruppe Emos und vier Nerds, die stets zusammen waren und sich um niemanden kümmerten. Abseits der Gruppen stand Jo Daschke. Ein spindeldürrer, blasser Junge mit rotem Haar, das ihm über die Schultern fiel, immer schwarz gekleidet und immer allein. Niemand kannte Jo, niemand sprach mit ihm. Wenn er im Unterricht aufgefordert wurde, eine Frage zu beantworten, klang seine Stimme krächzend und untrainiert. Er wurde nicht gemobbt, sondern vollkommen ignoriert, als entspräche seine solitäre Position einem Naturgesetz.

Staatsanwalt Ritter: „Wie haben Sie Jo Daschke kennengelernt, Herr von Zedlitz?"
Elias von Zedlitz: „Nennen Sie mich bitte Elias."
Staatsanwalt Ritter: „In Ordnung. Also, wie war das mit dir und Jo Daschke?"
Elias von Zedlitz: „Ich fand Jo faszinierend. Vielleicht nicht Jo selbst, sondern die Tatsache, dass er ganz allein war und dass alle das für normal hielten. Er war der Geist im Klassenzimmer. Weil er verwaschene Hardrock-T-Shirts trug, hatten wir eine ungefähre Vorstellung von seinem Musikgeschmack, aber niemand sonst wusste, wer er war. Nicht einmal, ob er gerne allein war oder ob er woanders Freunde hatte. Wir wussten nur, dass er Bestnoten bekam,

also musste er intelligent sein. Ich glaube, die meisten Leute dachten, er sei autistisch. Er kam immer zu Fuß zur Schule und so entstanden Gerüchte, dass er nicht Radfahren konnte oder eine Motorikstörung hatte. Er verhielt sich auch sehr ungeschickt im Sportunterricht, insofern war der Gedanke nicht so abwegig. "

Staatsanwalt Ritter: „Wann kam es zum ersten persönlichen Kontakt zwischen dir und Jo? Wie war die Reaktion der anderen?"

Elias von Zedlitz: „Es war ein Impuls. In der dritten Woche des zweiten Schuljahres setzte ich mich neben Jo und alle waren fassungslos. Die Klasse reagierte seltsam: Sie sagten nichts, aber es war klar, dass ich etwas Unerhörtes tat. Sie akzeptierten es nur, weil ich es war. Sie sahen mich an, als wäre ich in einen Käfig gekrochen, um ein wildes Tier zu beobachten. Jo wusste auch nicht, wie er reagieren sollte. Er schien fast verängstigt und schob seinen Stuhl komplett gegen die Wand. Ab und zu spürte ich seinen Blick, als wolle er überprüfen, ob ich noch da war. Ich suchte den Kontakt und sprach ihn an: Was er im Fernsehen gesehen hatte, welche Art von Musik er mochte, solche Dinge. Jo blieb misstrauisch. Zu Recht, denn er war es gewohnt, ignoriert oder schikaniert zu werden. Aber ich gab nicht auf und setzte mich ab da jeden Tag neben ihn, wochenlang. Für mich wurde er zu einem Projekt, ich musste zu ihm durchdringen, ihn kennen lernen. Ich ergriff Partei für ihn, wenn jemand eine abfällige Bemerkung machte und irgendwann redete er mit mir. Ich fand heraus, dass er sehr lustig war. Und superklug. Ich mochte ihn, war aufrichtig zu ihm und sagte den anderen, dass Jo cool sei. Der Rest der Klasse akzeptierte ihn danach mehr, aber nur ich war mit ihm befreundet. Ich nahm ihn mit auf Partys, aber es funktionierte nicht. Jo saß die ganze Nacht zurückgezogen in einer Ecke. Im Grunde war Jo ein Einzelgänger. Die einzige soziale Beziehung, die er einging, war die mit sich selbst. Damit konnte Jo umgehen. Dennoch fand ich Jo viel interessanter als meine Klassenkameraden mit ihrer Oberflächlichkeit, Eishockey und Markenklamotten. Jo liebte Bücher, Filme und Musik. Er kam aus einem anderen Umfeld: Sein Vater war Gärtner. Er sprach nie viel über seine Mutter, jedenfalls nahm sie in seinem Leben keinen Platz ein, er lebte mit seinem Vater in einem kleinen Haus an den Gleisen. Mein Ziel war, sein Zuhause kennen zu lernen. Ich wollte wissen, wie er lebte, aber es dauerte Monate, bis er mir vertraute und mich einlud. Im Nachhinein verstehe ich das auch. Es war ein klassischer Männerhaushalt. Etwas unordentlich, etwas vernachlässigt. Es roch nach nassem Hund und fast alle Möbel waren braun. Sein Vater ähnelte ihm, die gleichen roten Haare, nur war er ziemlich dick. Er sprach kaum, saß nur vor dem Fernseher und rauchte. Die Decke war gelb vom Nikotin. Jos Zimmer war extrem chaotisch und dunkel. Im Grunde war es ein ziemlich deprimierender Anblick, aber ich fand es auch interessant. Jo gestattete mir einen Einblick in eine Welt, die ich bis dahin nicht kannte."

Staatsanwalt Ritter: „Was für dich als soziales Experiment begann, wurde zu einer engen Freundschaft. Brachten deine Klassenkameraden Verständnis für das Band zwischen dir und Jo auf?"

Elias von Zedlitz: „Nein. Jo hatte immer ein dickes Notizbuch dabei. Darin zeichnete er einen ziemlich finsteren Mist: aufgeschnittene Körper, Dämonen, grausames Gemetzel. Jeder kannte Jos makabre Zeichnungen und weil wir immer zusammen waren und niemand den Grund verstand, fanden sie uns bedrohlich. Irgendwann nannte die Klasse uns das ‚Freakduo'. So wurden wir zu Ausgestoßenen. Ich hatte zwar noch mein eigenes Leben auf dem Tennisplatz und manchmal ging ich am Wochenende auch ohne Jo auf eine Party. Dann waren alle erleichtert: Ah, Elias kommt wieder zur Besinnung. Aber nach dem Wochenende setzte ich mich wieder neben Jo. Ich fand das alles ziemlich belustigend."

Staatsanwalt Ritter: „Im April 1990 beging Jo's Mutter Selbstmord. Jo war siebzehn, du achtzehn. Was geschah danach?"

Elias von Zedlitz: „Jo erzählte mir, dass seine Mutter drogenabhängig gewesen war. Obwohl Jo seine Mutter nur selten sah, traf ihr Tod ihn schwer. Danach fing Jo mit dem Kiffen an, verlor völlig die Kontrolle und war fast immer zugedröhnt. Ich verstand das, aber das machte den Umgang mit ihm immer schwieriger, er war einfach nicht mehr er selbst. Er wurde sehr vage und gab Psychotisches von sich. Nichts sei real, alles sei ein Traum und Ähnliches. Ich wollte ihm helfen, aber ich wusste nicht wie."

Staatsanwalt Ritter: „Die fast symbiotische Freundschaft zwischen dir und Jo ging im Sommer 1990 zu Ende, hast du gesagt. Was war der Grund?"

Elias von Zedlitz: „Ich hatte Jo so satt", sagt Elias aus. „Oder zumindest … eh, brauchte ich Abstand. Wollte andere Leute treffen. Ich wusste, dass er mit dem Tod seiner Mutter zu kämpfen hatte, und ich wollte ihn auch unterstützen. Aber alles war immer so schwer mit ihm. Früher konnte ich mit ihm lachen, aber davon war nur noch wenig übrig. Als ich ihn auf seinen Drogenkonsum ansprach – er rauchte mittlerweile täglich zehn Joints – wurde er sehr wütend und behauptete, dass ich kein echter Freund sei, dass alle ihn immer verlassen hätten und ich das auch tun würde. Es benahm sich, als führten wir eine Beziehung. Damals verliebte ich mich in ein Mädchen und wollte auch mehr Zeit mit ihr verbringen. Aber Jo's Schicksal ließ mich nicht kalt. Seine Mutter war tot, sein Vater saß arbeitslos und deprimiert vor dem Fernseher. Außer mir hatte er nur einen Freund, seinen Nachbarn Markus, mit dem er ein wenig an Mopeds tüftelte, aber ansonsten hatten sie nicht viel gemeinsam."

Staatsanwalt Ritter: „Du hast 1990 die Abiturklasse erreicht. Jo wurde nicht versetzt. Wie hat Jo reagiert?"

Elias von Zedlitz: „Jo geriet in Panik. Ich sagte, dass sich zwischen uns nichts ändern und wir Freunde bleiben würden, aber er war davon überzeugt, dass wir uns nach den Sommerferien nicht mehr sehen würden. Ich fuhr mit meinen Eltern und meiner Schwester für drei Wochen nach Italien und wir kamen am fünfzehnten August zurück. Als ich Jo erzählte, dass meine Eltern eine Ausstellung in New York besuchen wollten, ergriff er sofort seine Chance und lud mich zu sich nach Hause ein. Ich lehnte ab. Jo war für mich da schon nicht mehr als ein Name auf einer Klassenliste. Ich hatte mit ihm abgeschlossen. Meine Eltern flogen am 19. August nach New York. Jo rief mich mehrmals am Tag an. Manchmal nahm ich ab, manchmal ließ ich es klingeln. Am Freitag, den 21. August gab ich aus Mitgefühl nach und verabredete mich mit Jo. Das hätte ich nie tun sollen."

Merkwürdig, so ausführlich über die drei Jungen zu schreiben, aber es ist wichtig – um der Wahrheit Willen.

Ich lege die Tagebuchseiten beiseite und betrachte den Umschlag.

Eindeutig mein Name, die Adresse stimmt auch. Wer auch immer mir das geschickt hat, weiß demnach, wo ich bin. Also stammt sie von einer Person, die mich kennt. Nicht von Mom, denn meine Mom ist tot. Wer hat mir das geschickt? Irgendein Idiot ohne einen Funken Mitgefühl will mich verwirren und verletzen.

Mit zitternden Händen öffne ich die Karte, auf der ein Mädchen abgebildet ist, das einen Mond auf seinem erhobenen Fuß trägt.

Ich halte den Atem an, lese, lese es noch einmal.

Du kannst deinem Gedächtnis nicht trauen!

KAPITEL 22

Draußen ist es hell geworden. Die gestreiften Vorhänge sind noch zugezogen. Ich stehe mitten im Zimmer unter dem grellen Licht der Deckenlampe und führe still eine Reihe von Bewegungen aus. Zunächst vorsichtig, dann ein bisschen kühner. Schließlich will ich nach Hause. Ich hebe die Arme, drehe mich langsam um mich selbst, neige mich zu einer Art Verbeugung und richte mich dann stolz auf. So hatte Mom es mir als Kind beigebracht, nachdem ich eine Geschichte zum Besten gegeben hatte.

Mehrmals drohe ich das Gleichgewicht zu verlieren, doch jedes Mal fange ich mich wieder. Langsam schlurfe ich wieder zum Bett, lege mich hin und schlafe sofort ein, die Hände flach auf dem Bauch gekreuzt, als würde ich mich beschützen.

Wo bleibt Emma? Sie wollte mich besuchen.

Es ist fünfzehn Uhr. Ich muss mit jemandem sprechen, am besten mit Julian. Wir konnten immer alles teilen, wollten einander nie im Stich lassen und zusammen alt werden.

Ich verstehe das Leben nicht mehr.

Du kannst deinem Gedächtnis nicht trauen!

Mein Blick schweift über die sechs Worte in der Handschrift meiner Mom und ich versuche das Gefühl, das mich beschleicht, zu unterdrücken. Dem nicht nachzugeben. Mich nicht täuschen zu lassen. Mich keinen Illusionen hinzugeben. Diese Karten stammen nicht von meiner Mutter.

Aber dennoch...

Gab es eine Einäscherung? Kondolenzbesuche? Wer außer Julian und Emma hatte Mom im Sarg liegen sehen? Ich würde so gerne mit ihr reden und sie ein letztes Mal umarmen.

Ich muss mir auch eingestehen, dass ich neben Mom auch Julian vermisse, mich an ihn kuscheln und seinen warmen Körper an meinem spüren möchte. Einst hat er mir gestanden, ich sei die erste Frau, bei der er sich sicher sein könne, dass sie ihn nicht zum Vater machen wolle und dass er sich noch nie so erleichtert gefühlt habe. Er war damals sechsundzwanzig, ich siebenunddreißig. Ich kümmerte mich nicht um gut gemeinte Ratschläge, die gewöhnlich darauf hinausliefen, diese Beziehung als Zeitvertreib zu betrachten und sie zu genießen, aber keine Erwartungen an sie zu stellen. Und jetzt spricht Julian von einer möglichen Vaterschaft.

„Hey, was ist denn hier los? Hast du mein Klopfen nicht gehört, Süße?"

Ich fahre erschrocken hoch und wische mir die Tränen von den Wangen. Mein Mann ist unerreichbar, aber mein Ex-Mann lässt mich nicht im Stich. *Auch gut.*

Er tritt zur Seite. Hinter ihm steht meine Nachfolgerin Alma. Gefällt mir nicht, aber heute werde ich mich gnädig zeigen. Wenn man auf alles achtet, bekommt die Einsamkeit ihre Chance.

Alma umarmt mich fest. „Ich bin froh, dass du dich so gut erholst", sagt sie.

Gut zu wissen. Bitte etwas freundlicher, Stella. Diese Frau hat deinem Ex das gegeben, worüber du noch heute kein Wort verlieren kannst. Geschieht dir recht.

Jetzt sollte ich mich nach den Kindern erkundigen, aber ich bringe es nicht über mich.

„Küsschen von den Kids", sagt Alma und schenkt mir ein siegesbewusstes Lächeln.

Alexander rettet die Situation. „Lass uns im Restaurant etwas trinken", schlägt er vor.

„Nein, es geht mir heute nicht so gut."

Ich erwähne die neue Postkarte mit keinem Wort und Alexander stellt auch keine Fragen nach dem Grund meiner traurigen Stimmung.

Nach einer viertelstündigen Phrasendrescherei gehen sie endlich.

„Tut mir leid, dass du so lange warten musstest", entschuldigt sich Emma eine Stunde später. „Wenn ich gewusst hätte, dass du mit deiner molligen Nachfolgerin ausharren musstest, hätte ich mich beeilt. Ich wurde aufgehalten. Habe Julian zufällig getroffen und mich ein wenig mit deinem Noch-Ehemann unterhalten."

Den letzten Satz ignoriere ich.

„Alma hat bereits acht Kilo abgenommen und braucht noch sechs weitere." *Habe ich gerade Alma verteidigt?*

„Tatsächlich? So genau habe ich *sie* mir nicht angesehen. Ich denke immer noch, dass sie ein mieser Vogel ist."

Von dem Moment an, als Alexanders neue Liebe die Bildfläche betrat, beschloss Emma, sie nicht zu mögen.

„Alma, die Fruchtbare. Ist ein weiteres *Kind* unterwegs oder hat sie sich ein neues Hobby zugelegt?"

Die Art und Weise, wie Emma es sagt, bringt mich zum lachen.

„Übrigens ist eine weitere Karte aufgetaucht, du solltest sie dir ansehen."

Emma liest den Text, schüttelt langsam den Kopf und schaut sich die Vorderseite des Umschlags an. „Vorgestern abgestempelt. Wer… was…" Sie sieht mich mit großen Augen an. „Was hältst du davon?"

Ich nehme die Karte wieder an mich. „Geschmacklos. Unverschämt. Grausam. Wer macht nur so etwas?"

„Ich frage mich vielmehr, *warum* jemand das macht. Was wirst du unternehmen?"

„Ich werde das einfach ein bisschen genießen, Emma. Es ist schön Moms Handschrift zu sehen und es fühlt sich gut an, dass sie sich äh... imaginär um mich sorgt." Meine Antwort überrascht mich.

„Aber... Aber das ist verrückt, Stella", protestiert Emma.

„Hier ist so vieles *verrückt*", bringe ich vor.

„Hm ... Soll ich dir etwas über mein Gespräch mit Julian erzählen?"

„Nein. Erzähl mir lieber, ob du dich mit deiner Mutter ausgesprochen hast?"

„Ich habe beschlossen, keinen Gedanken mehr an ihr pubertäres Verhalten zu verschwenden. Wenn sie nach Kanada fahren will, soll sie doch! Soll sie diesen Holzfäller heiraten, ich stehe jedenfalls nicht als Trauzeugin zur Verfügung."

„Sei ein bisschen gnädiger, Emma. *Du* hast immerhin noch eine Mutter. Erzähl mal, was du mit Julian besprochen hast?"

„Dein Ehemann sieht nicht gut aus. Einmal davon abgesehen, dass er traurig wirkte, war er abgemagert und blass, sein Haar hat auch seit Längerem keinen Frisör gesehen. Er tat mir leid."

In meinem Unterbewusstsein regt sich ein unschöner Gedanke an einen Traum. Mein Schmerzgedächtnis meldet sich, die Synapsen spielen verrückt. Die Tränen kommen unweigerlich mit der Erinnerung. Im Traum hielt ich Julian ein Messer an die Kehle, blickte ihm dabei direkt in die Augen, hörte sein atemloses Flüstern und ... stach zu. Wurde zur Mörderin. Julian sank zu Boden, sein Blut drohte mich zu überfluten wie ein Szenario aus einem billigen Horrorstreifen. Cut! Aufwachen!

Gütiger Himmel, Stella. Das muss aufhören!

„Irgendwie hat mich sein Aussehen berührt. Er wirkte völlig durcheinander. Um es kurz zu machen: Ich habe mit ihm einen Kaffee getrunken und ihm gesagt, dass du schon klarkommst und er zuerst seine Angelegenheiten selbst regeln muss, bevor er wieder Kontakt mit dir aufnimmt. Das hat er mir versprochen."

Ich bin nicht in der Stimmung für eine Diskussion mit Emma über Julian. „Wir werden sehen", scheint mir die einzig richtige Antwort zu sein.

Ich werfe einen Blick auf meine Armbanduhr. Greta müsste inzwischen am Düsseldorfer Flughafen angekommen sein.

„Wurde Mom irgendwo aufgebahrt?" Der Gedanke ist wie ein Brennen. Wie ein Juckreiz unter einem Gips, an einer Stelle, an die man einfach nicht herankommen kann.

Sie blinzelt. „Wie kommst du denn so plötzlich *darauf*? Ist es wegen der Postkarten? Versuch lieber herauszufinden, welcher Spinner dahinter steckt!"

„Ich will es wissen, Emma! Wurden Trauerkarten verschickt? Wer war bei der Trauerfeier? Wer hat sie im Sarg liegen sehen? Was ist mit ihrer Asche geschehen?"

Emmas Augen weiten sich. „Bist du sicher, dass du das alles wissen willst?"

„Ja, verdammt nochmal! Schließlich geht es hier um *meine Mutter*!", antworte ich wütend.

Meine Schwester errötet. „Schon gut. Beruhige dich. Die Urne befindet sich noch im Krematorium. Sie bewahren die Urnen maximal ein Jahr lang auf, damit die nächsten Angehörigen in Ruhe entscheiden können was damit geschehen soll. Julian wollte dir die Entscheidung überlassen. Du kannst also in Ruhe überlegen, was du damit machen möchtest." Emma sieht mich prüfend an und fährt fort. „Julian wollte, dass der Sarg geschlossen bleibt. Nur er und ich haben deine Mutter gesehen. Er war überzeugt, dass sie das so gewollt hätte."

„Das ist richtig", bestätige ich.

Emma macht eine verzweifelte Geste. „Es fiel mir schwer, dem zuzustimmen, zumal Alexander deine Mutter unbedingt sehen wollte. Er war immerhin mehr als zehn Jahre ihr Schwiegersohn und sie hat nie ein böses Wort über ihn verloren. Julian hat das abgelehnt. Dein Mann wollte auch als Einziger während der Beerdigung sprechen, weil ihm zufolge deine Mutter eine übermäßige Aufmerksamkeit abgelehnt hätte. Auch du solltest nur ein paar Worte sprechen, aber du warst nicht da. Julian hat in deinem Namen gesprochen und er hat es wunderbar gemacht."

Alles was Emma sagt, klingt plausibel. Aber warum versuche ich dann, sie bei Widersprüchlichkeiten zu erwischen? Woher kommt dieses Misstrauen?

Emma möchte etwas sagen, aber sie zögert noch. Ich bestehe darauf, dass sie nichts vor mir verheimlichen soll.

Sie atmet tief durch. „Ich kann nicht umhin, mich immer wieder zu fragen, warum er sie einäschern ließ, wenn es so offensichtlich war, dass sie begraben werden wollte. Ich kaufe ihm das nicht ab. Du?", fragt Emma.

„Warum sollte ich das nicht glauben?" Mein Blick ruht auf meinen Händen. „Hat Mom mich besucht, als ich in der Uniklinik lag?"

„Ja, sie war ein einziges Mal dort und völlig erschüttert. Ihre Tochter so zu sehen, das ist ihr gar nicht bekommen. Sie wollte dich erst wieder besuchen, wenn du ansprechbar sein würdest. Ich hielt das auch für eine gute Idee."

Mom hat mich besucht?

„Habe ich denn nicht nach meiner Mutter verlangt?"

„Mehrmals am Tag. Wir erklärten dir, dass sie die Grippe hätte und daher an Herzrhythmusstörungen litte. Meine Mutter war ein paar Mal bei dir."

Ich versuche das alles zu begreifen. Wie ist es möglich, dass ich Gespräche geführt habe, an die ich mich nicht mehr erinnern kann? Aber ich habe Fragen gestellt und mich offenbar mit der Anwesenheit von Greta statt meiner Mutter zufriedengegeben. Ist mir denn gar nicht aufgefallen, dass etwas nicht stimmt?

Sagt Emma mir die Wahrheit. Lügt Julian womöglich? Ich bin jetzt in der Lage wieder Gespräche zu führen, wieder nachzudenken, aber ich werde dieses seltsame Gefühl nicht los, dass nichts, was ich über diese verlorenen Wochen erfahre, wirklich mit mir zu tun hat. Regelmäßig kommt mir der Gedanke, dass jemand ein Spiel mit mir treibt. Wird man generell nach einer Hirnblutung misstrauisch? Ich werde Felix fragen.

Emma knipst mit dem Finger vor meinen Augen. „Wo bist du mit deinen Gedanken, Stella? Übrigens hat Julian den Text für die Trauerkarten verfasst und sie verschickt. Die Trauerfeier war wunderschön. Jetzt geht es nur noch um dich, hörst du? Um deine Genesung!"

Meine Augen fühlen sich schwer an, ich kann sie kaum offen halten.

„Ruh dich jetzt aus. Wir gehen es langsam an. Ich komme morgen wieder, Stella."

„Wirst du deine Mutter vor ihrer Abreise noch sehen?" Ich sage es so beiläufig wie möglich.

„Nicht heute, ich brauche keine Wiederholung dieser Liebessoap. Es ist peinlich, wenn die eigene Mutter plötzlich anfängt, sich wie ein liebestoller Teenager zu benehmen."

Ihr Ton gefällt mir nicht. „Hallo? Du sprichst nicht von einer durchgeknallten Freundin, sondern von deiner Mutter. Schäme dich!"

„Ich bin weg", sagt Emma und lässt mich fassungslos zurück.

Ich frage mich, warum ich die Tagebuchseiten verschwiegen habe. Weil ich instinktiv ahne, dass Mom das nicht gewollt hätte. Das wird der Grund sein, denke ich, schließe meine Augen und lehne mich zurück in die Kissen. Wann werde ich die ganze Tragödie um Jordi erfahren? Die Wahrheit ist bislang noch nicht ersichtlich.

Ich beginne zu schwitzen und eine alte Erinnerung gesellt sich zu dem Gefühl der Panik. Doch ich habe kaum Zeit zu grübeln. Hätte ich bis vor wenigen Sekunden noch gedacht, der Stress könne heute nicht mehr schlimmer werden, so sollten mich die ersten Worte eines Anrufers eines Besseren belehren.

KAPITEL 23

Das bedrohliche Gefühl, das mich seit einer Stunde erfasst, klingt nicht ab. Nicht, dass ich Intuitionen schätze - ich glaube nicht, dass es so etwas wie eine Vorahnung gibt. Alles beruht auf einem Zufall, es gibt kein Warum und somit auch keine Antwort auf die Frage nach dem Warum. Das Einzige woran ich mich festhalten kann, ist meine Logik und Ratio, viel mehr habe ich nicht beizutragen. Aber Gefühle sind hartnäckig und dieses Gefühl, dass etwas nicht stimmt, will mich nicht loslassen. Mittlerweile ist so viel passiert, was mit einem Aneurysma begann: die verlorenen Wochen, der plötzliche Tod meiner Mutter, Schatten und Stimmen im Zimmer, die Postkarten, das Tagebuch, die Trennung von Julian.

Wenn mein Unbehagen von vorausschauenden Fähigkeiten herrühren würde, wäre es inzwischen mehr als erfüllt; ich hätte behaupten können, dass ich das alles gespürt hätte, dass ich wusste, dass etwas passieren würde, so als hätte ich das Meer kurz vor dem Tsunami zurückweichen sehen. Es muss etwas anderes sein, etwas Erklärbares, das mich stark spüren lässt, dass ich etwas Wichtiges übersehe oder vergessen habe. Mit Julian hätte ich darüber sprechen können.

Ich widerstehe dem Impuls ihn anzurufen, obwohl Emmas Worte mich beunruhigt hatten. Bevor ich mit ihm spreche, muss ich meine eigenen Gedanken ordnen und verstehen, was mich bedrückt und wohin meine Reise gehen soll.

Mein Handy kündigt einen Anruf an, die Rufnummer ist unterdrückt. Dennoch drücke ich die grüne Taste und höre am anderen Ende der Leitung das schwere Atmen einer Person.

„Hallo?"

„Erinnerst du dich, Stella?", krächzt eine Stimme. Ist sie männlich, weiblich? Ich weiß es nicht. Das Handy fällt mir aus der Hand, ich blinzele heftig, taste nach dem Telefon und nehme es wieder in die Hand, aber der Anrufer hat bereits aufgelegt. Stattdessen bekomme ich eine WhatsApp. Nach dem Öffnen erscheint auf dem Display eine Fotomontage von Mom und Jordi – mit mir im Hintergrund. Darunter: *Erinnere dich, Stella!*

Nach dem ersten Schock beginne ich Details der Fotomontage zu erkennen. Es ist ein Götzentempel des Wahnsinns. Jemand hat mich zum Gegenstand eines irrwitzigen, mit rationalen Maßstäben nicht nachvollziehbaren Kults gemacht. Meine Augen blicken mir auf allen Bildern als schwarze Krater entgegen. *Welch Irrer erfindet solchen Wahnsinn?* Was für eine Mühe! Woher stammen diese Fotos von Jordi und mir? Ich kenne sie nicht!

Ich lese noch einmal die drei Worte: *Erinnere dich, Stella?* Meine Augen werden feucht, aber ich weine nicht. Es ist zu viel für mich, dieses Eintauchen in eine dunkle Welt. Mein Gehirn ist dafür noch nicht bereit. Aber ich bin nicht paralysiert vor Angst. Das würde es mir einfacher machen. Ich bin ruhig. Zu ruhig für meinen Begriff. Mein Herz rast immer noch, aber trotz der Ausschüttung von Adrenalin spüre ich nur ein leichtes Klopfen in meinem Kopf und denke: *Es geht bergauf.*

Von meiner Halbschwester habe ich seit drei Tagen weder etwas gehört, noch habe ich sie gesehen. Sie hat vermutlich herausgefunden, dass Greta zu ihrem kanadischen Liebhaber geflogen ist. Im Moment habe ich genug um die Ohren und keine Lust mir Sorgen um Emmas Enttäuschung oder ihre Wut zu machen. Sie muss damit klarkommen und wird sich schon wieder beruhigen. Felix weiß jetzt auch, dass ich nach Hause gehen möchte und beabsichtigt meinen Wunsch mit dem Team diskutieren. Es gibt so vieles, das ich in Angriff nehmen muss und auch möchte. Mom hatte eine sympathische Hilfe, die ich angerufen habe und die mir behilflich sein wird. Warum ich im Haus meiner Mutter wohnen werde, hat sie mich nicht gefragt. Wenn ich sie richtig einschätze, wird sie es auch nicht tun.

Charlotte und Marie freuen sich über meine Rückkehr. Sie sind so erleichtert. Immerhin kann ich später zuhause einige Arbeiten durchführen, meine Hände zittern nicht mehr. Ich möchte zum normalen Leben zurückkehren und schnell wieder die Frau werden, die ich einmal war. Und einen Friseur aufsuchen, der mich schockiert ansehen wird, wenn ich ihm sage, dass mein langes Haar dran glauben muss. Es gab nur Julian, der mit seinen schlanken Fingern mein Haar berühren durfte. Neues Leben, neue Frisur.

Ich ertappe mich oft dabei, dass ich nach Britta, der kleinen Postbotin, Ausschau halte. Die nächste Karte mit der Handschrift meiner Mutter ist das, wonach ich mich auch sehne. Ich weiß, dass diese Karten gefälscht sind und dass jemand versucht, mich zu verletzen. Vielleicht sollte ich meine Energie darauf verwenden, herauszufinden, wer mich so schändlich behandelt, aber ich muss zugeben, dass ich im Moment lieber eine Verbindung mit Mom hätte, die ich jetzt noch nicht loslassen will. Dieses Verlangen ist nachvollziehbar, ihr Tod liegt erst einige Wochen zurück. Ich werde das aber besser für mich behalten, nicht, dass alle glauben, die Hirnblutung hätte mein Oberstübchen beschädigt. Da ist ohnehin noch alles ein wenig flauschig.

Jemand klopft an der Zimmertür und kaum habe ich „Herein" gesagt, schwingt die Tür auf und Britta steht mit einem breiten Lächeln vor mir.

„Schon wieder Post für Sie, Stella", ruft sie und reicht mir einen Umschlag. „Und ein Rosenstrauß. Sie sind ein Star!" Ich erkenne sofort die Handschrift meiner Mutter.

Britta legt den Strauß Rosen auf den Tisch, dreht sich um und verabschiedet sich. „Schönen Abend, Stella."

„Warte mal, Britta", rufe ich ihr hinterher. „Wer hat dir den Umschlag und die Rosen gegeben?"

„Der Pförtner! Tschüss." Und fort ist sie.

Die Karte zeigt einen Mann und eine Frau, die sich im Mondlicht umarmen. Ich öffne sie.

Erinnere dich, pass auf dich auf und traue niemandem. Alles Liebe. Mom.

Mir ist plötzlich kalt.

Die Karte irritiert mich wie dieser Strauß aus roten Rosen, der sofort im Mülleimer landet. Wie kann ich mich nach Karten mit der Handschrift meiner Mutter sehnen, obwohl ich weiß, dass sie tot ist? Wie hirnrissig ist das? Ich sollte traurig, wütend, vielleicht auch beleidigt sein, weil jemand keine Rücksicht auf meine Gefühle nimmt.

Aber welche Gefühle?

Etwas in mir ist verschlossen, echte Emotionen kommen nicht an die Oberfläche.

Mir ist nur kalt.

Ich wurde zu einer grenzenlosen Inspiration für eine sadistischste Neigung.

KAPITEL 24

Ich sehe aus dem Fenster. Es ist ein schöner, sonniger Winternachmittag. Der Wind hat nachgelassen, die Wolken lockern auf und das Unwetter der letzten Tage hat sich verzogen.

Ich weiß nicht, ob das Adrenalin, das durch meine Adern rast, durch das Band mit Mom über diese Seiten hervorgerufen wird oder durch das, was ich auch unbedingt erfahren möchte: Was ist mit meinem Bruder wirklich geschehen? Ich greife nach den Blättern des Tagebuchs meiner Mutter, um endlich zu erfahren, ob Mom der Wahrheit ein Stück näher gekommen ist.

Dienstag, 10. September 1991
Ich habe heute am Nachmittag Markus Mutter besucht. Saskia Raabe ist eine Frau, die man einfach mögen muss und bei der man sich sofort wohl fühlt. Sie bot mir sofort einen Tee an und stellte mir Fragen, ohne mir das Gefühl der Unbehaglichkeit zu vermitteln.

„Warum sind Sie zu mir gekommen, Frau Hoffmann?"

„Mittlerweile ist ein Jahr seit der Tat vergangen. Ich weiß nicht, wie es Ihnen geht, Frau Raabe, aber ich kann wieder klarer denken. Es gibt da ein paar Dinge, die mir keine Ruhe lassen und die ich klären möchte."

Saskia nickte nur.

„Ich bin davon überzeugt, dass die drei Jungen irgendetwas vor Gericht verschwiegen haben. Ich glaube nicht, dass sie die vollständige Wahrheit gesagt haben. Ich möchte wissen, *warum* Jordi sterben musste. Möchte abschließen können."

„Das möchte ich auch. Für mich ist es immer noch unbegreiflich, dass mein ältester Sohn Markus sieben Jahren hinter Gittern verbringen muss. Ich glaube nicht an seine Schuld, nur an eine Mitschuld. Und wie Sie habe ich den Eindruck, dass etwas nicht an dieser Geschichte stimmt. Wenn das Gericht einmal entschieden hat, dass du schuldig bist, erschüttert das nicht nur das Leben des Verurteilten, sondern auch das ganze Leben aller Betroffenen. Ich habe an die Gerechtigkeit geglaubt und so habe ich auch meine Kinder erzogen. Arbeite hart, belästige niemanden, sei aufrecht und ehrlich, dann passiert dir nichts. Der Prozess war eine harte Lektion. Für mich, für Markus und für meinen jüngsten Sohn Sascha. Aber Ihr Leid ist um vieles größer, Frau Hoffmann. Sie haben Jordi verloren und es tut mir so unendlich leid. Ich bin so froh, dass Sie zu mir gekommen sind. Ich hatte nicht den Mut, Sie aufzusuchen. Noch nicht. Vielleicht irgendwann, um mich bei Ihnen zu entschuldigen."

In dem hellen, modernen Wohnzimmer sprach Markus' Mutter über den Sommer 1990. Sie zeigte mir ein Foto: ihre beiden Söhne im Urlaub auf Sylt. Markus ist achtzehn Jahre alt, ein hübscher, fröhlicher Junge mit dunklen Augen und einem frechen Lächeln. Um seinen Hals trägt er eine dünne silberne Kette. Der Anhänger verschwindet in seinem grauen T-Shirt. Er hat seinem jüngeren Bruder Sascha den Arm locker, aber auf eine beschützende Art und Weise um die Schultern gelegt. Sascha ist zehn Jahre alt, hat kurze dunkelblonde Haare und eine Zahnlücke.

„Das war in jenem Sommer", sagte Saskia. „Damals stand in einer Boulevardzeitschrift, Markus sei neidisch auf seinen Bruder. Sie behaupteten, dass Markus seinen Bruder hassen würde und dass der Mord an Jordi eigentlich als

Rache an Sascha gedacht war. Das war eine Lüge aus Sensationslust und krank. Sie kannten meinen Jungen nicht. Markus war der netteste Bruder, den Sascha sich wünschen konnte."

Einen Moment lang dachte ich, dass Saskia weinen würde, aber sie ließ keine Tränen zu, sie war zu stolz, sie weigerte sich, mir ihren Schmerz zu zeigen.

„Im Sommer machte ich mir mehr Sorgen um meinen Nachbarn Jo Daschke als um meinen eigenen Sohn. Markus wird das schon schaffen, das wusste ich schon immer. Selbst als er in dieser ganzen juristischen Scheiße landete und auch nach der Urteilsverkündung, dachte ich immer: Markus geht es gut. Er ist stark. Er sieht vielleicht nicht so aus, er ist nicht so groß und wenn er keinen Sport treibt, ist er sehr dünn. Aber innen drin", Saskia zeigte auf ihr Herz, „ist er stark. Also wusste ich, dass er damit umgehen konnte, wie mit der Vaterschaft, obwohl er dafür viel zu jung war. Ich war selbst achtzehn Jahre, als ich Markus bekam. Ich weiß, wie schwer das sein kann. Mit Sascha war ich viel geduldiger, ruhiger, entspannter. Aber Markus schien nicht darunter zu leiden; selbst als er klein war, war er schon sehr selbstständig. Saß einfach im Wohnzimmer und spielte still vor sich hin. Nie hätte ich erwartet, dass Markus jemals in Schwierigkeiten geraten könnte. Vielleicht sagt das jede Mutter über ihr Kind. Jo war da von einem ganz anderen Kaliber. Ein schwieriger Junge, klar, mit seinem Hintergrund. Wir kamen hierher, als Markus dreizehn und Jo zwölf war. Jo war ein hübscher Junge, mit den roten Haaren und den Sommersprossen. Seine Mutter war fast nie da, sie kam und verschwand schnell wieder. Ich fand es anrührend, wie Jo an seiner Mutter hing und sich nicht von ihr lösen konnte, wenn sie einmal da war. Und als sie fort war, idealisierte er sie. Ich hatte Mitleid mit Jo, der Junge war ganz allein. Markus und Jo freundeten sich schnell an und irgendwann waren die Jungs unzertrennlich. Sie verbrachten ganze Tage zusammen, oft blieb Jo auch über Nacht. Bis Elias von Zedlitz einige Jahre später auf der Bildfläche erschien."

Saskia verstummte für eine Weile und schaute aus dem Fenster auf eine Elster, die über den Rasen hüpfte.

„Als Jo sich mit Elias in der zweiten Klasse des Gymnasiums anfreundete, lernte ich auch Elias kennen. Jo kam zwar regelmäßig zum Essen, aber seine Freundschaft mit Markus flaute ein wenig ab. Jo war ein Bücherwurm, zeichnete viel und verbrachte viel Zeit vor dem Computer und spielte sich durch die Online-Welt. Markus hatte nichts damit am Hut. Er ging lieber zum Fußballplatz und tobte sich dort aus oder bastelte an Mopeds. Später ging er zum Kickboxen und freundete sich mit Marlene an. Ich weiß nicht, ob Jo diese Tatsache mochte und deshalb ihre Freundschaft verwässerte. Markus hatte auch andere Freunde, er war unkompliziert. Er stellte keine Anforderungen an die Menschen. Jo hingegen hatte hohe Erwartungen: Eine Verabredung ist eine Verabredung, pünktlich sein, Wort halten, Freunde müssen loyal sein, darin war Jo kompromisslos. Markus war sehr sensibel. Manchmal wollte er sich nicht mit Jo treffen, aber dann tat er es dennoch, weil er es versprochen und Angst hatte, Jo zu enttäuschen. Aber als Elias auf der Bildfläche erschien, sah es so aus, als ob Markus keine Rolle mehr spielen würde. Ich fand das damals seltsam. In dem Alter ändert sich alles so schnell und manchmal überlebt eine Freundschaft das nicht."

„Haben die Jungs denn oft etwas zusammen unternommen?", fragte ich.

„Elias besuchte Jo eine Zeitlang sehr häufig und ja, manchmal unternahmen die Jungs etwas zu dritt, aber Elias gab sich keine Mühe, Markus wirklich kennenzulernen. Umgekehrt auch nicht. Es gab keine Gemeinsamkeiten. Elias war nicht aufrichtig. Ich glaube auch nicht, dass er ein guter Freund von Jo war, soweit ich das beurteilen konnte. Mir fiel auf, dass Jo sein Bestes tat, um ihn zu beeindrucken, er wollte, dass Elias ihn interessant fand. Und daran hat er hart gearbeitet. Elias hat im Gegenzug nichts getan, sondern sich zurückgelehnt und sich umwerben lassen. Markus hat das sofort erkannt, aber meinte, dass das in Jo's eigener Verantwortung lag.

Saskia fand es problematisch, dass die Jungen im Sommer häufiger in der Nachbarschaft gesehen wurden und Unruhe stifteten. Dieses Bild konnte sie nicht mit ihrem Sohn in Einklang zu bringen.

„Markus war sehr sportlich. In diesem Sommer arbeitete er tagsüber in einer Autowerkstatt und lief jeden Abend eine Langstrecke. Danach war er zu erschöpft, um auf der Straße abzuhängen. Sie haben in diesem Sommer höchstens ein- oder zweimal zusammen ein Bier getrunken. Die Freundschaft zwischen Markus und Jo war erkaltet, zwischen Elias und Markus existierte keine. Nach dem Tod seiner Mutter konsumierte Jo mehr und mehr Drogen, er wurde zunehmend introvertierter. Ich habe versucht, den Kontakt zu halten, aber es ist mir nicht gelungen. Ich erreichte weder Jo noch seinen Vater und es gab nichts, was ich dagegen hätte unternehmen können.

Zwischen uns entstand eine Stille. „Es ist nicht Ihre Schuld, Frau Raabe", sagte ich. „Das weiß ich."

„Markus trägt eine Mitschuld, er hätte das verhindern müssen." Saskia hielt inne. „Sein einziger Fehler war, dass er an diesem Nachmittag mit Jo und Elias mitgegangen ist. Ich hätte ihn nicht gehen lassen dürfen, aber stattdessen habe *ich* ihn auf die Straße geschickt. Jo war an diesem Nachmittag schon einmal bei mir. Markus war noch in der Autowerkstatt, aber ich gestattete Jo in Markus Zimmer zu gehen. Ich glaube, er rauchte dort Marihuana, denn als er wieder runterkam, war er ruhiger. Man sagt, Gras macht nicht süchtig, aber Jo hat sich wirklich wie ein Junkie benommen. Vielleicht hat er auch andere Sachen genommen. Gegen vier Uhr kam Markus nach Hause und etwas später stieß Elias dazu. Die drei saßen im Garten, tranken Bier und kifften ein wenig. Sie hatten zwar nur ein Bier getrunken, aber es war warm, der Alkohol stieg ihnen zu Kopf, sie waren laut und ziemlich nervig. Also sagte ich: „Jungs, geht anderen auf die Nerven, ich betreibe hier keine Kneipe."

Die Elster im Garten stieß kehlige Geräusche aus.

„Woher kommen diese Viecher eigentlich?" Verstört wandte Saskia den Blick ab und fuhr fort. „Kurz nach neun Uhr war Markus wieder zu Hause. Er fühlte sich nicht wohl. Wenig später hörte ich, wie er sich im Badezimmer übergab. Er ging nach draußen und wollte frische Luft schnappen, aber nach einer Weile kam er zurück. Mama, ein Junge wird vermisst. Die ganze Nachbarschaft sucht nach ihm."

Unsere Blicke trafen sich und ich sah den Schmerz in ihren Augen.

„Die ganze Nachbarschaft hat die Straßen und das Waldstück hinter den Wohnungen nach Jordi durchkämmt. Markus wollte nicht in den Wald. Er erzählte mir erst später, dass er Jordi an jenem Nachmittag gesehen hatte und das auch nur, weil die Polizei ihn befragt hatte. Ich fand es unglaublich dumm, dass er sich nicht sofort als Zeuge gemeldet hatte. Ich hätte ihn dazu gezwungen, wenn ich es gewusst hätte. Aber er schwieg lieber – aus Angst, es könnte ihn verdächtig machen. Und jetzt war er verdächtig, gerade weil er den Mund gehalten hatte. Ich war wütend auf ihn. Es schien aber auch nicht so wichtig zu sein, bis Jo dieses Geständnis ablegte. Markus entschuldigte ihn immer noch: Jo ist verwirrt, sagt er, das wird die Polizei auch so sehen. Aber ich wusste, dass da etwas faul war. Der Anfang vom Ende. Ich verstand nicht, warum Jo das alles behauptet hat und Markus da hineinzog. Markus konnte keiner Fliege was zuleide tun, geschweige denn einem Kind. Niemals!"

Während des Prozesses traf Saskia zum ersten Mal Elias' Eltern. Sie schüttelten ihr höflich die Hand, lehnten aber weiteren Kontakt ab.

„Sie waren nur wegen ihres Sohnes da, Frau Hoffmann. Auch die Tatsache, dass Elias einen extrem teuren Anwalt hatte, während Markus und Jo mit einem Pflichtverteidiger vorliebnehmen mussten, sorgte für böses Blut. Diese Leute gingen davon aus, dass sie ihren Sohn freikaufen konnten."

„Waren Sie erleichtert, als das Urteil für Elias so hoch ausfiel?"

„Ja, aber die Genugtuung war nur von kurzer Dauer, denn Markus bekam eine ebenso hohe Strafe. Aber ihre Gesichter bei der Urteilsverkündung zu sehen, ja, das tat mir gut!"

Jetzt rollten Tränen über ihre Wangen. „Ich fühle mich so mitschuldig am Tod ihres Jungen", schluchzte sie. „Ich fühle mich schuldig, weil ich besser auf meinen Sohn hätte achten sollen. Es gibt einiges, dass ich anders machen würde, könnte ich heute noch einmal von vorne beginnen. Es war falsch von mir, nur Elias und Jo die Schuld an allem zu geben."

Ich habe unser Gespräch wortwörtlich wiedergegeben und starre jetzt fassungslos auf meine Zeilen. Zwischen den Jungen muss etwas passiert sein, das niemand weiß, und das vor Gericht nie zur Sprache gekommen ist. Aber warum? Mit welchem Ziel? Von Sekunde zu Sekunde kommt mir alles noch verworrener vor. Ich muss endlich Licht in das Dunkel bringen.

Ich werde Elias im Gefängnis einen Besuch abstatten.

KAPITEL 25

Felix hat vorgeschlagen, dass ich für weitere drei Wochen in der Rehabilitationsklinik bleibe und nur an den Wochenenden nach Hause fahre, um zu sehen, wie ich dort zurechtkomme und welche Probleme auftreten können. Auch hält er einige Gespräche mit der Psychologin für sinnvoll, um mit ihr über Mom zu sprechen und was ihr plötzlicher Tod für mich bedeutet. Meine Nachtwanderung in den Aufenthaltsraum deutete er als Folgeerscheinung der Hirnblutung.

„Auch das Schlafzentrum des Gehirns muss wieder zur Ruhe kommen, Stella", erklärte er. „Machen Sie sich keine Gedanken. Das kommt vor und verschwindet auch wieder ganz. Manche Leute wachen mitten in der Nacht auf und spüren, dass etwas auf ihrer Brust lastet. Ein dämonisches Wesen, ein Gespenst. Andere sehen Schatten, hören Stimmen oder Schritte. Der Körper befindet sich noch in einer Art Traumphase, während der Geist bereits aufgewacht ist."

„Ich habe Schatten gesehen und die Stimme meiner Mutter gehört."

Felix lächelt. „Sehen Sie. Durch den Tod Ihrer Mutter ist Ihr Geist oder vielmehr Ihre Seele auf der Suche nach ihr. Sie werden nicht mehr schlafwandeln, wenn Sie sie loslassen."

Ich habe hart trainiert, bin mit Hanno schon oft in den Garten gegangen, fasse die Gehhilfe nicht mehr an und mache Beuge- und Dehnungsübungen, wann immer dies möglich ist. Ich esse alles, was mir vorgesetzt wird und es schmeckt alles ausgezeichnet. Aber wenn sie mir nichts zu essen geben würden, würde mir das auch nichts ausmachen. Ich esse nur, weil es Essenszeit ist, nicht weil ich hungrig bin.

Darauf muss ich also achten. Vielleicht werde ich meine Schwester bitten, ein paar Wochen bei mir einzuziehen.

Emma hat mich heute Morgen angerufen und es gab einen Korb voller Entschuldigungen.

„Ich bin völlig aus dem Häuschen, Stella. Meine Mutter ist ohne ein Wort nach Kanada geflogen", sagte sie. „Es fühlt sich wie Ablehnung an und das schmerzt. Mama hat zwar ein paar Mal versucht, mich telefonisch zu erreichen, aber ich werde vorerst keine Anrufe aus Kanada annehmen. Ich komme dich morgen besuchen, Schwesterherz."

„Ich freue mich, Emma." Jetzt sollte ich sie fragen, ob sie nach meiner Entlassung aus der Reha nicht zu mir ziehen möchte, aber ich bin mir nicht sicher, ob ich jemanden um mich haben möchte, wenn ich das erste Mal ein Wochenende im Haus meiner Mutter verbringen werde. Zwischen all den Fragen versuche ich nicht über Julian nachzudenken und schon gar nicht, mich nach ihm zu sehen. Denn dann möchte ich ihn anrufen, seine Stimme hören und ihn bitten, zu mir zurückzukommen.

Heute Nachmittag findet das Konditionstraining in der Gruppe statt. Ich habe versprochen, dabei zu sein, aber mein Widerstand nimmt von Minute zu Minute zu. Warum besucht mich nicht jemand, sodass ich mein Nichterscheinen zumindest erklären kann?

Ich zucke zusammen, als laut an der Tür geklopft wird. Meine Bitte wurde erhört. Alexander kommt mit ausgestreckten Armen auf mich zu. Ich lasse mich gerne von ihm umarmen. Er riecht gut.

„Hast du einen Behandlungstermin, mein Mädchen?", fragt er.

Mir wird warm ums Herz. *Mein Mädchen.*

„Ja, mit dir. Wollten wir nicht in der Cafeteria einen Kaffee trinken?"

Er lächelt. „Das klingt, als ob du etwas Unanständiges planst. Ist dir bewusst, dass ich böse Mädchen mag? Wie wärs mit einer anderen Location? Es gibt ein hübsches Lokal um die Ecke. Komm, lass uns sofort aufbrechen!" Ich zeige auf mein Bett, wo ich alles für einen Fluchtversuch bereitgelegt hatte.

Sofort hilft Alexander mir in den Mantel.

„Im Übrigen fahre ich nächstes Wochenende nach Hause. Ins Haus meiner Mutter, meine ich."

„Bist du denn allein dort?", fragt er irritiert.

„Ich könnte Emma fragen, ob sie mitkommen möchte, aber ich weiß nicht... Sie ist so sauer auf ihre Mutter."

Alexander zuckt mit den Schultern. „Ich weiß. Bullshit! Aber apropos Wochenende: Ich könnte dir eine andere Lösung bieten. Alma fährt mit den Kindern zu ihren Eltern, ihre Mutter wird siebzig Jahre alt. Ich habe am Samstag sechs Fahrschüler und wenn ich diese Termine nicht hätte, wäre mir einen anderen Grund eingefallen, dort nicht hinzugehen. Drei Tage! Mit dieser Familie? Ein grauenvoller Gedanke." Er greift nach meiner Hand. „Wenn du nicht allein sein möchtest oder Hilfe brauchst, könnte ich zu dir kommen. Klingt nach jeder Menge Spaß."

Das geht nicht. Ich bin immer noch mit Julian und Alexander mit Alma verheiratet. *Lehne den Vorschlag ab!*

„Lass mich darüber nachdenken", antworte ich.

Die Terrasse ist ein bekanntes Territorium. Alexander und ich haben hier in der Vergangenheit unzählige Male Kaffee getrunken, Lachsfilet-Sandwiches gegessen und Karamelleis-Coupés mit Schlagsahne genossen.

„Mit dir hier zu sein macht mich ein wenig wehmütig", sagt er.

Seine Worte überraschen mich. Ich habe selten etwas an ihm bemerkt, das nach Unsicherheit oder Emotionen aussah, er nannte das stets Mädchenverhalten. Das einzige Mal habe ich ihn weinen sehen, als er mir sagte, dass er eine Frau kennen gelernt hatte, die sich Kinder mit ihm wünschte. Wenn ich meine Meinung nicht ändern könnte, wollte er die Scheidung. An dem Tag versprach er mir auch, dass ich niemals allein sein würde.

Ich erinnere mich an meine Panik und mein Zögern. Ich wollte bei ihm bleiben, aber nicht um jeden Preis. Die Bedingung einer Mutterschaft war und blieb eine unüberwindbare Mauer zwischen uns. Ich ließ ihn los. Seine Lösung hieß Alma. In meinen Augen fühlte es sich mehr nach Verrat an als nach Schmerz.

„Dein Eis schmilzt, Liebling", sagt Alexander. „Wo bist du mit deinen Gedanken?" Er hat mir sein Gesicht zugewandt, seine Augen leuchten.

Alles scheint verlangsamt: mein Herzschlag, meine Atmung, meine Bewegungen, mein Lidschlag. Da ist nur noch Sehnsucht und Stille. Ich sehne mich nach Julian, nach seiner Liebe und seinen Zärtlichkeiten. Nach Verwöhnung.

„Es geht nicht, Alex", antworte ich. „Du kannst das Wochenende nicht mit mir verbringen."

Wir sitzen uns gegenüber, er und ich. Er lässt mich nicht aus den Augen. Vielleicht einfach, weil ich nicht die Frau sein will, die er sich für das kommende Wochenende erträumt hat. Er betrachtet mich mit einem Mal als Feind, forscht nach dem Beweis, nach der Bruchstelle. Und dann schlägt er auf seine Weise zurück.

Worte beschädigen, denn Beleidigungen, Beschimpfungen, Sarkasmus, Kritik und Vorwürfe prägen sich ein. Unauslöschlich. Sein Blick verurteilt und sucht nach dem Schwachpunkt in mir. Alexander verachtet unausgesprochen und das hinterlässt Spuren. So war es immer zwischen uns, wann immer ich während unserer Ehe eine Weigerung ausgesprochen hatte. Danach war es schwer, wieder Vertrauen zu fassen. Und auch mich selbst zu lieben. Ich habe gelitten. Sehr. Er auch. Das weiß ich. Die Zeit vergeht, sie heilt die Wunden. Aber kommt irgendwann nicht der Moment, in dem sich die Dinge besänftigen? Ich weiß es nicht. Ich bin mir nicht sicher. Ich möchte es glauben. Verziehen habe ich ihn längst. Aber ich weiß nicht, ob außerdem noch etwas anderes möglich ist.

Etwas Zärtlicheres.

In dieser Nacht schlafe ich sicher und geborgen in Julians Armen. Ein schöner Traum.

MONDTEUFEL
Vertrauen

Ich sehne mich nach Vertrauen, ich möchte wieder vertrauen können. Manchmal sehne ich mich vehement zurück in meine Kindheit, als ich noch glaubte, dass mich niemand anlügt und es für selbstverständlich hielt, dass mir niemand wehtun würde. Sehnt sich nicht jeder Erwachsene nach der Unbefangenheit eines Kindes? Ich tue das. Immer öfter und intensiver, weil ich mich in diesen Tagen selbst nicht mehr verstehe und mir kein Vertrauen schenke.

Ich träume oft. In meinen Träumen gehe ich gnadenlos mit Menschen um, die mich nicht mögen oder die etwas sagen, was ich anstößig finde, oder die etwas tun, das meine Aggression schürt. Wenn ich aufwache und mich an den jüngsten Traum erinnere, bin ich erstaunt über die Gründe, die mich zum Mörder gemacht haben. Manchmal kommt mir jemand in einem Einkaufszentrum innerhalb kurzer Zeit dreimal in die Quere, ein anderes Mal spricht jemand meinen Namen falsch aus oder mir gefällt einfach nur die Haltung einer Person nicht. Sie alle müssen dafür bezahlen.

Ich steche gerne auf sie ein, drücke das Fleischmesser, das ich in der Regel für einen Mord benutze, tief in ihren Körper und drehe genüsslich den Griff. Es ist so köstlich, so aufregend. Danach will ich Sex und im Traum suche ich nach jemandem, der dasselbe will. So jemanden gibt es immer irgendwo. Ich weiß das.

Manchmal wache ich auf, wenn ich fast meinen Höhepunkt erreicht habe und die Erkenntnis, dass ich allein in meinem Bett liege, löst eine Wut aus, die mich Dinge zerstören lässt. Wenn ich meinen Traum verwirklichen kann, stehe ich entspannt auf und fühle mich glücklich. Dann umarme ich den Tag und erlebe eine Unbefangenheit, die mich wieder zum Kind werden lässt. Dann bin ich von Kopf bis Fuß eins mit mir.

Dann wage ich es, mir selbst zu vertrauen …

Seit Stunden bin ich wieder in meinem Haus. Habe mich aufs Bett gelegt. Jedes Mal, wenn mir die brennenden Augen zufallen, habe ich die Szene, die sich vor einigen Stunden abgespielt hat, wieder vor meinem inneren Auge …

Ich hatte mir etwas Neues, etwas Interessantes beigebracht und den Anblick des wimmernden Mannes genossen, der niedergeschlagen vor mir auf dem Boden lag. Noch benommen, versuchte er sich an die Stirn zu fassen, doch es gelang ihm nicht. Er konnte seine Arme nicht bewegen, ebenso wenig die Beine. Ich hatte sie gefesselt.

Ich wusste, wie er sich nach einem Schlag auf den Kopf fühlen musste: Der Schädel dröhnt vor Schmerz, alles um einen herum schwimmt, schlingert durch ein Dämmerlicht.

„Warum?", wimmerte er.

Ich brachte mein Gesicht ganz nah an seines heran. „Du hast herumgeschnüffelt. Warst neugierig wie ein Bulle. Ich werde nicht zulassen, dass die Wahrheit ans Tageslicht kommt."

Die vollen Lippen waren jetzt schmal, die Wangen angespannt, die Mundwinkel zitterten, die Augen dunkel vor Angst. Meine Hände glitten über den Brustkorb des Mannes, bis ich den Interkostalraum zwischen der dritten und vierten Rippe tastete. Dort setzte ich die Messerspitze an und stieß das Messer mit Wucht ins Herz.

Sein Schrei war erbärmlich, schrill, gequält.

Die Stimmen hallen jetzt – Stunden später – in meinem Kopf von unten herauf. Beschwörend. Während sie emporsteigen, überkommen mich Visionen in schneller Folge …

Ein feuriger sündiger Leib nach meiner Tat, eine fressende Seele, die in Blut treibt, erstarrt in Satans eisernem Griff.

Ich stehe auf. Mein Herz schlägt regelmäßig.

Die Erinnerung kehrt nur langsam zurück … wie Blasen, die aus den Tiefen eines bodenlosen Brunnens an die Oberfläche steigen.

Ich lächle.

Ich habe wieder Vertrauen in mich.

KAPITEL 26

Alexander bringt mich zurück, der Abschied ist kühl. Während der Fahrt hätte ich ihm gerne gesagt, dass es Julian gegenüber nicht fair wäre, das Wochenende mit meinem Ex im Haus meiner Mutter zu verbringen, aber kein Wort kam über meine Lippen. Ich bin froh, dass ich seinem Vorschlag nicht zugestimmt habe.

Wenn ich dort alleine bin, kann ich auch in Ruhe nach dem Los der Staatslotterie suchen, Jordis Fotos sichten und nach dem Tagebuch meiner Mutter suchen. Meine Mutter hatte ein paar Verstecke, an denen sie Bargeld, Lottoscheine und Postkarten aufbewahrte. Dort werde ich zuerst nachsehen.

Sie haben mich in ein neues Zimmer verlegt und Leonie hat meine Sachen bereits eingeräumt. Das Zimmer liegt an der Südseite und ich muss mir eingestehen, dass es viel heller und freundlicher als mein altes Zimmer ist. Unter normalen Umständen hätte ich mich geweigert, aber als Leonie mir die Zimmernummer nannte – Siebzehn –, schob ich meine Zweifel beiseite. Siebzehn ist meine Glückszahl.

Die körperliche Anstrengung eines Miniumzugs hat meine Sinne geschärft. Mein Entschluss steht fest. Ich werde die Klinik verlassen und ganz sicher nicht mehr hierher zurückkommen. Meine Rehabilitation kann auch außerhalb der Klinik erfolgen.

Zehn Minuten nachdem Leonie mich verlassen hat, klopft es an der Tür. Für einen Moment hoffe ich, Alexander kommt zurück und sieht mich versöhnlich an. Diese Hoffnung fällt jedoch jäh in sich zusammen, als ich feststelle, dass es nur Hanno ist, der mit ernster Miene mein Zimmer betritt.

„Ich habe Sie vermisst, Stella", murmelt er. „Hatten Sie keine Lust dazu?"

Ich mache eine einladende Geste und zeige auf den zweiten Stuhl am Tisch. „Richtig geraten, ich verspreche gar nichts mehr, was einer Gruppentherapie auch nur im entferntesten ähnlich ist", sage ich gereizt und schüttele mich.

Er kichert. „Okay, das ist unser Deal. Ihr Mann war übrigens am Vormittag bei mir, wir haben uns kurz unterhalten."

„Worüber?"

„Darüber, wie es ihm geht. Ich hatte schon einmal ein vertrauliches Gespräch mit ihm. Er wird Sie morgen anrufen."

„Mir gefällt der Gedanke nicht, dass Julian hier kleine Tête-à-tête-Gespräche mit Leuten führt, die mich behandeln."

Hanno streicht sich eine Haarsträhne aus der Stirn. „Was machen ihre Kopfschmerzen?"

Hat der Typ nicht gehört, was ich gerade gesagt habe?

„Ich verstehe Ihre Bedenken, Stella, aber ich spreche nicht mit anderen über das, was mir anvertraut wird. Julian wollte einfach nur ein Gespräch führen und ich war zufällig verfügbar. Er ist durcheinander und tat mir leid. Sie sind zwei wunderbare Menschen."

Seine ehrliche Antwort berührt mich. Warum habe ich mich vorhin nur so geärgert?

„Sollen wir beide noch eine Runde durch den Garten machen?"

„Ja, sehr gerne, aber ich möchte mich erst ein wenig frisch machen."

„In Ordnung, dann warte ich auf dem Flur auf Sie."

Nachdem Hanno das Zimmer verlassen hat, gehe ich ins Badezimmer. Öffne die Tür. Schalte das Licht an. Halte mitten in meiner Bewegung inne. Ich vergesse den Spaziergang durch den Park. Vergesse Alexanders finsteren Blick. Vergesse Hanno. Mir wird schwindlig. Kein weißes Waschbecken. In der Mitte liegt etwas. Rot auf weiß. Blut. Ich erstarre. Keine Luft strömt in meine Lunge, kein Geräusch dringt in meine Ohren, da ist nur dieses grässliche Stillleben: ein Tierkadaver, ein Tuch über dem Waschbeckenrand, ein blutverschmierter Fußabdruck auf dem Boden, Scherben. Ich fröstele. Verlasse das Bad. Gehe zum Fenster. Kann kaum Atmen. Trinke ein Glas Wasser und betrachte den Vollmond, der vor mir in der Dämmerung riesig und silbern aufgeht.

Siebzehn. Keine Glückszahl.

Kein Seelenmond.

KAPITEL 27

Im Aufenthaltsraum erfasse ich ein paar Fetzen der Realität, klammere mich an die Handgriffe des Rollators und schnappe nach Luft. Bin versteinert wie eine Skulptur, starr, unbewegt, der ganze Raum um mich ist wie eingefroren, nur eine einzige Bewegung in meinem Augenwinkel.

Ich schlucke den Kloß in meinem Hals hinunter und schiebe den Gedanken an das Waschbecken weit weg. So surreal, geisterhaft, endlos, so grausam, so falsch war der Anblick.

Jemand ruft meinen Namen.

„Stella?" Hannos Stimme.

Hat er gesehen, was im Waschbecken liegt?

„Ich habe im Foyer auf Sie gewartet. Zuerst dachte ich, Sie hätten Ihre Meinung geändert. So habe ich im Zimmer nach Ihnen gesehen. Sie waren nicht da und Leonie vermutete Sie hier im Wartezimmer. Keine Lust mehr auf einen Spaziergang?"

Ich sehe Sorge, Betroffenheit, Beunruhigung in seiner Miene, und noch etwas anderes. Etwas, dem ich noch keinen Namen geben kann. Ich unterdrücke den Impuls, mich an ihn zu klammern.

„Haben Sie es gesehen?", frage ich leise.

„Was soll ich gesehen haben, Stella?"

„D… Das Waschbecken."

„Mir ist nichts aufgefallen."

Ich schaue ihn irritiert an. „Ich werde es Ihnen zeigen. Kommen Sie."

Als ich aufstehe, will mein Körper auf der Gehhilfe sitzen bleiben. Ich hätte mich nicht gewundert, wenn meine Beine eingeknickt wären. Wenn ich einfach umgekippt und auf dem Boden liegengeblieben wäre. Genau zwischen den Stühlen, dem Tischchen und den Zeitschriften. Doch die Gnade gewähre ich meinem Körper nicht und stehe mit großer Kraftanstrengung auf.

Auf dem Gang begegnen wir Leonie. „Ich wollte gerade zu Ihnen. Wir müssen den Plan für nächstes Wochenende besprechen, Stella."

Ich habe das Gefühl, meine Umgebung wie in einem Daumenkino zu betrachten. Alles, was ich sehe, erreicht zeitversetzt und in ruckartigen Bildern mein Gehirn: das Badezimmer, das mit Blut verschmierte Waschbecken, das Tier darin, der blutige Fußabdruck auf den Fliesen.

„Dann begleiten Sie uns doch, Leonie", fordert Hanno sie auf.

Wieder im Zimmer verdränge ich meine Verwirrung, die Angst. Öffne mit einem Ruck die Badezimmertür. Nichts. Alles ist weiß, das Waschbecken ist sauber. Ich zeige auf das makellose Weiß.

„W… Wurde das Badezimmer gereinigt?"

Leonie sieht Hanno irritiert an und zuckt mit den Schultern.

„Das Blut, das tote Tier. Da lag ein totes Tier!" Meine Stimme klingt heiser.

Stille. Niemand sagt etwas. Das Schweigen ist erdrückend. Ich schließe die Augen, warte auf meinen Schrei. Stattdessen höre ich durch das geöffnete Fenster das Krächzen der Raben.

„Ich habe es gesehen! Ich habe das nicht geträumt!", sage ich lauter als beabsichtigt und schaue beide fassungslos an.

Leonie nimmt meine Hand. „Ruhig, Stella. Vielleicht haben Sie das doch nur geträumt?", sagt sie mit sanfter Stimme.

„Stella?"

Ich drehe mich zu der vertrauten Stimme von Felix um, der soeben das Zimmer betreten hat.

„Was ist los?", fragt er und sieht mich forschend an.

Leonie flüstert ihm etwas ins Ohr.

„Verdammt, Leonie!", rufe ich. „Ich kann es Felix auch selbst sagen. Ich habe *dieses Viech* im Waschbecken gesehen!"

„Erinnern Sie sich, was ich Ihnen über Visionen und Flashs gesagt habe, Stella? Solche Visionen können nach einer Hirnblutung immer wieder mal auftreten. Beruhigen Sie sich bitte", höre ich Felix sagen.

Ich atme schwer und registriere die Worte, ohne ihren Inhalt zu verstehen. Seine Worte kämpfen gegen das durchdringende, nervtötende Gekreische der Vögel an.

„Sie glauben mir nicht, sie alle halten mich für verrückt! Was geht hier vor?"

Ich öffne den Mund und merke auf einmal, dass ich kein einziges Wort gesagt habe. Mein Verstand arbeitet, jedoch ist dieser offensichtlich nicht mehr in der Lage, sich zu artikulieren. Ich sehe mich hilflos um, habe das Gefühl, die Welt in Zeitlupe zu sehen.

Das quälende Geräusch der Vögel wird immer aufdringlicher. Felix, Leonie, Hanno – sie alle reden auf mich ein. Am Ende gebe ich nach. *Sollen sie doch glauben, dass ich verrückt sei.*

„Okay, vielleicht habe ich mich geirrt. Als ich mich frisch machen wollte, bekam ich plötzlich Kopfschmerzen und mir wurde schwindelig."

„Na, sehen Sie Stella! Das ist die Erklärung." Felix ist zufrieden.

Dieselben Worte habe ich schon einmal von ihm vernommen. Er macht keine Behandlungsfehler.

Hanno ist argwöhnisch. „Sind Sie sicher?", fragt er.

Ich sehe seine Zweifel und nicke. „Definitiv."

Nachdem sie das Zimmer verlassen haben, schließe ich das Fenster. Die Vögel sind fort. Vielleicht waren sie auch nur in meinem Kopf da. Ich lege mich ins Bett. Muss mich ausruhen. Meine Ratio fragt mich, wer ungehindert mein Zimmer betreten konnte, obwohl ich die Tür abgeschlossen hatte? Da kommen nicht viele infrage.

Ich denke, dass es Menschen gibt, die mich für absolut verrückt halten würden, wenn sie wüssten, was ich morgen vorhabe. Mir ist klar, wie widersprüchlich ich mich manchmal verhalte. Seit dem Aneurysma versuche ich Stella Version 1.0 mit der Version 2.0 in Einklang zu bringen. Die eine vermisst ihre Empfindungen, die andere kommt fast um vor Angst und hat Panikattacken. Meine Angst ist mittlerweile so groß, dass ich keine drei Tage mehr in Euphoria verbringen möchte. Ich fühle mich so verletzlich, bin jedoch auch davon überzeugt, dass ich den Sieg über die Folgen meiner Erkrankung davontragen werde. *Nur nicht in dieser Location!*

Ich knipse das Licht auf meinem Nachttischschränkchen an, als könne ich die düsteren Gedanken so vertreiben. Wickele mich fest in meine Decke ein und friere dennoch. Ich greife nach den Tagebuchseiten meiner Mutter und lasse die Finger über die Zeilen wandern, erkunde die feinen Unebenheiten im Papier.

Was hat Mom 1992 herausgefunden?

Es tut gut, von jemandem zu lesen, der ähnlich fühlt wie ich. So sehr ich mich auch auf ihr Haus freue, so sehr fürchte ich mich vor dem, was dort auf mich zukommen könnte. Das untätige Warten und die Ungewissheit nagen an mir. Der Tagesanbruch ist so fern, aber ein Raubtier hat meine Witterung vor einigen Stunden aufgenommen. Es wird mich finden. Früher oder später. Ich weiß es.

Mein Handy klingelt und mir entgleitet diese entsetzliche Erkenntnis. Sie verschwindet wieder, so unwiederbringlich wie ein einzelner Wassertropfen im Abfluss.

Am anderen Ende der Leitung meldet sich Emma. „Ich stehe unten an der Pforte. Sag dem Trottel hier, er soll mich hereinlassen!"

„Was machst du um diese Zeit hier, Emma?"

„Leonie hat mich angerufen, weil sie sich um dich sorgt. Sie hat mir erzählt, was vorgefallen ist. Ich habe einen Koffer dabei und möchte, dass du sofort von hier verschwindest!"

Ich sehne mich nach der nächsten Vollmondnacht, in der ich meinen Plan in die Tat umsetzen kann und das durchdringende, quälende Wimmern einer Kreatur Musik in meinen Ohren sein wird.

Die Vorbereitungen sind abgeschlossen, der einzige Punkt, dem ich noch Aufmerksamkeit schenken muss, ist mein Alibi. Es muss hieb- und stichfest sein.

Ich übe schwierige Gespräche mit einer imaginären Person, die mir gegenüber sitzt, überlege mir Fangfragen, verberge mein Scharfschützenverhalten, um Vertrauen zu schüren und denke vor allem an meine fast alberne Haltung, die unmöglich als falsch oder bedrohlich gedeutet werden kann.

Ich war stets ein dynamischer Gesprächspartner, ich stellte kritische Fragen und akzeptierte eine abweichende Meinung. Wenn ich jedoch eine Diskussion mit unterschiedlichen Ansichten gewinnen wollte, war ich immer darauf bedacht, dass sie nicht in einen Streit ausuferte. Darauf werde ich später, wenn die finalen Gespräche anstehen, ein wachsames Auge haben. Keinen Streit provozieren, keine Irritationen erzeugen und nicht den Eindruck erwecken, dass ich manipulativ handle.

Ein höchst interessantes Unterfangen.

Ich werde den naiven und friedliebenden Typ spielen, obwohl ich mich fast dafür hasse, wenn ich bedenke, dass sich Naivität und Harmoniesucht auf mich beziehen könnten. Im Gegenteil, es ist ein wunderbarer Gedanke, das ich endlich bereit bin, die Person zu sein, die jahrelang in mir geschlummert hat und nun Schritt für Schritt an die Oberfläche kommt.

Ich möchte es hinausschreien, dass ich endlich weiß, wer ich wirklich bin und dass ich niemandem erlauben werde, dann auf die ein oder andere Weise einzugreifen.

Keine Anweisungen, keine Korrekturen, keine Interventionen, keine Pillen mehr. Vor allem keine Pillen!

Hier bin ich, Leute. Das bin ich! Gewöhnt euch dran!

Ich werde den Teil in mir, der immer nachdrücklicher hervortreten will, hegen und fördern – notfalls mit Gewalt.

Gewalt … Was für ein besonderes Wort das doch ist. Die Nachschlagewerke bezeichnen sie als die Macht oder das Recht über jemanden zu bestimmen, zu herrschen – in vielen Variationen. Häusliche, sexuelle, psychische Gewalt, Gewalt in der Ehe, in der Familie, gegen Frauen, Kinder und Männer, ein unrechtmäßiges Vorgehen, wodurch jemand zu etwas gezwungen wird. Gewalt ist eine elementare Kraft von zwingender Wirkung.[1]

In der Beschreibung finde ich die Definition für ‚*häusliche Gewalt*' äußerst interessant, zumal ich dem Begriff ‚*Familie und die Gewalt im sozialen Nahraum*' eine umfassende Bedeutung zuschreibe. Einst dachte ich, ich müsste diesen Eckpfeiler der Gesellschaft akzeptieren und respektieren und ihm einen Platz in meinem Leben geben.

Jetzt denke ich anders darüber und wetze die Messer.

KAPITEL 28

Emma sieht anders aus, sie hat einen Glanz in den Augen, den ich noch nie bei ihr gesehen habe. Sie leuchtet förmlich von innen. Ich kann mich nicht erinnern, meine Halbschwester jemals mehr geliebt zu haben als in diesem Moment und drücke sie fest an mich. Halte sie und suche Trost in der Umarmung.

Sie setzt sich auf mein Bett und klopft einladend auf die Matratze. „Es tut mir leid, dass ich neulich so barsch war. Ich war so wütend auf meine Mutter."

„Ist das immer noch möglich?", frotzle ich. „Jeder kann wütend werden, das ist einfach. Aber wütend auf den Richtigen zu sein, im richtigen Maß, zur richtigen Zeit und zum richtigen Zweck, das ist schwer."

Emma lacht. „Ich war schon immer dieses störrische, misstrauische, selbstsüchtige, unerträgliche und liebenswerte Genie von einem Problemkind."

Ich grinse. „Ha, aber nicht doch. Als Kind hast du Mom und mich immer mit Fragen konfrontiert, auf die wir keine Antwort wussten. Weißt du noch? Mom wollte dir nie eine Antwort schuldig bleiben und hat wie eine Irre recherchiert. Das war zum Schreien komisch. Aber ein Problemkind? Nein, das warst du nie. Du vergisst nur manchmal, wo du die Friedenspfeife vergraben hast. Deine Mutter verdient keine Wut, Emma, sondern deine Liebe."

„Ich weiß", sagt Emma. „Mama hat mich gestern angerufen. Sie hat in Kanada ein Ehepaar kennengelernt, das in Süd-Frankreich ein Hotel betreibt. Die haben sie eingeladen und jetzt macht sie in Frankreich Urlaub. Ihr Kanadier muss ziemlich enttäuscht gewesen sein. Gottseidank, kein Holzfäller, dem ich die Hand schütteln muss. Was für eine

Geschichte." Emma springt vom Bett. „Apropos Koffer packen. Ich werde deine Sachen jetzt auch einpacken!"

„Ich bin dir so dankbar, aber ich werde nicht einfach so verschwinden, obwohl ich mich hier nicht mehr sicher fühle." Ich atme tief durch. „Ich muss vorher mit Felix sprechen. Ohne eine offizielle Entlassung könnte die Krankenkasse womöglich Ärger machen und das kann ich mir nicht leisten. Mir geht es nicht so gut, Emma, dieses Viech im Waschbecken… Das war schrecklich. Dabei wollte ich hier in Ruhe genesen, den nötigen Abstand gewinnen, mich erholen von der Hirnblutung. Stattdessen verliere ich mich immer mehr. Ich sehe Dinge die nicht vorhanden sind, höre Stimmen, sehe Schatten. Ich *spinne* doch nicht?"

„Du bist absolut okay. Ein normaler Mensch beschwört keine Bilder von blutbesudelten Waschbecken mit Tierkadaver herauf. Jemand wollte dir Angst einjagen. Erst bekommst du Post aus dem Jenseits und dann das. Alles andere sind Nachwehen, hat Felix gesagt. Oder habe ich jetzt eine durchgeknallte Schwester?" Emma lacht laut auf. „Übrigens dein Handy vibriert."

Ich blicke auf das Display. „Es ist Alex. Mir ist jetzt nicht nach meinem Ex."

„Nimm ab!", befiehlt Emma.

„Warum?"

„Wir werden nicht nur an uns selbst denken, also bitte!"

Ich gehorche.

„Können wir reden, Stella? Ich brauche dich." Seine Stimme ist unruhig.

„Okay, komm vorbei. Emma ist auch hier. Ich sag dem Pförtner Bescheid. Es ist ja gerade mal acht Uhr."

Emma macht eine Geste, sie will wissen, was los ist. Ich drücke die Lautsprechertaste.

„Deine Schwester darf es auch wissen."

„Was darf Emma wissen?"

„Dass ich es mit Alma nicht schaffe", antwortet er.

Emma setzt große Augen auf. „Ich hab's gewusst. Ein gebärfreudiges Becken ist keine Garantie für eine gute Ehe."

Ich stimme ihr im Gedanken zu. „Klingt nach einem Notfall. Dann komm einfach vorbei. Wie gesagt, ich sage an der Pforte Bescheid. Bis später, Alex."

Emma sieht mich prüfend an. „Okay. Zeit für einen Event. Lass dich bloß nicht manipulieren!"

Es ist erschreckend, Alexander in solch einem desolaten Zustand zu sehen. Sein Gesicht ist grau, er geht leicht gebeugt, seine Hände zittern. Wo ist der selbstbewusste Mann, den nichts erschüttern konnte?

Er umarmt mich zu fest, zu innig, es ist mir peinlich. Wir haben eine harmonische Scheidung hinter uns gebracht, sind in Kontakt geblieben, ich zeigte mich emotional gerührt, als seine Kinder geboren wurden, war stets freundlich zu seiner zweiten Frau. Unsere Beziehung ist heute aber rein freundschaftlicher Natur und erlaubt keine innige Umarmung, die mir fast den Atem nimmt.

Alexander lässt mich los und stürzt sich auf Emma, die geduldig darauf wartet, dass er sich auch von ihr löst. Meine Schwester kommt ohne Umschweife zum Punkt. „Los, sag schon! Was bedrückt dich?"

Alexander nimmt meine Hand, ich entziehe sie ihm sofort. „Darf ich dich nicht berühren? Dich auch nicht? Habe ich eine ansteckende Krankheit?"

„Wen darfst du denn sonst nicht anfassen?", fragt Emma.

Alexander hebt die Hände. „Was glaubst du? Alma natürlich. Seit der letzten Schwangerschaft vernachlässigt sie uns, kümmert sich weder um Haus, Mann noch Kind. Ist nur noch mit ihrem Hobby beschäftigt."

Emma wirft ihm einen verächtlichen Blick zu. „Kein Wunder, wenn der Sex ein Kind nach dem anderen hervorbringt."

Ich schnappe nach Luft. „Emma!"

„Kann nicht jeder eine Bananenschnecke sein", kontert Alexander. „Eine Schnecke, gleichzeitig Mann und Frau, die aber nach dem Sex ihr männliches Geschlechtsorgan ohne Sentimentalität abbeißt, um nur noch eine frustrierte Frau zu sein, wie deine Wenigkeit."

Emma beugt sich zu mir herüber. „Oh je. Möchtest du das wirklich hören, Stella?"

Ich zögere. Die Situation ist völlig absurd.

„Ich weiß nicht, mit wem ich sonst darüber sprechen könnte", jammert Alexander jetzt. „Du bist mein bester Freund, Stella. Ich wollte dich nie verletzen. Ich war doch immer ehrlich zu dir?"

„Stimmt", antworte ich ungerührt und schaue zum Fenster. Eine zunehmende Mondsichel leuchtet am sternenklaren Himmel.

„Und was kann Stella jetzt für dich tun?", fragt Emma.

Alexander zuckt zusammen. „Ich weiß nicht, vielleicht möchte ich öfter mit ihr reden."

„Glaubst du, dass Stella damit jetzt schon fertig wird?"

Ich mag es nicht, wenn man über mich redet, als wäre ich nicht anwesend, aber etwas in Emmas Stimme warnt mich, mich bemerkbar zu machen.

Alexander sieht mich an. „Kannst du damit umgehen, Stella?"

Charlotte hat einmal behauptet, dass ich das Einfühlungsvermögen erfunden hätte, nur spüre ich jetzt nichts davon. Ich sehe den flehenden Blick in Alexanders Augen, ich sehe eine Unsicherheit, die ich noch nie zuvor bemerkt habe, ich sehe den kleinen Jungen, der dieser große Mann scheinbar auch sein kann. In unserer Ehe hätte ich mit Zärtlichkeit reagiert. Alles ist anders, die Zärtlichkeit verflüchtigt. Gut.

„Nein!" Mein unerwartet lauter Ton lässt Alexander verkrampfen. Die Stille zwischen uns fühlt sich seltsam an, wie eine Bedrohung aus dem Verborgenen, dem Unerklärlichen. Ich meide den Blickkontakt und stehe auf. „Es war ein anstrengender Tag. Ich begleite Euch beide noch bis zur Pforte."

Wir verlassen mein Zimmer und gehen wortlos zum Ausgang.

Emma lächelt zufrieden und drückt mich sanft an sich. „Gut gemacht, Schwesterherz. Gute Nacht", flüstert sie mir ins Ohr und geht zum Parkplatz.

Dann verabschiede ich mich von Alexander, ohne Umarmung und ohne Kuss auf die Wangen. „Ich hoffe, dass du die Wogen zwischen dir und Alma glätten kannst. Viel Glück, Alex." Ich drehe mich um.

„Hoffentlich siehst du nicht noch mehr tote Tiere in deinem Waschbecken", ruft er mir hinterher.

Ich halte den Atem an, drehe mich um, gehe auf ihn zu und halte in meiner Bewegung inne. Ich schließe die Augen, damit ich sein Gesicht nicht mehr sehen muss. Öffne sie, starre ihn an. Die Wut übermannt mich und mit meiner letzten Kraft schlage ich ihn ins Gesicht.

„Verschwinde", zische ich. „Verschwinde aus meinem Leben!"

Auf dem Weg in mein Zimmer hallen Alexanders letzten Worte in meinem Kopf nach.

„Hoffentlich siehst du nicht noch mehr tote Tiere in deinem Waschbecken."

Im Gang wartet Britta vor meiner Zimmertür auf mich. Sie wedelt mit einem Umschlag. „Sie bekommen aber jede Menge Post, Stella. Haben Sie einen Freund?"

184

„Nein, die Post kommt von meiner Mutter.“

Britta wird blass. „Das ist nicht lustig, Stella. Sie ist doch tot.“

„Sie hat die Karten wohl vor ihrem Tod geschrieben.“

„Das ist echt gruselig.“ Britta schüttelt sich. „Oder sind sie vielleicht ein Plemmi und doch ein bisschen irre? Oder verwirrt wie die Alten von der Gemüseabteilung?“

Ich lächle. „Du meinst die Alzheimerkranken? Nein, weder noch.“

„Dann war Ihre Mama bestimmt eine sehr liebe Frau.“

„Komm mal zu mir, Britta.“ Ich strecke meine Arme nach dem Mädchen aus, das zögerlich auf mich zukommt und knuddele sie.

„Sie war die beste Mom der Welt.“

„Okay.“ Sie löst sich aus meiner Umarmung, gibt mir einen Schmatzer auf die Wange und reicht mir den Umschlag. „Wussten Sie, dass neulich eine alte Dame plötzlich gestorben ist?“

„Nein. Wer war es denn?“

„Die Frau im Zimmer neben der Eingangstür zur Station. Schade, sie war nett. Bekam auch viel Post. Gute Nacht, Stella.“

„Gute Nacht, Britta.“

Im Zimmer reiße ich den Umschlag auf. Auf der Karte ist wieder ein riesiger Mond abgebildet. Wieder rieseln Rosenblätter. Ich drehe sie um. *Sei auf der Hut, traue niemandem und glaube nicht alles, was sie dir sagen. Und erinnere dich! Liebe Grüße, Mom.*

Ich lege die Karte in die Schublade zu den anderen und schaue noch einmal in den Umschlag.

Keine Tagebuchseiten.

KAPITEL 29

Alexanders letzte Worte hallen in meinem Kopf nach, als ich über den Gang gehe, um mir im Aufenthaltsraum eine Tasse Tee zu holen. *„Hoffentlich siehst du nicht noch mehr tote Tiere in deinem Waschbecken."* Woher wusste er von dem Tierkadaver? Ich wollte diese Worte nicht aus seinem Mund hören. Er ist mein Ex-Mann, wir waren einmal ein glückliches Paar. Doch blitzartig wird mir bewusst, dass er vielleicht die Wahrheit gesagt hat, dass mir mein Hirn vielleicht doch wieder einen Streich gespielt hat. Oder ist Alexander am Ende die Person, die hofft, dass sich der Wahn in mir manifestiert?

Auch die Zeilen auf der Postkarte sind aufschlussreich: *Sei auf der Hut, traue niemandem. Glaube nicht alles, was sie dir sagen. Und erinnere dich! Liebe Grüße, Mom.* Es kommt immer wieder ein Wort hinzu. Soll mir das Angst machen? Die erste Karte enthielt nur vier Worte: *Erinnerst du dich Stella?* Ist die fehlende Erinnerung die Ursache für die seltsamen Geschehnisse um mich herum. Erwartet derjenige, der die Handschrift meiner Mutter einwandfrei fälschen kann, dass ich zurückblicke und den Mut habe, die Damalstür zu öffnen?

Kommt es in diesem Rehazentrum häufiger vor, dass Patienten Karten von toten Familienmitgliedern erhalten? Was ist das hier für ein Irrenhaus? Würde es jemandem auffallen, wenn ich jetzt ein fremdes Zimmer betrete, um einen Patienten mit einem Kissen zu ersticken oder ihn zu erwürgen oder sein Hirn zu Brei zu schlagen?

Ich muss mich zusammenreißen und sehe mich schon fast abwartend in der Abteilung um, die sich in ein schummriges

Schweigen hüllt. *Ich muss hier wirklich raus, ich gehöre nicht hierher.*

In diesem Moment bricht eine Stimme, die wie aus dem Nichts auftaucht in die Stille hinein. „Hallo Stella, wie geht es Ihnen?"

Ich drehe mich um. Vor mir steht ein Mann in Jeans und blauem Hemd. Ich starre auf das Namensschild: *Robert,* dann auf seine riesigen Hände, die große Nase, das kurze blonde Haar. Er kennt mich, aber ich weiß nicht, wer er ist.

„Ich arbeite jetzt in Abteilung vier, aber als Sie hierher kamen, war ich einige Tage in dieser Station. Erinnern Sie sich? Suchen Sie etwas, Stella?"

„Ich wollte in den Aufenthaltsraum, aber ich habe das Gefühl, alle sind auf der Flucht." Ich hoffe, meine Stimme klingt unbeschwert.

Er lächelt. „Die meisten Patienten gehen nach dem Abendessen auf ihr eigenes Zimmer, um fernzusehen oder zu lesen oder sich einfach auszuruhen."

„Und wo sind Ihre Kollegen, Robert?"

„Rauchen vermutlich eine Zigarette im Garten. Heute habe ich Nachtdienst."

Ich habe Lust, eine vernichtende Bemerkung fallen zu lassen: Eine ältere Patientin könnte stürzen und nicht gehört werden, wenn sie um Hilfe ruft, aber ich schlucke die Worte hinunter. Ich fahre nach Hause. Es ist an der Zeit, alle, die mir helfen können, einzubinden und mein eigenes Leben wieder in die Hand zu nehmen. Notfalls auch allein, obwohl ich mir kaum vorstellen kann, dass ich ohne Julian weitermachen kann.

„Ich muss weiter, Stella. Kann ich noch etwas für Sie tun?"

„Nein, aber danke für das Angebot."

„Geht es Ihrer Mutter etwas besser?", fragt er.

„Wie bitte?" Ich sehe ihn irritiert an.

„Sie war sehr beunruhigt, als sie Sie besuchte, vor allem, weil sie den Eindruck hatte, dass Sie sie nicht erkannt haben."

Ich muss mich hinsetzen. „Als sie zu Besuch kam?"

„Ja, sie hat Sie hier besucht. Ich habe versucht, sie zu beruhigen. Sie hatte solche Angst, weil es Ihnen nicht gut ging. Ihre Mutter sagte, sie sei eine Herzpatientin. Deshalb habe ich mich erkundigt."

Ich verkrampfe in meiner Sitzhaltung. „Und sie war hier, in diesem Haus, in meinem Zimmer?"

„Ja … Habe ich etwas Falsches gesagt, Stella?", hakt er vorsichtig nach.

„Niemand hat mir gesagt, dass sie mich *hier* besucht hat. Meine Mutter ist vor einigen Wochen gestorben."

„Das wusste ich nicht, um Himmels willen, es tut mir leid, es tut mir so leid."

„Schon gut, sie wussten es ja nicht. Auf Wiedersehen, Robert."

Ich drehe mich um, gehe den Gang entlang und behalte meine Zimmertür genau im Auge. Der Schock sitzt tief, mein Kopf ist wie leer gefegt und doch möchte ich, ohne zu schwanken oder zu stolpern, mein Zimmer betreten.

Sie haben mich alle belogen.

„Geht es Ihrer Mutter ein bisschen besser? Geht es Ihrer Mutter ein bisschen besser. Geht es Ihrer Mutter ein bisschen besser?"

Die Worte hallen nach, wüten in meinem Kopf wie ein Tornado. Ich muss mit jemandem sprechen und wähle Julians Nummer. Er ist überrascht. Nachdem ich ihm von Robert berichtet habe, tritt auf der anderen Seite ein Schweigen ein.

„Bist du noch da, Julian?"

Dann höre ich, wie im Hintergrund eine Tür geöffnet wird und eine Stimme, die schnell wieder verstummt, aber nicht schnell genug. Es ist die Stimme einer Frau und ich kenne sie.

Ich trenne die Verbindung. Ich kann nicht stillsitzen, meine Hände zittern und ich habe das Bedürfnis etwas zu zerstören. Irgendetwas. Nein, Julian!

Ich beiße die Zähne zusammen, um nicht laut fluchen zu müssen. Jemand könnte den Korridor entlang kommen und mich fragen, was los ist. Oder sitzen die Leute der Abendschicht noch im Garten und rauchen?

Wie sicher ist man hier als Patientin? Ich will nicht darüber nachdenken und mich erst recht nicht darüber ärgern. Was kümmert es mich, ich brauche sie nicht. Ich kann mich ohne Hilfsmittel bewegen, brauche nur noch ein paar Schmerzmittel. Morgen werde ich meinen Aufenthalt hier beenden, zuhause chemische Eiweißkeulen trinken und mich zwingen, dreimal am Tag zu essen. Mein Körper fühlt sich besser an, weniger zerbrechlich, stabiler, er passt jetzt zu mir.

Geht es ihrer Mutter ein wenig besser?

Sie haben mich alle angelogen!

Wenn ich Roberts Worten Glauben schenken kann, dann hat meine Mutter noch gelebt, als ich nach Euphoria gebracht wurde. Warum haben sie mich angelogen? Selbst Felix, Leonie und Hanno. Meine Schwester, Julian, Alexander. Einfach alle!

Ich lege mich ins Bett und falle wenige Sekunden später in einen unruhigen Schlaf.

In der Nacht werde ich von einem Rascheln aufgeweckt. Ich kenne das Geräusch und knipse das Licht an. Ein Umschlag wurde unter meiner Tür durchgeschoben und der Größe nach zu urteilen, kann es nur ein weiterer Tagebuchausschnitt sein.

Ich möchte schlafen, aber ich kann mich nicht beruhigen. Die Warnungen auf den Mondkarten trafen zu: *Glaub nicht alles, was sie dir sagen.*

Sie haben mich alle belogen!

KAPITEL 30
Tagebuch Ida Hoffmann

Samstag, 10. Oktober 1992

Elias Gerichtsakte enthält neben den Verhörprotokollen auch eine Geschichte, die Elias mit siebzehn Jahren in der Schülerzeitung veröffentlicht hat. Er beschreibt darin eine Gruppe von drei finster blickenden Freunden, die in einer lauen Vollmondnacht einem Hund im Wäldchen auflauern und ihn dort zu Tode quälen. In Elias Geschichte fließt viel Blut, denn am Ende schneiden die Freunde dem Tier den Kopf ab. Aber statt das Tier nach der Tötung einfach in die Inde zu werfen, entscheiden die Freunde sich für eine Zurschaustellung des Kadavers. Sie spießen den Kopf auf einen Stock, den sie mitten im Wald aufstellen.

Ich schwitze und mein Herz hämmert, als ich das lese. Es ist eine seltsame und grauenvolle Geschichte, die zumindest eine dunkle Fantasie verrät. Angesichts Jordis Ermordung, die fast ein Jahr nach der Veröffentlichung der Geschichte geschah, hatte sie tatsächlich etwas Unheimliches. Auf der anderen Seite war Elias ein Jugendlicher, als er sie schrieb, und viele sind in dem Alter von der dunklen Seite des Lebens besessen. Sie wollen schockieren, aber das bedeutet selten oder nie, dass sie tatsächlich gefährlich sind. Außerdem hatte Elias diese Geschichte ein Jahr vor dem Mord geschrieben. Es ist es daher unmöglich, sie als ein verstecktes Geständnis zu deuten. Oder hat Elias sich von seiner eigenen Geschichte inspirieren lassen? Ich denke wohl eher nicht. Das Offensichtlichste war, dass er, wie er zu Protokoll gab, eine Geschichte geschrieben hatte, die ihm gefiel.

Ich habe meine Geschichten, Gedichte und Tagebucheinträge in der Spüle verbrannt. Es war eine gute Entscheidung – auch wenn sie nie jemand gelesen hat. Ich schäme mich noch immer für die pompösen, unanständigen Gedanken meines siebzehnjährigen Selbst. In meinem Schultagebuch hatte ich zudem eine Liste von Klassenkameraden geführt, denen ich den Tod wünschte. Beabsichtigte ich deshalb eine Waffe oder ein Messer zu kaufen, um sie zu erschießen oder abzuschlachten? Nein, das waren Fantasien wie jene, die ich über meine eigene Beerdigung und der sentimentalen Flucht vor der Realität hatte.

Ich hätte mich auch gerne mit Elias über diese Geschichte ausgetauscht, aber er hat meinen Wunsch nach einem persönlichen Gespräch abgelehnt. Stattdessen hat er mir einen Brief geschrieben.

Auszug aus Elias Brief vom 3. Oktober 1992
Sehr geehrte Frau Hoffmann,
die Zeit ist noch nicht reif für eine Begegnung, obwohl ich weiß, dass sie viele Fragen haben. Ich denke, dass der Wunsch nach einem Gespräch gewiss auf ihre Recherchen zurückzuführen ist. Selbst hier im Gefängnis hörte ich davon, dass Sie auf der Suche nach der Wahrheit sind. Das lässt mich hoffen, dass sie nicht von unserer Schuld überzeugt sind.

Manchmal frage ich mich, ob ich überhaupt aus der Haft entlassen werden möchte. Ich bin gebrandmarkt. Es gibt ein Kreuz an meiner Zellentür wie an einem Haus, in dem die Pest wütet. Ich bin ein Kindermörder und nicht sicher in der Haftanstalt, aber zumindest gibt es hier eine ordentliche Überwachung, auch wenn die Wachleute ziemlich oft wegsehen. Ich werde auf dem Weg von meiner Zelle in die

Werkstatt oder in den Erholungsbereich stets von Wärtern begleitet, verbringe aber den größten Teil des Tages allein in meiner Zelle. Anfangs glaubte ich durchzudrehen und verrückt zu werden. Das ist hier bei den meisten so. Die Zelle ist so klein, das Leben so monoton, die Stunden einsam. Aber man schafft und übersteht mehr, als man glaubt. Durchdrehen ist ein Luxus, den ich mir nicht leisten kann.

Es ist seltsam, sich mein momentanes Leben zu Ende zu wünschen, damit die Zeit so schnell wie möglich vergeht, sodass das wahre Leben außerhalb dieser Mauern wieder beginnen kann. Das ist mein wahres Leben. Das Leben da draußen. Es ist unendlich und vergangen zugleich, dass ich hier inhaftiert wurde. Ich konnte nicht glauben, dass der Richter uns tatsächlich verurteilt hatte. Ich war so davon überzeugt, dass sie uns glauben und freisprechen würden. Zumindest aus Mangel an Beweisen. Meine Mutter stieß einen Schrei aus, ich höre es immer noch. Wenn meine Schwester bei der Urteilsverkündung dabei gewesen wäre, hätte ich sie fragen können, was sie von dem Schrei meiner Mutter hält: echt oder gespielt. Das weiß man bei meiner Mutter nie. Schrie sie, weil sie es schlimm fand, dass ihr Sohn verurteilt wurde, oder weil ein Schrei für ihren guten Ruf nicht schlecht wäre, oder weil sie glaubte, dass diese Reaktion von ihr erwartet wurde?

Das Leben im Gefängnis ist monoton und unberechenbar, Frau Hoffmann. Alles geschieht nach festen Regeln, jeden Tag dasselbe, Tag ein Tag aus eine Monotonie aufs Neue. Aber dennoch weiß man nie, wo man steht. Alles kann sich jederzeit ändern, insbesondere durch die launischen Insassen. Hier sitzen eiskalte schwerstkriminelle Männer ein. Sie *haben schon oft ihre Strafen hier verbüßt, man kennt sich untereinander. Das Gefängnis ist für sie ein vertrautes Terrain, ein Teil ihres Lebens. Für Markus und mich ist das ganz anders. Markus wurde von den Medien oft als Straßenjunge abgestempelt, ein Kleinkrimineller. Das ist er aber nicht, er hat noch nie eine Straftat begangen und kann keiner Fliege was zuleide tun. Er kann sich unter den härteren Jungs vermutlich besser behaupten, er spricht ihrer Sprache. Aber auch ich habe mich hier schnell eingelebt und weiß, wie es funktioniert. Es geschieht zwangsläufig. Das Ganze hat etwas animalisches: Du passt dich an und suchst den besten Weg um zu überleben. Für mich heißt das: Nicht auffallen, den harten Typen eine Schachtel Zigaretten schenken und sich gut mit den Wachen stellen. Dann hält man es hier aus. Dann ist es, als wäre ich immer hier und niemals frei gewesen.*

Mein Anwalt sagt, ich muss zwei Drittel meiner Strafe absitzen. Wenn wir nicht in der Berufung freigesprochen werden oder die Strafe reduziert wird, werde ich voraussichtlich erst am 25. Januar 1997 aus der Haft entlassen. Daran halte ich fest. Dann bin ich noch jung. Alles ist noch möglich. Aber dann denke ich wieder, dass ich nichts besitze: kein Haus, kein Studium, keine Freunde, kein Einkommen. Nur ein Vorstrafenregister. Und einen Namen – den eines Kindermörders, den eines Mannes, der einen achtjährigen Jungen getötet hat. Zum Glück gibt es immer noch Menschen, die an meine Unschuld glauben, aber nach dem Gesetz bin ich ein verurteilter Mörder. Das schließt die meisten Karrieremöglichkeiten aus. Die Leute können was auch immer glauben: Er hat seine Strafe verbüßt. Bestenfalls denken sie, dass ich zu Unrecht inhaftiert wurde. Aber selbst dann, ein Körnchen Zweifel wird bleiben: Hat er es vielleicht doch getan? Kann es sein?

Ich bin für den Rest meines Lebens gebrandmarkt. Also frage ich mich manchmal, ob ich aus der Haft entlassen werden will, oder ob ich hier bleiben soll, unter den anderen, die ihr Leben vergeudet haben? Ich war achtzehn, als ich einige dumme Fehler beging. Ich hätte mich auf meine Schule konzentrieren, andere Freunde aussuchen und mich bei den Verhören nicht so überheblich dämlich verhalten sollen. Ich hätte alles anders machen sollen. Aber ich war achtzehn und dachte, alles wäre nur ein Spiel. Ich dachte, sie würden gewiss herausfinden, dass ein Irrtum vorlag und dass Jo, Markus und ich Jordi nicht ermordet hatten. Es gab doch kein Motiv. Das klingt jetzt unglaublich dumm und naiv, aber ich konnte mir damals nicht vorstellen, dass es wirklich schief gehen könnte. Ich wusste, dass wir unschuldig waren, also mussten andere das auch sehen.

Manchmal ist sein Brief im Tonfall bitter, voller Selbsthass und Anschuldigungen, manchmal richtet sich sein Zorn gegen seine Eltern …

Ich hasse sie. So intensiv. Es ist aber vielmehr so, dass ich nicht weiß, wie ich den Sonntag ohne ihren Besuch überstehen soll. Dass sie meine Schwester mitbringen, so oft sie kann. Dass sie Geld auf mein Gefängniskonto einzahlen, damit ich mir etwas zu Essen kaufen kann. Dass sie mir Kleidung mitbringen. Wenn das alles nicht wäre, würde ich sie nie wieder sehen wollen. Was für ein Haufen Wichtigtuer, scheinheilig bis auf die Knochen. Die Leute, die für meine Mutter arbeiten, sollten wissen, was für eine Tyrannin sie ist. Wahrscheinlich wissen sie das auch. Meine Mutter will die totale Kontrolle. Alles muss perfekt sein, entsprechend dem Bild, das sie von sich hat. Aber das funktioniert nie. Ich habe es schon mal versucht. Der perfekte Sohn, wie sie sich ihn vorgestellt hatte – ein Wunderkind. Bis sie mich so verrückt damit gemacht hat, dass ich anfing, das Klavier zu hassen. Sie hat es mir nie verziehen, dass ich nicht mehr spielen wollte. Der einzige Grund, warum sie Kinder wollte, war die Tatsache, dass es gut für ihr Image wäre. Eine Mutter ist sympathischer und als eine kinderlose Frau, behauptete sie.

Ein wenig zusätzliche Sympathie täte meiner Mutter gut, denn sie hat das Aussehen und die Empathie einer Pythonschlange. Kinder interessieren sie nur als Individuen. Wenn wir beliebt, klug und talentiert sind, dann ist sie es auch. Unser Erfolg strahlt auf sie ab. Jetzt wurde alles zerstört. „Warum hast du uns das angetan?", war das Erste, was sie mir nach der Urteilsverkündung sagte.

Mein Vater weiß das alles. Er ist kein Opfer, sondern ein Weichei. Er hat mit ihr Kinder in die Welt gesetzt und sie hat ihn Jahr für Jahr verflucht und erniedrigt. Er lässt es geschehen, er weiß, dass sie ein Biest und eine schlechte Mutter ist. Meine Schwester und ich haben längst gelernt, nicht mehr auf ihn zu zählen. Wir können nicht mehr Unterstützung erwarten als sein „So ist deine Mutter".

Es gibt auch Zeiten, in denen er zärtlich ist und seine Familie sehr zu mögen scheint. Trotz allem liebe ich ihn.

Mein Vater hat mich damals vor den Behörden gewarnt. Er sagte, ich würde nicht der Erste sein, der unschuldig verurteilt werden könnte. Die Beweise zeigten nur in unsere

Richtung und die Polizei glaubte längst, dass wir den Mord begangen hatten. Wir steckten in der Scheiße.

Du bist in einer völlig anderen Position, wenn die Ermittler glauben, dass du der Täter bist. „Schuldig, bis die Unschuld bewiesen ist" und „unschuldig, bis die Schuld bewiesen ist". Ich war mir dessen nicht oder nur unzureichend bewusst. Ich fand es cool, ein wenig mit den Polizisten zu spielen, ihnen verschiedene Geschichten aufzutischen und winzige Einzelheiten zu ändern, um zu sehen, ob sie etwas wussten. Natürlich wussten sie es, sie wurden dafür ausgebildet. Und dann kam Jo mit diesem idiotischen Geständnis und das wars dann. Ich weiß, was Jo und Markus damals gesehen und was sie nicht *gesehen haben. Jo, der so verdammt labil war, verstrickte sich in Widersprüche. Markus betrachtete jede Frage als Angriff und hing wütend in seinem Stuhl. Und ich legte ein arrogantes Verhalten vom Feinsten an den Tag. Ich fand mich urkomisch, flirtete allen Ernstes mit der Ermittlerin und nannte sie sogar eine Milf[2]. Für mich war das alles eine Lachnummer.*

Bin ich deswegen schuldig? Ja, weil ich es mir selbst verdanke, dass ich hier einsitze. Aber ich bin kein Mörder, Frau Hoffmann. Ich habe Jordi herumgeschubst und das tut mir so leid, aber ich habe ihren Jungen nicht *umgebracht.*

Aber ich glaube, zu wissen, wer es getan hat. Dennoch habe ich mir geschworen, diese Vermutung für mich zu behalten. Nichts ist schlimmer, als ein falsches Zeugnis abzulegen.

Darf ich Ihnen auch weiterhin schreiben?

Elias von Zedlitz

Ich habe versucht, die offensichtliche Wahrheit zu verdrängen, doch ich weiß, dass ich das nicht kann. So habe ich unseren Anwalt Elias Kurzgeschichte gezeigt und er hat sie einem Forensikpsychiater vorgelegt.

„Ein Mörder, der sein Opfer an einem Ort zur Schau stellt, sucht diesen Ort immer wieder auf, es ist der Ort, an dem er sich selbst wiederfindet und seine Tat immer wieder neu definieren kann", erklärte der Psychiater.

So ein Ort ist das Wäldchen an der Inde. Elias kann nicht der Täter sein, er hat nur eine Geschichte über das Wäldchen an der Inde geschrieben. Am Tatort selbst wurde er vorher noch nie gesehen.

Ich habe eine Vermutung, wer der wahre Täter ist und werde von den verschiedensten Gedanken und Gefühlen überwältigt. Ich brauche noch ein paar ergänzende Informationen. Nichts ist unerträglicher als ein falscher Verdacht. Deshalb werde ich den Kontakt zu Elias aufrecht erhalten und ihm schreiben. Vielleicht schenkt er mir eines Tages sein Vertrauen.

Ich würde jetzt gerne etwas schlafen, sehne mich verzweifelt nach ein paar Stunden, in denen ich über nichts nachdenken muss. Das kommt morgen.

Ich lege die Tagebuchseiten meiner Mutter zur Seite und öffne einen Moment das Fenster. Ein heftiger Wind schlägt mir die Nässe ins Gesicht. Rasch schließe ich das Fenster wieder. Hinter der Glasscheibe blicke ich geschützt in die wütende Nacht. Lasse meine Augen über das Klinikgelände schweifen.

Dann sehe ich es und mit einem Schlag ist es da: das Entsetzen, das Grauen. Auf dem beleuchteten Gehweg steht unter der Eiche eine Gestalt, die zu mir heraufschaut. Und während ich darauf warte, dass mein Herzschlag ruhiger wird, frage ich mich, ob das nur ein Trugbild ist. Ich sehe noch einmal aus dem Fenster, sehe das tosende Unwetter.

Kein Schatten hinter der Eiche. Keine flüsternde Stimme.
„Pass auf dich auf!"
Nur Dunkelheit, sonst nichts.

KAPITEL 31

Ich erwache morgens immer in jener Sekunde, kurz bevor der Frühstückswagen über den Gang geschoben wird und der Duft von Kaffee in meine Nase dringt. Dann setze ich mich ruckartig im Bett auf. Mein Nachthemd ist völlig verschwitzt. Das Laken ist teilweise durchnässt, vermutlich vom Albtraum der vergangenen Nacht.

Der Wind hielt sich in der Nacht weiterhin an die Unwetterwarnungen und peitschte immer heftigere Sturmböen über die Klinik Euphoria. Der Sturm brach die Zweige der Bäume, rüttelte an den Fensterrahmen meines Zimmers, verwehte alle Spuren im Park. Auch die Fußabdrücke, die von der Eiche in die Dunkelheit führen.

Ich setze mich auf die Bettkante und versuche, meinen Atem und meine Gedanken zu beruhigen. Was ist nur los mit mir, dass ich geglaubt habe, meine Mutter mitten in der Nacht im Garten zu sehen und ihr warnendes Flüstern zu hören. Sind das die ersten Anzeichen des Wahns? Oder entspringen diese Visionen nur meiner überbordenden Fantasie und der Tatsache, dass ich das Tagebuch gelesen oder mich alle belogen haben?

Felix macht um die Mittagszeit seine Visite. Ich könnte ihn fragen. Oder es sein lassen.

Ich schrecke augenblicklich hoch, als es gegen elf Uhr an der Tür klopft. Julian kommt auf mich zu und umarmt mich. Keine Frage über die Stimme der Frau, keine Frage, womit mein Mann beschäftigt war, kommen über meine Lippen. Ich will es nicht wissen.

Julian hält meine Hand und seine Finger streicheln mich unablässig. Nichts kann daran falsch sein sich so zu berühren, an diesem Gedanken halte ich fest. Er drängt mich, ihm alles haarklein zu erzählen.

„Hast du diesen Robert schon einmal gesehen? Erinnerst du dich, ob er in dieser Station gearbeitet hat, als du aufgenommen wurdest?" Seine Stimme klingt besorgt.

„Ich erinnere mich nicht, Julian."

Er springt auf. „Könnte er vielleicht Greta getroffen haben? Sie war einige Male hier", versichert er. „Lass uns zu diesem Robert gehen. Ich möchte von ihm hören, wie die Frau ausgesehen hat. Ich vermute, es war Emmas Mutter. Wenn Robert behauptet, dass sie Jeans trug, dann kann nur Greta es gewesen sein. Deine Mutter zieht mit Sicherheit keine an. Richtig?"

Julian lädt mich mit einer Handbewegung ein aufzustehen.

Ich zögere. „Aber warum hätte Greta behaupten sollen, sie sei eine Herzpatientin?"

Julian zuckt mit den Schultern. „Vielleicht hat er nicht genau zugehört, lass uns das einfach überprüfen. Komm schon, gib mir einen Arm. Die Schnitzeljagd kann beginnen."

Ich fühle mich so gut, als wir gemeinsam den Korridor entlang gehen. Die Kopfschmerzen sind erträglich.

Achte nicht darauf!

Ich stütze mich auf Julians Arm und wäge mich in Sicherheit. Mein großer starker Mann weiß, wie man jemanden führt, der nicht sicher auf den Beinen ist. Wir gehen gemeinsam weiter, wir gehören zusammen.

„Da ist Leonie", sagt Julian.

Sie kommt direkt auf uns zu. „Hey Julian. Schön, Sie hier zu sehen. Kann ich irgendetwas für Sie tun?"

„Ja", antwortet Julian. „Können Sie Robert für uns anrufen. Wir würden gerne mit ihm sprechen?".

Leonie schaut überrascht: „Wer ist Robert?"

„Ihr Kollege von der Station 4", antworte ich. „Ich habe ihn am späten Abend hier getroffen, als Sie draußen geraucht haben."

„Ich rauche nicht, Stella. Ich habe die Station in der Nacht auch nicht verlassen und in Abteilung 4 arbeiten Bianca und unser Praktikant Sergej. Da kommt er."

Ich schaue in die Richtung. Ein dunkelhäutiger Mann winkt uns freundlich zu.

„Nein, nein. Robert sieht anders aus, er ist groß und hat kurzes blondes Haar." Ich schüttele den Kopf. „Er sagte, er würde nach dem Rechten sehen, damit Sie und ihre Kollegen draußen eine Zigarette rauchen können."

„Diese Station wurde in der vergangenen Nacht nur von Bianca, Sergej und mir betreut, Stella. Es waren keine anderen Mitarbeiter hier."

„Ich habe mit diesem Mann gesprochen!", kreische ich und ignoriere die irritierten Blicke von Leonie und Julian.

Denke jetzt nicht an das Tier und das viele Blut im Waschbecken.

„Dieser Mann hat sich nach meiner Mom erkundigt, er wollte wissen, wie es ihr geht! Er hätte sie hier kennengelernt, als er als Vertretung für einen Kollegen eingesprungen ist. Er wusste, dass sie Herzprobleme hatte und war so geschockt, als ich ihm sagte, dass sie verstorben sei."

„Aber das kann doch nicht sein, Stella", protestiert Julian. „Deine Mutter war nie hier. Als du hier eingeliefert wurdest, war sie bereits tot."

Stille.

„Trug er eine Uniform?", fragt Leonie.

„Eine Jeans. Ein hellblaues Hemd wie Hanno."

„In dieser Abteilung arbeitet kein Robert, Stella." Leonies Stimme klingt jetzt ein wenig zu freundlich.

Ich greife nach der Vase auf dem Tisch und schmettere sie gegen die Wand.

„Lass uns in dein Zimmer gehen", schlägt Julian vor.

Julian versucht mir auf eine umständliche Art und Weise klarzumachen, dass ich mich wohl geirrt habe und mir keine Sorgen machen soll. „Ein Hirntrauma kann anfangs seltsame Reaktionen hervorrufen." Es räuspert sich. „Ich habe auch keine Beziehung mit einer anderen Frau, Stella. Eine Freundin von Charlotte hat mir den Schlüssel für unser Gästehaus zurückgebracht. Sie hat dort zwei Nächte geschlafen, weil ihre Wohnung noch nicht bezugsfertig war."

„Und weiter?"

„Was weiter?"

Fast hätte ich ihn angefahren, er solle sich nicht alles aus der Nase ziehen lassen. Doch Julian bleibt ruhig.

„Da ist nichts. Ich vermisse dich, Stella. Ich habe dich im Stich gelassen und es tut mir sehr leid. Das wird sich ab sofort ändern. Auch wenn ich noch nicht weiß, was ich mit meinem Leben anfangen will, du bist meine Frau und ich werde für dich da sein. Sag mir bitte, was ich jetzt für dich tun kann?"

Noch vor Kurzem wäre ich überglücklich über seine Worte gewesen. Aber mir ist etwas abhandengekommen, das ich nicht definieren kann. Die Liebe? Nein, ganz sicher nicht. Ich sehne mich immer noch nach ihm. Aber was ist es dann?

„Sag mir einfach, was ich für dich tun kann", fragt er. Sein Blick ist zu bohrend, zu aufdringlich.

„Du könntest mich am Freitag hier abholen und mich zum Haus meiner Mutter bringen", antworte ich.

„Darfst du denn übers Wochenende nach Hause?"

„Ich werde nach Hause gehen und niemand wird mich davon abhalten. Holst du mich jetzt ab oder nicht?"

„Ich glaube nicht, dass das eine vernünftige Idee ist", sagt Julian.

Ich kann mir ein Lachen nicht verkneifen. „Die vernünftigen Ideen sind längst ausverkauft, Julian."

KAPITEL 32

Felix hört mir mit ernster Miene zu. Er unterbricht mich nicht, auch nicht, als ich von Robert und der Vision im Garten erzähle. Ich kann nicht einschätzen, was er von meiner Geschichte hält. Als ich fertig bin, umgibt uns für ein paar Sekunden eine quälende Stille.

Felix räuspert sich. „Wir wussten bereits, dass Sie nach Hause wollen, es ist ein legitimer Wunsch. In einer Reha-Klinik wie dieser werden Sie ständig mit Schwerstbehinderten konfrontiert. Wenn Sie sich schnell erholen, können Sie alsbald in das normale Leben zurückkehren. Nochmals, ich verstehe Ihren Wunsch. Ich rate Ihnen jedoch davon ab, nach Hause zu gehen, Stella. Sie sind auf einem guten Weg, vor allem körperlich. Aber Ihr Gehirn gibt immer noch Signale, die darauf hindeuten, dass Sie auf unsere Hilfe angewiesen sind. Sie werden in dem Haus Ihrer Mutter auf sich gestellt sein und das beunruhigt mich. Warum geben Sie sich nicht zuerst die Chance sich zu erholen? Der Psychologe der Abteilung könnte auch viel für Sie tun und dann sind da noch die sinnvollen Tagesaktivitäten. In Ihrem Fall besteht die Gefahr, dass der Fortschritt aufgrund mangelnder Reize stagniert oder zurückgeht."

Ich warte auf weitere Einwände, aber Felix schweigt.

„In der Nähe meiner Mutter gibt es eine physiotherapeutische Praxis, dort kann ich jeden Tag trainieren, Felix. Und ich bin immer noch mit einem Physiotherapeuten verheiratet, der ein Auge auf meine körperlichen Fortschritte hat. Zu Hause zu sein bedeutet für mich auch Ruhe und das Gefühl, dass ich irgendwo bin, wo ich hingehöre. Wo ich mich sicher fühle. Es fällt mir schwer, das zu erklären."

Felix schweigt.

„Ich bin mir bewusst, dass in meinem Gehirn immer noch Chaos herrscht", fahre ich fort. „Meine Familie wird mich unterstützen. Vielleicht ist es eine gute Idee, über meinen Hausarzt einen Psychologen zu finden, dafür bin ich offen. Aber zuerst möchte ich in Ruhe genesen und die Gelegenheit haben, mich mit meiner Trauer auseinanderzusetzen. Ich möchte selbst entscheiden, wie ich das bewerkstellige."

Felix seufzt. „Versprechen Sie mir, dass Sie uns kontaktieren, wenn Sie feststellen, dass Sie es nicht schaffen?"

Ich halte zwei Finger in die Luft. „Ehrenwort."

„Gut. Ich schicke Ihrem Arzt einen Bericht." Er lächelt und streckt mir seine Hand entgegen. „Ich wünsche Ihnen viel Kraft, Stella. Erholen Sie sich gut. Und zögern Sie nicht, Hilfe in Anspruch zu nehmen, wenn Sie sie brauchen."

„Ich verspreche es, Felix."

Als er die Tür hinter sich schließt, strecke ich zwei geballte Fäuste in die Luft. „Ja!"

Lass sie doch alle glauben, dass mein Gehirn ein flauschiges Wollknäuel ist, das entwirrt werden muss. Ich bin mir sicher, dass mit meinen Gehirnzellen fast alles in Ordnung ist. Trotzdem würde ich mir lieber die Zunge abbeißen, als es zuzugeben.

Ich weiß nicht, was um mich herum vor sich geht, aber ich werde es herausfinden.

Leonie trägt meinen Koffer, als wir gemeinsam zum Ausgang gehen.

„Passen Sie gut auf sich auf, Stella", verabschiedet sich Leonie, als das Taxi vorfährt. „Ich hätte es vorgezogen, Sie noch etwas länger in meiner Obhut zu haben. Sie wissen, dass Sie Ihre Entscheidung jederzeit rückgängig machen können?" Leonie schlingt ihre Arme um mich. „Viel Glück, Stella."

Ich zeige zum Himmel, der mir ein klares Winterblau zeigt. „Wenn das kein gutes Omen ist. Danke für alles, Leonie."

Ich steige ins Taxi und schaue nicht zurück, obwohl ich das Gefühl habe, dass mich jemand bei meiner Abreise beobachtet.

Ein Schatten, gegen einen Baum am Straßenrand gelehnt, in Erwartung und eine gehörige Portion Misstrauen im Blick. Er rechnet nicht damit, dass er mir auffällt. Ich bleibe stumm im Wagen sitzen, drehe mich nicht um.

Je weiter ich mich von der Klinik entferne, umso verworrener kommt mir das Geschehen dort vor. Nicht alles, was in Euphoria vorgefallen war, ist auf die Nachwirkung einer Hirnblutung zurückzuführen. Da bin ich mir sicher.

Als das Taxi vor dem Haus meiner Mutter hält, empfängt das Haus mich nicht mit offenen Armen. Alles ist verdunkelt wie der nun wolkenverhangene Himmel über mir.

Kein gutes Omen.

MONDTEUFEL
Alibi

Wenn du darüber nachdenkst, wie du eine Leiche verschwinden lassen kannst, solltest du besser nicht im Internet surfen, denn von dem Moment an, in dem du als Verdächtiger eingestuft wirst, prüfen die Jungs von der Kriminalpolizei, welche Themen du in der Vergangenheit gegoogelt hast. Das lese ich immer wieder in den Kriminalromanen, die ich verschlinge. Also google ich nicht in diese Richtung, sondern schaue mir an, wie Krimiautoren das Problem lösen. Ich lasse mich von ihnen inspirieren. Ob ein Autor jemals in Betracht zieht, dass eine spannende Geschichte jemanden auf gewisse Gedanken bringen könnte?

Alles, was ich auf diese Weise erfahre, speichere ich in meinem Kopf ab. Ich benutze keine Notizbücher und gebe auch nichts verschlüsselt in meinen Computer ein, denn das wäre viel zu riskant. Später könnten die Behörden höchstens vermuten, dass ich etwas mit gewissen Ereignissen zu tun hatte, aber sie werden es niemals beweisen können.

Das ist ein wunderbares Gefühl. Das ist Macht.

Ich mag Macht.

Die Gefriertruhe ist eine beliebte Option, um eine Leiche aufzubewahren. Wenn du aber nur eine kleine Truhe zur Verfügung hast, musst du die Leiche erst zerstückeln und dafür brauchst du geeignetes Material.

Ich besitze eine große Truhe, daher ist die Zwischenlagerung nicht das Problem. Die Frage lautet: Wie werde ich den ungebetenen Gast wieder los? Diese Frage muss wohlüberlegt sein und sie ist der Grund, dass meine Gefriertruhe noch leer ist.

Eine Alternative wäre die Leiche irgendwo zu vergraben, wo sie nicht so leicht gefunden wird. Der eigene Garten wäre eine perfekte Option, vorausgesetzt, du kannst ungesehen ein Loch graben und das Plätzchen, das als letzte Ruhestätte dienen soll, ist für niemanden als Grab erkennbar. Ich habe einen Garten und könnte unbemerkt diesen Dingen nachgehen, aber in kurzer Zeit ein passendes Loch zu graben, ist ein schwieriges Unterfangen.

Aufregend fände ich es auch, das Opfer in einen stabilen Wandschrank unterzubringen, die Tür des Schranks mit einer Eisenplatte zu verkleiden, die gesamte Fläche mit Trockenbauplatten auszukleiden und schließlich das Ganze zu verputzen. Schrank weg, Körper weg. Eine phänomenale Idee.

Ich habe einen Keller, und in einem Buch gelesen, wie man vermeiden kann, dass jemand im Haus eine Leiche riecht. Du wickelst den Körper in eine fest verschlossene, luftdichte Plastikfolie und legst ihn in eine große Box. Wenn du keine ausreichend große Box hast, kannst du ihn dir zurechtbiegen. Aber das muss bald nach Eintritt des Todes geschehen, nach der Leichenstarre geht das kaum noch.

Das Zusammenklappen einer Leiche, der Eintritt des Todes, die Leichenstarre – das sind sehr schöne Begriffe. Besonders das letzte Wort ist ausgesprochen anregend und spannend, fast schon erotisch.

Um zuschlagen zu können, benötige ich Hilfsmittel. Vielleicht Schlaftabletten oder etwas ähnliches wie Äther. Das kann man in der Apotheke kaufen.

Ein Messer direkt an die Kehle zu setzen, kostet Kraft und verursacht eine blutige Sauerei. Zudem hinterlässt Blut oft minimale Spuren, ganz gleich wie gut du danach den Tatort reinigst. Messer kommen demnach nicht infrage.

Es gibt einen Keller, in dem ich neuerdings eine große Kiste gelagert habe. Tagtäglich prüfe ich den Geruch dort unten, aber ich nehme nur den moderigen Geruch des alten Mauerwerkes wahr. Ich sollte zufrieden sein, aber ich bin es nicht.

Weil es keine Vollmondnacht war, als es geschah.

KAPITEL 33

Ich stehe in der gekiesten Auffahrt. Zwei Dinge fallen mir sofort auf: Alle Jalousien sind heruntergelassen und das Haus der Nachbarin steht zum Verkauf. Ob die Nachbarin meiner Mutter auch verstorben war? Oder vielleicht verreist?

Das Haus ragt vor mir auf wie eine Dromone, die im Nebel dahin treibt. Die Schwaden wabern und schlingern um meine Füße, überziehen meine Haut mit eisigem Reif. Über mir warnen mich die Raben mit lautem Gekreisch, dem Ort auf keinen Fall näher zu kommen. Mir ist bewusst, dass der Tod hinter dieser schweren Haustür gelauert hat, doch ich kehre nicht um. Das Haus meiner Mutter gehört jetzt mir.

Eine Weile stehe ich einfach nur da und starre zum Haus hinauf. Mit seinen grauen Schindeln ist es im Nebel perfekt getarnt. Ich kann nur vage einen Erkerturm ausmachen, der in die tiefhängenden Wolken ragt. Dort habe ich nach der Scheidung von Alexander vier Jahre lang gewohnt, bis ich Julian kennenlernte und bei ihm einzog.

Sobald ich im Haus bin, werde ich Licht hereinlassen, vielleicht verflüchtigen sich dann die düsteren Gefühle, die mich überwältigen. Ich fürchte feuchte Zimmer vorzufinden, erfüllt von Schimmelgeruch. Aber das kann nicht sein, Mom hat das Haus immer wunderbar gepflegt. Es ist ein Refugium, ein ruhiges Plätzchen, ein stiller Rückzugsort. Warum kommt mir sein Schweigen dann so bedrohlich vor?

Ich nehme den Hausschlüssel in die Hand und öffne die Haustür, die Sekunden später aufschwingt und den Blick auf das glänzende Birkenparkett und eine Treppe mit kunstvoll geschnitztem Holzgeländer freigibt. Ich lasse den

Koffer im Flur, gehe schnell in Richtung Wohnzimmer und stoße die Doppeltür auf. Mein Blick wird sofort von der Aussicht in Bann gezogen. Durch die großen Fenster erblicke ich wabernde Nebelbänke, der dunstige Schleier gibt nur flüchtige Blicke auf den dahinterliegenden Park frei.

Ich seufze und sehe mich um, versuche ein Gefühl des Nachhausekommens zu spüren, aber hier ist nichts mehr wie es sein sollte.

Als ich das letzte Mal hier war, stand im hinteren Teil des Raumes eine blaue Couchgarnitur mit floralen Kissen, in denen man versinken konnte, links der schöne Esstisch aus Ebenholz mit vier Stühlen. Es war unser Lieblingsplatz, um Kaffee zu trinken, zu Mittag zu essen und die Aussicht zu bestaunen. Die Couchgarnitur und der Essbereich haben jetzt den Platz gewechselt. Ich kann mir nicht vorstellen, dass meine Mutter das vor ihrem Tod getan hat. Der Ebenholztisch wurde durch einen billigen Tisch mit einer Resopalplatte ersetzt. Ich will hier raus und wieder hereinkommen, um festzustellen, dass sich nichts geändert hat.

Ich gehe zurück in den Flur und sichte den riesigen Poststapel, der auf dem Glastisch neben der Garderobe liegt. Zwischen Werbung, Rechnungen und den Kontoauszügen finde ich einen Umschlag mit meinem Namen in der vertrauten Handschrift meiner Mutter.

Ich denke an den Moment, als ich vorhin das Haus nach langer Zeit wieder erblickte, die Fenster, die mich anstarrten wie tote, glasige Augen. Moms Haus schien mir keine Geborgenheit, keine Zuflucht zu bieten, und mein erster Impuls war gleich wieder umzukehren. Aber jetzt da ich es betreten, die Jalousien hochgezogen und das Licht hereingelassen habe, die Luft eingeatmet und alles berührt habe, scheint alles anders zu sein. Dieses Haus hat mich schon immer akzeptiert.

Ich nehme den Stapel in die Hand, gehe ins Wohnzimmer und sinke auf dem blauen Sofa in die Kissen. Meine Hände zittern entsetzlich, als ich den Umschlag öffne und eine Karte herausziehe, und mit ihr rieseln trockene Rosenblätter auf den Boden. Es ist die Abbildung einer Frau in einem weißen Kleid, die Hälfte ihres Gesichts wird von einem langen blonden Zopf bedeckt. So trage auch ich mein Haar. Links über der Frau ist ein großer Vollmond zu sehen. Ich öffne die Karte.

Pass auf dich auf, meine Mondfrau. Traue niemandem und glaub nicht alles, was sie dir sagen. Herzlich willkommen zuhause, Stella. Liebe Grüße, Mom.

Der Tagebuchausschnitt meiner Mutter handelt von Jo Daschke

Mittwoch, 18. November 1992

Uns trennt im Besucherraum nur ein Tisch, als ich das Gespräch mit Jo Daschke mit einem kleinen Diktiergerät aufnehme. Ich weiß, es ist gegen die Spielregeln, aber darauf pfeife ich. Kein einziges Wort soll mir entfallen.

Jo sieht zwei Jahre nach der der Urteilsverkündung müde und abgemagert aus und noch blasser als ich ihn aus dem Gerichtssaal in Erinnerung habe. Er trägt keine Gefängniskleidung, sondern eine grüne Trainingshose und einen alten, schwarzen Pullover.

„Frau Hoffmann", begrüßt er mich. Seine Stimme klingt heiser, verbraucht. „Wie geht es Ihnen?"

„Hallo Jo."

„Ich habe nicht wirklich etwas im Haus", witzelt er und macht eine ausschweifende Handbewegung. „Nicht mal einen Tee kann ich Ihnen anbieten."

Ich bin überrascht, einen zusammenhängenden Satz aus seinem Mund zu hören. Seinem Aussehen nach zu urteilen, hat er nächtelang wach gelegen und ist kaum auf einem realen Denkniveau. Mir wird klar, dass dies jener Jo ist, der nach dem Mord an Jordi von der Polizei verhört wurde. Ein ernsthaft verwirrter Junge, gequält von dem Grauen, das auf ihn einstürzt, ein Junge, der kaum in der Lage ist zwischen Fantasie und Realität zu unterscheiden. Auf seinem Arm sind die Worte *Blutstrafe* und *Erlösung* tätowiert.

„Ich versuche mich an meine Träume zu erinnern", sagt Jo und nickt zur Wand. „Kennen Sie das auch, Frau Hoffmann, dass Sie ihre Träume festhalten möchten?"

Im Gegenteil, will ich antworten. Nur wenn es der Wahrheit dient. Doch, wenn es eine Sache gibt, die mich nicht interessiert, etwas, das ich nicht schätze und dem ich auch keinerlei Bedeutung beimesse, dann sind es Träume. Eine Sammlung vager, kaum verwandter Bilder, eine Erzählung, die nur in den Träumen selbst Sinn macht und sich beim Erwachen sofort als das offenbart, was sie ist: Unfug. Ich kann mir daher nichts Zermürbenderes vorstellen, als den Träumen eines anderen zuhören zu müssen. Aber in diesem Fall möchte ich wissen, was Jo's Hirn nachts – oder im Schlaf – ausbrütet.

„Es ist schade", antworte ich, „dass man sich beim Aufwachen normalerweise an nichts mehr erinnert, nur an eine Stimmung, an die Bruchstücke eines Traums."

„Richtig." Seine Augen sind jetzt bemerkenswert klar. „Früher träumte ich immer davon, dass die Welt unterging. Es geschah plötzlich, aber ich spürte, dass es passieren würde. Manchmal blickte ich in der Schule aus dem Fenster, als ich es kommen sah. Oder ich saß mit meinem Vater in seinem Wagen. Aber nur ich sah es geschehen. Es begann als eine leichte Vibration und entwickelte sich zu einem unglaublichen Erdbeben. Es hatte etwas…

Systematisches. Als gäbe es einen Plan dahinter, einen Gedanken. Einen Wunsch, alles zu zerstören. Weiterzumachen, bis nichts mehr von dem übrig war, was wir Zivilisation nennen. Als ob die Erde alles zurücknimmt und uns und alles, was wir geschaffen und gebaut haben, von sich abschüttelt."

Endzeitfantasien? „Wann hast du das geträumt?"

Er zieht seine Schultern hoch und kratzt sich am Oberarm. „Früher, als ich sechzehn, siebzehn war."

„Und jetzt träumst du es wieder?"

Er nickt, scheint fast enthusiastisch. Oder eher manisch?

„Wie ist das möglich, dass du plötzlich etwas träumst, dass du seit Jahren nicht mehr geträumt hast?", fährt Jo fort.

„Das ist bizarr. Und ich wache auch mit dem gleichen Gefühl auf wie damals."

„Und das wäre?"

„Erleichterung. Unglaubliche Befreiung. Ein erlösendes Gefühl."

„Weil dein Traum sich nicht bewahrheitet hat?"

„Nein, nein, diese Erkenntnis kommt erst ein paar Sekunden später, wenn ich wirklich wach bin und merke, dass es nur ein Traum war. Kurz vor der Aufwachphase habe ich wieder dieses Gefühl: Gott sei Dank ist es vorbei. Ich muss nicht weiter gehen."

Ich werde hellhörig. Mein Herz rast. „Nicht mehr was?"

„Ich weiß es nicht. Hier zu sein?"

„Du hast aber gesagt: ‚Ich muss nicht weiter *gehen*'. Meinst du damit so weit zu gehen wie bei meinem Sohn, Jo?", frage ich mit zitternder Stimme.

Er errötet. „Ich weiß, dass Sie deshalb hier sind, Frau Hoffmann. Sie wollen die Wahrheit. Aber wir haben Jordi nicht getötet, wir haben ihn herumgeschubst, ja, aber gewiss nicht getötet. Mir tut es so leid, was passiert ist. Wir drei haben eine Gefängnisstrafe verdient, weil wir einen unschuldigen Jungen verletzt haben. Aber wir haben ihn nicht getötet."

„Was hast du dann mit deiner Äußerung gemeint?" Seine Augen haben jetzt einen finsteren Ausdruck. „Mit ‚weiter gehen' meinte ich: weitermachen auf dieser Welt, als Mensch."

„Du meinst doch nicht…?" Ich traue mich nicht weiter zu sprechen. Meint er, dass er nicht mehr leben will? Dass er es vorgezogen hätte, nie gelebt zu haben? Muss ich seinem Gedanken den Namen *Freitodsehnsucht* geben? Werde ich es damit schlimmer machen oder soll ich es vermeiden und Jo in seinem vermeintlichen Todeswunsch alleinlassen, weil ich das Thema unheimliche finde? Zum x-ten Mal scheint er meine Gedanken zu lesen.

„Nein, Frau Hoffmann", antwortet er. „Ich will nicht sterben, aber das Leben kann manchmal so hart sein, nicht wahr? Ich habe das Leben stets als Verpflichtung empfunden. Man *muss* Spaß haben, man *muss* es genießen. Besonders, wenn man jung ist. Die Inhaftierung ist eine Erleichterung für mich. Ich fühle mich hier wohl. Diese Verlässlichkeit im Alltag habe ich vorher nie kennengelernt. Ich arbeite in der Küche, studiere in meiner Freizeit, treibe Sport, esse regelmäßig und gehe zur Gruppen- und Einzeltherapie. Ich habe jede Menge zu tun, aber niemand *verpflichtet* mich das alles großartig zu finden. Niemandem gefällt es hier und zum ersten Mal bin ich nicht allein. Nur mit einem Unterschied: Ich tue nur so, als würde ich mich auf meine Entlassung freuen. Die anderen Insassen sind so sehr damit beschäftigt sich zu sagen: Wenn ich frei bin, werde ich dies und das tun. Aber ich denke nur daran, dass es danach wieder losgehen wird. Dann muss ich wieder aufstehen und den Tag überstehen. Freunde finden, Arbeit suchen, studieren, jung sein. Ich fühle mich nur hier sicher, Frau Hoffmann, weil ich draußen dem Leben nicht gewachsen bin."

Mich erschüttert sein Geständnis. „Wie wäre es mit … ein wenig Ordnung?"

„In mein Leben bringen? Warum sollte ich?"

„Du möchtest lieber in Chaos leben, Jo?"

„Und glücklich sein wie …? Entschuldigung."

„Wie Jordi? Ja, Jordi war ein glückliches Kind, Jo. Hast du ihn deshalb geschlagen? Weil er glücklich war?"

„Ich… ich… Ja, ich habe ihn geschlagen, weil er glücklich war, und es tut mir wahnsinnig leid. Glück existiert für mich nicht. Ich war neidisch auf diesen kleinen glücklichen Jungen. Aber ich habe Ihren Sohn nicht getötet, Frau Hoffmann."

Ich sehe, wie die Energie aus seinem Körper fließt, als er sagt: „Ich verdiene das Glück nicht."

Wut und Mitleid liegen dicht beieinander. Es ist erschreckend, einen jungen Mann so verzweifelt, so hoffnungslos zu sehen. Und gleichzeitig will ich ihn an den Schultern packen und ihn anschreien: *Du hast meinen Jungen geschlagen und getreten! Ihn verletzt zurückgelassen!* Doch das allein rechtfertigt keine achtjährige Gefängnisstrafe für einen Mord, den er womöglich nicht begangen hat.

Jo scheint sich völlig mit seinem Schicksal abgefunden zu haben und legt die Verantwortung dafür außerhalb seiner selbst. Er ist davon überzeugt, dass er es nicht besser verdient hat.

„Ich werde nie wieder darüber hinwegkommen, was ich getan habe", fährt er fort. Seine Augen sind voller Tränen.

„Was hast du getan, Jo?", frage ich.

„Diese Bilder", antwortet er und verstummt.

„Was meinst du, Jo? Welche Bilder?" Ich spreche jetzt sehr leise, fast flüsternd, um ihn nicht zu erschrecken.

„Ich habe es nicht getan, Frau Hoffmann. Aber ich habe diese Bilder da drin." Er klopft sich mit seiner Faust auf den kahlrasierten Kopf.

„Weißt du, wer es war?"

Er nickt. „Ja, aber wir haben uns geschworen, es niemanden zu sagen."

„Ihr seid für eine andere Person ins Gefängnis gegangen?"

Wieder ein stummes Nicken.

Ich stehe auf. „Ich wünsche dir alles Gute, Jo. Pass auf dich auf."

„Können Sie mir verzeihen, Frau Hoffmann?", ruft er mir hinterher.

Ich drehe mich um. Jo lehnt sich an den Türrahmen.

„Wer hat Jordi den ersten Schlag versetzt?"

„Das war Elias!" Seine Augen blitzen auf. „Verzeihen Sie mir?"

„Vielleicht, eines Tages. Wenn ich dir glaube."

Der Wachmann schließt die Tür auf.

Ich drehe mich noch einmal nach Jo um. Sein trauriges Lächeln erschüttert mich bis ins Mark.

Nach dem Gespräch frage ich mich, ob Jo depressiv, manisch, psychotisch ist, oder nur einsam und unglücklich? Ich bin kein Arzt, ich weiß es nicht. Braucht er professionelle Hilfe oder kommt er wieder auf die Beine? Der Aufenthalt im Gefängnis beschleunigt keinesfalls seinen Untergang. Er fürchtet sich vor dem Danach.

Meine Recherche ich fast abgeschlossen und mein Verdacht verdichtet sich immer mehr. Wenn ich die ganze Wahrheit kenne, kann ich mich endlich wieder um Stella kümmern. Dieses Mal werde ich es gründlich machen, um meiner Tochter und mir einen Neuanfang zu ermöglichen.

Donnerstag, 26. November 1992
Eine Woche lang habe ich nichts von Jo Daschke gehört. Auf der einen Seite bin ich erleichtert, der Besuch im Gefängnis hat mich schwer mitgenommen. Natürlich könnte ich wieder zu Jo gehen, aber ich habe keine Lust, es vor meiner Familie zu verheimlichen oder mit ihr darüber zu streiten. Stella ist mittlerweile vierzehn Jahre und ein hyperaktive Jugendliche mit einem ganzen Arsenal Flausen im Kopf.

Aber überhaupt nichts von Jo zu hören, beunruhigt mich. Er hat die Nachricht, die ich ihm vor drei Tagen habe zukommen lassen, noch immer nicht beantwortet. Ich frage ich mich, was los ist.

Ich habe meinen Anwalt gebeten, sich nach ihm zu erkundigen. Er rief mich kurz darauf zurück und sagte mir, dass Jo sich vor fünf Tagen das Leben genommen hätte.

Obwohl Jo mein Kind schwer verletzt hat, habe ich um diesen verlorenen Jungen geweint.

Draußen wird eine Tür zugeschlagen. Schritte kommen näher. Der Klang der Klingel lässt mich zusammenzucken. Ich stecke die Tagebuchseiten und die Postkarte in meine Handtasche und gehe zur Haustür. Sie knarrt laut, als ich sie öffne.

Alexander steht mit einem riesigen Blumenstrauß vor mir, hinter ihm telefoniert Alma.

„Ich muss mich bei dir für mein Verhalten entschuldigen", beginnt er, legt den Blumenstrauß auf den Boden und nimmt meine Hand. „Ich war nicht ich selbst. Es tut mir aufrichtig leid, dass ich so ein Idiot war. Ich habe mich beschissen benommen. Als wir hörten, dass sie dich entlassen haben, wollten wir unbedingt zu dir, um zu sehen, ob alles in Ordnung ist."

Er lässt mich los und gibt Alma die Gelegenheit, mich zu umarmen. „Alma und ich haben das Kriegsbeil begraben", ruft er ein wenig zu fröhlich. „Das ist auch besser so, denn wir bekommen unser viertes Kind. Wir haben die Babysachen wohl ein bisschen zu früh weggeräumt."

Alma lächelt breit. „Ich bin zwar erst seit zwei Wochen überfällig, aber alles deutet darauf hin, dass ich schwanger bin. Genau wie beim letzten Mal habe ich den ganzen Tag Lust auf Schaumküsse und verbringe jede freie Minute mit meinem Hobby. Es wurde mir alles zu viel mit deinem Ex-Mann, Stella, aber Alexander und ich haben uns ausgesprochen. Wie schön, dass du wieder zu Hause bist. Wir helfen dir bei allem, bei dem du unsere Hilfe benötigst."

„Und wir haben Schokoladenkuchen mitgebracht", ruft Alexander.

Ich frage mich, warum er so laut ist. Wohl ein geeignetes Mittel, die Stimme des Gewissens zu übertönen.

Alma streichelt seine Wange. „Beruhige dich, Daddy."

Er küsst ihre Hand. „Alles okay, Mami."

Daddy? Mami?

Muss ich mir das wirklich antun?

Ex-Mann! Schmetterlinge erfolgreich ausgekotzt!

KAPITEL 34

Alma hat Kaffee gekocht und das Tablett mit dem Schokoladenkuchen auf den Esstisch gestellt, aber ich habe keinen Bissen genommen. Sie stellen keine Fragen über den Esstisch, beachten ihn nicht. Sie ignorieren ihn. Alexander hat meine Mutter nach unserer Scheidung regelmäßig besucht und muss doch sehen, dass der Ebenholztisch durch einen monströsen Campingtisch ersetzt wurde.

„Fällt dir nichts Seltsames in diesem Raum auf, Alex?", frage ich.

Er schaut sich um. „Nein, was soll mir denn auffallen?"

„Der Esstisch wurde ausgetauscht."

Mir fällt auf, dass sein linker Mundwinkel zuckt. Ein nervöser Tick? Er schaut sich noch einmal um. „Deine Mutter hat den doch schon seit Jahren."

Mein Handy vibriert. *Emma!* Ich hebe ab.

„Sie haben dich entlassen und du sagst mir kein Wort. Ich komme mir so bescheuert vor. Egal. Ich bin gleich bei dir." Emma legt auf.

Alexander sieht mich fragend an.

„Emma ist auf dem Weg."

„Gut. Der Kuchen reicht für eine ganze Kompanie", zwitschert Alma. „Kuchen ist Gottes Entschuldigung für Rosenkohl!"

Alexander schenkt mir eine weitere Tasse Kaffee ein und drängt mich, den Kuchen zu probieren. Ich bekomme keinen Bissen herunter und fühle mich unbehaglich. Die beiden sind mir unheimlich.

Dieser hässliche Esstisch starrt mich an. Wieso lügt Alexander? Ich zwinge meine Gedanken in Richtung Karte, habe die Worte ‚*Glaube nicht alles, was sie dir erzählen*‘ vor meinem inneren Auge.

Alexander schubst mich sanft. „Hey, wo bist du mit deinen Gedanken?“

„Sie hat vielleicht einen attraktiven Kurschatten in der Reha kennengelernt, der ihr den Kopf verdreht hat“, witzelt Alma.

Daddy und *Mami* prusten vor Lachen über ihren dämlichen Scherz.

„Du hast vorhin über den Tisch gelogen, Alex. Als ich den Schlaganfall hatte, war ich hier bei Mom. Damals stand das blaue Sofa hinten im Zimmer und der Esstisch zur Terrasse hin.“

Alexander zuckt mit den Schultern. „Ich habe keine Ahnung, wovon du da sprichst. Ich war das letzte Mal vor vier Monaten hier. Ich glaube nicht, dass sich seitdem in diesem Raum etwas verändert hat.“

Ich suche Blickkontakt mit ihm, aber er weicht mir aus. Eine unangenehme Stille umgibt uns.

„Du glaubst, ich sehe Gespenster?“, breche ich das Schweigen. „Du nimmst mich nicht ernst, weil ich ein blutverschmiertes Waschbecken mit einem verendeten Tier gesehen und mit jemandem gesprochen habe, den keiner kennt und der angeblich nicht existiert. Vielleicht hatte ich diese Visionen, aber bitte versuche nicht mir weismachen zu wollen, dass sich in diesem Zimmer seit vier Monaten nichts verändert hat. Du lügst! Meine Mutter hätte niemals ihren schönen Esstisch aus Ebenholz durch diesen monströsen Campingtisch ersetzt.“

„Beruhige dich bitte. Beruhige dich“, warnt mich Alexander. „Ich bin nicht dein Feind.“

„Da kommt Emma“, ruft Alma erleichtert.

Ich gehe in Richtung Flur. Soll meine Halbschwester doch die Lage beurteilen und ein klärendes Wort sprechen.

Emma drückt mich fest an sich und sieht mich dann prüfend an. „Deinem Gesichtsausdruck nach zu urteilen, läuft nicht alles nach Plan." Sie deutet mit dem Kopf in Richtung Wohnzimmer. „Ich habe Alexanders Auto draußen gesehen. Hat er wieder etwas Hirnrissiges von sich gegeben?" Ich löse mich von ihr, nehme ihre Hand und ziehe sie ins Wohnzimmer. „Schau selbst."

Emma geht hinein, sieht sich um. „Was soll ich denn hier sehen?"

„Dass die Couch und der Essbereich an einem anderen Ort stehen und dass etwas ausgetauscht wurde."

„Was wurde denn ausgetauscht?"

„Vorsicht, sie fällt in Ohnmacht!", ruft Alma.

In der Ferne sind leise Stimmen zu hören.

„Bist du wach?", fragt jemand.

Ich öffne die Augen. Emma sitzt am Fußende des Betts.

„Weißt du, wo du bist, Stella?", fragt sie.

Ich versuche aufzustehen, lege mich aber sofort wieder hin. „Im Schlafzimmer meiner Mutter. War ich bewusstlos?"

„Umgekippt, als hätte dir jemand einen Schlag mit dem Hockeyschläger deiner Mutter verpasst. Was schaust du denn so entsetzt? Im Ernst, das war ein Witz." Sie lacht. „Wo ist eigentlich dieser Schläger?"

„Im Büro meiner Mutter. Warum möchtest du das wissen?"

Emma berührt meinen Arm. „Es war nur eine harmlose Frage. Meine Schwester vertraut mir nicht mehr?"

„Halbschwester", korrigiere ich.

Sie weitet ihre Augen. „Ist das plötzlich so wichtig? Lass uns damit aufhören, ja? Hast du im Moment Schmerzen?"

„Freddy klopft die Schädeldecke ab. Ja, ich habe Kopfschmerzen."

„Hoffentlich nicht allzu stark. Ich habe es gehasst, dich so leiden zu sehen."

„Es ist der Stress. Ich bin müde, sehr müde", antworte ich.

„Wie bin ich denn in diesem Bett gelandet?"

„Wie wäre es mit den starken Armen von Alexander? Er hat dich nach oben getragen wie eine Feder. Wir hielten es für das Beste dich in Ruhe zu lassen. Die Entlassung aus der Klinik, Alexander und Alma *Mater* einschließlich Schokoladenkuchen, dann die halbe Schwester, das war alles ein bisschen viel für dich. Möchtest du, dass ich einen Arzt anrufe?"

„Nein."

Hinter Emma räuspert sich Alexander. „Du bist wieder wach. Gut. Alles in Ordnung mit dir, Stella?", fragt er. „Wir wollen uns auch nur kurz verabschieden." Er kommt auf mich zu und setzt sich auf die Bettkante. „Erschrecke mich nicht noch einmal so, ich wusste nicht, wie mir geschah. Puh… Aber jetzt bist du zum Glück wieder bei uns. Emma bleibt bei dir, das halte ich für das Beste."

„Was bis du so laut und umtriebig, Alex? Immer mit der Ruhe. Stella hat starke Kopfschmerzen."

„Er hat ein schlechtes Gewissen", unterbreche ich meine Schwester.

„Okay, das reicht. Ich bringe euch jetzt zur Tür", sagt Emma energisch. „Ruhe dich ein bisschen aus, Stella." Sie streicht mir eine Haarlocke aus dem Gesicht.

Ich schließe meine Augen und hoffe, dass die Kopfschmerzen und meine Wut bald nachlassen. Emma, Alexander und Alma: Falsche Intelligenzen, die mich zermürben, verkrüppelt durch Lügen, ihre Dummheit macht sie zu Schädlingen. Ich lass mich nicht beirren. Von ihnen habe ich nichts zu erwarten.

Ich wache auf und erkenne die Stimme. Julian telefoniert mit Emma, ich höre, wie er ihren Namen nennt, aber ich kann nicht verstehen, was er sagt. Tauschen sie Erfahrungen über mein Verhalten aus? Über das, was ich getan und gesagt habe?

Ich öffne die Augen. Julian beendet das Gespräch und streichelt sanft meine Wange. Die Berührung ist mir so vertraut. Aber ist sie real oder träume ich nur? Ich würde mich gerne in seine Arme werfen, aber etwas hält mich zurück. Der Gedanke, der mir in den Sinn kommt, ist bitter und finster zugleich. *Läuft da etwas zwischen meiner Halbschwester und meinem Mann?* Mit dem Gedanken verliere ich wieder das zärtliche Gefühl, das ich einen Moment für Julian empfand.

„Wo ist Emma, Julian?".

Er zögert einen Moment. „Sie hatte einen Termin. Wusstest du, dass Alma wieder schwanger ist?"

Ich wundere mich nicht, dass mein Ex Julian von dem vierten Kind erzählt hat, so euphorisch wie Alexander drauf war. Ich schaue einen Moment aus dem Fenster. Mit Einbruch der Dämmerung ist es kühl geworden und ich bitte Julian, das Fenster zu schließen. Der Sonnenuntergang hat fast die Farbe von blutigem Rot.

„Und wie steht es bei dir mit Babyrasselgefühlen?", will ich wissen.

Er lacht laut auf. „Du möchtest wohl hören, dass dein Mann eine nette Frau kennengelernt hat, die ihn zum Vater machen wird?"

„Nein! Entschuldigung, ich bin wirklich nicht erpicht auf eine Wiederholung."

„Keine Sorge, Liebling. Ich verhandle gerade mit einem Physiotherapeuten, der in den Ruhestand gehen möchte. Es hat mir seine Praxis angeboten, aber ich zögere noch. Der Kaufpreis übersteigt mein Budget."

„Du könntest doch einen Kredit aufnehmen. Dann müsste es mit deinen Rücklagen doch zu schaffen sein?"

Julian zuckt mit den Schultern. „Vielleicht, vielleicht aber auch nicht. Wir werden sehen."

Plötzlich fällt mir das Los meiner Mutter ein. Ich schiebe die Bettdecke zur Seite und stehe auf. „Vielleicht kann ich dir helfen. Komm, wir gehen ins Büro meiner Mutter."

Julian nimmt meine Hand und ist ganz nah bei mir, als wir das Schlafzimmer verlassen und die Treppe hinuntergehen. Vor dem Büro bleibe ich wie angewurzelt stehen und starre auf den Türknauf. Lausche nach einem Geräusch hinter der Tür. Doch ich höre nur Freddys Hämmern in meinem Kopf und spüre Julians Hand, die meine sanft umschließt.

„Alles okay, Stella?"

Ich nicke. Beim Betreten des Zimmers knarrt die Tür laut. Mom sollte jetzt hinter ihrem Schreibtisch sitzen und mir stolz das Los zeigen. Der Gedanke an ein *Nie-wieder* überwältigt mich und lässt mich kurz taumeln, aber ich erhole mich sofort. Ich öffne die rechte Schreibtischschublade und hebe sie kurz an. Ein kleines schmales Geheimfach springt auf. „Das bleibt unter uns", sage ich. „Versprochen?"

Julian nickt. Er ist sichtlich gerührt von meinem Vorschlag. „Vielleicht bist du in fünf Minuten eine vermögende Frau?"

Ich lächle. „Wir werden sehen", erwidere ich und nehme das Los aus dem Geheimfach. Ich fahre den Computer hoch. Gehe auf die Seite der Lotteriegesellschaft, klicke auf *Ergebnisse* und gebe die Nummer des Lotterieloses ein.

Herzlichen Glückwunsch. Sie haben 500 Euro gewonnen!

Ich starre auf den Bildschirm.

„Und?", fragt Julian.

„Ich habe nur fünfhundert Euro gewonnen. Und ich dachte, ich würde in wenigen Minuten Millionärin sein.

Nun, das ist nicht der Fall. Ich glaube, das hier wird dir auch nicht weiterhelfen."

Julian steht hinter mir und schaut auf den Bildschirm.

„Stört es dich, dass es nicht mehr ist?"

„Nein, aber ich verstehe nicht, warum meine Mutter so einen Wirbel um den Gewinn gemacht hat. Egal." Ich achte darauf, dass meine Stimme unbeschwert klingt. „Ich hätte dir gerne geholfen, Julian und brauche jetzt eine Tasse Kaffee, würdest du …?"

„Aber sicher. Ich werde mich darum kümmern, Liebes. Geh du schon mal ins Wohnzimmer."

Sollte Julian gleich auch nur ansatzweise behaupten, dass sich im Wohnzimmer nichts verändert hat, schmeiße ich ihn raus. Ich wappne mich und öffne die Tür, zucke zusammen, kann ein paar Sekunden lang nicht atmen.

Der Esstisch aus Ebenholz steht an seinem alten Platz wie die blaue Couchgarnitur. Alles ist wie ich es in Erinnerung habe. Ich schließe die Augen, öffne sie wieder und setze mich an den Esstisch. Streiche sanft über das schöne schwarze Ebenholz.

„Bist du okay, Stella?", fragt Julian, als er mir eine Tasse Kaffee hinstellt. „Ich mache mir große Sorgen um dich, Stella. Du bist immer noch so instabil und bringst alles durcheinander. Du hättest noch eine Weile in der Reha bleiben sollen, du bist geistig noch nicht ganz fit." Julian nimmt einen Schluck Kaffee, seine Augen weichen meinem Blick aus. Was treibt ihn dazu, so an mir zu zweifeln? Ich schweige und warte ab gespannt darauf, was er sonst noch so von sich gibt.

„Emma macht sich auch Sorgen, sie ruft mich regelmäßig an", fährt er fort. Ich war zuerst überrascht, denn wir hatten noch nie ein gutes Verhältnis. Aber als du den Schlaganfall hattest, haben sie und Alex sich um mich gekümmert und mich unterstützt. Emma hat mir auch bei der Beerdigung deiner Mutter geholfen, sie ist so etwas wie eine Freundin geworden. Das Gleiche gilt für Alexander, er war eine große Hilfe."

„Emma hat mir etwas ganz anderes erzählt. Sie behauptet, du wolltest keine Einmischung in Sachen Beerdigung und hättest alles allein geregelt. Ihr macht mich wahnsinnig mit euren Lügen. Was bezweckt ihr damit? Wovor hast du Angst? Ich kann sie förmlich riechen!"

Julian schüttelt langsam den Kopf. „Oh, Stella."

„Lass uns über etwas anderes reden", schlägt Julian vor. „Ich möchte dir die EC-Karte deiner Mutter zurückgeben. Ich habe sie eingesteckt als sie starb, es schien sicherer zu sein." Er nimmt die Karte aus seiner Innentasche und legt sie vor mir auf den Tisch. „Das Konto deiner Mutter ist immer noch gesperrt. Der Notar möchte mit dir über den Nachlass sprechen. Soweit ich weiß, hatte sie kein Testament, du bist die alleinige Erbin."

„War unsere Ehe so schlecht, Julian, dass du mich verlassen musstest?"

Julian zuckt zusammen. „Wir hatten auch sehr gute Zeiten in unserer Ehe."

„Ich habe bis vor meiner Hirnblutung gedacht, dass wir eine gute Ehe *haben* und nicht *hatten*!"

„Es tut mir leid, Stella. Du hast wirklich keine Erinnerung an die ersten Wochen nach dem Schlaganfall? Ich finde das bizarr."

Ich könnte ihm jetzt eine Reihe bizarrer Ereignisse nach meinem *Aufwachen* aufzählen, aber ich habe genug von diesem Gespräch. „Ich freue mich, dass du mir wieder erlaubst, meine Finanzen selbst in die Hand zu nehmen, auch wenn du mich nicht für ganz zurechnungsfähig hältst. Bitte geh jetzt und falls du meine Halbschwester siehst, dann grüße sie von mir."

Julian steht auf. „Du kommst doch jetzt allein zurecht?"

„Ja, mach dir keine Gedanken."

„Ach, Stella", sagt er traurig. Ich lasse mich umarmen und hoffe auf eine Empfindung. Aber alles hat sich geändert.

Julian küsst mich auf die Wange, als wäre ich nur eine gute Freundin.

Eine Freundin, für die er Mitleid empfindet. Er sollte mich nicht mehr berühren, ich gönne ihm meine Tränen nicht. Als er die Tür hinter sich geschlossen hat, ist mir nach Lachen und Weinen zumute. Gleichzeitig habe ich Lust, Moms Hockeyschläger aus dem Büro zu holen und damit einfach die ganze Einrichtung im Haus zu zertrümmern. Ich weiß nicht, was ich fühlen soll, ich bin im wahrsten Sinne am Boden zerstört, schluchze und fühle mich hoffnungslos allein und verloren.

Eine Stunde später sitze ich im Dunkeln am Fenster und grüble mit einem Weinglas in der Hand über die vergangenen Stunden. Der Weinkrampf war befreiend. Die Sonne ist bereits in die Dunkelheit herabgestürzt wie ein menschlicher Körper von den Klippen. Seltsame Bilder wirbelten beim Anblick der feurig-roten Kugel in meinem Kopf: das Zerschmettern des Rückgrats, der Schädel, aufgeplatzt wie ein rohes Ei. Die Nacht ist windstill und klar, der Mond ist so hell, dass ich die Aussicht mit Julian hätte bewundern können. Jetzt sitze ich hier allein, meine Wangen gerötet von einem kleinen Glas Wein.

Habe ich mich wirklich geirrt? Habe ich das alles nur geträumt?

Ich gebe auf, gehe die Treppe hinauf und lasse mich aufs Bett fallen, wo das Mondlicht, weiß wie Milch, über meinen Körper fließt und mein Herz erwärmt. Ich sehe mich um, lächle.

In diesem Zimmer gibt es keine bedrohlichen Schatten.

MONDTEUFEL
Lügen

Es ist nicht einfach, den Plan umzusetzen, ohne dabei Verdacht zu erregen und ohne Fehler zu machen. Der scheinbar harmloseste Fehler kann alles zunichtemachen. Angenommen, dass du ein Ziel hast, das die Welt nicht erträgt, ist die Lüge ein geeignetes Hilfsmittel. Du musst dich jedoch genau daran erinnern, wo und zu wem, wann du jemandem was gesagt hast und vor allem wie die Antworten waren. Lügen ist immer ein gewagtes Unterfangen, aber das alles ist elementar für das Erreichen des gesetzten Ziels.

Zum Glück bin ich ein sehr erfahrener Lügner und weiß, wie ich mich aus kniffligen Situationen herauswinden kann. Aber, hätte ich das Abenteuer, das ich eingegangen bin, alleine bewältigen können, hätte ich es getan. Ein Solo-Akt passt auch besser zu mir, macht mich weniger nervös und gibt mir mehr Sicherheit. Dies ist das erste, aber auch das letzte Mal, dass ich einen Plan, an dem andere beteiligt sind, ausführe. Das kostet Kraft, die ich mir lieber für die Zeit nach diesem Abenteuer aufheben würde. Um die Früchte zu ernten und zu genießen, für ein anderes Leben, als ich es bisher hatte.

Ich werde ein völlig neues Leben beginnen.

Endlich!

In diesen Tagen leuchtet der Mond hell und fast jeden Abend spreche ich mit der Sichel, die den Vollmond ankündigt. Ich wähle dafür stets unterschiedliche Plätze, um nicht aufzufallen und um Fragen aus dem Weg zu gehen. Der Mond ist für mich mehr als nur ein Freund. Er gibt mir Halt und ist mein Anker, er ist ein Teil von mir und ich bin ein Teil von ihm. Er ist mein Wegweiser, mein Begleiter.

Manche Menschen betrachten den Mond als weibliches Symbol. Für mich hat der Mond eine maskuline Aura. Wäre er ein menschliches Wesen, würde ich ihn besitzen wollen und niemals jemandem erlauben, sich zwischen uns zu drängen.

Ich lasse mich von niemandem ausbremsen, niemand darf sich mir in den Weg stellen. Mit allen unbequemen Elementen werde ich kurzen Prozess machen. Ich befürchte, dass einige Leute, mit denen ich es zu tun habe, mir zu lästig sind, als dass ich das einfach so hinnehmen könnte. Ich berate mich mit meinem Mond über Möglichkeiten, wie ich mit ihnen verfahren soll. Der Rat wird abgewogen, die Möglichkeiten geprüft. Es ist unerlässlich, weil sie einem außerirdischen Gehirn entspringen und einer gewissen Anpassung erfordern.

Bei allem, was mich derzeit beschäftigt, weiß ich eines ganz genau: Ich mache nur noch bei Vollmond klar Schiff und auch nur dann wird abgerechnet, denn mein Seelenfrieden ist noch getrübt. Noch immer blicke ich mich um, wo ich auch bin.

KAPITEL 35

Ich wache mitten in der Nacht auf. Mein Mund ist trocken vom Wein, ich spüre eine leichte Übelkeit, obwohl ich nur ein halbes Glas getrunken habe, um einen Kater zu vermeiden, aber selbst diese geringe Menge Alkohol vertrage ich scheinbar noch nicht.

Als Jugendliche habe ich nie getrunken. Meine Mutter bot mir zwar immer ein Glas Wein an, wenn sie mit ihren Freunden zu Abend aß und über Jordi sprach, aber ich ließ das Glas stehen, trank den ganzen Abend Wasser und ging in mein Zimmer, bevor alles aus dem Ruder lief. Mom erlag nach Jordis Tod eine Zeitlang dem Reiz des Alkohols und versuchte, ihren Schmerz darin zu ertränken. Ein halbes Jahr nach Jordis Tod hörte sie damit auf und kümmerte sich wieder um mich.

Es lässt sich nicht leugnen, dass es mir noch nicht gut geht. Der Stress bekommt mir nicht. Hinzu kommt die Befürchtung, dass ich weiterhin merkwürdige Dinge sehe, die unsinnig sind und für die ich mich rechtfertigen muss und dabei Gefahr laufe, dass mir mitleidige Blicke zugeworfen werden. In meinem Fall ist die richtige Dosis eine Notwendigkeit, um die Genesung nicht zu gefährden. Denn irgendwo in meinem Gehirn bleiben die Zweifel an den jüngsten Ereignissen, die mir nicht nur das Gefühl gaben, dass mit meiner Wahrnehmungsfähigkeit etwas nicht stimmt, sondern die mich auch an allem und jedem Beteiligten zweifeln lassen.

Ob mein *Aufwachen* noch lange andauern wird? Wenn meine Mutter noch hier wäre, könnte ich alles mit ihr besprechen. Der Gedanke, dass dies nie wieder möglich sein wird, lässt mich erstarren und macht mich traurig. Und einsam, so verdammt einsam.

Willkommen zu Hause.

Drei Worte, die mich heimsuchen, verfolgen, bewegen.

Ich muss mir auch eingestehen, dass mich die traurige Vorstellung von jemandem, der mich offensichtlich verletzen will, tröstet und mich hoffen lässt, dass meine Mutter nicht tot ist.

Verleugnung ist in jeder Hinsicht ein merkwürdiges Phänomen. Es hat etwas mit Hoffnung zu tun. Meine Mutter wartete nach dem Tod meines Vaters immer noch auf seinen vierzehntägigen Anruf, mit dem er nach der Scheidung begonnen hatte und den er trotz ihres Widerstands fortsetzte. Er rief immer donnerstagabends an. Ich erinnere mich an viele Donnerstagabende, an denen sie das Telefon nicht eine Sekunde lang unbeaufsichtigt ließ.

Greta stellte monatelang jeden Sonntag Rinderfilet mit Bratkartoffeln auf den Tisch, Dads Lieblingsessen. Das erfuhr ich von Emma, die in dieser Zeit beschloss, weniger Fleisch zu essen und die sich jeden Sonntag über das große Steak ärgerte.

Aber selbst Emma stellte ihm noch wochenlang ein Stück Lebkuchen mit Butter in die Küche, so wie sie es jahrelang getan hatte, bevor sie zu Bett ging. Ich hinterließ meinem Vater so oft Nachrichten auf seinem Handy oder rief einfach nur an, um seine Stimme auf dem Anrufbeantworter zu hören, und war wütend auf Greta, als sie seine Handynummer abmeldete. Aber ich rief die Nummer auch weiterhin an, bis ich einen Fremden in der Leitung hatte, dem sie zugewiesen worden war.

Neben meiner jetzigen Hoffnung gibt es noch einen weiteren Aspekt, der fraglich ist. Ich will *nicht* wissen, wer die Handschrift meiner Mutter perfekt fälschen kann und wer diese Handschrift so genau kennt. Falls ich es erfahre, muss ich mich der Tatsache stellen, dass es jemand sein muss, der mir nahe steht und dass diese Person nichts Gutes im Sinn hat. Ich möchte nicht noch jemanden verlieren, den ich kenne, ganz gleich, wie die Absichten der Person sind. Ich habe bereits meine Mutter und einen Teil von mir selbst verloren, mehr geht nicht. Noch nicht.

Ich stehe auf und gehe nach unten, um mir in der Küche ein Glas Milch zu holen. Im Flur liegt ein großer brauner Umschlag, der durch den Briefkastenschlitz in der Tür eingeworfen wurde.

Auf dem Umschlag steht *Willkommen zu Hause.*

Ich hebe ihn auf, gehe nach oben und lege mich ins Bett.

Willkommen zu Hause.

Drei Worte, so süß, so lieb. Ich trinke ein Schluck Milch, strecke die Hand nach der Leselampe aus und reiße den Umschlag auf.

Donnerstag, 3. Dezember 1992

Was mich schon immer an ungelösten Mordfällen fasziniert hat, oder an aufgeklärten Mordfällen, bei denen Zweifel an der Schuld der Verurteilten bestehen, ist, dass irgendjemand die Wahrheit kennt. Jemand kennt die Antwort auf die Frage, was wirklich mit Jordi geschah. Die Wahrheit ist vielleicht für immer im Kopf des Täters verborgen und solange er nicht aussagt, wird sie dort bleiben. Die Macht der Verleugnung ist groß, das hat Jordi bereits als Kind erfahren. Ich erinnere mich, dass er einmal mit Stella im Wohnzimmer saß. An der Türklinke hing eine silberne Kugel, die ihn als Kleinkind unvorstellbar anzog. Nicht die Kugel an sich, obwohl sie wunderschön schimmerte und perfekt war, aber sein Gesicht war im Spiegelbild verzerrt, und das fand er lustig. Dennoch war es nicht das, was Stella interessierte. Was sie wissen wollte war, was passieren würde, wenn sie die Kugel auf den Boden würfe. Stella kannte das Ergebnis. Trotzdem musste sie mit eigenen Augen sehen, wie diese Weihnachtskugel auf dem Parkett zerbrach. Sie hegte den Wunsch und den nächsten Moment als Ergebnis ihrer Tat. Mit einem leisen Klirren zerbrach die Kugel auf dem Boden in Dutzende funkelnden Teile. Das war es. Nicht viel später betrat ich den Raum und sah sofort, was passiert war. Natürlich wusste ich, dass sie es getan hatte.

„Stella, hast du die Kugel absichtlich fallen lassen?" Meine Stimme war freundlich, leise und nicht verurteilend, so dass es für Stella keinen Grund gab, eine Maßregelung zu befürchten. Trotzdem hat meine Tochter nein gesagt. „Das war ich nicht, Mami, das war Jordi!"

Jordi warf sich auf den Boden und schrie seine Schwester an: „Du bist keine Mondseele. Die lügen nicht!"

Wie funktioniert der Geist eines Kindes? Ich weiß es nicht mehr. Das Gedächtnis ist ein extrem kapriziöses und vor allem unzuverlässiges Phänomen. Ich befürchtete immer, Stella ein Alibi geben zu müssen, wenn sie in ihrer pubertären Phase etwas angestellt hatte. Wie die meisten Menschen kann ich mich aber kaum daran erinnern, was sie alles hinter meinem Rücken tat. Sie war ein wilder Teenager.

Ein wackeliges Alibi allein reicht daher nie aus, um eine Person zu verurteilen. Jo, Markus und Elias wurden in den Tagen nach Jordis Tod getrennt gehört. Keiner der drei konnte überzeugend beweisen, dass sie zur Zeit des Mordes irgendwo anders waren als am Tatort. Was genau mit Jordi geschah, wissen nur die Täter. Jo, Markus und Elias waren unbestritten zum Zeitpunkt des Mordes am Tatort. Jo hingegen war instabil, als er das Geständnis ablegte, er litt an Schlaflosigkeit. War sie die Ursache für seine

Verwirrung? Ich komme zu der Überzeugung, dass diese Jungs die Tat tatsächlich nicht begangen haben. Aber meine Annahme beruht nicht auf Fakten, sondern auf einem Bauchgefühl.

Was verschweigen mir die Jungen? Welche Wahrheit steckt hinter ihren Aussagen: Lüge oder Wahrheit? Was ist relevant? Vielleicht ist die Lüge Wahrheit und die Wahrheit eine Lüge.

Was hatte Jo vor seinem Tod zu mir gesagt? „Die Geschichte *einer* Person ist nie die Wahrheit, Frau Hoffmann. Sie und ich, wir beide wissen das ganz genau!"

Einen Augenblick lang starre ich atemlos in die Dunkelheit, dann lege die Tagebuchseiten zur Seite und mache das Licht aus.

Denk jetzt bloß nicht nach über den Inhalt der seltsamen Zeilen meiner Mutter. Schlaf einfach wieder ein. Doch es gelingt mir nicht. Ich bin neuerdings nachts so viel durchlässiger für düstere Gedanken, ich liege da, und sie pirschen sich an. Ich denke an Jordi, an all die Gefahren, vor denen ich meinen kleinen Bruder nicht schützen konnte. Die Welt ist ein gefährlicher, sehr gefährlicher Ort, an dem ich nicht alleine bestehen kann.

Warum erinnere ich mich nicht an die Nacht, als dem Jordi getötet wurde? Markus, Elias, Jo – das sind für mich nur Namen aus dem Tagebuch meiner Mutter – die Namen der Täter, die Jordi umgebracht haben. Die Namen hinter einer Tat…

Ich werfe mich im Bett herum, ganz so, als ließen sich die nächtlichen Gedanken durch eine jähe Bewegung verscheuchen wie die finsteren Raben.

Ich mache Licht. Sage mir, dass ich Schlaf brauche, knipse das Licht wieder aus. Schließe die Augen. Ich horche in mich hinein, suche vergebens einem zärtlichen Gefühl für Julian. In mir rührt sich mit einem Mal etwas ganz anderes, zögerlich, aber unaufhaltsam, wie ein kleines Tier mit spitzen Zähnen, das erstmals nach langem Winterschlaf den Bau verlässt: die Vorahnung von etwas Schlimmem.

KAPITEL 36

Im ganzen Haus liegen Karten verstreut, sie haben alle als Motiv einen Vollmond auf der Vorderseite und die Texte auf der Innenseite sind alle in der Handschrift meiner Mutter geschrieben. Aber ich kann nicht lesen, was da steht, so sehr ich mich auch anstrenge. Die Karten lösen sich vom Boden und heben ab. Kreisen über meinen Kopf. Stürzen sich wie ein Schwarm schwarzer Vögel auf mich. Eine Krähe bildet sich aus der Formation heraus und trinkt meinen Atem. Ich bekomme keine Luft. Gerate in Panik. Plötzlich befürchte ich allein in meinem Bett zu ersticken. Ich will jemanden anrufen, aber selbst meine Stimme versagt.

Ich schrecke hoch. Entwinde mich dem Wirbel, entkomme, finde mich in weißen, von kaltem Schweiß getränkten Laken wieder. Als ich die Augen öffne, liegt mein Zimmer im Halbdunkel. Es war nur ein Traum, kein Albtraum, keine Mondkarten, keine Krähe hockt auf meiner Brust und trinkt meinen Atem, ich werde nicht gleich aufwachen, ich bin wach! Niemand muss mich wecken. Das *hier* ist die Realität. Dennoch flattert mein Herz in meinem Brustkorb umher wie ein verängstigtes Vögelchen.

Ich blinzle. Es kann auch nicht mehr Nacht sein, ein Lichtschimmer dringt durch die Ritzen der Jalousien. Ich seufze, setze mich auf und taste nach meinem Handy, um nach der Uhrzeit zu sehen. Acht Uhr morgens.

Im selben Moment höre ich, was mich geweckt hat. Jemand klingelt Sturm und hämmert wie verrückt an die Haustür. Ich greife den Morgenmantel meiner Mutter, gehe langsam die Treppe hinunter in den Korridor und linse durch den Türspion.

Tom? Ich entriegele die Tür. Julians Bruder stürzt förmlich ins Haus und hält in der Mitte des Flurs keuchend inne. Wir starren uns an.

„Hallo Tom", sage ich ruhig. „Was ist los?"

Wir hatten seit meiner Heirat mit Julian vor drei Jahren kaum Kontakt. Tom hielt sich stets aus unserer Beziehung heraus. Julian akzeptierte die Entscheidung seines Bruders und ich fügte mich. Damals habe ich noch alles und jeden akzeptiert, die Ermahnungen meiner Mutter abgetan, dass ich mir nicht alles gefallen lassen solle. Julian hatte stets die Freiheit, mit seiner Familie so umzugehen, wie er es für richtig hielt. Er arbeitete zwar in der Praxis seines Bruders, legte aber jeden Penny, den er erübrigen konnte beiseite, um später eine eigene Praxis zu eröffnen. Ich behielt die Tatsache für mich, dass ich Toms Verhalten als sehr unangebracht empfand.

Was will er jetzt von mir? Ich spüre, dass etwas nicht stimmt.

„Es geht um Julian", sagt er.

„Komm, wir gehen ins Wohnzimmer." Ich biete ihm einen Platz am Esstisch an.

„Was ist mit Julian?" Meine Kopfschmerzen nehmen langsam zu, mein Herz pocht. Ich habe Angst, fühle mich entsetzlich gestresst.

Toms Gesicht verdunkelt sich. „Julian ist tot."

Er redet ununterbrochen. Ich starre auf seine Lippen. Nur so kann ich sicher sein, dass ich verstehe, was er sagt. Ich muss die Worte nicht nur hören, ich muss sie sehen. Dennoch glaube ich es nicht, dass Julian sich letzte Nacht gegen zwei Uhr nach dem Genuss von reichlich Alkohol hinter das Steuer gesetzt hat, zu schnell gefahren ist, auf der Autobahn die Kontrolle über das Fahrzeug verloren und sich viermal überschlagen hat.

Nein, das glaube ich nicht.

„Es muss jemand anders gewesen sein", protestiere ich.

„Es war Julian, einer der Sanitäter ist bei uns in Behandlung. Er hat Julian erkannt. Er gab meinen Namen und meine Adresse an die Polizei weiter und ich wurde um vier Uhr aus dem Bett geholt. Ich habe ihn heute Morgen um sieben Uhr identifiziert."

Mein Kopf fühlt sich an, als stecke er in einem Schraubstock. Ich presse meine Hände gegen meine Stirn.

Tom achtet nicht auf mich, er scheint nicht einmal zu bemerken, dass ich am Rande eines Zusammenbruchs stehe, während er mit mir spricht. Die Art und Weise, wie er mir von Julians Tod berichtet, erinnert mich an einen Nachrichtensprecher, der seinen Text vom Teleprompter abliest. Er ist blass und stößt die Worte knapp und stumpfsinnig aus.

„Julian trinkt nie, wenn er noch fahren muss", widerspreche ich.

Jetzt schaut Tom auf. „Er hatte mit deiner Halbschwester schwer getankt und wollte nicht auf sie hören, als sie ihn warnte, er wäre fahruntüchtig. Eine Stunde später hat sie versucht, ihn telefonisch zu erreichen, weil sie sichergehen wollte, dass er gut zuhause angekommen war, hat ihn aber nicht erreicht. Dann rief sie die Polizei an. Julian war zu diesem Zeitpunkt bereits aus dem Wrack geborgen, aber man hat es ihr nicht gesagt. Sie haben ihre Nummer notiert und sich habe später wieder mit ihr in Verbindung gesetzt."

„Emma hat mich aber noch nicht angerufen."

„Ich habe vor einer knappen Stunde mit ihr gesprochen", fährt Tom fort. „Sie erzählte mir, dass Julian wegen eines Gesprächs mit dir sehr aufgewühlt war und dass er ihr nicht sagen wollte, worum es ging. Die Nachricht von seinem Tod hat sie ziemlich mitgenommen, sie war sehr bestürzt. Ich riet ihr, jemanden anzurufen, mit dem sie reden könnte, das wollte sie auch tun. Die Polizei will auch mit dir sprechen. Ich habe ihnen diese Adresse gegeben. Sie wollen gegen zehn Uhr hier sein." Er hält einen Moment inne, als würde er über den nächsten Satz nachdenken. „Sie ziehen auch Selbstmord in Betracht, aber das ist Unsinn."

Was hatte Julian neulich gesagt? *„Ich habe ein Testament aufgesetzt und darin festgelegt, dass du meine Erbin bist. Das solltest du wissen."* Oder habe ich mir das auch nur eingebildet? Hatte er Selbstmordgedanken und deshalb seinen letzten Willen verfasst?

„Da stimmt was nicht", sage ich leise. „Meine Mom ist tot, Julian ist tot. Ein bisschen viel Tod, findest du nicht auch?"

„Ich muss in die Praxis, Stella. Wenn noch etwas ist, kannst Du mich ja anrufen. Und vergiss bitte nicht, dass der Polizist um zehn Uhr vorbeischaut. Also, bis dann." Und weg ist er.

Satzfetzen wirbeln durch meinen Kopf, während Freddy den Schlagbohrer anwirft. Julian ist tot, er verunglückte mit einem hohen Alkoholpegel im Blut. Hier endet das Spiel. Alle haben so oft versucht, mich zu verwirren. Und sie hatten damit Erfolg.

Ich schließe jetzt die Augen und wenn ich sie wieder öffne, wird Julian an diesem Tisch sitzen, meine Hand streicheln und sagen, dass alles gut wird. Julian wird fassungslos auf Toms Geschichte reagieren, die ich ihm erzähle. Dann wird er seinen Bruder anrufen, der von nichts weiß, und Tom wird ihm sagen, dass er auch nicht hier gewesen ist. Wenn ich die Augen öffne, wird das real sein. Das ist die Realität! Nicht mein toter Mann in einem Autowrack! Sie sollen mich alle in Ruhe lassen, mich aus allem heraushalten. Sollen sie doch gemeinsam die schrecklichsten Dinge ausbrüten. Verlasst euch aber nicht darauf, dass ich mich denen stelle. Von nun an werde ich mich nur noch auf das konzentrieren, was ich *sehe*, und sie drängen, mit diesen bedrückenden Spielchen aufzuhören. Ich glaube nicht, dass die Polizei kommen wird.

Ich glaube nichts und niemandem mehr. Das fühlt sich gut an. Das ist die Realität.

Es klingelt lange, schließlich ist kurz Ruhe – dann klingelt es erneut. Ich folge dem Läuten, zögere einen Moment, dann öffne ich die Haustür. Vor mir steht ein Polizist in Uniform.

„Guten Morgen, Frau Hoffmann. Mein Name ich Matthias Greven, Kripo Aachen." Er zeigt mir seinen Ausweis. „Darf ich kurz reinkommen?"

Ich gehe mit zitternden Knien vor ihm her. Dieser Mann ist real, aber er wird mir gleich sagen, dass es sich um einen Irrtum handelt und dass der von meinem Schwager identifizierte Mann gar nicht Julian war, sondern jemand, der ihm sehr ähnlich sah. So etwas in der Art.

Im Wohnzimmer deute ich auf das Sofa. „Bitte, nehmen Sie doch Platz, Herr Greven."

„Frau Hoffmann, es tut mir leid, Ihnen mitteilen zu müssen, dass Ihr Mann in der vergangenen Nacht tödlich verunglückt ist. Mein Beileid."

Ich will es nicht hören. Nein!

Ich weiß nicht, warum ich so geschockt bin. Ich hätte damit rechnen müssen – und trotzdem trifft mich dieser Satz des Polizisten vollkommen unvorbereitet. Ich spüre, dass ich wanke, ich muss mich schnell setzen, um nicht das Gleichgewicht zu verlieren.

„Sagen Sie das noch einmal", stoße ich hervor. *Nein, ich will es nicht hören!* Ich möchte so gerne weinen, aber kann nicht weinen. Ich bin zu müde oder zu wütend oder beides. Meine Wut auf Julian verdrängt alles andere.

„Ich kann verstehen, dass dies ein großer Schock für Sie sein muss und ich werde nicht lange bleiben." In seinen Augen blitzt Mitgefühl auf. „Aber könnten Sie mir dennoch ein paar Fragen beantworten?"

Ich nicke und unterdrücke meine Wut auf den Mann, der mich verlassen hat.

„Wann haben Sie Ihren Mann das letzte Mal gesehen? War er betrübt?"

„Gestern Nachmittag. Und da machte er keinen depressiven Eindruck, wenn es das ist, was Sie andeuten wollen."

„Ihr Mann hatte demnach keine Selbstmordgedanken?"

„Nein. Er wollte wissen, ob es mir gut geht und hat mir seine Hilfe angeboten. Ich wurde gerade aus der Reha entlassen."

„Leben Sie denn getrennt?"

Er sieht es in meinem Gesicht, ich merke es ihm an. Er sieht es mir an der Nasenspitze an, dass ich mich gleich in ein wildes, unkontrollierbares, entfesseltes Etwas verwandeln werde. Er sieht meine Wut. Ich spüre es und wappne mich.

„Ja, aber wir verstanden uns gut und gingen freundschaftlich miteinander um", antworte ich ruhig. „Wir wollten vorübergehend nicht zusammenleben."

„Vorübergehend?", hakt Greven nach.

„Vorübergehend. Er sagte mir gestern Nachmittag, dass er nach einer Lösung suche."

„Eine Lösung für was?"

„Das weiß ich nicht und das werden wir jetzt nie erfahren."

Plötzlich habe ich Angst. Das hier ist die Realität und ich kann ihr nicht entkommen.

„Hatte Ihr Mann Feinde? Gab es vielleicht eine andere Frau in seinem Leben?"

„Als wir noch zusammenlebten, gab es nichts, was in diese Richtung deutete, Herr Greven."

„Ihr Mann hat gestern – nachdem er Sie verlassen hat – beim Notar ein Testament unterschrieben. Wir haben das von Ihrer Schwester erfahren."

„Halbschwester", unterbreche ich ihn.

„Gut, dann Halbschwester. Der Notar hat uns erzählt, dass sie die alleinige Erbin sind und wenige Stunden später ist Ihr Mann tot. Wussten Sie von dem Erbe, Frau Hoffmann?"

„Nein."

„Hm… Nun, die Leiche wird wohl bald freigegeben, nichts deutet auf ein Fremdverschulden hin. Werden Sie sich um die Beerdigung kümmern?"

„Ich halte es für das Beste, dass sein Bruder das macht. Das alles ist zu viel für mich. Ich erhole mich gerade von einer Hirnblutung."

Kommissar Greven nickt verständnisvoll. Er steht auf und gibt mir seine Visitenkarte. „Falls Sie noch Fragen haben, dann melden Sie sich bitte, Frau Hoffmann", sagt er und verabschiedet sich. An der Haustür dreht er sich noch einmal um. „Sie erben als seine Ehefrau ein beachtliches Vermögen. Passen Sie gut auf sich auf!"

Wenig später rufe ich Tom an und erkundige mich nach der Beisetzung. „Du trägst die Verantwortung für die Beerdigung, weil du Julians rechtmäßige Ehefrau bist", blafft er ins Telefon und trennt die Verbindung, ohne meine Antwort abzuwarten.

Ich halte mein Handy eine Weile in der Hand, zu überrascht über seinen schroffen Ton. Dann greife ich eine Kaffeetasse, die auf der Anrichte steht und pfeffere sie gegen die Wand. Sie zerbricht geräuschvoll und fällt in Scherben zu Boden.

„Verdammt!", brülle ich. „Warum hast du mir das angetan. Julian. Warum?"

Ich muss mit jemandem sprechen. Emma?

Das glaube ich nicht.

Alexander?

Auch keine gute Idee.

Ich weine, setze mich auf. Putze mir die Nase. Wische mir die Augen und ärgere mich über meine Schwäche. Ich werde wieder gesund, sage ich mir, ich bin stark, ich kann die Dinge in den Griff bekommen. Es ist das, was ich am besten kann – wieder aufstehen. Also werde ich aufstehen. Und dann werde ich handeln.

In der Nacht durchzuckt es mich, ich schrecke auf. Die Leselampe auf meinem Nachttischschränkchen ist aus! Jemand war in diesem Zimmer. Mein Atem geht plötzlich keuchend, einen Augenblick lang bin ich starr vor Angst. Dann löse ich mich aus meiner Versteinerung und taste nach dem Lichtschalter. Ich greife ins Leere. Die Angst, in der Dunkelheit etwas zu streifen – jemanden zu streifen –, überwältigt mich. Ich versuche, mich zu beruhigen, sage mir, dass ich das Licht sicherlich im Halbschlaf selbst gelöscht habe, ohne dass ich mich jetzt daran erinnern kann.

Erleichtert nicke ich mir selber zu. Dann finde ich den Schalter, drücke ihn, die Lampe flammt auf, taucht den Raum in warmes Licht, und mir bleibt die Luft weg.

Auf meinem Bett liegt das Tagebuch meiner Mutter. Auf dem Nachtschränkchen eine Mondkarte. Ich nehme sie in die Hand, drehe sie um. Lese die Zeilen.

Erinnerst du dich, Stella? Nein? Dann lies das Tagebuch! Liebe Grüße Mom.

MONDTEUFEL
Macht

Manchmal habe ich aus heiterem Himmel Angst, dass ich alles verliere, was mir lieb und teuer ist. In solchen Momenten spüre ich zum Beispiel eine zermürbende Angst vor Feuer. Angesichts der herannahenden Flammen und der aufkommenden Hitze lähmt mich diese Angst und macht mich völlig wehrlos, so dass ich nichts anderes tun kann, als auf die immer kleiner werdende Entfernung zwischen dem Feuer und mir zu schauen. Ich spüre, wie die sengende Hitze zuerst an mir nagt, dann an Boden gewinnt, bis ich schließlich von Kopf bis Fuß von den Flammen, die keine Gnade kennen, in Besitz genommen werde. An Visionen wie dieser ist eine Erkenntnis grauenvoll: Dass ich in den Flammen verglühe und zur völlig nutzlosen Asche werde. Game over!

Aber das Schlimmste ist, dass die Welt sich selbst dann weiter dreht. Neue Menschen und neue Beziehungen entstehen, neue Geschichten beginnen, und ich bin irgendwo verlorengegangen. Der Gedanke raubt mir den Atem.

Einmal in meinem Leben möchte ich etwas ganz Großes tun, etwas, das noch nie jemand zuvorgetan hat, etwas, das Geschichte schreiben und mich in der Erinnerung anderer unsterblich machen wird. Aber es muss legal sein.

Was ich bisher getan habe, entbehrt jeder Qualifikation für einen Platz in den Geschichtsbüchern.

Als Kind wurde es mir stets eingeprägt. Ich weigerte mich, es zu glauben, weil es einem Klischee entsprach.

Heute bin ich mir sicher. Geld macht sehr wohl glücklich. Und überlegen. Und mächtig.

Ich will keine Angst haben, ich will mächtig sein.

KAPITEL 37

Ich stehe am Fenster. Der Mond ist zu dreiviertel voll und hell, die Straße vor mir ist leer. In meinem Kopf herrscht ein tachykardisches Klopfen. Ich lege den Kopf in den Nacken, sehe dem Mond zu und wundere mich, dass er nicht zerbricht und klirrend auf die Erde fällt.

Ein dumpfes, unangenehmes Gefühl breitet sich in meiner Magengegend aus, als ich das Tagebuch meiner Mutter in die Hand nehme und die verbleibenden Seiten zu lesen beginne.

Montag, 14. Dezember 1992
Ich habe gestern Markus Römer im Gefängnis aufgesucht. Er wollte mich ursprünglich nicht sehen, hat es sich aber anders überlegt, nachdem Elias ihm von meinem Besuch erzählt hat. Auch Markus hat mir erlaubt, das Gespräch aufzuzeichnen, um es in meinem Tagebuch zu protokollieren. Mittlerweile frage ich mich, warum die verurteilten Jungen, die meine Söhne hätten sein können, mir bereitwillig ausführlich Auskunft erteilen.

Als Markus vor mir im Besucherzimmer Platz nahm, besaß er meine ganze Aufmerksamkeit. Ich achtete darauf, dass sich der Abstand zwischen uns weder vergrößerte noch maßgeblich verringerte. Aber es war, als zöge er mich an einem unsichtbaren Band näher an sich heran. Ich fragte mich, wer dieser junge Mann wohl sein mochte. Machte mir die Tatsache bewusst, dass auch er einst nur ein ein paar Kilo schweres Baby war, ahnungslos und unschuldig, und dass viele kleine und große Entscheidungen ihn schließlich hierher geführt hatten. Genau hierher, an diesen Ort. Wie absurd. Was ging in Markus vor, als er auf Jordi einschlug? Wie musste sein Leben verlaufen sein, dass er eines Tages auf einen achtjährigen Jungen einschlug?

Gespräch mit Markus am Sonntag, 13. Dezember 1992
„Elias hat mir erzählt, dass Sie auch bei ihm waren, Frau Hoffmann", sagte Markus leise. „Er hat eine schwere Zeit im Gefängnis."

„Wieso?"

„Elias ist oft in seiner Zelle, liest viel oder fällt oft von einem Extrem ins andere. Er tut, was er tun muss, nicht mehr. Ich mache das Beste daraus und möchte meine Ausbildung abschließen. Nicht, dass es für mich hier einfach wäre, aber ich passe mich ziemlich leicht an. Elias fühlt sich zu etwas Besserem berufen. Die meisten Leute hier im Knast sind nicht sehr klug. Das gilt sowohl für die Gefangenen als auch für die Wachleute. Elias tut sich schwer damit, weil sie über ihn bestimmen. Er war es gewohnt, immer und überall der Boss rauszukehren, der Beste in allem zu sein. Hier ist er ein Niemand. Aber eines Tages hat er in einem der Aufenthaltsräume ein Klavier entdeckt. Er spielt in jeder freien Minute, weil er damit Eindruck macht. Die meisten der Jungs hier sind nicht so vertraut mit klassischer Musik, ich auch nicht. Aber Elias spielte verdammt gut und die Jungs hatten plötzlich Respekt."

Ich fühlte mich plötzlich unwohl. Dieser Junge war ganz anders als ich erwartet hatte.

„Ich will die Wahrheit, Markus", drängte ich ihn. „Ihr verschweigt mir alle etwas und ich möchte wissen, was es ist. Ich habe ein Recht auf die Wahrheit."

Markus zeigte keine Nervosität. Wie konnte er bei meinem Anblick nur so ruhig bleiben?

„Es gibt nichts, dass ich mehr bedauere, als ihren Jungen geschlagen zu haben, Frau Hoffmann. Ich bereue es jeden Tag, jede Nacht. Es ist passiert, aber ich kann es nicht rückgängig machen", erwiderte er. „Ich schäme mich nicht, dass ich hier eingesperrt bin. Ich bin unschuldig, ich muss mich nicht schämen. Ich schäme mich nur dafür, dass ich dabei war, dass ich Jordi verprügelt habe. Ja, dafür schäme ich mich zutiefst und dafür wurde ich in meinen Augen auch bestraft. Wir haben Ihren Jungen nicht getötet, Frau Hoffmann. Aber *ich* weiß, *wir* wissen, wer es war. Aber wir haben geschworen, es niemanden zu sagen. Ich habe meinen Mund gehalten. Was wir mit Jordi gemacht haben, war sehr unschön und es tut mir schrecklich leid."

„Bist du nicht wütend, dass du für eine *Prügelei* zehn Jahre bekommen hast?"

„Ob ich wütend bin? Auf wen soll ich wütend sein? Mein Anwalt tat sein Bestes, aber er hat versagt. Die Beweise zeigten in unsere Richtung. Und dann kam auch Jo mit diesem absurden Geständnis. Nein, ich habe ihm nie die Schuld gegeben, dass wir hier einsitzen. Jo war sehr verwirrt, das konnte jeder sehen. Vielleicht hätten diese Ermittler ihn nicht so bedrängen sollen. Aber ich verstehe es, sie wollten den Mord aufklären und sahen, dass sie Jo leicht brechen konnten. Ich weiß nicht, wieso Jo sich das alles zusammengesponnen hat, vielleicht hat er zu viele Horrorfilme gesehen und in seinem Kopf was verwechselt."

Markus' Haltung konnte ich nur schwer nachvollziehen: Zu Unrecht verurteilt für den Mord an einem Kind, eine zehnjährige Gefängnisstrafe, er würde sein eigenes Kind nicht aufwachsen sehen. Dennoch kam mir seine lakonische Haltung aufrichtig vor. Das war nicht gespielt. „Vielleicht ist es meine Art zu überleben, ich weiß nicht", fuhr er fort. „Ich war noch nie richtig wütend. Wozu soll das gut sein? Es ist wie es ist und ich muss damit umgehen. Das Beste, was ich tun konnte, war mich so schnell wie möglich dieser Situation anzupassen. Mit dem Strom schwimmen. Ich habe immer schnell verstanden, wie etwas funktioniert, sei es einen Motor in Gang zu bringen oder eine soziale Situation einzuschätzen. Elias und ich waren nie Freunde, wir kannten uns durch Jo und trafen uns auch nur bei Jo. Jetzt saßen wir plötzlich im selben Boot. Wir beide wurden nach dem Erwachsenenrecht verurteilt und landeten zufällig im selben Gefängnis, in derselben Abteilung. Elias war erleichtert, dass wir zumindest zusammen waren." Er seufzte. „Wir sind nicht zusammen, widersprach ich Elias. Hier ist jeder für sich. Das war das Beste, was wir tun konnten. Kriminelle haben auch eine Art Code. Verbrechen gegen den Staat oder ein Bankraub oder ähnliche Verbrechen, davor haben sie Respekt. Aber wenn Kinder involviert sind, dann ist man in ihren Augen nur noch Abschaum, man wird geächtet, geschändet, gequält." Markus warf mir einen finsteren Blick zu. „Im Gefängnis kann man fernsehen und Zeitung lesen. Unsere Tat kam natürlich in den Nachrichten. Aber ich hoffte, wenn Elias und ich uns wie Fremde benehmen würden, würden sie die Verbindung nicht herstellen. Das lief lange Zeit gut, aber das Problem ist: Kriminelle sind professionelle Lügner. Sie spüren ziemlich schnell, ob sie belogen werden. Als ich verstand, dass wir so nicht lange durchhalten konnten, nahm ich einen Insassen im Vertrauen zur Seite. Er stand in der Hackordnung ganz oben und wurde von allen respektiert.

Ich sagte ihm, wir seien unschuldig und nannte ihm den wahren Täter und die Gründe, warum wir geschwiegen hatten. Ab da waren wir sicher."

Mein Herz raste. „Sag es mir, Markus! Wer hat Jordi getötet?"

Er schüttelte den Kopf. „Es tut mir leid, Frau Hoffmann. Mehr gibt es nicht zu sagen. Es ist passiert und es tut mir sehr leid. Ich will mein Leben später weiterführen und ganz sicher Elias aus dem Weg gehen. Ich verabscheue ihn. Das Einzige, was uns verbindet, ist nicht die Tat, sondern unser Schweigen."

Er gab dem Wachmann ein Zeichen und stand auf.

Ich war verzweifelt und griff seine Hand. „Wer hat angefangen, Markus? Wer schlug zuerst zu?"

Markus errötete. „Das war Jo", sagte er leise.

„Und wo ist Jordis Skateboard, Markus? Das war die Tatwaffe und sie wurde nie gefunden."

„Das weiß ich nicht, Frau Hoffmann. Es tut mir leid. Leben Sie wohl."

Er verließ den Raum und ließ mich mit einem Teil der Wahrheit zurück. Ich stand da, den Kopf in den Nacken gelegt, die Augen weit offen und versuchte den Moment ganz in mich aufzunehmen. Ihn mir zu merken. Keine anderen Gedanken zuzulassen. Aber meine Brust wurde plötzlich sehr eng, meine Wangen sehr warm, kurz blieb mir die Luft weg. Tränen liefen mir über die Wangen. Ich fühlte mich unwohl, es war der schiere Irrsinn eines aufkeimenden Verdachts. Ich dachte den Gedanken nicht zu Ende, verscheuchte ihn. Er verschwand widerstrebend, murmelnd, kichernd.

Ich klappe das Tagebuch zu, bin zu müde, um weiterzulesen. Morgen ist auch noch ein Tag.

KAPITEL 38

Ich erinnere mich an die Zeit vor drei Jahren, als ich Julians Wohnung zum ersten Mal betrat und daran, wer ich war, wie ich empfand, wie es sich anfühlte, damals. Ein anderes Leben. Ich denke an die vielen Liebesnächte und merke, wie sich ein kleines Lächeln auf mein Gesicht stiehlt. Ich hatte ganz vergessen, wie sich das anfühlt – eine glückliche Erinnerung.

Dieses Gefühl möchte ich einfangen, wenn ich heute Julians Wohnung allein betrete. Ich will niemanden dabei haben, auch keine Emma. Das geht nur Julian und mich etwas an. Ich hole tief Luft, rufe ein Taxiunternehmen an und inspiziere meinen Schlüsselbund. Der Schlüssel zu Julians Wohnung ist immer noch da. Es löst ein unerwartet schönes Gefühl in mir aus. Anscheinend gehörte ich doch zu seinem Leben.

Der Taxifahrer versucht ein Gespräch zu beginnen. Ich gebe kurze Antworten und schaue nach draußen. Zum Glück versteht er, dass ich nicht reden will, er schweigt für den Rest der Fahrt.

Macht Julians Tod mich als Erbin nicht zu einer Hauptverdächtigen, sofern ein Verbrechen vorliegen sollte? Nach dem Besuch von Kommissar Greven bin ich mir nicht mehr sicher, ob es tatsächlich ein Unfall unter Alkoholeinfluss war.

Kommissar Greven hatte angedeutet, dass Julian mir ein beachtliches Vermögen hinterlassen hatte. Wie hoch es wohl sein könnte? Mom hatte auch von einem beachtlichen Gewinn gesprochen, der sich auf fünfhundert Euro belief.

Meine Hände zittern, als ich den Schlüssel ins Schloss stecke. Vielleicht sollte ich besser umkehren, vielleicht hätte ich das Taxi warten lassen sollen. Vielleicht …

Ich betrete das Haus und plötzlich sind meine Gedanken nicht mehr trüb. Das ist unser Haus, hier waren Julian und ich glücklich. Hier ist keine Dunkelheit, hier floss stets das Glück.

Das Haus wird beherrscht von Weite, von Leere, von toten Gegenständen – wenn man einmal vom Wohnzimmer absieht. Mit dem wuchernden, üppigen Grün der Pflanzen vor dem Fenster regiert dort das Leben. Julian hatte meine Pflanzen nicht entsorgt. Auch sie waren Teil seines Lebens geblieben. Ich frage mich, wovor Julian Angst hatte, als er das letzte Mal bei mir war. Vielleicht wollte er mir endlich die Wahrheit sagen. Aber Angst ist keine Entschuldigung, etwas nicht zu tun. Mich quält die Frage nach dem wahren Grund, warum Julian mich verlassen hat. Ich starre einen Moment die Pflanzen an und während ich hinsehe, wird das Grün immer grüner, es strahlt und flirrt vor meinen Augen – aber da ist noch etwas anderes. Ich nehme einen schwachen Duft von Parfüm wahr, der mir bekannt vorkommt.

Ich betrete Julians Büro und selbst dort schnuppere ich den Duft. Ich gehe sofort zum Safe, öffne ihn und nehme unsere Pässe, Julians Geburtsurkunde, eine Versicherungspolice und einen Umschlag mit den Bankkarten heraus. Das erspart mir eine Schnitzeljagd durch die Wohnung.

Meine Hände zittern nicht mehr und ich habe keine Kopfschmerzen, als ich den Computer hochfahre, die Bankapp anklicke und Julians Kontonummer eingebe. Auf dem Bildschirm erscheint eine Kontoübersicht. Ich schaue auf den Kontostand: dreihundertsiebzehntausend Euro.

Dreihundertsiebzehntausend Euro?

Ich scrolle durch die Kontoauszüge. Neben den monatlichen Abbuchungen und Eingängen wurden am 14.

Dezember zwei Mal eine Viertelmillion Euro abgebucht. Eine Überweisung ging auf das Konto von Emma, eine zweite auf das Konto von Alexander.

Woher hatte Julian so viel Geld? Warum hat er Alexander und Emma jeweils eine Viertelmillion Euro überwiesen? Selbst wenn sie nach meiner Erkrankung Freunde geworden wären, so wäre das kein Grund, ihnen so viel Geld zu überweisen. Was war da los?

Ich scrolle weiter nach unten. Am 26. November hatte die staatliche Lotterie achthunderttausend Euro mit dem Vermerk „Jahreslos" gutgeschrieben.

Julian hatte noch nie ein Los der Staatslotterie gekauft. Es muss das Los meiner Mutter sein und sie hatte recht: Achthunderttausend Euro ist ein beachtlicher Gewinn. Julian hatte das Los an sich genommen und bei der Lotteriegesellschaft eingereicht. Eine andere Erklärung habe ich nicht. Als Mom starb, war ich noch nicht richtig wach, er konnte das da noch nicht mit mir besprechen.

Was wenn ...?

Julian hatte meine Mutter leblos aufgefunden und Emma und Alexander angerufen. Sie waren die ersten vor Ort. Hatte Julian sie *nur* tot aufgefunden oder hat er sie womöglich getötet, weil Mom ihm von dem Los erzählt hatte? Ging es ihm deshalb nicht gut? Fragen über Fragen. Ich kann nicht mehr klar denken.

Ich fühle mich abgeschnitten vom Leben, wie unter einer Taucherglocke. Das Gefühl ist mir schon lange vertraut, dieser unbestimmbare Schmerz, keinen anderen Menschen jemals verstehen zu können und von keinem anderen Menschen jemals verstanden zu werden. Ich spüre es hier und jetzt. Ich spürte es in der Klinik, in der Ehe. Ich hatte es auf Jordis Beerdigung gespürt.

Ein schmerzhaftes Brennen breitet sich in meinem Bauchraum aus, steigt auf in Richtung Kehle und dringt als schallendes, vollkommen hysterisches Lachen aus meinem Mund. Es schmerzt mich, aber ich kann nicht aufhören. Ich lache und lache. Mein Lachen geht nahtlos in Weinen über. Die Furcht davor, vollkommen wahnsinnig zu sein, überwältigt mich.

Meine Angst ist ein tiefer Brunnen, in den ich gefallen bin. Ich treibe senkrecht im Wasser, taste mit den Zehenspitzen nach dem Grund, aber da ist nichts, nur Schwärze. „Nein. Das kann nicht sein. Das hätte Julian niemals getan." Freddy tobt in meinem Kopf. Die Kopfschmerzen sind unerträglich.

Es wäre vernünftig, jetzt Kommissar Greven anzurufen und ihm von meinem Verdacht zu berichten. Aber vielleicht ist doch alles anders.

Ich brauche Geld für die Beerdigung und überweise mir zehntausend Euro auf mein Konto, stecke Julians Bankkarte in meine Handtasche und rufe das Taxiunternehmen noch einmal an.

Als ich aus dem Taxi steige, wartet Emma bereits an der Haustür auf mich. Sie möchte das Wochenende bei mir verbringen. Ihre Absicht, mir immer wieder behilflich zu sein, erscheint mir heute in einem anderen Licht wie die ganzen anderen verrückten Dinge, die ich in den letzten Wochen erlebt habe, aber ich lasse mir nichts anmerken. Sie kommt mit offenen Armen auf mich zu.

Ich versuche an nichts zu denken, aber etwas Tierisches regt sich in meiner Brust. Ich denke an die Viertelmillion, die auf ihrem Bankkonto liegt, und versuche es für den Moment zu verdrängen. In meinem Magen ist aber ein Gefühl, als befände ich mich im freien Fall.

Emma schlingt ihre Arme um mich. Dann springt der rationale Teil meines Gehirns wieder an, einfach so, die Schonzeit ist vorbei.

Nachdem ich mich sehr vorsichtig aus ihrer Umarmung befreit habe, ergreift sie meine rechte Hand mit beiden Händen. Und zwischen all dem Schluchzen sagt sie, dass ich nicht allein bin, dass sie mir bei allem helfen wird. Sie küsst meine Wange. Ich lasse es zu.

„Wo bist du gewesen? Bevor ich es vergesse, Alexander und Alma sind auch gleich hier."

„Also ein volles Haus. Charlotte und Marie wollen auch vorbeischauen. Vielleicht sollten wir etwas zu essen und zu trinken bestellen. Ich habe kaum was im Haus." Meine Stimme klingt einwandfrei. Völlig normal. Gut.

„Das habe ich bereits erledigt", erwidert Emma und hebt eine Einkaufstüte hoch. „Aber wo bist du denn nur gewesen?"

„In Julians Haus. Ich wollte dort eine Weile für mich sein und habe dann auch nach den Unterlagen für das Bestattungsinstitut gesucht, habe aber nichts gefunden." *Eine perfekte Lüge.*

Sie streichelt meine Wange. „Wir können uns darum kümmern. Kannst du die Beerdigung denn bezahlen?"

„Das geht in Ordnung", antworte ich und öffne die Haustür.

„Vielleicht wäre es klug, mir auch einen Schlüssel zu geben, Stella. Man weiß nie, was passieren kann." Sie stellt die Wochenendtasche auf die Treppe. „Stört es dich, wenn ich oben schlafe? Oder möchtest du, dass ich mich zu dir lege?"

„Ich denke, du solltest lieber in deinem eigenen Haus schlafen, Emma. Ich muss nachts wirklich allein sein. Ich schlafe schlecht, krame alles Mögliche hervor und möchte das tun, ohne jemanden zu stören oder Rechenschaft abzulegen. Es tut mir leid, ich weiß, du meinst es gut, aber mir ist es so lieber."

Emma sieht mich misstrauisch an, ihre Augen werden groß und dunkel. „Was ist nur mit dir passiert? Seit wann sagst du ohne Umschweife was du willst?"

Keine Ahnung!

„Du warst immer so behutsam", fährt Emma fort, „du hast dich wirklich verändert."

„Soll ich uns einen Kaffee kochen."

„Gerne." Emma sieht mich an. „Ich kann es immer noch nicht fassen. Vom Lämmchen zum …? Was kommt jetzt?"

Ich lächle und schaue sie an. „Wer weiß …."

KAPITEL 39

Mir fällt sofort auf, dass Alexander teure Jeans und eine neue Lederjacke trägt, als er und Alma das Wohnzimmer betreten. Was immer sie mit mir zu besprechen haben, ich will es nicht wissen.

Ich kann immer noch nicht glauben, was ich in Julians Wohnung entdeckt habe, ich wehre mich dagegen und versuche, mich lieber noch eine Weile in Unwissenheit zu wähnen. Es ist unfassbar und entbehrt jeglichem Schamgefühl.

Es gelingt mir, den aufdringlichen Armen von Alexander auszuweichen, obwohl ich deutlich spüre, dass er mir meine Abwehrhaltung übel nimmt. Almas Umarmung lasse ich zu.

Ich schnuppere ihren Duft, den ich in Julians Wohnung wahrgenommen habe, zucke erschrocken zurück und löse mich aus ihrer Umarmung.

„Was ist los, Stella?", fragt sie. „Fühlst du nicht wohl?"

„Du riechst gut, Alma." Mehr kommt nicht über meine Lippen.

Alma reagiert überrascht. „Ich benutze diesen Duft schon eine Weile. Es ist ein Eau de Parfum von Shiseido." Sie lächelt. „Jetzt weiß ich, was ich dir zum nächsten Geburtstag schenken werde."

„Wenn wir dann willkommen sind", erwidert Alexander bissig.

Alma macht eine abweisende Geste. „Was soll das, Alex? Bist du bescheuert oder was ist los mit dir?"

Ich zaubere ein Lächeln herbei. „Aber bitte kein teures Parfum. Ihr braucht Euer Geld für neue Babysachen."

„Das ist kein Problem. Alexander hat kürzlich eine große Summe Geld von den Finanzbehörden zurückerhalten", bedeutet Alma fröhlich. „Ein wahrer Segen, denn wir waren so verdammt knapp bei Kasse."

Alexander steht auf. „Ich schau mal, was Emma in der Küche so treibt."

„Die beiden hocken neuerdings ständig zusammen. Was hecken sie bloß aus?", grübelt Alma laut, nachdem Alexander die Küche verlassen hat. „Manchmal habe ich die Nase voll von diesen kleinen Zusammenkünften."

„Eine Erstattung vom Finanzamt?", hake ich nach. „Gab es einen besonderen Grund?"

Alma zuckt mit den Schultern. „Ich mische mich nicht in seine finanziellen Angelegenheiten ein. Wir haben wohl einige Jahre zu viel Einkommensteuer gezahlt." Sie geht zum Fenster. „Erwartest du noch Gäste? Oh, schau mal, da sind Marie und Charlotte. Ich werde sie reinlassen."

Aushecken, geheimnisvolle Tête-à-Têtes, eine Viertelmillion Euro an Emma und an Alexander.

Warum haben die Menschen, denen ich immer blind vertraut habe, mich betrogen?

Charlotte betritt als Erste den Raum und kommt mit ausgestreckten Armen auf mich zu. Marie folgt ihr. Im nächsten Moment stehen wir dicht beieinander und halten uns gegenseitig, als hätten wir nicht die Absicht, uns jemals wieder voneinander zu lösen.

„Das ist wirklich furchtbar", sagt Marie und geht einen Schritt zurück.

„Es stand in allen Lokalzeitungen", bringt Charlotte empört vor. „In dicken fetten Buchstaben, diese Sensationssucht ist fürchterlich. Stimmt es, dass Julian zu viel getrunken hatte?"

Ich zucke mit den Schultern.

Alle sind still.

Charlotte räuspert sich. „Oh, das hätte ich fast vergessen. Vor ein paar Tagen kam ein Brief für dich an." Sie kramt in ihrer Handtasche. „Hier ist er. Ich vermute, es ist eine Grußkarte, deshalb hielt ich es nicht für nötig, sie sofort an dich weiterzuleiten."

Ich nehme den Umschlag in die Hand und erkenne sofort die Handschrift meiner Mutter. Beiläufig schiebe ich ihn zwischen die Zeitung, die neben mir auf dem Beistelltisch liegt.

Alma geht wieder zur Tür. „Ich schaue mal nach, was die beiden in der Küche machen. Sie können sich doch später in Ruhe unterhalten. Schließlich sind wir wegen dir hier!"

In diesem Moment wünsche ich mir, dass Alma nichts mit den zwielichtigen Machenschaften ihres Mannes und meiner Halbschwester zu tun hat.

Ich denke dabei an das viele Geld auf Julians Konto, das jetzt mir gehört. Der Verkauf seiner Wohnung wird auch eine Menge einbringen, sodass ich zumindest keine finanziellen Probleme haben werde. Trotzdem bin ich unruhig und würde gerne mit jemandem reden, aber die einzige Person, der ich vertraue, hält sich in Frankreich auf und neben der Entfernung gibt es auch ein Loyalitätsproblem, womit ich Greta nicht belasten möchte.

„Wird es dir ein bisschen zu viel, Stella?" Alma beugt sich zu mir herüber. „Möchtest du dich nicht lieber eine halbe Stunde hinlegen? Danach wirst du dich besser fühlen."

„Ich kann jetzt sowieso nicht schlafen", protestiere ich.

„Dann nimm die Zeitung und lies sie in Ruhe, um dich auf andere Gedanken zu bringen. Du grübelst und das ist nicht gut für dich."

„Höchstens eine halbe Stunde", sage ich, nehme die Zeitung in die Hand und gehe hinauf ins Schlafzimmer.

Ich setze mich auf die Bettkante, nehme den Umschlag aus der Zeitung, reiße ihn auf. Zögere kurz. Wieder flattern mir einige rote Rosenblätter entgegen. Fast habe ich Angst, die Karte, die dieses Mal nur einen großen Vollmond zeigt, mit zitternden Fingern aufzuklappen. Sie strahlt etwas Bedrohliches aus. Immer wieder lese ich die Worte auf der Innenseite der Karte. Ich habe mit ergänzenden Worten gerechnet, aber das hier ist völlig anders.

Hast du das Tagebuch gelesen, Stella. Erinnerst du dich? Liebe Grüße und bis bald. Mom

Mir fällt die Warnung von Kommissar Greven ein. Ich sollte sorgfältig über die beiden letzten Worte ‚bis bald' nachdenken.

Freitag, 8. Januar 1993
Jos Version der Geschichte über den Mord an Jordi war eine andere als die von Elias und Markus. In einem Brief, den Jo mir aus dem Gefängnis zugeschickt hat, behauptet er, dass Elias der Anstifter war und dass er es war, der Jordi den ersten Schlag versetzt hatte. Laut Jo hatte Elias bereits vor Monaten geplant, jemanden zu töten.

Er war davon besessen und konnte über nichts anderes mehr reden, Frau Hoffmann. Elias hatte Bücher über Serientäter gelesen und war infiziert von der Idee, jemanden zu töten, der minderwertig war, um seine eigene Überlegenheit zu beweisen. Er hielt das Gewissen für eine christliche Erfindung, die aus der Angst vor Strafe geboren wurde. Er fragte uns: „Was wäre, wenn du keine Angst vor der Bestrafung hättest oder sicher wärst, dass es keine Bestrafung geben würde, dass du damit durchkommst, was könnte dich dann noch davon abhalten? Würdest du dann stehlen? Oder sogar töten?"

Er konnte nicht loslassen, war völlig fasziniert von seiner eigenen Philosophie, dass die Moral einem auferlegt wurde und nicht von den Menschen kam, dass der Mensch nur aus eigenem Interesse handle und nur auf sein eigenes Überleben bedacht sei. Dass alles andere - Mitgefühl, Bedauern, Solidarität - Erfindungen der Kirche und Machthaber waren, eine Folge jahrhundertelanger Indoktrination, um uns glauben zu machen, dass wir über den Tieren stehen. Ich sagte, dass Tiere niemals einfach so töten, sondern nur, um zu essen oder ihr Territorium zu verteidigen, niemals aus reiner Mordlust oder aus Neugier. *Aber Elias ließ nicht locker, er wollte wissen, wie es wäre, etwas Schreckliches zu tun und ob er damit leben könnte. Ob es wirklich Bedauern gäbe oder ob man ihm das einreden würde. Wir haben oft darüber gesprochen, aber ich habe keinen Augenblick daran gedacht, dass er seine Hirngespinste wirklich in die Tat umsetzen wollte. Bis zu diesem Nachmittag im August. Ich war bekifft und betrunken und alles schien vage und surreal, aber als wir hinter diesem kleinen Jungen den Waldweg entlang gingen, wurde mir klar, dass Elias es ernst meinte. Und doch war es surreal, ein Albtraum. Ich sah es geschehen, aber ich konnte nichts tun, um es aufzuhalten. Als ob meine Füße im Schlamm stecken geblieben wären. Ich habe mich selbst gesehen, war Zuschauer. Ich sah, wie Elias, Markus und ich den Jungen umkreisten und ihn schikanierten, ihn hin und her schubsten und zu Boden warfen. Jordi weinte und dann schlug Elias ihn mit seinem Skateboard nieder. Und dann wurde es plötzlich still. So entsetzlich still. Wir haben Jordi in den Wald getragen. Die Inde war meine Idee, ich wusste, dass es dort einsam war, dass uns niemand sehen würde. Als wir ihn unter Wasser hielten, kam Jordi zu sich, aber es war nicht mehr real. Jordi war nicht mehr real. Er wurde zu einer lästigen Angelegenheit, die wir erledigen mussten. Elias und ich wateten in unserer Kleidung in dem Flüsschen. Markus stand am Ufer. Gemeinsam schleppten wir Jordi bis zum tiefsten Punkt, wickelten Wasserpflanzen um seine Hände und Füße und drückten seinen Körper nach unten. Sein Haar winkte sanft über sein weißes Gesicht. Er sah aus wie ein Gemälde, wie ein Kunstwerk. Ich bemerkte zu meiner Schande, dass es mich erregte, mit Elias in unseren nassen Kleidern dort zu sein, und für eine kurze Zeit dachte ich, dass Elias dasselbe empfand. Er sah mich erhitzt an und leckte sich mit seiner Zunge über die Lippen, wie ein Triebtäter. Dann holte die*

Realität uns wieder ein, wir gingen zurück zum Ufer. Alles war wie immer. Die Welt war einfach die Welt. Nur wir waren anders, aber nur wir wussten das.

Ich habe Elias im Gefängnis angerufen und ihm Jos Brief vorgelesen. Er tat sein Bestes, um interessiert zu klingen.

„Und, ist das die Wahrheit, Elias?"

Ich hörte ihn für einen Moment den Atem anhalten.

„Es war alles ganz anders, Frau Hoffmann. Ich werde Ihnen schreiben."

Dann legte er auf.

Der Duft ist wieder da.

„Bist du wach, Stella?", höre ich Alma rufen.

Ich kann sie durch das milchige Glas meiner Schlafzimmertür sehen, den Arm zum Klopfen erhoben. Sie zögert. Lässt die Hand wieder sinken.

Rasch lege ich das Tagebuch wieder in die Schublade und lasse Alma noch ein wenig zappeln. Sie wird sich deswegen keinen Strick nehmen oder sich die Pulsadern aufschneiden. Sie ist schlicht nicht der Typ dafür.

Ich nicke kurz ein.

MONDTEUFEL
Unterstützung

Das Leben schenkt mir endlich, endlich ein Lächeln. Wurde auch Zeit.

Jeden Morgen, wenn ich aufstehe, stelle ich fest, dass die negativen Gedanken, die mich beim Aufwachen immer beherrschen, sich leicht verdrängen lassen, und Platz machen für optimistische Pläne. Gegenwärtig gelingt es mir besser denn je, die Dämonen, die mich seit meiner Kindheit beherrschten, in sicherer Entfernung zu halten.

Ich strecke regelmäßig den Mittelfinger gegen sie aus und dann fühle ich mich, als müsste ich platzen, so voller Hohn bin ich. Mein Magen rebelliert, ich stemme meine Handflächen auf meine Oberschenkel, beuge mich vornüber, schließe die Augen und dann ist es da. Dieses seltsame Gefühl irgendwo hinter meinem Brustbein, es wirbelt umher in meiner Brust, steigt auf, höher und höher, dann bricht es sich Bahn. Ich lache. Kichere zuerst leise, dann lache ich schallend, wer weiß, wie lange.

Ich muss aber darauf achten, dass dann niemand in der Nähe ist. Besonnenheit ist im Laufe der Jahre zu meiner besten Freundin geworden. Wer weiß, vielleicht werde ich mich mit der Zeit auch mit dem Optimismus anfreunden können.

Ich bin sicher, dass ich mehrere Leben gelebt habe, aber ich habe gelernt, dass es besser ist, nicht darüber zu sprechen. Zu schnell wird man für einen seltsam-schrägen Typ, einen Phantasten und schlimmstenfalls für einen gefährlichen Psychopathen gehalten.

Die meisten Menschen schrecken vor der Vorstellung zurück, dass tief in einer Person Gedanken und Ideen vorhanden sind, die sich in einem vergangenen Leben angesammelt haben und die eine Handlung in der Gegenwart beeinflussen können. Derartige Gedanken werden geleugnet, vertuscht, vertrieben oder verworfen. Sie sind zu furchteinflößend und werden vorzugsweise in das Reich der Mythen verbannt.

Ich fliehe vor nichts, ich bin vielmehr offen für die Erfahrungen, die in mir verankert sind und die mir im Wirrwarr des Alltags den Weg zeigen. Ich ziehe es vor, auf einer Mischung aus Realität und Erinnerungen zu treiben. Auf diese Weise habe ich es geschafft, Rückschläge und vor allem Widerstände zu verkraften.

Ich hege jene Menschen in mir, die ich einst war, und ein paar von ihnen haben einen besonderen Platz in meiner Gedankenwelt, wie der Mondteufel. Er kann am besten das Chaos bekämpfen, das immer wieder auf der Lauer liegt.

Der Mondteufel war einst eine Frau im achtzehnten Jahrhundert, die von ihrem Mann verstoßen wurde, wenn es sich herausstellte, dass sie nicht fruchtbar war. In jener Zeit wurde eine Frau immer dafür verantwortlich gemacht und musste für einen neuen Brutkasten Platz machen. Demzufolge ist der Mondteufel heute ein geschlechtsloses Wesen und voller Zorn.

Auch wenn ich es nicht zulassen will, ich spüre ihren Schmerz. Es ist ein Schmerz, der präsent bleibt. Ich weiß, dass ich schon früher darunter gelitten habe und auch zukünftig leiden werde. Es ist ein Seelenschmerz, ein Entitätsschmerz, ein lebenslanger Schmerz. Und es hat keinen Sinn, dagegen anzukämpfen. Ich kann damit umgehen, obwohl es schwierig ist.

Als ich jünger war, brachte mich das oft zur Verzweiflung und ich verlor den Überblick. Ich musste ein paar Mal aus der Gesellschaft entfernt werden, um aufzutanken und zu mir zu kommen. Manchmal habe ich deswegen immer noch Albträume, aber seit der Mondteufel an meiner Seite ist, schaffe ich es, rechtzeitig aufzuwachen. Dennoch gibt es immer wieder Tränen, aber auch Fragen. Zum Beispiel: Hätte ich unbeschwert an der Fortpflanzung teilnehmen können, wenn ich nicht das Leben des Mondteufels geführt hätte?

Übrigens verabscheue ich Wasser – heute und in allen früheren Leben. Wie verzweifelt meine Mutter immer war, wenn ich mich weigerte, am Schwimmunterricht teilzunehmen, obwohl ich mit dem Schwimmreifen nicht untergehen konnte. Wenn das Stottern allein nicht half, blieb nichts anderes übrig, als zu schreien, und wenn das immer noch nicht genug Wirkung zeigte, wurde das Schreien durch mein ohrenbetäubendes Gebrüll ersetzt. Mein Gekreische drang in die Köpfe der Menschen ein. Sie hielten sich dann die Ohren zu. Wollten, dass ich aufhörte.

Der Mondteufel freute sich stets, wenn ich ein Kreischkonzert gab. Das tut er heute noch. Wenn er lächelt, werde ich ruhig.

Ich möchte ruhig bleiben.

KAPITEL 41

Obwohl meine Augen geschlossen sind, spüre ich, dass Alma sich auf die Bettkante setzt.

„Bist du jetzt wach, Stella?", fragt sie leise.

Ich öffne meine Augen.

„Ich bin wohl eingeschlafen. Wie spät ist es denn? Ist noch jemand da?"

„Es ist zehn nach fünf, wir sind immer noch alle hier. Emma und Alexander haben eingekauft und im Wohnzimmer ein kleines Büfett vorbereitet. Komm, wir gehen hinunter, nicht, dass sie noch alles aufessen." Sie lacht breit, aber ihr Lächeln wirkt gequält.

„Alma, ich möchte dir danken. Ich schätze deine Fürsorge sehr. Das ist nicht selbstverständlich, zumal du jede Menge um die Ohren hast. Meine Güte, drei Kinder, das vierte ist unterwegs, die Fahrschule, der Haushalt und …"

„Und Alex. Eine wahrlich große Hilfe", unterbricht sie mich und lacht laut auf.

Ich grinse und zwinkere ihr zu. „Stimmt, ich verstehe, was du meinst."

Mir läuft ein kalter Schauer den Rücken hinunter, vom Nacken bis zum Steiß. Ich zittere.

„Soll ich dir eine Jacke aus dem Schrank holen, Stella? Warte, ich hole sie dir."

Woher weiß Alma, dass meine rote Strickjacke in diesem Schrank hängt? Wie auch immer.

Sie ahnt meine Gedanken. „Ich habe Julian beim Umzug deiner persönlichen Sachen geholfen", sagt sie. „Ich hasse es, dass er tot ist, Stella. Und dass er so viel getrunken hat."

„Julian hat nicht getrunken", protestiere ich.

Erstaunt hebt sie die Augenbrauen. „Hast du denn vergessen, wie oft du ihn mit einem Taxi von der Kneipe abholen musstest? Komm, zieh bitte die Strickjacke an, du zitterst ja."

Emma kommt herein. „Hey, du bist aufgewacht. Der Bestattungsunternehmer wartet unten auf dich. Er ist ein guter Freund von Marie. Wir haben schon mal einen Textentwurf für die Trauerkarte vorbereitet.", sagt sie und schaut Alma an. „Alexander meint, wir sollten Julians Bruder Tom in die Vorbereitungen mit einbeziehen."

Ich bin zu aufgewühlt, um weiter im Bett liegen zu bleiben, stehe auf, ziehe die rote Weste an und gehe wortlos an Emma vorbei.

„Was hat sie denn?", höre ich Emma flüstern.

In Gedanken wiederhole ich die Worte: *Julian hat nicht getrunken.* Wieso behauptet Alma, dass ich ihn mit einem Taxi von einer Kneipe abholen musste? Plötzlich habe ich wieder das tote Tier im Waschbecken, einen Mann, der nach meiner Mutter fragt, vertauschte Möbel und mitleidige Gesichter vor meinem inneren Auge. Und nun hatte Julian auch ein Alkoholproblem, an das ich mich nicht erinnern kann. Selbst der bodenständigste Denker wäre da irritiert.

Ich gehe die Treppe hinunter. Im Wohnzimmer herrscht eine fröhliche Stimmung.

„Da bist du endlich, Stella", begrüßt mich Marie und knuddelt mich. „Ich habe Stefan angerufen, er ist ein Freund von mir und Bestattungsunternehmer."

Er steht auf. „Stefan Becker. Nennen Sie mich bitte Stefan. Mein herzliches Beileid, Frau Hoffmann."

„Du kannst die Beerdigung schon vorbereiten, auch wenn Julians Leiche noch nicht freigegeben wurde", erklärt Marie.

Stefan lächelt. Ich glaube, er will mich beruhigen. Er gelingt ihm. Dieser Mann hat das richtige Gespür für

Situationen und das fühlt sich gut an. Ich schaue auf den gedeckten Esstisch, auf dem ein üppiges Büfett steht.

„Soll ich dir einen Teller zusammenstellen, Stella?", fragt Emma.

Alles, woran ich im Moment denken kann, ist das Geld auf ihren Konten. Wie sie alle ihre vermeintliche Überlegenheit zur Schau tragen, macht mich rasend, dass alles, was ich sage, was an ihnen abprallt, dass sie verdammt noch mal glauben, sich in mein Leben einmischen zu können und dass sie mich bestohlen haben, macht mich rasend.

„Darf ich euch bitten, mich mit Marie, Charlotte und Stefan allein zu lassen, um in aller Ruhe Julians Beerdigung vorzubereiten?"

Emma wird blass und starrt mich mit offenem Mund entgeistert an. Die Stille dehnt sich, pulsiert geradezu zwischen uns.

„Mir geht es jetzt besser", sage ich in die Stille hinein.

„Das sind klare Worte", sagt Alma. Sie gibt Alexander ein Zeichen und schiebt Emma zur Tür. „Wir gehen dann."

Das Echo der zugeschlagenen Haustür klingt in meinem Kopf nach wie Pistolenschüsse.

„War das notwendig?", fragt Charlotte sichtlich irritiert.

„Ja", antworte ich und wende mich an Stefan. „Wir werden schnell fertig sein, denke ich. Julian wollte eingeäschert werden und so soll es auch geschehen. Ich suche die Kleidung aus und möchte den billigsten Sarg, den Sie haben. Nach der Feuerbestattung wünsche ich einen kurzer Nachruf in der Zeitung, in dem verkündet wird, dass die Einäscherung in aller Stille erfolgte. Können Sie sich darum kümmern?"

Stefan gibt meine Wünsche in seinen Laptop ein. „Wie möchten Sie die Trauerfeier gestalten, Frau Hoffmann?"

„Ich wünsche keine Trauerfeier. Nur eine Feuerbestattung und eine Zeitungsanzeige mit seinem Namen, Geburts- und

272

Sterbedatum und dem Zusatz, dass sie in aller Stille stattfand. Keine Adresse."

Marie schiebt mich zum Esstisch. „Komm, setz dich bitte zu uns. Ist das wirklich dein Ernst, Stella? Keine Trauerfeier für Julian? Warum nicht, Stella?"

Meine Augen schweifen über das Büfett. „Weil er es nicht verdient hat!", antworte ich barsch.

Stefan und Marie wechseln einen Blick. „Bevorzugen Sie ein bestimmtes Krematorium, Frau Hoffmann?", fragt Stefan.

„Das ist mir egal, nehmen Sie eines, wo Platz ist, Stefan. Die Asche kann anonym verstreut werden. Soll ich Sie anrufen, wenn die Polizei die Leiche freigegeben hat, Stefan?"

Stefan lässt sich nicht anmerken, wie er über meine Wünsche denkt und schließt den Laptop. „Ich werde Ihnen einige Vorschläge für den Text machen", sagt er und steht auf. Ein vages Lächeln umspielt seine Lippen, als er mir die Hand drückt.

„Ich bringe dich zur Tür, Stefan", sagt Marie und steht auf.

„Du solltest uns das mal erklären, Stella", sagt Charlotte, als Marie wieder zu uns kommt. „Können wir etwas für dich tun?".

„Nein. Ich möchte jetzt bitte allein sein. Ich erkläre es Euch ein anderes Mal. Versprochen", antworte ich.

Als sie fort sind, räume ich den Tisch ab, spüle die Gläser und leere die Weinflaschen in die Toilette.

Sie haben mich bestohlen, Mom. Mein Herz ist ein Eisklumpen. Nichts fühlt sich mehr wie früher an. Freude ist kein Taumel mehr, sondern nur noch ein leichtes Lächeln. Meine Wut ist nicht mehr siedend heiß, höchstens noch lauwarm. Die Farben werden immer weniger und ich weiß nicht mehr, was die Leute meinen, wenn sie vom Glück sprechen.

Das wird schon wieder. Gestohlenes Eigentum gedeiht nicht, würde Mom jetzt sagen.

Ich bin nicht verwirrt und sehe keine merkwürdigen Dinge oder Menschen, die nicht da sind. Und mein Mann hatte keine Alkoholprobleme.

Liebe Grüße und bis bald. Mom.

Ich seufze. Was für ein Tag. Ich habe es mit vollkommen unberechenbaren Menschen zu tun. Aber wer auch immer mir Angst einjagen will, vergiss es!

Mein Handy kündigt eine WhatsApp an. Sie ist von Emmas Mutter Greta.

Du wolltest mir eine Nachricht schicken. Hast du es vergessen? Emma hat sich auch gemeldet. Was für eine schreckliche Nachricht über Julian. Ich habe mich so erschrocken. Wie geht es dir? Alles Liebe, Greta.

Ich tippe eine schnelle Antwort.

Tut mir leid, dass ich nicht geantwortet habe, es sind viele Dinge passiert und ja, ich habe es einfach vergessen. Ich kann nicht wirklich von mir behaupten, dass es mir gut geht. Es ist unglaublich, dass Julian tot ist. Ich kann nicht glauben, dass er betrunken gefahren ist. Ich habe ihn nie trinken sehen, wenn er mit dem Auto unterwegs war. Weißt du schon, wann du zurückkommst? Kuss, Stella.

Ich gehe mit dem Handy die Treppe hinauf ins Schlafzimmer, um mir die letzte Karte mit dem Bild des riesigen Mondes anzusehen.

Liebe Grüße und bis bald. Mom.

Wer kennt die Handschrift meiner Mutter gut genug, um sie einwandfrei zu fälschen? Und warum? Zu welchem Plan gehört dieser Part? Er muss Teil eines Plans sein, angesichts der anderen merkwürdigen Ereignisse. Ich lege die Karte unter das Kopfkissen und lese Gretas Antwort.

Ich finde es auch unbegreiflich, dass Julian unter Alkoholeinfluss mit dem Wagen gefahren sein soll. War er auf einer Party? Dieses Verhalten passt gar nicht zu ihm. Ich habe ein schlechtes Gewissen, dass ich noch in Frankreich bin und nicht für dich da sein kann. Aber ich war eine Zeit lang nicht ich selbst, ich hatte schon früher solche Phasen, aber jetzt trabe ich weiter. Nach dem gescheiterten Kanada-Abenteuer habe ich hier in Frankreich eine schöne Urlaubsbleibe gefunden. Ich komme in ein paar Tagen nach Hause. Alles wird gut. Ein dicker fetter Kuss, Greta.

Ich schicke ihr drei Herzchen zurück.

Charlotte hat auch eine WhatsApp geschickt.

Ich habe total vergessen, dir das hier zu zeigen. Wusstest du, dass die Frau von deinem Ex-Mann unberechenbar ist? Ich sah sie neulich eng umschlungen mit einem fremden Mann im Kino und habe in der Pause heimlich ein Foto von den beiden gemacht. Kennst du diesen Typen? Marie meint zwar, ich ziehe voreilige Schlüsse, vielleicht stimmt das. Aber ich finde das dennoch komisch.

Ich sehe mir die Aufnahme an. Die Frau auf dem Foto ist Alma, der Mann schaut nicht in die Kamera. Ich erkenne ihn dennoch. *Robert* existiert also doch. Er ist kein Hirngespinst, wie mir alle weismachen wollten. Er ist real. Und er kennt Alma. Warum haben mich alle belogen?

Denk jetzt sorgfältig über deine Antwort nach. Lass dir nicht anmerken, dass dir der Schrecken in den Knochen steckt. Ich antworte Charlotte: *Ich muss Marie zustimmen. Vielleicht ist es Almas Bruder oder ein Freund. Kuss Stella.*

Alma. Ich weiß nicht, ob sie einen Bruder hat. Sie versucht mir näher zu kommen, indem sie vertrauliche Dinge mit mir bespricht.

Ist notiert!

Ich will mich hinlegen und schlafen, unendlich lange schlafen und lege die Hand auf die Klinke der Badezimmertür, als ich es höre. Das Handy klingelt.

Auf dem Display erscheint eine mir unbekannte Rufnummer. Ich fühle, wie mein Herz klein und hart wird vor Angst. „Hallo?"

„Sind Sie das, Stella? Hier ist Hanno. Ich wüsste gern, wie es Ihnen geht?"

„Gut, Hanno", antworte ich mit zitternder Stimme.

„Das ist schön. Und essen Sie auch gut?"

Das Handy fällt auf den Boden als ich, die Hand vor dem Mund, das Erbrechen mühsam zurückkämpfend, ins Badezimmer stürze. Ich stürze und schaffe es gerade noch rechtzeitig, den Toilettendeckel hochzuklappen und mich über die Schüssel zu beugen. Mein Magen zieht sich ein paar Mal krampfartig zusammen, ich würge schwer, Tränen steigen mir in die Augen. Ich erbreche mich in Schüben, mit kaltem Schweiß auf der Stirn. Wie immer, wenn ich mich übergeben muss, denke ich, dass ich meine Seele ausspucke und als leere Hülle zurückbleibe, zusammengesunken auf den Fliesen.

Dann endlich ist es vorbei, ich rappele mich mühsam hoch und drücke die Spülung. Ich bebe am ganzen Körper, mir ist bitterkalt, meine Kleidung klebt feucht an mir und ich kann kaum stehen.

Erschöpft lege ich mich ins Bett und schließe die Augen, einen Moment nur, nur einen Moment Ruhe. Sofort gleitet mein Bewusstsein weg, eilt der Schlaf mit großen Schritten heran. Stille. Ruhe. Nur ganz kurz …

MONDTEUFEL
Tod

Ich denke im Moment ständig über den Tod nach. Diese Gedanken sind nicht neu, ich habe mich schon als Kind damit beschäftigt, was der Tod bedeutet. Ich erinnere mich an mein Erstaunen, als mir gesagt wurde, dass nach deinem Tod dein Bankkonto zuerst gesperrt und dann aufgelöst wird, dein Besitz in die Hände deiner Erben übergeht und du aus dem Melderegister abgemeldet wirst.

Du wirst nicht einfach nur gelöscht. Du existierst nicht mehr. Nirgendwo ist dein Geruch, deine Atmung, deine Stimme –, von deiner Persönlichkeit ist nichts mehr übrig, du bist verschwunden und wirst nie wieder zurückkehren. Nie wieder. Jeden Mensch gibt es nur ein einziges Mal. Sterben ist der letzte Schritt, den du machst, niemand kann dem entkommen. Niemand.

Ich finde das ebenso unbegreiflich wie grausam.

Ich muss mir eingestehen: Ich habe Angst vor dem Tod, manchmal nur ein wenig und manchmal ein bisschen mehr. Wenn die Angst vor dem Tod mich übermannt, habe ich ständig das Gefühl, dass irgendwo in der Nachbarschaft ein eifriger Arm auf die Chance wartet, mich einzufangen und mich verschwinden zu lassen.

Tot. Verschwunden. Ausgelöscht.

Eingeäschert in einem Ofen oder nach einer gewissen Zeit in einem Grab verwest. Und die Welt dreht sich weiter, das meine ich mit unbegreiflich und grausam.

Dennoch betrifft das nur den physischen Teil eines menschlichen Lebens. Mein psychischer Teil will alles: Ich will glänzen und leuchten, will bedeutend sein, will das Glück genießen und aufsaugen, was auch immer ich dafür tun muss.

Ich halte den Tod auf Distanz, jedenfalls was mich betrifft, für meine Mitmenschen kann ich das nicht garantieren.

Manchmal muss man Entscheidungen treffen, die man nie für möglich gehalten hätte. Diese Entscheidungen können deinen Seelenfrieden beeinträchtigen und es liegt an dir, ob du dich damit beschäftigst oder es sein lässt.

Ich habe die Stimme meines Gewissens beruhigt und werde sie nicht mehr nähren. Ein Gewissen ist etwas, das auf halbem Weg zwischen erlerntem Verhalten und gutem Verstand liegt. In den schwierigen Abschnitten meines Lebens wurde mir beigebracht, immer ein Auge auf meine eigenen Interessen zu haben, ich weiß, wie ich das am besten umsetzen kann.

Mich kann man nicht zum Narren halten.

Ich die Anderen aber schon, für den Fall, dass sie nicht auf sich achtgeben.

Ob es jemandem auffällt, wie ich demnächst mit meinem nächsten Opfer verfahren werde?

Ich denke nicht.

Ich weiß, dass der Moment kommen wird, ich weiß nur noch nicht genau, wann das sein wird. Der Mondkalender zeigt mir in sechs Tagen eine Mondsichtbarkeit von achtundneunzig Prozent. In wenigen Tagen ist es so weit.

Mir bleibt noch viel Zeit zur Vorbereitung.

KAPITEL 42

Etwas hat mich nicht einschlafen lassen. Ein Geräusch vielleicht? Ich horche in die Stille hinein. Nein, es sind die Träume, denke ich.

Ich öffne die Augen. Mit Grausen erinnere ich mich an meine Träume in der letzten Zeit. Ich laufe hinter Jordi her. Wir spielen, wir sind zwei Mondseelen. Es ist immer das Gleiche. Und schließlich wache ich in heller Panik auf.

Ich schlottere vor Kälte und krieche unter meine Bettdecke, zittere und versuche, mich zu wärmen. Ich schließe die Augen. Will mich zum Einschlafen zwingen. Es ist Nacht. Heute werde ich nichts mehr ausrichten können, so sehr mir dieser Gedanke auch missfällt. Was auch immer der morgige Tag bringen mag.

Keine Ahnung, was mit mir los ist, was das für Bilder waren, die da plötzlich aufgeflammt sind – ein Traum? Nein, denke ich. Das waren mehr als nur Traumbilder, und ich weiß es.

Es war, als hätte sich eine Damalstür geöffnet. Aber ich bin noch nicht bereit hindurchzugehen.

Ich frage mich, wie gut kenne ich mich selbst? Vielleicht finde ich bald die Antwort im Tagebuch meiner Mutter.

Dienstag, 2. Februar 1993
Es ist gar nicht so einfach, dauerhaft eine Maske zu tragen wie Jo, Markus und Elias. Es genügt nicht, die Wahrheit, die sie sich entworfen haben, nur glaubwürdig vor anderen zu äußern. Man muss sie sich auch selbst immer und immer wieder vorbeten. Im Gedanken, immer und immer wieder. Wer glaubwürdig sein will, darf kein falsches Wort sagen. Man darf auch keinen falschen Gedanken denken.

Man muss es sich selbst immer wieder vorsagen: Ich bin unschuldig. Ich habe es nicht getan. Und irgendwann bist du unschuldig.

Ich habe soeben Markus Ex-Freundin Marlene angerufen und um ein Gespräch gebeten.

„Es tut mir leid, Frau Hoffmann", sagte sie. „Ich kann einfach nicht mit Ihnen darüber sprechen. Was spielt das noch für eine Rolle? Sie waren deswegen doch schon im Gefängnis, hat Markus mir erzählt. Bitte lassen Sie mich in Ruhe. Ich habe meinen Frieden gefunden und Markus hat ohnehin nichts mehr zu verlieren."

„Bis auf seinen Namen", antwortete ich energisch.

„Der war für Elias wichtiger als für Markus."

„Ich glaube nicht, dass Markus meinen Jungen getötet hat, Marlene."

Stille.

„Natürlich nicht, Frau Hoffmann. Er hat es auch nicht getan! Jo war an dem Tag außer sich und voller Aggression. Es waren Elias und Jo!"

Ich zuckte zusammen. „Was meinst du damit?"

„Es war ihre Idee." Sie seufzte. „Jo … Er schien immer sehr sanft und freundlich zu sein und irgendwie war er das auch. Aber er hatte auch eine andere, verdammt überhebliche und dunkle Seite. Er fühlte sich über jeden erhaben und Elias hat das nur noch verstärkt. Wie sie an dem besagten Abend hier auftauchten … Ich wusste sofort, dass etwas nicht stimmte. Markus war kreidebleich und musste sich ständig übergeben. Aber Elias und Jo lachten nur und warfen sich konspirativen Blicke zu. Sie schienen so stolz zu sein, als hätten sie einen wichtigen Wettbewerb gewonnen. Ihre Kleidung triefte fast vor feuchtem Schlamm, sie sagten, sie wären geschwommen, aber in Jo's Haar war

Blut. Als ich ihn danach fragte, sagte er, dass er seinen Kopf an einen Ast gestoßen und dass es ziemlich geblutet habe. Als ich ihn bat, mir die Wunde zu zeigen, weil sie vielleicht genäht werden muss, sagte er, dass es nicht so schlimm sei. Ich habe ihre Kleidung gewaschen. Rückblickend glaube ich, dass ich das nie hätte tun dürfen, ich hätte sofort die Polizei rufen sollen. Aber ich hatte Angst, Angst vor Elias und Jo und vor dem, was mit Markus passieren könnte. Ich liebte ihn, ich brauchte ihn, ich war im vierten Monat mit Damien schwanger. Also tat ich so, als wäre alles in Ordnung und ich aß sogar mit ihnen. Als ich an diesem Abend mit Markus allein sprechen wollte, hinderte mich Elias daran. Markus saß den ganzen Abend auf einem Stuhl und starrte vor sich hin. Er hat nichts gesagt und ich spürte die Bedrohlichkeit der Situation. Zum Glück war mein Bruder wieder zu Hause, sonst hätte ich Angst um mein Leben gehabt. Sie waren alle drei völlig neben der Spur." Ich hörte, wie sie schwer atmete. „Mich belastet diese Erinnerung so sehr."

Wider alle Vernunft hatte ich das Gefühl, dass sie mir die Wahrheit sagte. „Bitte, Marlene, sage mir, was dann geschah?"

„Also gut. Markus wollte nach dem Essen bleiben, aber Elias hämmerte auf mich ein: Markus ist krank, er muss nach Hause, er wird dich noch anstecken und das ist nicht gut für das Baby. Also ging Markus nach Hause und als ich ihn später anrief, nahm er nicht ab und ignorierte auch meine Nachrichten auf dem Anrufbeantworter. Dann erzählte mein Bruder mir später am Abend, dass ein kleiner Junge in unserer Nachbarschaft vermisst wurde. Er hatte es im lokalen Radiosender gehört. Meine Magensäure sprudelte über und der Knoten in meinem Hals schnürte mir die Kehle zu. Weil plötzlich alles Sinn ergab: die Uhrzeit, der Ort, die schmutzige Kleidung, das Blut. Mein Bruder wollte bei der Suche nach dem Jungen helfen, aber ich konnte das nicht und bat ihn, bei mir zu bleiben. Was er auch tat. Wir haben ferngesehen, etwas Belangloses, ich weiß es nicht mehr genau, was es war. Am Ende bin ich eingeschlafen. Am nächsten Morgen stand Markus vor der Tür. Er war noch blasser als am Vorabend und hatte kaum geschlafen. Er sagte, dieser Junge ist tot und wir haben ihn getötet."

Bei Marlene Worten schwappte eine Welle der Übelkeit tief aus meinem Inneren hoch, aber ich ließ mir nichts anmerken.

„Sie sind Jordi auf dem Waldweg gefolgt", fuhr Marlene fort. „Elias und Jo haben ihn belästigt. Dann schlug Jo den Jungen mit seinem Skateboard nieder und Jordi ging zu Boden. Sie dachten, er wäre tot. Deshalb trugen sie ihn durch den Wald bis zur Inde. Seltsamerweise hat das niemand gesehen. Sie wollten die Leiche im Flüsschen versenken, aber dann kam Jordi wieder zu sich. Markus…"

In diesem Moment fing Marlene an zu weinen. Ihr Schmerz war heftig, eine seelische Wunde, die aufgeplatzt war.

„Markus wollte, dass die anderen ihn in Ruhe ließen, aber Elias und Jo waren nicht mehr aufzuhalten. Sie tauchten Jordis Kopf so lange unter Wasser, bis sie keine Luftblasen mehr sahen. Sie haben ihn einfach ertränkt", schluchzte sie. „Sie hofften, es würde wie ein Unfall aussehen."

Ich schüttelte entsetzt den Kopf. „Aber wenn Markus nichts getan hat und nur dabei war, warum hat er dann nichts gesagt? Warum hat er die ganze Zeit geschwiegen, selbst als er verurteilt wurde?"

„Das habe ich mich auch gefragt. Ich denke, weil Markus so ist, wie er ist. Äußerst loyal. Elias und Jo wussten, dass Markus sie nie verraten würde. Er hat den beiden sein Wort gegeben. Diese Art von Schwachsinn. Und dann konnte er nicht beweisen, dass er nichts damit zu tun hatte. Egal. Er war dort, half Jordis Leiche zur Inde zu tragen. Hat nichts unternommen. Unterlassene Hilfeleistung bei Mord wiegt schwer. Auch wusste er, dass Elias und Jo ihn nie in Ruhe lassen würden. Wenn sie untergehen würden, dann auch Markus. Also hielt er sich an Elias Plan. Schweigen, und behaupten, dass sie unschuldig waren. Elias ist noch einmal zurückgegangen, um das Skateboard zu holen, das sie am Tatort vergessen hatten und hat nach Jordi gesehen."

„Und?", fragte ich mit gedämpfter, heißerer Stimme.

Als Marlene antwortete, tat sie es mit so viel Melancholie und Bedauern, dass es mir weh tat. „Der Junge war noch da."

„Wie war das für dich? Hast du denn nie gezweifelt? Warst du noch nie kurz davor, zur Polizei zu gehen, um Markus zu entlasten? Damit dein Sohn einen Vater bekommt und du deinen Freund?"

„Ich war doch eine Mitwisserin", sagte sie und in ihrer Stimme schwang eine Traurigkeit mit, die zu sagen schien: Ich dachte, wir hätten das alles hinter uns gelassen, ich dachte, es wäre vorüber.

„Markus überzeugte mich, dass es besser sei, sich an Elias Vorschlag zu halten", fuhr Marlene fort. „Also half ich, die Beweise zu vernichten. Wir verbrannten die Kleider, die Markus, Jo und Elias an diesem Tag getragen hatten. Es war eine große Sache, denn wir brauchten einiges an Benzin. Doch dann beschwerten sich die Nachbarn und wir mussten aufhören."

„Was wolltet ihr denn sonst noch verbrennen?"

Sie atmete tief ein, als würde sie weitere Beweise aufsaugen. Ich versuchte, die Antwort zu hören, aber es kam keine, nur ein tiefes Seufzen.

Ich fühlte mich erschöpft. „Marlene?", drängte ich sie.

„Jordis Skateboard. Die Mordwaffe."

„Also hast du es noch?", fragte ich fassungslos.

„Ja. Wir haben es in der alten Scheune meiner Großmutter versteckt."

„Du hast vorhin behauptet, dass Elias noch einmal zurückgegangen ist, um das Skateboard zu holen und um nach Jordi zu sehen?"

„Richtig."

„Du sagtest auch, dass Elias und Jo Jordis Kopf so lange unter Wasser tauchten, bis sie keine Luftblasen mehr sahen. Laut Obduktionsbericht ist Jordi aber nicht ertrunken. Er wurde erschlagen und starb an seiner Kopfverletzung."

„Oh mein Gott, dann … A… Aber…"

„Wenn Elias noch einmal nach Jordi gesehen hat und mit dem Skateboard zurückkam, dann …"

„Dann kann nur Elias ihren Jungen erschlagen haben", unterbricht mich Marlene und legt auf.

Ich habe nach dem Gespräch einen Kaffee und einen Cognac getrunken und wälze mich auf der Couch unruhig hin und her. Stella ist in der Schule. Ich kann in Ruhe über alles nachdenken.

Dann kann nur Elias ihren Jungen erschlagen haben.

284

Ich stehe auf und wähle die Rufnummer der Gefängniszentrale und verlange nach Elias von Zedlitz.

Ein Wachmann richtet mir aus, dass Elias meine Anrufe nicht mehr entgegen nehmen will, aber mir einen Brief geschrieben hätte.

Ich lege das Tagebuch meiner Mutter beiseite. Zerbreche mir den Kopf. Welche Wahrheit kommt da noch ans Licht? Wie meine Mutter bin auch ich von Lügen umgeben.

Morgen werde ich Hanno anrufen. Ich brauche etwas Echtes in meinem Leben.

KAPITEL 43

Es passiert mir in letzter Zeit etwas zu oft, dass ich irgendwo lande, wo ich nicht wirklich sein möchte. Aber wenn ich ehrlich bin, muss ich zugeben, dass ich gerne in einem Restaurant Hanno gegenüber sitze, den ich nur flüchtig kenne und dass ich unter seinem wachsamen Auge ein kleines Rinderfilet mit Kartoffeln und einen Salat verschlinge. Es gefällt mir.

Seit Hanno in mein Leben getreten ist, zerbreche ich mir den Kopf darüber, ob er mir etwas bedeutet. Einerseits bin ich misstrauisch, andererseits fühle ich mich jetzt in seiner Nähe wohl. In der Klinik war das nicht immer der Fall.

Ich wische mir den Mund mit der Serviette ab. „Mein Mann ist gestorben, Hanno."

Hanno sagt kein Wort, ich sehe, wie schockiert er ist. Ich möchte der Stille zwischen uns keinen Raum geben und erzähle, was passiert ist. Während meiner Geschichte passiert etwas mit mir, was ich mir bisher nicht erlaubt habe. Ich bin zutiefst betrübt über die beiden Verluste, die ich in kurzer Zeit erlitten habe. Erst jetzt dringt mehr und mehr zu mir durch, dass ich keine Mutter und keinen Ehemann mehr habe. Es gelingt mir, meine Tränen zurückzuhalten, aber ich kann meine Stimme kaum bezwingen. Ich stottere, schwanke, ich verliere an Lautstärke, bin kaum noch zu hören.

Hanno stellt keine Fragen, er hört nur zu und ich spüre, dass ihn meine Worte berühren. Es tut gut, Hanno gegenüber zu sitzen, ich fühle mich wohl und möchte, dass er noch ein paar Stunden bei mir bleibt. Ich erzähle von Julian, denn ich möchte nicht, dass er glaubt, Julian sei ein Alkoholiker gewesen und hätte kein Verantwortungsgefühl gehabt. Julians Besuch bei Emma erwähne ich nicht. Ich denke, es wäre auch klug, das Testament nicht zu erwähnen.

„Julians Bruder hält sich vollständig aus der Organisation der Beerdigung heraus."

„Aber wer hilft Ihnen dann, Stella?"

„Meine Freundinnen. Es wird eine Feuerbestattung im kleinen Kreis", antworte ich. Wie intim lasse ich aus. Vielleicht erzähle ich es ihm später, falls es ein Später gibt.

Ein seltsamer Gedanke, den ich selbst nicht richtig deuten kann.

„Ich habe viel über Sie nachgedacht", sagt Hanno. „Sie waren plötzlich weg und alle reagierten besorgt."

„Sie meinen verärgert", korrigiere ich ihn.

„Nein, so habe ich das nicht gemeint." Er lächelt. „Die Verärgerung war vielmehr Ihr Ding, wie Sie wissen. Wir waren alle sehr besorgt, aber wenn jemand für sich entscheidet, dass die Reha lange genug gedauert hat, dann kann man dem nichts entgegensetzen. Ich hoffe, es macht Ihnen nichts aus, dass ich Sie angerufen habe?"

Ich schlucke den letzten Bissen des Salats hinunter. „Ganz sicher nicht. Es gefällt mir. Aber würdest du mich bitte duzen?"

„Sehr gerne, Stella."

Sein Lächeln wärmt mich. „Ich möchte dir etwas erzählen, das ich kürzlich entdeckt habe. Erinnerst du dich, dass ich dir von dem Mann erzählt habe, der sich nach meiner Mutter erkundigt hat und von dem alle behaupteten, er existiere nicht? Meine Freundin hat ihn neulich mit der Ehefrau meines Ex-Mannes im Kino gesehen und ein Foto von den beiden gemacht."

Hanno hebt die Augenbrauen. „Ich erinnere mich. Ich habe dir seinerzeit geglaubt, aber ich war der Einzige. Hast du eine Ahnung, warum er dich angesprochen hat?"

Ich schiebe den leeren Teller und die Salatschüssel beiseite. „Das ist eine lange Geschichte, Hanno."

„Ich habe alle Zeit der Welt", sagt Hanno. Er zeigt auf
meine Tasche. „Höre ich da dein Handy?"

Auf dem Display steht Emmas Name, ich zögere.

Hanno steht auf. „Ganz ruhig, ich muss ohnedies kurz
zum Wagen. Hab vorhin etwas vergessen."

Ich nehme den Anruf entgegen. Emma schluchzt und
schluchzt, kein Wort kommt über ihre Lippen.

Mir wird es zu viel. „Emma, ich esse gerade mit einem
Freund zu Abend. Ich rufe dich morgen zurück, okay?"

„Mit einem Freund? Mit wem? Kenne ich ihn?" Plötzlich
schluchzt sie nicht mehr.

„Nein, du kennst ihn nicht. Also, bis morgen." Ohne auf
ihre Antwort zu warten, beende ich das Gespräch.

Hanno kommt wieder an den Tisch und reicht mir einen
Strauß aus Maiglöckchen.

„Oh wie schön. Danke. Ich liebe Maiglöckchen. Wo gibt
es die denn um diese Jahreszeit?"

„Ich habe da so meine Quellen", antwortet er und zwinkert mir zu. „Sie passen zu dir, unterstreichen deine Zart-
heit. Außerdem hast du die roten Rosen in Euphoria immer
in den Mülleimer geworfen."

Ich lache laut auf. „Das hast du mitbekommen? Ich kann
langstielige rote Rosen nicht ausstehen."

Ich lasse mein Handy wieder in meine Tasche gleiten.
„Das war meine Halbschwester. Ich weiß nicht, was sie
wollte. Ich werde sie morgen zurückrufen."

Hanno sieht mir direkt in die Augen. „Darf ich dir eine
persönliche Frage stellen, Stella? Du musst nicht antworten,
wenn du nicht möchtest."

„Sicher", antworte ich, obwohl ich seine Frage fürchte.

„Ich weiß, dass es zwischen Julian und dir nicht so gut lief. Hatte es etwas mit der Einäscherung deiner Mutter zu tun?"

Ich nippe vorsichtig an dem heißen, würzigen Irish Coffee, den der Kellner uns gerade gebracht hat. „Ich glaube nicht. Es ist etwas passiert, das mein Gefühl für ihn verändert hat. Julian hat meine Gefühle zerstört, sie mit Füßen getreten. Ich fühlte mich nach der Hirnblutung ein wenig verloren, er war nicht für mich da. Manchmal habe ich selbst meine eigenen Reaktionen nicht verstanden. Alle sagten mir, ich reagiere hitziger als früher." Wieder lächle ich. „Ich merke allerdings auch, dass ich neuerdings eine kürzere Zündschnur habe. Zuerst herrscht jede Menge Chaos in meinem Kopf, aber jetzt lichtet sich der Nebel und ich will die alte Stella wiederfinden."

„Ich verstehe", antwortet Hanno. „Jeder reagiert anders nach einer Hirnblutung. Ich habe sogar erlebt, dass Patienten sich so sehr veränderten, dass eine gute Ehe mit einer Scheidung endete. Bist du der Meinung, dass eine kurze Zündschnur ein großes Hindernis ist, sich wiederzufinden?"

Ich rühre die Schlagsahne vorsichtig unter den restlichen Kaffee. „Nein, das denke ich nicht. Ich war immer sehr angepasst, hielt den süßen Frieden für wichtiger als eine heftige Diskussion. Wann immer ich mich über etwas ärgerte, war es nur von kurzer Dauer. Vergessen und Vergeben hat mir immer gutgetan. Aber was jetzt passiert ist…" Ich muss ein paar Mal schlucken. „Ich muss die Gründe erst einmal selbst herausfinden und werde dir dann später davon erzählen."

Hanno schaut mich an. „Es wird also ein nächstes Mal geben?"

Ich schmunzele, verstehe im Moment nicht viel von dem, was hier vor sich geht. „Ich bin mir sicher, dass es ein Später geben wird."

„Dann ist das der Deal. Ich bringe dich jetzt nach Hause", sagt Hanno.

„Ruf mich bitte an, wenn du mich brauchst", sagt er, als er mich später zu Haustür bringt und meine Wange zum Abschied küsst.

„Versprochen!"

Als er in sein Auto einsteigen will, hält er plötzlich inne. Ich gehe auf ihn zu.

„Sagtest du nicht, du hättest ein Foto von Charlotte bekommen? Hast du es noch?", fragt Hanno.

Ich ziehe mein Handy heraus und scrolle bis zur Charlottes Nachricht. „Schau, das hier ist dieser Robert."

Hanno starrt auf das Foto. „Dieser Mann hat für uns gearbeitet. Er wurde entlassen, weil er Patienten bestohlen hat. Ja, das ist er, aber sein Name ist nicht Robert. Er heißt Mick. Da bin mir sicher, sein Name ist Mick Fahrt. Was hast du jetzt vor?"

„Ich werde sehr sorgfältig nachdenken", sage ich. „Das hätte ich schon vor langer Zeit tun sollen."

KAPITEL 44

Der hinter mir liegende Tag war so aufregend, dass es mich nicht überrascht hätte, wenn Freddy seinen Schlagbohrer angeworfen hätte, aber ich habe Glück. Keine Kopfschmerzen. Ich kann nicht nur klarer denken, ich fühle mich sogar fit, als wäre ich gerade aufgestanden, obwohl es schon nach zweiundzwanzig Uhr und draußen stockfinster ist. Ich sollte früh ins Bett gehen, aber ich will unbedingt im Tagebuch meiner Mom weiterlesen.

In diesem Moment trifft eine WhatsApp von Greta ein. *Liebes, hast du dich mit Emma gestritten? Sie hat so etwas angedeutet. Hoffe, du schläfst noch nicht? Geht es dir gut, Stella?*

Ich lese die Nachricht noch einmal. *Ich bin wütend,* tippe ich. *Es ist etwas Übles vorgefallen, ich werde es dir erzählen, wenn du zurückkommst. Fühle mich von Julian, Emma und von Alexander verraten und betrogen. Auch finde ich nach der Hirnblutung einfach nicht zu meinen wahren Gefühlen zurück. Komm bald wieder. Ich vermisse dich. Küsschen.*

Die Antwort kommt prompt. *Morgen buche ich einen Rückflug. Ich halte dich. Versuche das zu spüren. Alles wird gut, Stella. Alles Liebe und einen dicken Kuss.*

Ich lege das Handy auf das Nachttischschränkchen neben meinem Bett und fühle mich mit einem Mal von allen verlassen. Julian ist nicht hier, ich kann ihn nie wieder neben mir fühlen, ihn nie wieder tasten. Trotzdem spüre ich ihn. Ich erinnere mich, dass er mir einmal sagte, ich solle meinen Widerstand gegen eine Beziehung mit ihm aufgeben, weil er sich ohnehin nicht wegschicken ließe. „Wir gehören zusammen, Stella, wir bleiben zusammen. Bis wir uralt sind wie der Vollmond an deinem Himmel, vom Leben völlig ermüdet. Und dann werden wir immer noch füreinander sorgen. Glaub mir, du wirst mich nie wieder los." Ich halte meine Augen fest geschlossen, möchte ihn auch weiterhin neben mir spüren. In Gedanken setzt meine Mutter sich neben uns, sie müssen beide bei mir sein.

Die Tränen fließen. Ich sehne mich nach ihren Stimmen, ihrem Geruch, ihrem Gezänk, nach dem verschwörerischen Flüstern und dem Strahlen, wenn ich ein unerwartetes Geschenk auspacke. „Von allen Menschen auf der Welt lieben deine Mutter und ich dich am meisten", sagte Julian dann immer. Ich wische mir die Tränen von den Wangen ab und öffne die Augen.

Die Realität trifft mich mit Wucht: Sie sind nicht hier.

Ich rappele mich hoch, schwinge die Beine über die Bettkante, stehe auf. Jedenfalls habe ich das vor, aber in Wahrheit rühre ich mich keinen Zentimeter. Ich gebe die Anstrengung auf. Mein Körper fühlt sich seltsam schwer an, mein Kopf dröhnt. Nach mehreren Anläufen bringe ich mich doch noch dazu, ins Badezimmer zu gehen, zwei Schmerztabletten einzuwerfen und mich wieder ins Bett zu legen. Ich fühle mich schwach, durchlässig. Liege ein bisschen, aber ich schlafe nicht wieder ein. Als ich das nächste Mal auf die Uhr sehe, ist eine Stunde vergangen. Das ist nicht gut. Je schneller die Zeit vergeht, desto schneller kommt die Nacht, und ich fürchte die Nacht, all der Lampen in meinem Haus zum Trotz.

Ich werde mich ablenken. Auf dem Nachttischschränkchen neben dem Bett warten die letzten Kapitel von Moms Tagebuch auf mich.

Donnerstag, 4. Februar 1993
Elias Brief ist heute gekommen. Er wurde mit verschiedenen Stiften geschrieben und ihm ist eine ergreifende Liste, „Was ich vermisse, was ich nach meiner Entlassung tun werde", beigefügt.

Sehr geehrte Frau Hoffmann,
Für Jo und Markus, Elias und mich war Jordis Tod ein außer Kontrolle geratenes Spiel, so etwas in der Art, oder wie ein Unfall. Alles ist möglich. Wir haben Schlimmes getan. Auf die Frage nach dem Warum gibt es nicht wirklich eine Antwort. Für die ermittelnden Beamten ist der Fall abgeschlossen.
Wir haben uns für das Schweigen entschieden, aber heute werde ich mein Wort brechen, weil ich spüre, wie sehr sie unter ihren Zweifeln leiden. Sie wollen die Wahrheit, und wenn jemand ein Recht darauf hat, dann sind sie es.
Lange Zeit zweifelte ich daran, was ich mit meinem Wissen anfangen sollte. Die Geständnisse und Schilderungen der Ereignisse von Jo, Markus und mir unterschieden sich nur geringfügig voneinander, wir schoben nach Absprache jeweils die Schuld auf den anderen, aber der Tenor der Geschichte stimmte überein: Am 19. August 1990 töteten wir Jordi. Wir verprügelten ihn und ertränkten ihn danach in der Inde.
Jo zufolge war mein Motiv die Neugierde, weil ich seiner Meinung nach wissen wollte, wie es sich anfühlte jemanden zu töten, ob Reue und Gewissen wirklich existierten oder nur auf einer menschlichen Erfindung beruhten.
Aber eine solche Philosophie entspricht eher Jos Naturell. Ich bin nicht besonders tiefgründig und kehre nie den

Philosophen heraus und nehme selten ein Buch in die Hand, obwohl ich stets behaupte, ich würde lesen. Die Prügelei war alles Jo's Idee, der sich schon immer hinter seinem Image als introvertierten Anhänger von Markus und mir versteckte. Vielleicht war ich auch nur der Opportunist unter uns.

Ich erinnere mich an das Unbehagen, das Jo in mir auslöste, als ich ihn kennenlernte, an das Gefühl, mich durchschauen zu können, an seine Versuche, mir zu schmeicheln. Jo nannte mich einen Narzissten, der sich nur in jemandem verlieben könne, wenn die Größe und Pracht ihn schmücken würde. Aber das traf auch auf Jo zu. Jo, der sexuell erregt war – nicht nur wegen meinem Körper in nasser Kleidung, sondern vielmehr aufgrund der makabren Schönheit des Augenblicks, als wir Jordis Leiche in die Inde warfen. Ein schöner Anblick? Welch ein perverser Gedanke.

In den Tiefen der dunklen, schlaflosen Winternächte in meiner Zelle hege ich neuerdings sogar den Verdacht, dass Jo sich umgebracht hat, um die Aufmerksamkeit von mir abzulenken und sich auf ewig als tragische Figur aufzustellen: Ein junger Werther, verwirrt und gequält wälzt sich der schmachtende Jugendliche für immer in Selbstmitleid und sehnt sich nach seiner unerwiderten Liebe. Das sähe ihm ähnlich.

Tagsüber schäme ich mich für diesen abscheulichen Gedanken und finde meinen nächtlichen Verdacht paranoid und hysterisch. Am Ende habe ich entschieden, dass es keine Rolle mehr spielt. Ich werde nie herausfinden, ob er in mich verliebt war.

In der Stille, die wir uns gegenseitig geschworen hatten, erschufen Jo, Markus und ich uns jeweils eine eigene Version der Geschichte, mit der wir leben konnten. Und obwohl es keinem von uns gelungen war, uns selbst davon zu überzeugen, dass der Mord nie stattgefunden hatte, hat sich unsere erzählte Rolle in der Geschichte, als Wahrheit in unsere Gehirne eingeschlichen.

Bis sie auf der Bildfläche erschienen, Frau Hoffmann. Sie haben durch ihr Auftauchen die Geister der Vergangenheit zum Leben erweckt, die wir für immer vergraben wollten.

Ich will nicht länger schweigen. Der Drang zu gestehen ist nach Jos Suizid groß und fast unaufhaltsam. Man kann sehr lange schweigen, aber früher oder später muss man jemandem erzählen, was wirklich geschehen ist.

Wir haben ihren kleinen Jungen fast zu Tode geprügelt. Wir haben diese Strafe verdient, Frau Hoffmann, darüber waren wir uns einig. Wir haben sie auf uns genommen und geschwiegen, aber nicht, weil wir Mörder sind, sondern um Ihnen noch größeres Leid zu ersparen.

Nachdem wir Jordi zurückgelassen hatten, bin ich noch einmal zurückgegangen, um nach Jordi zu sehen und das Skateboard zu holen. Ich entschied mich aber, Jordi aus dem Wasser zu ziehen und am Ufer liegen zu lassen. Plötzlich sah ich in der Ferne eine Gestalt auf mich zukommen. Ich verschwand und ging wieder zu den Jungs.

Während der Verhöre erfuhr ich, dass laut Obduktionsbericht Jordis Tod nicht durch Ertrinken eingetreten war. Er wurde erschlagen und starb an seiner Kopfverletzung. Ich weiß, dass das stimmt, denn ich habe Jordi lebend aus dem Wasser gezogen. LEBEND.

Ich kann nicht länger mit der Last eines Verbrechens auf meinem Gewissen leben, das ich nicht begangen habe. Ich kann es nicht ertragen, dass sie, Frau Hoffmann, die glaubt, alles über mich zu wissen, diese entscheidende Facette meiner Geschichte nicht kennen.

Es war Stella, die ich am späten Nachmittag im Wald ge-
sehen habe. Und ich hörte, dass sie wegen einer Lüge ziem-
lich wütend auf Jordi war. Als ich später bei Marlene war,
habe ich den anderen davon erzählt. Und dann erfuhren
wir von Jordis Tod und ahnten, dass nur Stella Jordi getötet
haben konnte. Wir haben geschwiegen. Hätten wir ausge-
sagt, hätten sie womöglich auch Stella verloren.
Jetzt kennen Sie unsere Wahrheit, Frau Hoffmann. Wir
haben für Sie gelogen, um ihnen nicht noch mehr Leid zu-
zufügen. Leben sie wohl.
Elias von Zedlitz

Nein! Warum schreibt Elias *unsere Wahrheit* statt *die
Wahrheit*? Konnte er das Schweigen nicht mehr ertragen,
weil ich so sehr an die Unschuld der Jungen geglaubt habe,
weil ich bereit bin, über die Ungerechtigkeit zu sprechen,
die ihnen womöglich angetan wurde. Ich weiß es nicht.
Aber eines weiß ich sicher: Er musste mir diese Version der
Geschichte jetzt mitteilen, weil er keine andere Wahrheit
kennt und weil er weiß, dass ich Stella niemals im Stich lassen würde. Vielleicht hat er Stella gesehen. Aber das bedeutet nicht, dass Stella Jordi getötet hat. Mein Gefühl sagt
mir, dass es da noch etwas gibt, was selbst Elias nicht weiß.
Ich denke, das ist der wahre Grund für diesen Brief. Elias
weiß, dass ich niemals aufgeben werde.
  Elias Worte beweisen zweifelsfrei, dass die Jungen nicht
das sind, was ihre Gegner immer behauptet hatten: skru-
pellose Psychopathen. Wahre Psychopathen interessieren
sich nicht für die Gefühle anderer, sie sind ohne Empathie.
Sie begreifen nicht einmal, dass ein anderer Mensch Gefühle hat. Elias, Jo und Markus sind keine Psychopathen.

Ihre Namen verbinde ich mit Jungen, die etwas Schreckliches getan haben – und ihre Tat zutiefst bereuen.

Ich schließe die Augen. Und plötzlich dämmert es mir. Ich erinnere mich wieder an jenem Nachmittag, an dem auch ich auf der Suche nach Jordi war.

„Ja, Mom. Ich erinnere mich wieder. Gute Nacht, Mom." Ein Flüstern in der Nacht.

Ich habe fast neun Stunden geschlafen und fühle mich frisch und ausgeruht. Keine Kopfschmerzen. Zuerst duschen, dann etwas essen und Paracetamol einwerfen, und danach den Tag mit einem Besuch beim Friseur beginnen.

Zunächst zögere ich, den *Kellys* Friseursalon, den Charlotte mir empfohlen hat, zu betreten. Aber dann begleitete Kelly eine Kundin zur Tür und ich hörte ihre Stimme, die musikalisch sanft klang. Ich sah ihr schönes, zartes Gesicht, umrahmt von einem wunderbaren Kurzhaarschnitt und trat ein.

Nun sitze ich hier, auf einem Stuhl und fühle mich Kelly ausgeliefert. Sie fährt mit ihren Fingern durch mein langes blondes Haar, das mir beinahe bis zur Taille reicht und stößt bewundernde Laute aus.

„Spitzen schneiden, Frau Hoffmann?", fragt sie.

Ich schlucke einmal trocken. „Nein", antworte ich und zeige auf mein Kinn. „Bis hier abschneiden!" Und dann, um mir selbst Mut zu machen, sage ich es noch einmal. „So will ich das."

Kelly schaut mich an. „Ernsthaft?"

„Sicher." Ich schlucke und schließe die Augen.

Kelly setzt die Schere an, arbeitet schnell und effizient. Bald ist nichts mehr da, durch das man mit den Fingern fahren könnte.

Irgendwann – bei einem Gläschen Sekt – betrachte ich mich im Spiegel, lächle der Frau mit den kurzen blonden Haaren zu. Sie lächelt zurück. Dann stehe auf, zahle und verlasse den Salon. Stefan Becker wartet im Beerdigungsinstitut auf mich.

Nach dem Gespräch mit Stefan blicke ich mit einem guten Gefühl auf die Vorbereitungen für Julians Trauerfeier zurück. Bin nicht in einem Gefühl der Enttäuschung steckengeblieben. Julian und ich sind eine Zeitlang den gleichen Weg gegangen und haben uns am Ende verloren. Es ist eine schmerzliche Schlussfolgerung. Ich möchte es dabei belassen und Rachegedanken vermeiden. Julian wird nie mehr in der Lage sein, mir zu erklären, was ihn zu dem Diebstahl bewogen hat.

Ich mag diese neue Stella Version 2.0. Sie hatte ein gelungenes Update. Sie plant keine Rache und auch keine Vergeltung. Sie wird Alexander, Alma und Emma eine andere Seite von sich zeigen: eine unangenehme, und diese Leute dann hinter sich lassen. Diese Entscheidung passt zu Stella Version 2.0, wie ihre neue Frisur.

Das Leben geht weiter. Endlich.

KAPITEL 45

Meine Freundinnen sitzen dicht neben mir, es ist ein schönes Gefühl. Aber die Trauerfeier, für die ich mich doch noch entschieden habe, darf von mir aus kurz sein. Ich hatte gehofft, dass Greta rechtzeitig zurück sein würde, aber sie kommt erst in zwei Tagen in Düsseldorf an. In ihrer letzten WhatsApp hat sie mir geschrieben, dass es ihr nicht so gut ginge. Ich mache mir Sorgen und möchte sie gerne sehen. Ich möchte ihr erklären, warum ich den Kontakt zu Emma abbrechen werde und hoffe, dass ich Greta dadurch nicht auch noch verliere.

Tom spricht zuerst. Er tut mir leid, seine Hände zittern, als er das Mikrofon hält. Wir sind uns in den letzten Tagen näher gekommen.

Meine Mutter sagte mir einmal, dass der Tod Missverständnisse aufklären oder bröckelnde Beziehungen wiederherstellen könne, es sei denn, die Betroffenen verharren in Wut oder Hass. Sie war es, die mir geraten hatte, den Tod als Friedensstifter einzusetzen, sofern das jemals nötig sein sollte. Ihr Rat war der Anlass, dass Tom und ich uns nach einem offenen Gespräch die Hand schüttelten und uns umarmten.

Tom hält eine wunderbare Rede, die mich sehr berührt. Zum Schluss richtet er das Wort an mich. „Ich weiß, liebe Stella, dass Julian mit dir die Liebe seines Lebens gefunden hatte. Ich bedaure zutiefst, dass ich euch, was diese Liebe betraf so, wenig unterstützt habe."

Ich weiß, wie Tom zumute ist. Er richtet die Augen auf den Boden. Später, als niemand auf ihn achtete, sah ich ihn weinen.

Charlotte drückt meine Hand. Hinter mir höre ich jemand schluchzen. Ich versuche, Julians Gesicht vor mein inneres Auge zu holen, doch meine Gedanken werden beherrscht von achthunderttausend Euro und der Frage, wie meine Mutter ums Leben kam. War es wirklich ein Herzinfarkt? „Alles in Ordnung, Stella?", flüstert Charlotte mir zu. Ich kann sie beruhigen. Sie beugt sich zu mir und unsere Wangen berühren sich. „Ich bin stolz auf dich, Stella."

Ich berühre ihr Gesicht mit meinen Fingerspitzen. „Danke, Charly." Ich bin froh, dass meine Freundinnen mich nicht enttäuscht und betrogen haben.

„Lena möchte noch ein paar Worte sprechen", sagt Tom.

Als wir die Trauerfeier vorbereiteten, erzählte uns Tom, dass Emma und Alexander auf ihn zugekommen wären, auch sie wollten ein paar Worte sprechen. Ich habe abgelehnt. Stattdessen sollte Lena, die bei Julian ein Praktikum absolviert hatte, etwas sagen. Ich kenne sie nicht und kann mich nicht erinnern, dass Julian ihren Namen schon einmal erwähnt hätte.

Ich kann nicht hören, was Lena sagt, ich kann sie nur anschauen. Sie ist sichtlich berührt und hält ihre Augen auf das Blatt Papier gerichtet, während sie liest.

Charlotte schubst mich an. Ich möchte die Frage in ihren Augen nicht sehen und richte meinen Blick auf die Blumen neben dem Sarg.

Julian hatte mir gestanden, dass er gefühlsmäßig im Chaos steckte. Ich erinnere mich an seine Worte. *„Wenn ich eine Frau wäre, würde ich sagen, meine Eierstöcke laufen Amok."*

Er brauchte Freiraum und betonte mit Nachdruck, dass keine andere Frau im Spiel wäre. Damals war ich mir sicher, dass er mich nie belügen würde.

Achthunderttausend Euro. Lena.

Bringen wir das hier schnell hinter uns.

Der Sarg ist gesunken, langsam schließt sich die Luke. *Mach's gut, Julian. Ich weiß, dass ich um dich trauern sollte, aber es gelingt mir noch nicht.* Ich fühle nichts, frage mich nur, wie kalt der Frost in der harten Wintererde ist und ob Julian – falls ich ihn beerdigt hätte – jetzt in seinem Grab frieren würde. Trotzdem würde ich Julian lieber sehr vermissen und mich nach dem sehnen, was wir zusammen hatten, als in dieser kalten Gleichgültigkeit zu verweilen.

Tom bietet mir seinen Arm an, den ich sofort ergreife. Er beugt sich zu mir herüber und flüstert mir zu, dass er sich sicher ist, dass zwischen Julian und Lena nichts vorfallen war, selbst wenn Lena das vielleicht gewollt hätte.

Es sind eine Menge Leute hier, die ich nicht kenne. Ich schüttele ihre Hände, lasse mich umarmen und auf die Wangen küssen und wiederhole immer wieder, dass ich mich über ihr Kommen freue.

Irgendwann stehen Emma, Alexander und Alma vor mir. Alma stützt sich schwer auf Alexanders Arm. Sie sieht erschöpft aus und ist abgemagert.

„Alma hätte im Bett bleiben sollen, aber sie wollte sich unbedingt von Julian verabschieden", erklärt Alexander.

Ich antworte nicht und hole stattdessen mein Handy hervor, scrolle bis zum Foto, das Charlotte mir geschickt hatte. Zeige es ihr.

Alma zuckt zusammen.

„Wenn ich richtig informiert bin, heißt er nicht Robert, sondern Mick Fahrt. Wer ist das? Seid ihr Freunde? Was hat er für seinen Anteil an eurem Spiel, mich zu Tode zu erschrecken, bekommen?"

„Können wir uns darauf einigen, dir das später zu erklären?", fragt Alexander. „Ich glaube, dass Alma dafür im Moment zu schwach ist."

„Klingt nach einer großartigen Idee!" Ich drehe mich um und gehe zu Charlotte und Marie.

„Was ist passiert, Stella? Du bist kreidebleich", will Charlotte wissen.

Ich zaubere ein breites Lächeln auf mein Gesicht. „Krieg! Ich habe ihnen gerade den Krieg erklärt."

„Aber sei aber auf der Hut", warnt Marie. „Mir gefällt überhaupt nicht, wie sie dich ansehen."

Dann steht mit einem Mal Hanno vor mir und schlingt seine Arme um mich. Hinter meinen Augen entsteht ein Meer aus Tränen, die Sekunden später über meine Wangen rollen.

„Zum Glück kann sie endlich weinen", höre ich Charlotte sagen, als Hanno mich zur Tür begleitet.

Draußen lausche ich in Hannos Armen nur dem Wind, der durch die kahlen Äste der Bäume fegt. Doch dann entdecke ich einen Schatten, der mit versteinerter Miene zwischen den trauernden Gästen steht und mich beobachtet, ein Schatten, der sich verschiebt und sich auf die Trauergäste senkt, die wie hinter dunklem Milchglas verschwinden. Ein Mann hebt sich in überirdischer Deutlichkeit aus dem Schatten heraus, sodass ich seine Gedanken lesen und sein Flüstern hören kann. Es ist die grausame Fratze der Vergangenheit.

„Warum verzweifelst du, Stella, wenn der Tod das Tor zu Freude ist?"

Hanno fängt mich auf, als mich die Dunkelheit umgibt.

KAPITEL 46

Nach einem Kaffee fühle ich mich wieder gut. Die Trauerfeier ist vorbei, die Gäste haben sich verabschiedet. Tom, Hanno, Charlotte und Marie begleiten mich nach Hause, nachdem ich sie eindringlich eingeladen hatte. Ich wollte nicht sofort alleine mit meinen Gedanken sein. Es gefiel mir, die vier noch ein paar Stunden um mich zu wissen, um mit ihnen gemeinsam auf die Trauerfeier zurückblicken zu können und das Gefühl zu teilen, dass dies nicht hätte passieren dürfen.

Jetzt bin ich wieder allein und denke an Julian. Ich möchte mich daran erinnern, was ich für ihn empfunden habe, wie er sich in mein Herz geschlichen hatte, sodass ich mich nach ihm sehnte und welche Erwartungen ich an unsere Zukunft hatte. Aber mit all meinen Erinnerungen kehrt das vertraute Gefühl nicht mehr zurück. Es ist mir abhandengekommen, hat sich verflüchtigt, fort, ausgelöscht. Ich spüre eine unermessliche Traurigkeit. Wie gerne würde ich mich noch einmal mit ihm streiten, mich über sein Bedürfnis ärgern, in einer Diskussion immer das letzte Wort zu haben oder mich dem knisternden Gefühl in seinen Armen hingeben. Aber nichts fühlt sich an wie vorher, es scheint, als hätte es ein wir als Julian und Stella nie gegeben. So traurig, so leer, so armselig. Es zieht alles, was wir einmal hatten, in eine bodenlose Tiefe.

Julian sagte mir kurz vor meinem Aneurysma, er glaube faktisch nicht an die Liebe. Es könne sie gar nicht geben. Keine Ahnung, wie wir darauf kamen. Aber ich erinnere mich noch, wie ich ihn stirnrunzelnd ansah.

„Wenn wir glauben, einen anderen Menschen zu lieben, lieben wir dann wirklich den anderen Menschen?", fragte Julian. „Oder lieben wir bloß das Gefühl, das er uns gibt?"

Ich verdrehte die Augen.

„Natürlich gibt es die Liebe", antwortete ich.

„Aber wenn es die Liebe gibt", sagte Julian mit einem zufriedenen Grinsen, ganz so, als wäre ich ihm in eine Falle gegangen, „wie könnten wir dann jemals aufhören zu lieben? Wenn es nicht nur das Gefühl ist, das ein ganz bestimmter Mensch uns gibt, das wir lieben, sondern wirklich dieser Mensch selbst … Wie könnten wir dann jemals aufhören, ihn zu lieben?"

So einfach war es. Julian hatte aufgehört mich zu lieben und ich hatte es nicht einmal bemerkt. Nur möchte ich nicht den Rest meines Lebens in dieser beschämenden Betrübtheit verharren. Ich werde mein Bestes geben, um wieder das zu finden, was wir einst waren, was wir einmal hatten. Nur danach kann ich mit meinem Leben mit Julian abschließen.

Das Vibrieren meines Handys holt mich aus meinen Gedanken. Mir ist nicht nach Reden zumute, aber als ich sehe, dass es Alma ist, antworte ich.

„Ich falle am besten direkt mit der Tür ins Haus!", beginnt sie, dann ist es plötzlich still.

„Alma, bist du noch da?"

„Ja, aber Alexander kommt herunter", flüstert sie. „Nein warte, ich glaube, er ist wieder nach oben gegangen. Okay. Er möchte nicht, dass ich dich anrufe, also darf er nichts davon mitbekommen. Es tut mir leid, Stella."

„Was tut dir leid?"

„Alles, was wir dir angetan, was wir abgezogen haben. Ich habe mich von Alexander und Emma in diesen Wahnsinn treiben lassen, aber ich habe mitgemacht und will meine eigene Verantwortung nicht leugnen. Ich betrachtete das alles als ein Spiel und ich hatte das Bedürfnis zu spielen. Denn drei Kinder zu betreuen und in der Fahrschule auszuhelfen, erschöpfte mich zutiefst. Du verstehst das, oder? Ich musste einfach Spaß haben und habe die Play-Taste gedrückt. Tut mir leid wegen der Mondkarten, die ich dir geschickt habe und wegen der Rosenblätter. Ich weiß, dass du rote Rosen nicht leiden kannst. Es tut mir wirklich leid, dass ich mich dazu hergegeben habe."

Ich schüttele perplex den Kopf. „*Du* hast die Handschrift meiner Mutter kopiert?", frage ich ruhig, obwohl mein Herz vor Wut pocht. „Was wolltest du damit erreichen?"

Stille, das Geräusch einer Tür, Stimmen. „Ich habe es dir verboten, habe ich mich nicht klar genug ausgedrückt?"

Alexanders Stimme. Er ist wütend.

„Nein, bitte nicht!", höre ich Alma rufen.

Mir stockt der Atem.

Die Verbindung wird getrennt.

Ich wähle mehrmals Almas Rufnummer, aber immer wieder meldet sich die Mailbox. Ob sie eine Voicemail auch nicht abhören darf? Der Gedanke, dass Alexander ihr so etwas verbietet, ist zu lächerlich, um es in Worte zu fassen, denn es passt überhaupt nicht zu dem Mann, mit dem ich verheiratet war. Dennoch habe ich es ihn deutlich sagen hören und seine Stimme klang nicht sonderlich freundlich. Was ist mit ihm los? Was ist nur mit diesen Leuten los?

„Ich habe mich von Alexander und Emma verrückt machen lassen."

Ich glaube, es wäre klug, zuerst einmal mit Emma zu sprechen.

Emma antwortet sofort. „Ich wollte dich später anrufen. Im Moment geht es nicht. Ich weiß mir im Moment keinen Rat. Es geht um meine Mutter."

Ich bin sofort hellwach. „Deine Mutter? Ist sie zurück?"
„Ja, sie ist zurück. Aber es geht ihr nicht gut, Stella. Sie sieht und hört Dinge, die keinen Sinn ergeben. Ich habe Angst, dass sie durchdreht und möchte, dass sie von einem Arzt untersucht wird. Aber sie weigert sich und ich dringe nicht zu ihr durch. Kannst du mir helfen und mit ihr reden?"
„Einverstanden, Stella. Holst du bitte deine Mutter ans Telefon?"
Erst fünf Minuten später höre ich Emma wieder. „Ich konnte sie nicht sofort finden, jetzt ist sie in der Küche. Sie will nicht ans Telefon kommen, sie glaubt, dass da böse Geister drin hausen. Sie will nur mit dir sprechen, wenn du neben ihr sitzt. Ich komme und hol dich ab, okay? Bitte!"
Ob es klug wäre, jemanden wissen zu lassen, dass ich zu Greta gehe? Blödsinn. Zurück zur Normalität. Hier geht es um Greta. Sie braucht mich. Greta steht an erster Stelle.
Ich nehme schnell eine Dusche und wechsle meine Kleidung, ziehe eine schwarze Hose und ein weißes Top an. Mom besaß eine schöne dunkelrote Lederjacke, die mir jetzt sicher passen wird. Ich könnte sie anziehen, warum nicht?
Als ich zum Kleiderschrank gehe, habe ich das Gefühl, dass mich jemand anstupst. Ob Mom jetzt bei mir ist?
Die Lederjacke passt wie angegossen. Ich betrachte mich im großen Standspiegel und sehe, wie sehr ich meiner Mutter ähnle.
Das Verlangen nach ihr ist überwältigend.

MONDTEUFEL
Vollmond

Heute Nacht ist Vollmond.
Ich bin mir sicher, dass es heute Abend geschehen wird, daran gibt es keinen Zweifel. Jetzt oder nie. Nun denn. Dies ist eines dieser adrenalingeladenen Ereignisse, bei denen ich mit zitternden Knien herumlaufe, mein Herzschlag fast sichtbar ist und der Klang meiner Stimme durch ausgedörrte Speicheldrüsen geschrumpft ist und demzufolge krächzt. Ich muss alle Register ziehen, um aufrecht zu bleiben und niemanden spüren zu lassen, wie abgedreht und nervös ich bin. Der Verstand auf null, der Blick auf die Unendlichkeit.
Es ist Vollmond, endlich ist es Vollmond!
Es ist Vollmond!
Es ist Vollmond!
Hört Ihr da draußen, es ist Vollmond!!!!
Ich stehe vor dem Fenster und sehe mein Spiegelbild vor dem Vollmond.
„Ich bin nicht verrückt", flüstere ich dem Mond zu.
Du bist nur anders als andere Menschen.
Korrekt!
Was hast du vor?
„Das wirst du dann schon sehen!"

KAPITEL 47

Emma geht mit raschen Schritten vor mir zu ihrem Fahrzeug und hält mir galant die Tür auf. Ich setze mich auf den Beifahrersitz und lege den Sicherheitsgurt an. Keiner von uns sagt etwas.

Während der Fahrt dringt das Licht des Mondes durch die Bäume am Straßenrand hindurch und tanzt auf dem Straßenpflaster. Der Himmel ist tiefschwarz und sternenklar. Ich denke an die Zeiten, als der Kontakt mit Greta und Emma plötzlich abbrach und es Mom und mir nicht gelang, Kontakt mit ihnen aufzunehmen. In jenen Tagen vermisste ich Emma, aber vor allem vermisste ich ihre Mutter. Mom behauptete stets, dass mit Greta etwas nicht in Ordnung wäre, ich habe immer versucht herauszufinden, was das wohl sein könnte. Aber als wir wieder willkommen waren, machten wir einfach wieder weiter, wie zuvor, als wäre nichts gewesen.

Was ist nur los mit Greta?

„Sie sieht und hört Dinge, die keinen Sinn ergeben. Sie geht nicht ans Telefon, weil sie glaubt, dass böse Geister drin sind."

Wie ist es möglich, dass mir dieses merkwürdige Verhalten noch nie aufgefallen war?

„Wir sind da", sagt Emma.

Ich betrachte das große, freistehende Haus, in das mein Vater einzog, nachdem er Mom und mich verlassen hatte. Damals fragte ich mich, warum er in dem riesigen Backsteinhaus wohnen wollte, obwohl er bereits eines hatte. Das Haus liegt sehr abgelegen, seltsam, dass mir das noch nie zuvor aufgefallen ist. Alles ist dunkel. Fast undurchdringliches Schwarz. Die Stille zu laut. Hinter ihr die tausend Augen der Nacht.

Ich ignoriere die schreienden Signale der Schmerzen in meinem Kopf, in meiner Brust. Tiere rascheln im Gebüsch, eine Eule ruft, Vögel kreischen durch die Nacht. Ich gehe hinter Emma her, die durch die Gartenpforte hastet, ignoriere die Kälte und verliere jegliches Zeitgefühl. Der große Vorgarten braucht einen Gärtner. Was für ein Chaos. Kurz bevor Emma das Licht erreicht, bleibe ich stehen und halte den Atem an. Urplötzlich ist da dieses ganz spezifische Gefühl, das mich durchflutet: lichterlohe Panik. Ich schließe einen Moment die Augen, zähle meine Atemzüge, der Brechreiz verschwindet, nur leichter Schwindel bleibt zurück. Und die Kopfschmerzen. Mir wird übel.

„Kommst du?", drängt mich Emma.

Ich schaue mich um. Kein Verfolger. Nur die Bäume beschatten uns.

Ich blicke in den sternenklaren Himmel und zeige auf den Mond. „Schau mal, Emma, wir haben Vollmond", sage ich in die Stille hinein. „Es ist eine Nacht für Mondseelen."

Ihr Lachen klingt hässlich.

Als ich das Haus betrete, bleibt die Zeit stehen. Und mal abgesehen von den üblichen Bildern, die vor meinem inneren Auge vorbeiziehen, die von wunderschönen Treffen mit meinem Vater und seiner neuen Familie zeugen, spüre ich jetzt nur Unvollkommenheit und Inkongruenz.

Die Wahrheit liegt in diesem Haus in finsteren Details, hatte Mom einmal gesagt.

Emma begibt sich in Richtung Küche. Ihre Gestalt scheint über die Fliesen zu gleiten. Dort angekommen, scannt sie den Raum mit den Augen. Diese Verankerung ist eine notwendige Vorbereitung, um mich auf das Gespräch mit Greta vorzubereiten.

Ich lasse die eingeschlossene Luft aus der Lunge und öffne die Augenlider. Das Wohnzimmer ist ein guter Anfang.

Greta ist nicht in der Küche.

„Schau du mal im Wohnzimmer nach", schlägt Emma vor. „Vermutlich ruht sich meine Mutter oben im Schlafzimmer aus. Ich werde sie holen."

Ich gehe ins Wohnzimmer. Ich bewege mich nicht, sondern schließe die Augen und blockiere die Atmung. Das verbindet mich mit dem Raum, um seine Schwingungen, den Rhythmus und seine Töne einzufangen. Ich öffne die Augen wieder und bleibe in der Mitte des Raumes stehen, betrachte jedes Detail. Am Ende begreife ich die Worte meiner Mom: Dieses Zimmer ist *nüchtern, raffiniert, kalt, selbstsüchtig.* Mit der Greta, die ich kenne, hat es kaum etwas zu tun. Das hier ist Manie. Ich habe Emmas Gesicht vor Augen: Make-up, gepresste Lippen in einem kalten Gesicht, völlig verspannt. Um den großen Holztisch herum visualisiere ich die stillen Mahlzeiten, die Greta mit ihrer Tochter nach dem Tod meines Vaters wortlos beendet. Greta, die allein zurückbleibt, lässt ihren Blick in eine abgrundtiefe Leere stürzen. Sie leert die Weinflasche, entfernt Teller und Besteck, stellt das Geschirr in die Spülmaschine. Sobald alles blitzblank ist, setzt sie sich auf das weiße Ledersofa – dem Flachbildschirm zugewandt, der an der exponierten Steinwand hängt.

Ich sehe sie zwischen Seidenkissen vor einer langweiligen Show einschlafen. Sie wacht erst spät in der Nacht auf, ihre Lippen geschlossen und ihre Augenlider verklebt. Zeit, um ins Bett zu gehen. Ich spüre Bitterkeit, Traurigkeit, Einsamkeit, ein willenloses Gefängnis. Gretas Gesicht verändert sich, ihre Gesichtszüge verblassen, die Augen verdunkeln sich. Lippenstiftspuren breiten sich an den Ecken und am

Kinn aus, Mascara mischt sich mit Tränen, zwei schwarze Linien ziehen sich über ihre Wangen.

Stimmen reißen mich im nächsten Moment aus meinen Gedanken. Zuerst sagt Emma etwas, Greta antwortet. Dann ist es wieder still. Emma erscheint wieder in der Tür. Sagt mir, ich solle an Ort und Stelle bleiben und still sein. Schließt wieder die Tür des Zimmers.

Ich horche in die Stille, nur den Bruchteil einer Sekunde. Die Tür wird aufgerissen.

„Mama ist im Keller und möchte nur dort mit dir sprechen", sagt Emma und zeigt auf mein Smartphone. „Leg es auf den Tisch, sonst glaubt sie noch, dass du Geister einschleust. Sie ist vollkommen irre."

Ich gehorche und begleite Emma zur offenen Kellertür. „Stella kommt jetzt zu dir, Mama", ruft sie in den Keller hinein. „Ich schalte das Licht erst dann an, wenn Stella unten an der Treppe ist, wie ich es dir versprochen habe."

Ich starre in das dunkle Loch. Plötzlich erfasst mich eine eisige Kälte. Mein Körper zittert. Ich habe es soeben begriffen. Das hier ist real, keine Wahrnehmung auf meiner Iris. Das schwarze Loch starrt mich wie ein totes Auge an. Ich schlucke, wische mir die verschwitzten Hände an der Hose ab.

„Nur zu", sagt Emma. „Halte dich am Geländer fest, es ist eine steile Treppe. Ich mache das Licht an, wenn du unten bist."

Vorsichtig setze ich einen Fuß auf die oberste Stufe und drehe mich noch einmal fragend nach Emma um. Ihr Gesicht ist so nah, dass ich ihren heißen Atem spüre. Ihr Blick ist der eines Raubtiers, das eine in die Enge getriebene Beute fixiert. In ihm liegt etwas Archaisches, ihre Pupillen sind so groß, dass ihre Augen schwarz wie Krater erscheinen. Nie, noch nie in meinem ganzen Leben, habe ich solche Wut gesehen. Ich habe es mit einem vollkommen unberechenbaren Menschen zu tun.

„Du gehst jetzt besser hinunter", zischt sie. Die Worte machen die Drohung in ihrer Stimme noch unheimlicher.

Ich brauche ein paar Sekunden, um mich von dem Schock zu erholen. Doch ich gebe mich der Panik nicht hin, mein Gesicht bleibt unbeweglich. „Bitte, mach das nicht!"

Emmas Mund zuckt. „Halt die Klappe, Stella!"

Eine Sekunde lang denke ich an meine Mutter, an Julian.

„Wenn du das tust, dann bist du eine Mörderin."

„Halt den Mund!"

Und dann denke ich nur noch eines: *Ich werde hier nicht sterben.*

Ich setze vorsichtig einen Fuß auf die erste Treppenstufe. Im nächsten Moment spüre ich zwei Hände, die mich die Treppe hinunter stoßen. Vergeblich versuche ich, den Handlauf zu fassen, aber ich verfehle ihn und greife ins Leere.

Ich falle, mein Gesicht trifft hart auf einen Gegenstand. Dann prallt mein Körper auf, mein rechter Fußknöchel verwandelt sich in puren Schmerz, Tränen schießen mir in die Augen. Ich schüttele panisch den Kopf, versuche die Benommenheit zu vertreiben.

Die Welt ist zum Karussell geworden. Ich bin im Vorzimmer meiner Gedanken, wo die Zeit langsam in eine unsichtbare Sanduhr rieselt. Bin wie ein verwundetes Tier, verwirrt und vor Angst fast blind. Die Realität hat sich bereits aufgelöst und hinterlässt nur eine verschwommene Spur am Rand meiner Iris. Wortfetzen und Gemurmel prallen in meinem Kopf aufeinander.

Ich lausche den stummen Melodien des Kellers.

Dann geht das Licht an.

MONDTEUFEL

Halbschwester

Wir hatten denselben Vater und trugen denselben Namen und dennoch sagte sie immer, ich sei ihre Halbschwester, obwohl ich sie immer wieder bat, mich als ihre Schwester vorzustellen. Der Psychologe, mit dem ich während meines ersten Aufenthalts in der psychiatrischen Klinik sprach, nannte dies einen der ursächlichen Elemente meines gespaltenen Gefühlslebens.

Als Kind dachte ich, jeder hätte einen Vater, eine richtige Mutter, eine Art Ersatzmutter und eine Schwester mit dem gleichen Nachnamen. In meiner Wahrnehmung war jede Familie auf diese Weise aufgestellt. Diese Überzeugung fand ein jähes Ende, als mein Vater plötzlich starb. Die beiden Frauen, die er zurückließ, versuchten, sich gegenseitig in ihrer Trauer zu übertreffen und den Schmerz in Alkohol zu ertränken. Manchmal glich das einem Wettbewerb in Tränen vergießen und dem Brechen ihrer Stimmen.

Ich wollte, dass sie wieder zur Normalität zurückkehrten und versuchte, Stella dazu zu bewegen, zu meiner Mutter und mir zu ziehen. Ich lud Ida auch zu uns ein, aber als ich meiner Mutter davon erzählte, wurde sie wütend und verbot mir, einen solchen Blödsinn zu wiederholen.

In dieser Zeit entdeckte ich, dass Stella eine Vorliebe für das Mondlicht hatte und dass ein Vollmond ihre Stimmung beeinflusste. Das Licht des Vollmondes entspannte sie. Ich war so glücklich über meine Entdeckung und sagte, dass wir jetzt definitiv echte Schwestern seien, denn ich empfand genauso. Sie umarmte mich und hielt mich fest, sagte, sie hätte wie ihr kleiner Bruder Jordi eine Mondseele, weil sich bei Vollmond die Mondblumen öffneten, die sie für sich und Jordi im Garten gepflanzt hatte.

Ich tat es ihr nach, aber meine Mondblumen öffnete sich nie oder gingen ein. Stella lächelte dann nur und sagte: „Du bist keine Mondseele, du bist das Pendant und meine Halbschwester."

„Was ist das Pendant der Mondseele?"

„Der Mondteufel. Sein Mond ist rot und wunderschön", antwortete sie und küsste meine Wange. So nahm ich ihr den Teufel nicht übel, zumal sein Mond schöner war als Stellas blasse Kugel.

Es war nicht ihre Weigerung, mich als ihre Schwester vorzustellen, die uns entzweite, es war Stella selbst. Sie kam mir ständig in die Quere und nahm es als selbstverständlich hin, dass sie nicht von wirren Gedanken und beunruhigenden Impulsen belästigt werden wollte. Stella hätte es nicht geben dürfen, ich hätte als einzige Tochter meines Vaters geboren werden sollen, dazu war ich bestimmt. Sie nahm es als selbstverständlich hin, normal zu sein, und diese Selbstverständlichkeit hat mich immer gewaltig gestört.

Wir waren verwandt und die fehlerhaften Gene hätten gerecht zwischen uns aufgeteilt werden müssen. Wenn das der Fall gewesen wäre, hätte ich mit ihrer Existenz leben können. Aber Stella hat alle guten Gene bekommen und ich wusste schon von klein auf, dass ich sie eines Tages dafür bestrafen würde.

Dass ich sie bestrafen müsste und dass das Mondlicht dabei eine entscheidende Rolle spielen würde.

Nun ist es endlich so weit.

KAPITEL 48

Ich kann mich bewegen und richte mich langsam auf. Die Nässe auf meinem Gesicht entpuppt sich als Blut aus einer Kopfwunde.

Mit einem Papiertaschentuch aus meiner Jackentasche wische das Blut von meinen Wangen. Mein linkes Knie schmerzt und mein linker Arm fühlt sich auch nicht gut an. Ich schaue auf die geschlossene Tür am oberen Ende der Treppe und horche. Da ist nichts, nur Stille.

Es war eine Falle. Sie will mich töten.

Ich sehe mich um. Unter der Treppe steht ein großer Pappkarton, einige Schritte von mir entfernt der Tisch, der neulich in meinem Wohnzimmer stand. Auf der Kunststoffplatte liegt ein Stofftier aus braunem Plüsch. Aber Greta ist nicht hier.

Mir stockt der Atem. Das hier kann nicht wahr sein, das hier ist nicht real, sondern ein böser Traum. Wo ist Greta? Ich muss aufwachen, das hier macht keinen Sinn!

Meine Augen wandern wieder zu dem Karton unter der Treppe. Fragen schwirren in meinem Kopf herum, quälende Geister, die mich jedes Mal, sobald ich meine Augen für den Bruchteil einer Sekunde schließe, zurückstoßen in einen grausamen Gedankenkreis.

Plötzlich spüre ich heftige Kopfschmerzen! Atme tief ein und aus! Ruhig bleiben! Denk nach! Ruf Hanno an!

„Leg das Smartphone auf den Tisch, sonst glaubt sie noch, dass du Geister einschleust. Sie ist vollkommen irre."

„Emma! Lass mich hier raus! Was ist nur los mit dir?", rufe ich die Treppe hinauf.

Ich wische mir noch einmal das Blut aus dem Gesicht und kann die brodelnde Magensäure nicht mehr kontrollieren und übergebe mich. Ich taumle rückwärts und komme zurück zum Tisch. Stütze mich an der Tischkante ab, schiebe das Plüschkaninchen beiseite und übergebe mich ein zweites Mal.

Ein Geräusch – vielleicht ein Schlurfen – vom Treppenabsatz vor der Tür. Mein Blick schießt zu dem Karton hinüber. Wieder ein Geräusch, gedämpfte Stimmen ... dann ein Hämmern an der Tür, laut, gnadenlos.

„Es liegt an dir", sagt Emma. In ihrer Stimme liegt eine kalte Entschlossenheit.

Das Hämmern wird stärker, lauter, ich weiß, die Tür wird nachgeben. Mit jedem Schlag drückt mir das Entsetzen mehr auf den Magen. Im nächsten Moment wird eine schwere Faust an die Holztür geschmettert.

„Du wirst dafür bezahlen!", brüllt eine tiefere Stimme.

Wofür muss ich bezahlen?

Meine Kopfwunde blutet stark, der Keller verschwimmt in einem roten Nebel. Ich kann den Blick nicht fokussieren. Panik und Angst breiten sich in mir aus, mein Magen zieht sich wieder krampfhaft zusammen. Ich beginne zu zittern und schluchze lautlos. Tränen rollen über meine Wangen, Urin fließt über meine Schenkel. Meine Sicht ist immer noch verschwommen, ich nehme nur unbestimmte Formen und tanzende Lichter wahr.

Langsam gehe ich zum Kellerfenster und blicke durch das Gitter in die schwarze Nacht.

„Hilfe ... Hilfe ...." Ein Flüstern.

Draußen nimmt der strahlend helle Mond nach und nach eine rötliche Kontur an, die mit jedem Flattern meiner Augenlider klarer wird. Am Ende ist er rot wie der Teufelsmond.

Ich zittere am ganzen Körper.

Irgendwo über mir wird eine Tür zugeschlagen.

MONDTEUFEL

Leben und Tod

Ich war zwölf, als meine Mutter und unser Hausarzt zum ersten Mal eine Verschwörung gegen mich schmiedeten. Meine Verhaltensstörung sei auf hormonelle Schwankungen zurückzuführen, erklärte der Idiot und, dass ich meine Wut offenbar nicht kontrollieren könne. Ich würde eine Zeit lang beobachtet und medikamentös behandelt werden. Am Ende gelang es ihm, meine Mutter davon zu überzeugen, dass es das Beste sei, mich in einer Klinik für verhaltensgestörte Kinder unterzubringen.

Statt einem geplanten Urlaub in Spanien verbrachte ich sechs Wochen unter Beobachtung in einer Irrenanstalt. Dort verhielt ich mich vorbildlich und brachte meine Mutter damit in Verlegenheit. Ich schaute erstaunt aus den Augen, als mir gesagt wurde, dass ich heftige Wut gezeigt hätte, einige Male mitten in der Nacht vom Dach unseres Hauses geholt werden musste und zerstörerisch gewesen sei, wobei sich diese Zerstörungswut auf die Seidenblusen meiner Mutter beschränkte. Meine Verwirrung und Verzweiflung waren so überzeugend, dass ich die Zweifel der behandelnden Psychiater förmlich spürte.

Ich war rechtzeitig wieder zu Hause, um das neue Jahr am Gymnasium zu beginnen, und achtete darauf, dass sich niemand über mein Verhalten beklagen konnte. Meine Mutter ignorierte ich monatelang. Sie bot mir Ausflüge, schöne Kleider, neue Schuhe, Junkfood, Zuckerwatte und Make-up-Artikel an, aber keine Entschuldigung.

Erst sechs Monate später, nachdem ich enorm an Gewicht zugenommen hatte und sie so dünn wie eine Bohnenstange war, gab sie zu, dass sie einen Fehler gemacht hatte, und bat mich um Verzeihung. Ich schwieg eine weitere Woche und sprach dann wieder mit ihr, als wäre nichts geschehen.

In den folgenden Jahren wurde ich regelmäßig in die Psychiatrie eingewiesen, eingesperrt, mit Pillen vollgestopft und zu Gesprächen mit verschiedenen Psychiatern gezwungen, die ich alle gleichermaßen verstörend fand.

Meine Mutter schämte sich für mich. Mir fiel auf, dass sie mit niemandem über mein Verhalten sprach und dass es niemand bemerkte, wenn ich eine Zeit lang von der Bildfläche verschwand. Ich fragte sie, wie das möglich sei, und sie antwortete, dass sie in dieser Zeit niemanden besuchte und auch keinen Besuch zu Hause empfing. Für die Außenwelt war sie diejenige, die Ruhe brauchte, und ich die Tochter, die vorübergehend bei ihrer Familie untergebracht wurde. Wir entfernten uns eine Zeitlang aus dem gesellschaftlichen Leben und tauchten irgendwann wieder auf. Ich nahm zu, sie sah immer ausgemergelter aus. So easy.

Wir stritten uns oft über meine Medikamente, die ich nach Ansicht der Psychiater nehmen musste, um seelisch ausgeglichen zu bleiben. Zugegeben, sie machten mich ruhiger, ich war entspannter, weniger panisch und überhaupt nicht ängstlich. Aber ich wurde so verdammt fett.

Es gab immer wieder Zeiten, in denen ich glaubte, es ginge mir gut genug, um die Einnahme zu beenden und ein Normalgewicht zu erreichen. Ein Fehler. Ein dummer Fehler!

Trotzdem blicke ich immer noch mit einer gewissen Freude auf die Zeiten zurück, in denen ich zwangsweise Mitglied einer Gruppe Mädchen und Jungen war, die meiner Meinung nach umso vieles verrückter waren als ich. Wir brachten uns gegenseitig bei, wie wir die *Normalen* austricksen konnten, sobald wir außerhalb der Sicht- und Hörweite unserer Wachhunde waren, die sich beharrlich *Betreuer* nannten.

Während einen der Aufenthalte habe ich gelernt, wie man eine Stimme perfekt imitiert. Ich trainierte als Erstes die Stimme meiner Mutter, eine Entscheidung, von der ich neuerdings profitiere.

Hin und wieder war ich auch leichtsinnig bei meinen Taten, aber sie endeten für mich stets erfreulich. Ich erinnere mich allerdings ebenso an Momente, in denen ich angsterfüllt in meinem Zimmer hockte. Zum Beispiel, als dieses sechsjährige Mädchen aus der Nachbarschaft vermisst wurde. Dieser Inbegriff der Unschuld. *Widerlich.* Das Kind lächelte mich stets an, wenn es an unserem Haus vorbei radelte. Ohne einen triftigen Grund benennen zu können, hegte ich einen Groll gegen dieses lächelnde Mädchens. Bis es etwas sagte, das es niemals hätte sagen dürfen.

Die ganze Nachbarschaft war in Aufruhr, sie drang sogar bis zu unserem abgeschiedenen Haus vor. Es kamen Leute an unserer Tür, die wir vorher noch nie gesehen hatten und fragten, ob wir etwas bemerkt hätten. Zum Glück ließ meine Mutter sie nicht herein, aber danach fragte *sie* mich, ob ich das Mädchen gesehen hätte. *Ich!*

Natürlich hatte ich es nichts gesehen, ich hatte nur gehört, was es mir zuflüsterte, als ich im örtlichen Supermarkt mit ihm zusammenstieß: „Verrückter Fettmops". Nach einem längeren Aufenthalt war ich seit zwei Tagen wieder zuhause und meine Fettleibigkeit behagte mir nicht. Als ich das Mädchen ansah, huschte es schnell davon, dennoch war es zu dumm, um sich gänzlich von mir fernzuhalten.

Das Mädchen wurde ein paar Tage später im Hangeweiher gefunden. Ich erzählte meiner Mutter, dass es nicht schwimmen konnte. Ich begab mich auf dünnes Eis, denn sie könnte mich fragen, woher ich das wusste. Aber meine Mutter stellt seit Längerem keine Fragen mehr. Sie seufzt lieber und nimmt ab.

Am Ende gingen wir zusammen zur Beerdigung.

Derartige Dinge können passieren, wenn der Vollmond mit dir spricht und dir einen Auftrag erteilt, den du nicht ablehnen kannst. Momentan spricht der Mond nicht mit mir, es ist auch überflüssig. Ich weiß, was er von mir erwartet.

Ich werde ihn nicht enttäuschen, denn den Mond zu enttäuschen ist wie mit dem Leben zu spielen. Ich bin des Lebens nicht überdrüssig, vor allem jetzt, wo ich ein schönes fettes Bankkonto habe und das Krankengeld und die Witwenrente meiner Mutter unbekümmert ausgeben kann. Sie kann für den Rest der Welt in Frankreich verweilen. Sollte mir jemand unangenehme Fragen über ihren Verbleib stellen, könnte ich sie immer noch für eine Weile auf eine Weltreise schicken. Ich fürchte mich nicht vor Fragen, besonders jetzt, wo selbst Stella für immer von der Bildfläche verschwinden wird.

Ich kann es kaum erwarten, dass mein Leben endlich beginnt.

KAPITEL 49

Meine Kopfwunde blutet nicht mehr, aber mein Gesicht schmerzt und meine Kehle fühlt sich an wie Sandpapier. Ich bin durstig und muss pinkeln.
Warum hat Emma mich hier eingesperrt?
Die einzige Antwort, die sich mir aufdrängt, will ich nicht glauben. Sie ist meine Schwester. Sie wird mir nicht wehtun. Sicher bin ich mir aber nicht. Ich habe mich selbst verloren nach dieser Hirnblutung. Solche Sachen gingen mir früher nie durch den Kopf, früher, als ich normal war.
Die Kopfschmerzen sind jetzt so stark, dass ich nicht mehr denken kann.

Durst. Er quält mich. Wenn Emma kommt, wird sie mir Wasser bringen. Ganz sicher.
Ich habe in einer Ecke des Kellers gepinkelt, neben dem riesigen Karton. Es tat weh.
„Hilfe … Hilfe!" Nur ein Krächzen.

Es gibt keinen Türgriff, nur ein Schlüsselloch. Ich drücke gegen die Tür. Nichts.
„Lass mich hier raus, Emma!", schreie ich. „Emma! Emma, verdammt nochmal!!!"
Ich schreie mir die Seele aus dem Leib. Die einzige Antwort ist eisige Stille. Ich setze mich auf die oberste Stufe – der letzte Schritt in die Freiheit.
Wann kommt sie zurück? Ich gehe wieder nach unten.

Im Geiste sehe ich mich hier liegen, wenn sie die Tür öffnet. Was wird sie tun, wenn ich dann noch atme? Und wenn ich nicht mehr atme?

Ich stütze meinen Kopf auf meine Arme. Es ist erbärmlich. Ich möchte, dass es aufhört! *Mom, hilf mir!* Mom ... Ihr Tagebuch hat die Schleusen meiner Erinnerung geöffnet. Ich erinnere mich wieder, was an jenem Nachmittag im Wäldchen geschehen ist, kann den Fluss von Bildern und Geräuschen, der meinen Kopf überflutet, selbst in diesem Moment nicht aufhalten.

Der Waldweg. Das Wäldchen. Das Grauen.

Ich laufe den Waldweg entlang, suche meinen kleinen Bruder. Will mit ihm spielen. Heute ist Vollmond, die Mondblumen zeigen uns ihre Blüten. „Das bringt Glück, Jordi", murmele ich, als ich das Wäldchen betrete. „Es ist die Nacht der Mondseelen."

Im Wäldchen liegt ein Junge wimmernd auf dem Boden und sieht sich mit panisch flehendem Blick um. Ich glaube, es ist ein Junge in Jordis Alter und ich erstarre vor Schreck. Gehe keinen Schritt weiter. Das Gesicht des Jungen ist geschwollen, blau und blutverschmiert. Ich sehe es nur vage, die Dämmerung hat bereits eingesetzt, es ist schon fast dunkel.

Plötzlich berührt eine Gestalt den Körper des Jungen. Ich höre, wie er vor Schmerzen aufschreit, sehe, wie kleine Hände einen großen Stein aufheben und damit auf den Jungen einschlagen wie eine stumme Marionette. Dann ist es still. Die Gestalt läuft davon.

Ich spüre den Schock, fühle die Angst. Schlimmer noch: Der Wille zu entkommen, entweicht aus meinem Körper, während ich langsam auf den toten Jungen zugehe und in ihm Jordi erkenne. Nein, das will ich nicht sehen. Blitzschnell drehe ich mich um, laufe davon. Meine Seele sperrt sich, um sich nicht mehr an den Schrecken erinnern zu müssen – wie Augen, die in die Dunkelheit getaucht sind.

„Nein!"

Ich drücke mir mit der Hand an den Kopf, will ich die grausame Fratze der Vergangenheit vertreiben und rufe laut nach Hilfe, aber der Klang meiner Stimme geht verloren, als ich aus dem Fluss meiner Erinnerungen wieder auftauche.

Meine Beine zittern. Die Galle fließt zurück in die Speiseröhre.

Ich fühle mich wie eine Gefangene im Strom; der feuchte Boden und die zerbröckelten Wände, das weiche gedämpfte Licht der nackten Birne.

Ich kannte den Schatten nicht, der Jordi getötet hatte, aber meine Mutter ahnte, wer es war. Soll seine Seele in der Hölle schmoren.

Zwei Tage später
Ich friere. Von draußen dringt durch das Gitterfenster spärliches Licht in den dunklen Kellerraum. Ich horche ins Halbdunkel hinein. Von irgendwo höre ich das Bollern eines alten Heizungskessels, dessen Wärme diesen Raum nicht erreicht. Ich strenge mich an, vernehme das regelmäßige Ticken einer Wanduhr.

Wie spät ist es? Ich versuche, den Überblick nicht zu verlieren, aber es ist zu dunkel hier. Die Nacht bringt andere Geräusche als der Tag hervor. Ich höre eine Eule, die nachts nach mir ruft. Oder es ist der Irrsinn, der von mir Besitz ergreift?

Ich blicke in die Dunkelheit und spüre den Schwindel in meinem Kopf, das Wasser, die Wellen, und … ertrinke. Die Toten rufen mich. Mom, Papa, Jordi, sie alle versammeln sich um mich. Ich frage mich, wann es angefangen hat. Ich weiß es nicht. Ich weiß nur, dass Emma mich zerstören will.

Es schmerzt. Alles schmerzt. Die winzigen Lichtstrahlen in meinen Augen, das Dröhnen in meinem Kopf. Ich kann den

Tod riechen, und würde ich meine Zunge herausstrecken, könnte ich die eisenhaltige Trübe, die an meinen Händen klebt, schmecken. Kündigt sich so der Tod an? Man löscht das Licht, blickt in die Dunkelheit, und die Schatten kommen und werden zur Monstrosität.

Ich habe geträumt, dass wir wieder zu dritt sind. Mom, Jordi und ich. Wir winken dem Vollmond zu. Ein schöner Traum.

Mir ist kalt, so unglaublich kalt.

MONDTEUFEL
Orangenlikör

Ich habe seit einem Jahr keine Medikamente mehr genommen und es gefällt mir. Wenn ich vor dem Spiegel stehe, kann ich meinen nackten Körper anschauen, ohne mich schlecht zu fühlen. Das Fett ist weg, meine Hüften sind straff, mein Bauch ist flach. Danke an den Trainer des Fitnessstudios, von dem ich dachte, er hätte mich geschwängert. Hat er nicht! Was er geschafft hat, veranlasst Männer, mich anzuschauen, sie pfeifen mir auf der Straße hinterher. Folglich liegt häufiger ein junger Gott in meinem Bett. Ein Kind wird irgendwann kommen, wenn die Zeit reif ist. Wenn *die Luft* rein ist. Das Problem „Mutter" habe ich bereits gelöst, jetzt kommt Stellas Stunde.

Ich glaube nicht, dass sie nach ein paar Tagen ohne Flüssigkeit ansprechbar ist. Sie kann lange Zeit ohne Essen auskommen, aber ohne Trinken schafft selbst sie es nicht. Vielleicht kann ich heute Abend – nach drei Tagen – die Gelegenheit nutzen und die Situation im Keller überprüfen.

Ob Stella begreift, was sich in dem Umzugskarton befindet? Ich habe ihn zweimal mit Klebeband umwickelt, es wird nicht leicht sein, den Karton zu öffnen. Und sollte es ihr dennoch gelingen, wird sie nicht sofort sehen, was darin verborgen ist. Zuerst habe ich die Leiche in einen schwarzen Müllsack gesteckt und das Ganze mit drei Rollen breitem Klebeband geruchsfrei zugeklebt. Aber warum sollte ich mir Sorgen machen, ob Stella die Leiche entdeckt? Sie kann es ohnehin niemandem sagen.

Die Rechnungen meiner Mutter sind beglichen. Ihre Einkäufe zahle ich auch regelmäßig mit ihrer Eurokarte im Supermarkt. Alles perfekt. Niemand kommt mir auf die Schliche.

Sie hätte sich nicht einmischen dürfen und auf mich hören sollen, als ich ihr verboten habe, sich bei Stella nach einem Los der Staatslotterie zu erkundigen. Sie hätte mich nicht so argwöhnisch ansehen dürfen und nicht so deutlich sagen sollen, dass sie mir misstraut. Ich war *ihre* Tochter. Man schützt sein Kind, es ist unerheblich, was es denkt oder tut, man verrät es niemals. Wenn ich ihr vertraut hätte, hätte ich sie in Ruhe gelassen. Aber *sie* vertraute Stella wohl mehr.

Auf meiner Mailbox hat mein Arbeitgeber eine Nachricht hinterlassen. Sie wollen mit mir über die Beendigung meines Arbeitsverhältnisses sprechen und mir eine angemessene Abfindung anbieten.

Ich frage mich, ob wir unter „angemessen" dasselbe verstehen. Sollen sie doch warten, bis es mir passt. Im Moment habe ich andere Dinge im Kopf, die wichtiger sind, als über eine lukrative Möglichkeit nachzudenken, meinen Boss loszuwerden. Ich denke lieber über mein eigenes Geschäft nach. Einen Entwurf für ein von Weitem erkennbares Namensschild habe ich bereits gemacht.

Es wird ein Erfolg, ganz sicher.

Im Kühlschrank steht noch eine Flasche Orangenlikör. Das Tröpfchen macht mich immer glücklich. Zwei Gläschen mit viel Eis sollten reichen.

KAPITEL 50

Ich träumte, dass mein Vater neben mir stand, mich aufhob und zum Mond brachte. Meine Mutter, Greta und Jordi warteten zwischen den Mondblumen auf mich. Alle waren glücklich, wir tanzten und küssten uns gegenseitig.

Mom nannte mich stets eine Mondfrau. Sie sah mich dann immer so zärtlich an und streichelte mir über den Kopf.

Emma hat mich in diesen Keller gestoßen, Mom. Lässt mich hier verhungern und verdursten.

Ich habe ihr nichts getan.

Ich lehne mich mit dem Kopf gegen die Kellertür. Kann meine Arme und Beine kaum noch bewegen.

Emma verdient die Höchststrafe!, antwortet mir meine Mutter in Gedanken.

Was hat mich gerade aufgeweckt?

Niemand begleitet mein Sterben.

Nur das Plüschkaninchen auf dem Tisch. Ihm fehlt ein Auge. Dort, wo einst das dunkle Knopfauge gewesen war, quillt Wolle aus dem Krater. Ich hatte ihm mein Leid geklagt und vergeblich in sein vorhandenes Auge nach einer Antwort auf meine Fragen gesucht. Meine Augen sind nicht mehr in bester Verfassung. Das Licht bleibt zwar Tag und Nacht an, aber ich kann kaum etwas erkennen.

Ich höre immer wieder Schritte.

Ich darf mich nicht fürchten.

Ich habe aber Angst, ich fürchte mich davor, dass Emma die Tür öffnet.

Manchmal wünsche ich mir, es wäre zu Ende.

Emma zählt die Tage bis zu meinem Tod.

Sie ist eine grausame Mörderin.

Sie will meinen Tod.
Niemand begleitet mein Sterben.
Nur das Plüschtier auf dem Tisch.

Was hat mich gerade aufgeweckt?
Von irgendwo hinter dieser Tür dringen Stimmen zu mir durch. Mit geschlossenen Augen versuche ich sie zu erkennen. Es sind Männerstimmen.
Suchen sie nach mir?

Wann werden Charlotte, Marie, Tom und Hanno merken, dass ich nicht zu Hause bin? Würde es jemandem in den Sinn kommen, in Gretas Haus nach mir zu suchen? Emma wird ihnen nichts sagen, sie wird vorsichtig sein.
Ich höre jemanden husten und schaffe es, aufzustehen. Stimmen kommen immer näher. Ich bewege meine Füße, dann meine Beine. Ziehe mich am Treppengeländer hoch und umklammere es fest.
„Hier ist eine Tür", sagte eine Stimme. „Halte die Taschenlampe etwas höher."
Meine Beine zittern. „Hilfe", krächze ich leise.
„Können wir nicht einfach das Licht einschalten. Es ist sowieso niemand zu Hause!"
Ich kenne diese Stimme nicht. Sind es Polizisten, die nach mir suchen?
„Vielleicht gibt es hinter dieser Tür einen Safe? Leuchte sie mal aus."
Das sind Einbrecher!
Meine Stimme weigert sich, einen weiteren Laut von sich zu geben. Ich möchte „Hilfe" rufen, sie warnen, dass ich hier stehe, damit sie sich nicht erschrecken.
Oh mein Gott, die Tür wird geöffnet!

Sie sind zu zweit, zwei Jungen, höchstens sechzehn Jahre alt. Zwei Augenpaare starren mich an. Ich sehe Angst und Schrecken. Keine Waffen.

„Scheiße! Raus hier!", flucht der Junge am Treppenabsatz.

Draußen wird der Motor eines Mopeds oder Rollers gestartet. Mit ohrenbetäubendem Lärm rast es über den knirschenden Kies. Dann ist es still.

Ich schaffe es aufzustehen, taste mich bis zur Diele und suche nach dem Lichtschalter. Finde ihn und knipse das Licht an. Ich bin in der Diele, die Haustür steht weit offen. Eisige Kälte dringt ins Haus. Draußen ist es stockfinster, es muss Nacht sein. Ich bleibe einen Moment vor der Eingangstür stehen, möchte nicht zurückgehen, aber der Durst zwingt mich zur Rückkehr. Ich schließe die Tür und schlurfe in die Küche. Mir wird schwindelig. Meine Beine versagen.

Trinken! Ich muss trinken!

Ich bleibe still liegen mit weit geöffneten Augen, konzentriere mich auf meinen Überlebenswillen tief in meiner Brust – ein wenig unterhalb der panischen Angst. Schließlich bringe ich meinen Kopf mit größter Anstrengung unter den Wasserhahn. Lasse das Wasser in meine Kehle laufen.

Erschöpft breche ich erneut zusammen.

Das Handy! Mein Herz pocht wild, meine Atmung beschleunigt sich, mein Blut pulsiert in den Adern und meine Gedanken überschlagen sich. Ich bin erschöpft und so müde. Dennoch schlurfe ich ins Wohnzimmer. Mein Smartphone liegt noch immer auf dem Tisch. Das Display ist schwarz. Ich schalte das Handy an und gebe mit zitternden Fingern das Passwort ein. Die Batterie zeigt ein Volumen von elf Prozent an. Das ist nicht viel.

Urplötzlich höre ich draußen ein Auto näherkommen.

Ich werde hier *nicht* sterben!

MONDTEUFEL

Stimmen

Ich habe zu viel Orangenlikör getrunken. Meine Beine sind schwer. Obwohl ich mich schon oft volltrunken hinters Steuer gesetzt habe, finde ich heute nur mit großen Schwierigkeiten den Weg zum Haus meiner Mutter.

Ich hätte das Ganze allein durchziehen sollen, ohne Julian, Alexander und Alma. Diese Saugnäpfe hatten Mitleid mit Stella, kooperierten aber dann doch mit mir, als ich Aktionen erfand, die Stella verwirrten und selbst die Menschen um sie herum an ihren geistigen Fähigkeiten zweifeln ließen.

Mir fiel auf, dass Julian, Alma und Alexander zögerten, weil sie die Konsequenzen fürchteten, die auf uns zukommen könnten, falls herauskäme, dass wir Stella bestohlen hatten. Was für Weicheier! Ich hasse Schlappschwänze. Julian bestand darauf, dass wir mit unseren Aktionen aufhören sollten. Ich wusste, dass ein Feigling wie er in einer gefährlichen Situation mit den Beinen denkt. Immer auf der Flucht, wenn's brenzlig wird. Er hat so geflennt, als ich mich weigerte, den stockbesoffen Typ in meinem Haus schlafen zu lassen. Warum konnte er auch kein Taxi nehmen?

Pech für den armen Teufel, dass sein Auto sich auf der Autobahn überschlug.

Nach Stellas Tod wird das Leben wieder zur Normalität zurückkehren. Ich bin bereit für weniger komplizierte Situationen und ein bisschen Glück. Oh, natürlich viel Glück. Pures Glück: guter Job, gutes Essen, jede Menge Sex und der Armut den Mittelfinger zeigen. Alles perfekt. Muss nur noch Stellas Leiche und die meiner Mutter loswerden. Manche Dinge muss man eben selbst lösen.

Aber ich weiß, wie ich Stellas Überreste loswerde. Wie ein Blitz schlug die Idee vor einigen Tagen ein, sie machte mich glücklich. Ich möchte jubeln.

Selbstmörder lieben Eisenbahnschienen!

Alle werden verstehen, dass Stella keinen anderen Ausweg mehr sah, als sich das Leben zu nehmen – nach all den Irrungen und Verwirrungen. Alle werden schockiert sein, aber sich am Ende damit abfinden. Ich werde eine schöne Rede halten, wenn das, was von ihr übrig ist, bereit ist für den Ofen.

Eine Rede von einer Schwester.

Für eine Schwester.

Ich sehe es sofort, als ich hineingehe. Die Tür zum Keller steht weit auf, das Licht ist an.

Ich stehe im Flur und horche.

Da sind die Stimmen, sie flüstern in meinem Kopf.

Ich kann nicht verstehen, was sie sagen.

Wieso ist die Tür offen? Ich bin die Einzige, die den Schlüssel hat.

Hab keine Angst, du musst keine Angst haben.

Die verdammten Stimmen sollen die Klappe halten!

Ich laufe zur Kellertreppe und bücke mich weit nach vorne.

KAPITEL 51

In der ersten Woche ließ Marie mich keine Minute aus den Augen. Sie entschied, dass Charlotte sich allein um die Firma kümmern müsse, und half mir bei den alltäglichen Dingen. Ich ließ alles zu, war froh, wieder in meinem Bett zu schlafen und in Sicherheit zu sein. Ich dachte nicht über die Geschehnisse nach und schlief tagsüber stundenlang.

In der zweiten Woche war Alma bei mir. Sie ließ ihre Schwester kommen, die sich um die Kinder kümmerte und hielt Alexander damit den Rücken frei. Sie arbeitet mittlerweile auch jeden Tag ein paar Stunden, weil die Fahrschule boomt. Der alte Zweitwagen wurde durch einen brandneuen ersetzt, ich habe nicht gefragt, wovon sie ihn bezahlt haben.

Alma war diejenige, die mir sagte, dass Emma tot sei. Alexander und Alma hatten sie im Haus ihrer Mutter unten an der Kellertreppe vorgefunden. Sie hatte den beiden eine WhatsApp geschickt, dass sie in das Haus ihrer Mutter kommen sollten, sie wäre gestürzt. Als Alexander und Alma ankamen, war die Eingangstür angelehnt.

Die Obduktion bestätigte einen hohen Blutalkoholspiegel. Die Polizei nimmt an, dass sie gestürzt ist, aber Alma und Alexander glauben, dass sie sich selbst in den Tod gestürzt hat. Alma hat oft gesagt, dass mit Emma etwas nicht in Ordnung gewesen sei, aber Alexander wollte das nie hören. Seit aber bekannt ist, dass Emmas Mutter tot in einem großen Karton im Keller gefunden wurde, schweigt er, wenn Alma das Thema Emma anspricht. Als ich von Gretas Ermordung erfuhr, wurde mir klar, dass ich es bereits ahnte, als ich im Keller zu mir kam.

Alma war so fürsorglich. Immer wieder sagte sie mir, dass niemand mir vorwerfen könne, so verwirrt gewesen zu sein.

Wie würden sich andere verhalten, wenn sie nach einer Hirnblutung auch noch die Mutter, den Ehemann, die Halbschwester und die Stiefmutter verlören? Niemand findet es merkwürdig, dass ich desorientiert war. Viele Leute wären verrückt geworden, sagte sie, aber bei mir hielt es sich in Grenzen. *Na dann*, habe ich in Gedanken und mit einem schiefen Lächeln geantwortet.

Diese Woche ist Charlotte bei mir, und ich muss zugeben, dass ich eine großartige Zeit mit ihr habe. Sie kocht jeden Tag für mich und ermutigt mich zu essen, ohne mir etwas aufzudrängen. Ich hätte diese Geduld niemals hinter dieser energiegeladenen Frau vermutet. Ich kenne sie nicht wirklich sehr gut!

Die Presse berichtete ausführlich über die Entdeckung von Gretas Leiche. Es wurden Personen zitiert, die seit Jahren wussten, dass Greta das verstörende Verhalten ihrer Tochter möglichst vor Freunden und Bekannten verschwiegen hatte. Ich las alles mit zunehmender Verwunderung und fragte mich, wie meine Mutter und ich das übersehen konnten. Dann stellte sich heraus, dass ich das einzig verbleibende Familienmitglied von Emma war. Ich bekam Anfragen für Interviews, die von Marie und Charlotte geschickt abgelehnt wurden.

Mein Gesicht ist verheilt und ich bin fast wieder vorzeigbar, ich komme ohne Paracetamol aus und benehme mich im herkömmlichen Sinne wieder normal. Niemand runzelt mehr die Stirn.

Charlotte und Marie fanden mich in meinem Keller, nachdem ich sie angerufen und um Hilfe gebeten hatte. Ich lag mit dem Gesicht flach auf dem Boden, hatte eine Schürfwunde an der Wange und eine dicke Beule an der Stirn. Ich

erzählte ihnen, dass Emma mich die Treppe hinuntergestoßen hätte. Sie umarmten mich und sagten mir, ich solle mir keine Sorgen machen. Sie würden sich um mich kümmern.
Wir haben uns gemeinsam um die Beerdigung von Emma und Greta gekümmert. Gretas Identität wurde durch einen DNA-Test bestätigt, sodass ich sie nicht identifizieren musste. Die Obduktion von Greta hat auch die Frage geklärt, warum sie mir aus Kanada und Frankreich keine WhatsApps hätte senden können. Zum einen existierte kein Verehrer in Kanada und Greta konnte auch keine Reise antreten, weil sie zu dem Zeitpunkt bereits tot war.
Hanno half mir bei allen anderen Formalitäten. Ein befreundeter Notar fand für mich heraus, dass Emma kein Testament hinterlassen und mich so zu ihrer Alleinerbin gemacht hatte. Sowohl Emmas Haus als auch das Haus von Greta stehen nun zum Verkauf. Hanno kümmert sich mit einem Immobilienmakler um die Formalitäten.
Zwischen uns ist nichts, worüber man hinter vorgehaltener Hand flüstern könnte, mir genügt, wie es momentan zwischen uns läuft. Seine Zärtlichkeit tröstet mich, denn ich trauere mit jedem Tag mehr und mehr. Meine Mutter und mein Mann sind für immer fort und der Verlust schmerzt auch körperlich. Meine Muskeln sind steif, mein Rücken fühlt sich an, als würde ich seit Tagen schwere Zementsäcke tragen. Ich bin so müde, so erschöpft. Das einzige Positive sind die abflachenden Kopfschmerzen, sie sind nur noch schwach vorhanden, Freddys Baustelle scheint fertig zu sein.

Mich beschäftigen immer noch jene Ereignisse, von denen andere behaupten würden, ich hätte den Blick für die Realität verloren. Ich habe den Tisch, der sich in einem Moment im Wohnzimmer meiner Mutter befand und kurz darauf wieder verschwand, zusammen mit dem Plüschhasen, welcher dem Tier im Waschbecken der Klinik verdächtig ähnlich sah, in Gretas Keller gesehen. Aber dazu kann ich keine Fragen stellen, weil ich über diesen Keller niemals ein Wort verlieren darf.

Die Karten, die ich im Namen meiner Mutter erhielt, waren Almas Werk. Sie konnte nicht viel darüber sagen, als sie anrief, um es mir zu beichten. Als sie eine Woche lang bei mir war, war ich nicht in der Lage, mit ihr darüber zu sprechen. Jetzt ist es besser, jetzt kann ich Fragen stellen über ein Plüschkaninchen und einen Tisch mit einer Kunststoffplatte.

Muss ich diesen Lügnern tatsächlich Fragen stellen?

Alexander und Alma haben eine Viertelmillion, sie sollen damit glücklich werden. Ich habe eine halbe Million Euro durch den Tod von Julian und Emma zurückbekommen und bald werden die Einnahmen für die Häuser von Greta und Emma hinzukommen. Vorläufig lasse ich das Geld auf dem Sparkonto, bis es sich nicht mehr wie Blutgeld anfühlt.

KAPITEL 52

Heute stehen drei Fahrräder in der Scheune, zwei Damenräder und ein Herrenrad. Das Herrenrad gehörte meinem Vater, ich habe Emma oft sagen hören, dass ihre Mutter aus irgendeinem obskuren Grund immer noch jede Woche die Reifen aufpumpte. Dann fügte sie lachend hinzu, dass Greta offenbar dachte, er würde zurückkommen. Unter diesem Lächeln verbarg sich immer ein Hauch von Eifersucht und Wut.

Wenn ich an jene Nacht zurückdenke, die ich lieber vergessen möchte, schleicht sich immer wieder der Gedanke ein, dass unser Vater mir den Weg zu seinem Fahrrad gezeigt hatte ...

Nachdem ich mich hinter der Tür des Wohnzimmers versteckt hatte, hörte ich Emma hereinkommen. Durch den Türspalt konnte ich sehen, wie sie geradewegs auf den Keller zulief. Im nächsten Moment stand ich hinter ihr. Bei ihrem Anblick zitterte ich vor Abscheu. Ich dachte an Tränen, Schmerz, Enttäuschung, Hunger, Durst, Misstrauen, Verachtung, Verrat und an die Kälte der Einsamkeit in einem modrigen Loch. Mich ergriff eine solche Wut, wie ich sie noch nie empfunden hatte und die aus jeder Faser, aus jeder Pore gleichzeitig sprudelte. Ich sah, wie mein rechter Fuß vom Boden abhob, fühlte die Gewalt der Kraft, mit der ich Emma die Treppe hinunterstieß, hörte eine eisige Stimme, die sagte, dass sie jetzt selbst erfahren könne, was es bedeutete, eine Treppe hinunter gestoßen zu werden, und dass die Person, von der sie das niemals erwartet hätte, dafür verantwortlich sei. Der Aufprall war das einzige Geräusch, das meine Worte begleitete. Danach war nur noch Stille.

Es war ein Schweigen, das über die Abwesenheit von Geräuschen hinausging, das Wissen, dass alles sich verändert hatte, die Erkenntnis, dass nichts jemals wieder so sein würde wie zuvor.

Manchmal taucht der Fuß, der ihr den Tritt verpasste, in einem Traum auf, und wenn der Moment der Stille folgt, breche ich ihn selbst. Ich stelle mich dann aufrecht neben Emma und sage, dass dies nicht meine Absicht war. Sie hätte sich zu Tode erschrecken sollen, aber sie hätte nicht zu Tode stürzen dürfen.

Diese Bilder, die folgen, ähneln denen eines Stummfilms, in dem die Hauptdarstellerin sich träge bewegt und die Stille sie begleitet. In Zeitlupe nimmt sie ein Handtuch und ein Geschirrtuch aus dem Küchenschrank, taucht das Geschirrtuch ins Wasser und geht auf Zehenspitzen die Treppe hinunter. Sie tritt über den schweigenden Körper, wischt mit dem trockenen Handtuch die Urinpfütze in der Ecke auf und benutzt das nasse Geschirrtuch, um das Blut, das von ihr stammt, vom Boden und von den Stufen zu entfernen.

Sie setzt einen Fuß auf die unterste Stufe und entdeckt das Mobiltelefon, das aus der Tasche der Toten auf den Boden gefallen ist. Sie greift das Smartphone mit dem Teil des Geschirrtuchs, an dem kein Blut zu sehen ist, tippt mit dem Stift eine Nachricht und legt das Handy wieder zurück. Sie geht wieder in die Küche. Dort steckt sie die schmutzigen Tücher in eine Mülltüte und geht zum Schuppen. Etwas hat sie dorthin geführt. Sie überprüft die Reifen des Herrenrads, die Luft sollte reichen. Mit der Mülltüte auf dem Gepäckträger entfernt sie sich von dem Haus. Eine Stunde später reibt sie ihre eigene Kellertreppe mit Blut ein, wirft den Müllsack in den grauen Container, der am nächsten Morgen geleert wird und stellte ihn auf die Straße. Dann schreibt sie ihren Freundinnen WhatsApps. Als diese eintreffen, liegt sie im Keller.

Cut.

In diesem Stummfilmstreifen kann es nicht um mich gehen, würde jeder sagen, dem ich das erzählen würde. Das läge an meiner Gehirnblutung, dadurch brächte ich die Dinge durcheinander, sähe seltsame Dinge, zöge falsche Schlüsse. Jeder würde mir raten, diese abscheulichen Gedanken zu verdrängen. Demzufolge mache ich das auch. Es war nur ein schlechter Traum, es ist nicht passiert.

KAPITEL 53
Zwölf Monate später

Heute vor sieben Monaten bin ich in der Rehabilitationsabteilung des Pflegeheims Euphoria aufgewacht. Seitdem bin ich nicht mehr die, die ich einmal war, obwohl ich mittlerweile täglich vier Stunden arbeite und niemand mehr seltsame Äußerungen von mir vernimmt.

Ich bin wieder voll in der neuen Stella-Version 2.0 da: weniger ängstlich, weniger zögerlich und weniger empfindsam. Wo früher Mitleid und Erbarmen Begriffe waren, die mir anhafteten, bin ich heute nicht mehr in der Lage tief zu empfinden. Es scheint, als ob mir ein Teil meines Gefühlslebens abhandengekommen ist. Ich habe Marie einmal darauf angesprochen, als wir einen ruhigen Tag im Betrieb hatten.

„Mach dir keine Gedanken, Stella. Viele Nachwehen sind reversibel", sagte Marie. „Außerdem bist du eine Mondseele. Das wird schon wieder."

Ich habe beschlossen, das Haus meiner Mutter zu verkaufen, das Haus, in dem ich als Kind willkommen war und mich geliebt fühlte. Es ist zu groß, ich fühle mich hier zu oft verloren. Ich werde dieses Haus mit seinen gemütlichen Zimmern und dem schönen Garten sehr vermissen. Vor kurzem hat eine Gartenbaufirma den großen Teich in der Mitte des Gartens geleert und mit Erde aufgefüllt. Mom wollte das schon immer in Angriff nehmen, und so fühlt es sich an wie eine Art Hommage an sie. Wer das Haus kauft, kann dann das nackte Fleckchen Erde bepflanzen.

Ich möchte alles loswerden und dennoch alles vermissen.

In der Vorweihnachtszeit wird mir der Stress in der Firma manchmal zu viel, so auch heute, weshalb ich mich entschieden habe, früher nach Hause zu gehen. Morgen ist auch noch ein Tag, ich muss auf meinen Körper hören und mich schonen. Ich sehne mich nach der warmen Sonne des Sommers. Lass den Winter bald vorbei sein, lass dieses Jahr aufhören zu existieren und Platz machen für ein besseres.

Mein Smartphone kündigt eine WhatsApp an. Ich möchte heute Abend mit niemandem sprechen. Kurz darauf trifft eine zweite Nachricht ein. *Schau nach!*
Sie ist von Alma. *Bist du zu Hause? Allein? Es gibt etwas, worüber ich unbedingt mit dir sprechen muss.*
Hätte ich die verdammte Nachricht nur nicht geöffnet, dann hätte ich nicht antworten müssen. Ich rechne damit, dass sie mich anruft, wenn ich mich jetzt nicht melde.
Ja, ich bin zu Hause. Völlig erschöpft, gehe sofort ins Bett. Bitte, gerne an einem anderen Tag.
Almas Antwort ist kürzer. *Bin schon unterwegs.*
Sie bekommt höchstens eine halbe Stunde, sage ich mir. Danach setze ich sie vor die Tür!

Alma stürzt förmlich ins Haus. „Verdammt kalt draußen! Ich bin mit dem Fahrrad unterwegs. Mein Auto ist zur Inspektion in der Werkstatt und Alexander gibt heute Abend bis dreiundzwanzig Uhr Fahrstunden." Sie reibt sich die Hände. „Die Nachbarin kümmert sich für ein paar Stunden um die Kids. Ich habe ihr gesagt, dass ich frische Luft brauche, und das Schätzchen hatte dafür Verständnis. Hast du etwas zu trinken, das mich aufwärmt? Keinen Kaffee, etwas mit Alkohol, irgendeine eine Mischung."
Zu viel Text für meinen Geschmack.
Minuten später sitzt sie mit angezogenen Beinen auf der Couch.
Ich reiche ihr eine Bacardi Cola. „Was ist so dringend, dass du deswegen mit dem Fahrrad zu mir kommst?", frage

ich misstrauisch. Wieder fällt mir auf, wie ihr Blick mich seltsam streift. Ihr Besuch bereitet mir Unbehagen, er verspricht nichts Gutes.

Alma nimmt einen großen Schluck und stellt das Glas vorsichtig auf den Couchtisch. „Wir sollten uns mal über dieses Herrenrad in deinem Schuppen unterhalten", sagt sie und unterstreicht ihre Worte mit einem dünnen Lächeln.

KAPITEL 54

Ihre Frage ruft in mir ein beklemmendes Gefühl hervor, aber ich lasse mir nichts anmerken und nehme einen Schluck Wasser.

„Was stimmt denn nicht mit dem Herrenrad in meiner Scheune?", frage ich ruhig. „Es ist das Fahrrad meines Vaters. Es stand jahrelang im Gartenhaus von Emmas Mutter. Irgendwann hat Emma das nicht mehr ausgehalten. Ich habe es dann in meinem Schuppen untergebracht. Falls Alexander es haben möchte, kann er es gerne abholen."

Alma lächelt auf eine Art und Weise, die mir nicht behagt. „Dieses Fahrrad stand aber nicht in deinem Schuppen als Emma noch lebte."

Ich hebe verständnislos die Augenbrauen. „Was willst du damit andeuten?"

„Genau das, was ich sage. Dieses Fahrrad stand zwei Tage vor Emmas Tod in Gretas Scheune. Ich habe Emma beim Aufräumen der Gartengeräte geholfen. Wir haben alles im Gartenhaus untergebracht und dort stand *damals* das Herrenrad." Ihr Blick wird finster. Sie starrt mich an, Flammen lodern in ihren Augen.

Ich schweige. *Was hat sie vor?*

„In der Woche, in der ich mich um dich gekümmert habe, entdeckte ich das Fahrrad in *deinem* Schuppen. Das kam mir seltsam verdächtig vor, zumal ich die Geschichte kannte und wusste, dass es das verschwundene Beweismittel war.", fährt sie fort und stößt ein hässliches Lachen aus. „Du musst mich für eine komplette Idiotin halten, Stella. Oh, mach dir nicht die Mühe, es zu leugnen, ich kann es in deinen Augen lesen. Ich kann mir gut vorstellen, was du von mir hältst. Eine dumme, wütende Frau. Und du fragst dich, wie jemand wie mir das auffallen konnte."

Jetzt nur nicht blinzeln.

„Weißt du, was verdächtig ist, Alma?", erwidere ich. „All diese Ereignisse, die nur den Zweck erfüllen sollten, mir einen Freibrief für Unzurechnungsfähigkeit auszustellen."

Alma hebt erstaunt die Augenbrauen.

„Nun tue nicht so, als würden meine Worte dich überraschen, Alma. Du weißt sehr wohl, wovon ich spreche. Was habt ihr mit all den Täuschungsmanövern bezweckt? Sollte ich in eine geschlossene Anstalt eingewiesen werden? Wäre alles in Ordnung, wenn ich nicht erfahren hätte, dass mir das Geld vorenthalten wurde? Kannst du dir vorstellen, wie es sich anfühlt, von deinem Mann und deinem Ex so getäuscht zu werden?"

Alma setzt sich gerade hin. „Es ist an der Zeit, dass du erfährst, was vor sich ging. Bist du bereit für die Wahrheit?"

Ich fühle mich verspottet. „Die Wahrheit? Du meinst wohl Täuschung und Lüge. Du hast keinen Respekt und keine Achtung vor der Wahrheit."

Alma legt sich ein Kissen in den Rücken. „Aber du, ja? Hm? Lass mich die Fäden der Wahrheit und die der Täuschung doch mal entwirren. Julian bat Emma und Alexander, ihm bei der Kleiderauswahl für deine Mutter behilflich zu sein. Emma fand in einem Nähkorb zufällig das Los der Staatslotterie. Sie brachte Julian dazu, die Losnummer zu checken: achthunderttausend Euro." Sie schluckt, ihre Augen glänzen verräterisch. „Es war Emmas Idee, das Geld zu teilen, weil wir anfangs den Eindruck hatten, dass du für immer geistig behindert sein würdest. Julian war zunächst dagegen, stimmte aber später zu. Wir alle konnten das Geld gut gebrauchen und betrachteten es als ein unerwartetes Geschenk. Was hättest du schon damit anfangen können? Du warst völlig konfus, abwesend und verwirrt, ein Zombie, nichts und niemand drang zu dir durch. Aber dann hast du angefangen Fragen zu stellen, warst offenbar aus deiner Desorientierung aufgewacht. Wir wollten keine Fragen und schon gar keine Nachforschungen. So überlegten wir uns, wie wir dich von uns fernhalten konnten." Sie hält einen Moment inne – das Schweigen einer finsteren Seele. „Emma lieferte die Ideen, aber Julian und Alexander hatten Bedenken, nachdem du ansprechbarer wurdest", fährt Alma fort. „Ich habe mich mit Alexander deswegen oft gestritten, weil ich nicht auf das Geld verzichten wollte, das uns so unerwartet in den Schoß gefallen war. Mal abgesehen davon, was passieren könnte, wenn du uns zur Rechenschaft ziehen würdest. Aber Alexander hatte Mitleid mit dir, ich habe ihn fast nicht wiedererkannt. Er hatte nie Mitleid mit jemandem, nur, wenn es um dich ging, da verwandelte er sich in ein Weichei. Ich habe mich maßlos darüber geärgert. Ich muss zugeben, dass es mir Spaß gemacht hat, an den Aktionen mitzuwirken, die dich verwirren sollten." Der letzte Satz amüsiert sie offenbar. „Mich hat das Ganze ein wenig von der täglichen Arbeit und den Sorgen abgelenkt. Jetzt ist das alles weniger lustig, vor allem für dich. Aber was geht denn hier eigentlich vor? Niemals wird *dir* ernsthaft jemand abnehmen, dass dir das Geld vorenthalten wurde. Wo doch alle wissen, dass *du* dir gewisse Dinge eingebildet oder gesehen hast. Wie willst *du* denn gegen *uns* vorgehen? Möchtest du Anzeige erstatten? Das Los wurde von Alexander, Emma und Julian gemeinsam gekauft, Alexander und ich werden das bestätigen. Du hast nichts gegen uns in der Hand!" Sie blickt einen Moment auf ihre Hände, dann sieht sie mich an.

Ich schaudere über ihre dunklen, toten Augen.

„Seien wir mal ehrlich, Stella", zischt sie. „Wir haben keine seltsamen Dinge über tote Tiere im Waschbecken, verschwundene Tische und Menschen, die niemand sonst gesehen hat, erzählt. Haben wir das? Du kannst nichts beweisen, Stella. Ich aber schon. Ich denke, es ist ein wenig zu viel an Zufall, dass Emma sich das Genick gebrochen hat und du in dieser Nacht auf genau dieselbe Weise verletzt wurdest, und das angeblich in deinem Haus. Und dann ist da plötzlich das Herrenrad in deinem Schuppen. Du hast keinen Führerschein. Kann es sein, dass du ein Fahrrad benutzt hast, um von a nach b zu gelangen?"

Ich erstarre. Eisige Kälte umschließt mein Herz. „Was willst du von mir, Alma?"

Sie zeigt mir ein breites Lächeln. „Ich denke, du verstehst, Stella. Ich durfte dir die Karten schicken, die dich völlig aus dem Häuschen bringen sollten, aber du hast dich nicht beirren lassen. Es war auch von Vorteil, dass ich jemanden im Pflegeheim kannte und dass Mick, Marlenes Bruder und ein alter Freund von mir, für einen klitzekleinen Job nichts verlangte. Ich durfte mit ihm einen Tisch vom Wohnzimmer in die Garage und wieder zurückbringen, Mick hat dir in Euphoria auch das blutverschmierte Plüschkaninchen ins Waschbecken gelegt und dir im Gang ein Märchen über deine Mutter erzählt, aber ansonsten durfte ich mich nicht einmischen. Leider hat er in der Klinik auch die falsche Patientin erwischt. Sonst hättest du schon jetzt das Zeitliche gesegnet.

Ich schnappe nach Luft. *Ihr Zimmer neben der Eingangstür zur Station*, hatte Britta gesagt. Es war also kein Traum. Er hatte sich nur im Zimmer geirrt.

„Ich war nur eine Handlangerin, kein *Big Player*. Operation ‚Stella in den Wahn treiben' war die Party von Alexander, Emma und Julian. Ja, auch von Julian, auch wenn du das nicht glauben kannst. Er wollte seine eigene Praxis und zweifelte an seiner Entscheidung, sich gegen eigene Kinder entschieden zu haben. Aber wie immer, wenn es ums liebe Geld geht, hat selbst Julian seine guten Eheabsichten beiseitegelegt, bis ihn sein Gewissen plagte. Er wollte dir die Sache mit dem Los gestehen und du solltest selbst entscheiden, was geschehen soll. Wir konnten ihn nicht davon abbringen, wir alle liefen Amok, wollten uns treffen, aber dann raste Julian volltrunken in einen Graben."

Mir wird übel bei ihrem Anblick. Ich kann sie nicht mehr ansehen und blicke aus dem Fenster.

„Jetzt verwaltet mein Mann das Geld, das *mir* zusteht. Von mir wird nur erwartet, dass ich an drei Tagen in der Woche Fahrstunden gebe und mich um die Kinder kümmere. Es ist kaum Geld auf meinem Konto, dabei möchte ich finanziell unabhängig sein. Und ich will meine Freiheit zurück, will mich von diesem Weichei befreien, neben dem ich jede Nacht im Bett liegen muss. Zweihunderttausend Euro reichen, um Alexander zu verlassen und mit den Kindern bei meiner Familie zu leben. Du wirst mir das Geld heute überweisen!"

Ich würde ihr dieses Grinsen gerne aus dem Gesicht schlagen. „Und wenn ich das nicht mache?"

„Dann werde ich dich zerstören. Du hast doch das Tagebuch deiner Mutter gelesen, aber bei allem, was du da gelesen hast, kommt das Beste erst zum Schluss. Ich weiß, wer deinen kleinen Bruder Jordi in Wahrheit getötet hat. Ich habe den Schluss herausgerissen, um dich damit zu überraschen. Du kannst es später in Ruhe nachlesen." Sie reicht mir die herausgerissenen Blätter. „Wirklich sehr interessant!"

Das Tagebuch. Ich habe es völlig vergessen.

Wut huscht über Almas Gesicht. Sie presst die Lippen zusammen, um sie einzudämmen. Ich sehe, wie sich der Zorn in ihren Augen entfacht. „Du bist so naiv. Du hast sein Leben zerstört. Deine Mutter hat herausgefunden, dass Elias, Markus und Jo wegen dir ins Gefängnis gegangen sind. Elias hatte dich damals am Tatort gesehen und die Jungs

347

dachten, dass *du* Jordi niedergeschlagen hättest. Sie hatten solche Gewissensbisse, weil sie deinen Bruder schwer verletzt und die Inde geworfen hatten. Sie wollten deiner Mutter nicht noch ein Kind wegnehmen. Sie haben sich für *dich* geopfert. Jo machte dieses idiotische Geständnis und du hast geschwiegen." Sie schreit mir die letzten Worte entgegen.

„Ich hatte bis vor Kurzem die Erinnerung daran verloren", gestehe ich leise.

Der Hauch eines Lächelns wird geboren, stirbt aber sofort an Almas Mundwinkeln.

Ich straffe meinen Rücken und starre sie für ein paar Sekunden an. „Aber ich verstehe es noch immer nicht. Das ist alles so lange her."

Sie lacht laut auf. „Elias hat nach seiner Entlassung den Mädchennamen seiner Mutter angenommen. Wir haben uns vor vielen Jahren kennengelernt und geheiratet. Er war die Liebe meines Lebens. Nach dem Gefängnisaufenthalt liebte Elias das Leben aber nicht mehr. Sie haben ihm dort furchtbare Dinge angetan. Meine Liebe konnte ihn nur zeitweise trösten. Elias nahm sich zwei Jahre nach unserer Heirat das Leben. Kurz vor seinem Tod hatte er mir seine Geschichte erzählt. Ich habe Rache geschworen."

„Dann hattest du gar keinen Ex-Mann, der keine Kinder wollte?"

„Nein!" Ihr Krächzen kündigt das Finale der Wahrheit an. „Du bist wirklich eine dumme Frau, Stella." Wut huscht über Almas Gesicht. Sie presst die Lippen zusammen, um sie einzudämmen. „Glaubst du allen Ernstes, dass ich mich jemals ernsthaft für Alexander interessiert habe. Ich wollte *dir* den Mann nehmen, weil deine Existenz Elias ins Gefängnis gebracht hat. Ich mochte Alex von Anfang an nicht besonders. Aber er wollte mich, weil ich Alma die Fruchtbare bin. Dann habe ich dir mit einer Überdosis Kalium die

Mutter genommen. Als ehemalige Krankenschwester hatte ich keine Probleme, an das Zeug zu gelangen. Ich habe deiner Mutter zuerst einen Schubs verpasst, um ihr – als sie bewusstlos vor mir lag – das Kalium in die Vene zu spritzen. Ein perfekter Tod für eine Herzpatientin. Niemand schöpfte Verdacht. Bei einer eventuellen Obduktion hätte man das Kalium ohnehin nicht mehr nachweisen können. Es wird zu schnell abgebaut."

Ich spüre, wie eine unberechenbare Wut in mir entfacht. „Wie konntest du das nur tun? Warum meine Mom?" Ein fassungsloses Flüstern.

„Warum meine Mom", äfft sie mich kreischend nach. „Lies dieses verdammte Tagebuch! Sie hat geschwiegen, obwohl sie wusste, dass Elias unschuldig war. Hat ihn im Knast verrotten lassen. Und dann hat sie mich auf einem Foto neben Jordi und Elias erkannt und schnüffelte herum und erfuhr, dass ich Elias Witwe bin. Sie ahnte, dass ich auf Rache aus war und wollte Alexander informieren. Da musste ich etwas unternehmen. Schluss jetzt! Wenn du mir das Geld nicht gibst, dann gehe ich zur Kripo und sage denen, dass ich den Verdacht habe, dass Emmas Sturz weder ein Unfall noch ein Selbstmord war. Währenddessen kannst du darüber nachdenken, wie du reagieren wirst, wenn sie an deine Haustür klopfen."

Ich sehe den Wahn in ihren Augen und weiß in diesem Moment, dass in jedem von uns zwei Wölfe kämpfen. Da ist zum einen das Böse: Wut, Neid, Eifersucht, Gier, Arroganz, Schuld, Bitterkeit, Minderwertigkeitsgefühle, Lügen, Stolz und ein übergroßes Ego. Zum anderen ist da das Gute in uns: Freude, Ruhe, Liebe, Hoffnung, Gelassenheit, Demut, Güte, Freundlichkeit, Einfühlungsvermögen, Großzügigkeit, Wahrheit, Mitgefühl und Glaube. Ich muss mich entscheiden.

Ich stehe auf. „Der Computer steht im Büro meiner Mutter. Wie lautet deine Kontonummer?"

„Ich komme mit dir", sagt Alma.

Diese blöde Schlampe.

KAPITEL 55

Liebe Stella,
heute haben wir gemeinsam Blumen auf Jordis Grab ge-
legt. Ich mache das jede Woche – in der Regel ohne dich,
und das seit drei Jahren. Eigentlich weiß ich nicht genau
warum. Was soll ein kleiner Junge von acht Jahren mit Blu-
men? Er hätte lieber Autos, aber das fühlt sich noch bedeu-
tungsloser an. Anfangs legte ich hin und wieder Spielzeug
auf sein Grab. Und Kerzen. Aber ich hörte damit auf. Die
Kerzen wurden im Regen schmutzig und das Spielzeug ros-
tete. Irgendwann zog ich es vor, seine Sachen zu Hause zu
lassen.

Jordis Sachen, sein Spielzeug, seine Kleidung, seine Bett-
decke, seine Schulbücher, das Wenige, das er in seinen
achteinhalb Jahren auf Erden gesammelt hatte, habe ich
innerhalb eines Jahres nach seinem Tod verschenkt.

Ich habe nichts weggeworfen. Das könnte ich nicht. Aber
ich wollte es mir nicht mehr ansehen. Sein Zimmer wurde
zu einer Art Museum. Ich wollte auch niemanden dort ha-
ben, nur ich durfte es betreten. Etwa sechs Monate nach
seinem Tod hast du dich in Jordis Zimmer umgesehen. Ich
wurde wütend. Du hast fürchterlich geweint und bist in Pa-
nik geraten. Da wurde mir klar: Das ist nicht gut. Wir müs-
sen ohne Jordi weitermachen.

Eine Zeit lang sah ich nicht wirklich den Sinn des Lebens,
aber dank dir schaffte ich es. Und dann war es plötzlich ein
Jahr her, dann zwei Jahre, jetzt drei Jahre. Die Trauer lässt
nicht nach, absolut nicht. Manchmal schmerzt das noch
mehr. Dieser Schmerz erinnert an das, was hätte sein

können: Wie Jordi als Erwachsener hätte sein können. Was ihm genommen wurde.

Nach Jordis Tod stand ich unter Schock, ich erinnere mich kaum noch an die ersten Tage. Seine Leiche… Ich durfte ihn zuerst gar nicht sehen, weil die Spurensicherung ihre Arbeit noch nicht abgeschlossen hatte. Erst später musste ich ihn identifizieren. Die Polizeipsychologen bereiten dich auf den Schock vor, aber nichts kann dich auf so etwas vorbereiten. Ich habe buchstäblich keine Worte für seinen zerschundenen kleinen Körper. Ich wollte nicht mehr leben, aber es gab immer etwas zu tun, wie die Beerdigungsvorbereitungen für Jordi. Ich wurde auch verhört. Aber ich glaube nicht, dass sie mich jemals ernsthaft verdächtigt haben. Deinen Vater schon, da bin ich mir sicher. Erik wurde aber nicht mehr zur Befragung vorgeladen, nachdem Jo ein Geständnis abgelegt hatte. Ein Jahr später lernte er Greta kennen, verliebte sich in sie und verließ uns. Jordis Tod hat unsere Beziehung zerstört, aber nicht unsere Zuneigung. Das solltest du wissen, Stella. Bis zu seinem Tod standen wir in engem Kontakt. Erik wollte damals alles selbst in die Hand nehmen, selbst unsere Trauer. Das ertrug ich nicht, es war erbärmlich, er hatte Schuldgefühle und ich konnte nicht mehr für ihn da sein. Für mich zähltest nur noch du, Stella.

Ich brauche Jordis Sachen nicht mehr, um mich an meinen Jungen zu erinnern. Und du ganz sicher nicht. Für dich ist das etwas, womit du ohnehin nicht viel anfangen kannst. Du erinnerst dich nicht einmal mehr an Jordi, du kennst nur seine Fotos. An Weihnachten und seinem Todestag begleitest du mich pflichtbewusst zu seinem Grab, aber ich sehe, dass es dir nicht wirklich etwas sagt. Das kann ich dir nicht übel nehmen, du hast durch den Schock die Erinnerung an Jordi verloren. Heute kenne ich den Grund für diese

Erinnerungslücke. Du hast deinen Bruder auf brutale Weise sterben sehen. Das verkraftet kein Kind.

Ich habe neulich im Rahmen meiner Suche nach der Wahrheit mit einer Polizeipsychologin gesprochen, die mir erklärte, dass es jedes Mal ein Schock ist, die Betroffenen im wirklichen Leben zu sehen, statt über sie zu grübeln. Ihre Namen und Bilder werden Wirklichkeit, es werden Menschen. Das ist unangenehm und schmerzlich. Es ist, als ob man einen Schauspieler mit dem Charakter verwechselt, den er spielt. Du weißt mehr über sie als sie selbst, aber seltsamerweise machst du sie nicht mächtig, eher schwächer, erbärmlich, wie ein Groupie. So erging es mir mit diesen Jungen. Sie leben ihr Leben als Insassen einfach weiter, in völliger Unkenntnis meiner Recherchen, während ich meine Zeit damit verbringe, ihr und das Leben der anderen zu studieren. All das erzählte ich der Polizeipsychologin und sie fragte mich daraufhin: „Welche Wahrheit suchen Sie, Frau Hoffmann?"

Da stand ich heute vor der Psychologin, fühlte, dass ich rot wurde und merkte, dass keine Antwort ausreichte, dass alles, was ich darauf antwortete, anmaßend klingen würde.

„Was ist ihre Faszination, Frau Hoffmann?", fragt sie mich dann. „Sehen Sie, es ist so einfach. Im Falle eines Mordes müssen Sie immer zuerst in die unmittelbare Nähe des Opfers schauen. Das ist das Erste, was man an einer Polizeischule lernt. Es kommt oft vor, dass ein Mord von jemandem aus der Familie oder aus dem nahen Freundeskreis begangen wird. In ihrem Fall stünde Stella als Familienmitglied statistisch gesehen hinter Jordi. Oder schauen sie sich im Freundeskreis um. Zu neunzig Prozent ist ein Mord eine Beziehungstat."

Stella wäre naheliegend und passte ins Profil, aber sie hatte ihren Bruder geliebt. Und da wurde mir klar, dass nur eine Person für den Mord an Jordi infrage kam.

Ich rief Marlene an.

Zu meinem Erstaunen stand Marlene kurz darauf vor meiner Tür, mit einem Blumenstrauß und einer Flasche Wein. Sie hat mir ihr Herz ausgeschüttet und unterbrochen geredet und geweint. Ich wollte mir nicht anmerken lassen, dass sie mich fast berührte, als sie wie ein Backfisch in ihren roten Lederstiefeln durch das Wohnzimmer zur Couch stolzierte. Dort gestand sie mir unter Tränen, dass ihr Bruder Micky Jordi getötet hatte.

„Micky ist an diesem Nachmittag ein wenig später den Jungen hinterhergelaufen", sagte sie. „Er hatte sich hinter einem Gebüsch versteckt und fassungslos zugesehen, wie Elias, Markus und Jo auf Jordi einschlugen und ihn in die Inde warfen. Später beobachtete er, wie Elias Jordi aus dem Wasser zog und am Ufer liegen ließ. Da begriff Micky, dass Jordi, falls er überleben würde, alles ausplaudern könnte. Oh Gott, ein elfjähriges Kind tötete einen Achtjährigen. Später gestand mein kleiner Bruder Markus seine Tat, der wiederum Micky zum Schweigen verdonnerte. Micky hat danach nie wieder ein Wort darüber verloren. Ich habe mein ganzes Leben lang eine Veränderung gewollt, gehofft und erwartet, dass ein neues Zuhause mit Markus, ein neuer Job, ein Kind, das mir Glück bringen würden. Aber meine Träume platzten wie Seifenblasen. Da wollte ich nicht auch noch meinen kleinen Bruder verlieren."

Marlene tat mir leid und ich fühlte etwas für sie, was der einer aufrechten Mutterliebe ähnelte und erkannte, wie schwer Marlene es sich und mir in ihrer Hartnäckigkeit und Unfähigkeit, mir die Wahrheit zu sagen, gemacht hatte.

Am Ende ist Markus der Einzige, der mich angelogen hat.
Er hat die Strafe auf sich genommen, nicht, weil er mich
oder Stella schützen wollte, sondern Micky und Marlene.
Ich habe Markus im Gefängnis angerufen, er sollte wis-
sen, dass er sich keine Sorgen machen müsse. Alles würde
für immer unter uns bleiben. Er war mir dankbar und
gleichzeitig hörte ich eine leichte Enttäuschung in seiner
Stimme, als hätte er sich fast darauf gefreut, endlich seine
Unschuld öffentlich bekennen zu können, um sie loszuwer-
den, wie ein Wildschwein, das sich eine Schlammkruste vol-
ler Parasiten von seinem Rücken reibt. Aber er sagte nichts
und meine Entscheidung stand fest.
Mein Mitgefühl für die drei Jungen hält sich in Grenzen.
Am Ende geht es nur um ihre Geschichte, nur um sie. Und
es gibt nur eine, die wirklich interessant ist: die Verfehlung
der Justiz, weshalb drei Jugendliche zu Unrecht für einen
Mord verurteilt wurden und die drei Leben zerstörte. Elias
hat sich aber in mir getäuscht, ich habe kein Interesse da-
ran, den Behörden mein Wissen mitzuteilen. Die Jungen ha-
ben ihre Strafe verdient und sollen sie bis zum Schluss ver-
büßen.
Obwohl ich es schaffe, meine Emotionen zu kontrollieren,
wenn ich an seinem Grab oder in seinem Zimmer stehe,
spüre ich, dass ich Jordis Tod nicht überwinden werde.
Wenn ich in den Spiegel schaue, sehen mich glanzlose Au-
gen an, aus einem Gesicht, das von den tiefen Linien der
Erschöpfung gezeichnet ist.
Ich will nicht, dass du in Jordis Schatten aufwächst, Stella.
Du musst dein eigenes Leben leben, losgelöst und frei von
Jordi und irgendwann auch von mir. Du bist jetzt fünfzehn
Jahre. Ich denke, es gibt eine Art magische Grenze, die
überschritten wird, wenn man fünfzehn ist. Blödsinn, wirst

du jetzt denken, wenn du das hier später einmal liest, ich weiß, aber so fühlt es sich einfach an. Ich habe es mit einem ziemlich wilden Teenager zu tun, der mir das Leben nicht einfach macht, aber das nehme ich in Kauf, weil es dich gibt.

Ich schreibe dir diese Zeilen, weil ich dir schreiben möchte, wie sehr ich dich liebe. Aber da gibt es noch etwas. Wenn du sie liest, erinnerst du dich vielleicht wieder an deinen kleinen Bruder, den du vergöttert hast.

Erinnerst du dich?

Ich denke Stunden über das, was uns widerfahren ist, nach. Ist es die uralte Geschichte, dass ein Junge in einem Wald verschwindet? Obwohl kein tiefer und dunkler Wald wie in den Märchen der Gebrüder Grimm, bleibt es immer noch ein Wald, der die Wahrheit verschluckt. Sein Geheimnis, das klassisch Gruselige, birgt die tief verwurzelte Angst, die man nie ganz verliert, dass etwas im Dunkeln lauert, etwas, das plötzlich herausspringt, den Weg versperrt oder als Freund mitgehen kann.

Ich habe heute – nach drei Jahren - meine Suche nach der Wahrheit beendet, und werde sie mit ins Grab nehmen. Entscheide du, Stella, was mit der Wahrheit geschehen soll, wenn du mein Tagebuch liest. Also, pass bitte auf dich auf!

Eines solltest du noch wissen. Jordis Skateboard habe ich aus Marlenes Schuppen geholt und unter der Birke neben dem Gartenteich begraben. Es ist das Einzige, was ich von Jordi behalten habe. Dort zünde ich jeden Tag eine Kerze an. Und niemand wird wissen, dass dort der Schlüssel, der das Geheimnis um den Mord an Jordi Hoffmann sofort lüften könnte, begraben liegt.

In Liebe, Mom.

Ich nehme alle Tagebuchseiten und setze mich mit einem Glas Rotwein vor dem knisternden Kamin.

Elias, Markus, Jo – ihre Namen werde ich aus meinem Gedächtnis streichen. Sie waren Passanten im Leben meiner Mutter – Namen von zu Unrecht als Kindermörder verurteilten.

Greta, Emma, Alma – sie waren Passanten in meinem Leben, Namen, vorüberziehende Figuren. Selbst Julian war nur ein Vorüberziehender gewesen, der am Ende auch nur eine vorübergehende Rolle in der Geschichte der anderen gespielt hatte. Ich werde seinen Körper, seinen Geruch und seine Stimme vergessen. Und eines Tages wird auch Julian zu dem, was er einmal für mich war. Ein Passant. Ein Name.

Nach und nach werfe ich die Tagebuchseiten in das knisternde Feuer.

Mit jeder Seite lasse ich Mom los.

KAPITEL 56

Charlotte ist stolz auf mich, denn ich esse wieder besser und laufe nicht mehr in viel zu großer Kleidung herum. Sie bringt mir oft leckere Ofengerichte vorbei. Dann umarme ich sie überschwänglich. Charlotte glaubt, dass ich mich verändert habe. Sie betont regelmäßig, dass ihr die neue Stella Version 2.0 gefällt.

Marie hingegen ist stolz auf mich, weil ich in meinem Job immer besser werde, sie schätzt es sehr, wie ich mit all den Rückschlägen umgegangen bin. Hin und wieder weist sie auf die Möglichkeiten hin, die mir eine innige Freundschaft mit Hanno eröffnen könnte. Noch ahnt sie nichts von dem Austausch erster Zärtlichkeiten zwischen Hanno und mir.

Hanno wiederum ist stolz auf mich, weil ich mit ihm in einem Fitnessstudio trainiere und sieht, wie kraftvoll und stark ich geworden bin. Er kocht gerne für mich und manchmal hält er mich einfach in seinen Armen. Das gefällt mir.

Alexander sucht keinen Kontakt mehr zu mir, ich denke, das ist für alle das Beste. Ich habe ernsthaft in Betracht gezogen, dass er ebenso unerwartet vor mir steht wie seine Frau und Geld verlangen könnte. Aber er ist nicht gekommen, und es ist besser, nicht mehr darüber nachzudenken, was ich in dem Fall getan hätte. Alexander ist passé. Er hat drei Kinder und ein neues Lehrfahrzeug. Genug um damit zufrieden zu sein.

Das Haus meiner Mutter werde ich nicht verkaufen. Die Gartenarbeit ist zwar ganz schön anstrengend und auch das Sauberhalten des Hauses erfordert viel Energie. Aber ich mag den Platz und brauche ihn, um ungestört und nicht im Blickfeld der Leute herumlaufen zu müssen, falls ich wegen der seltsamen Gedanken, die mich stören, unruhig bin. Gedanken, die ich wohl besser für mich behalten muss.

Ich könnte allzu leicht wieder den Eindruck erwecken, dass ich die Dinge durcheinanderbringe. Ich will aber in allem, was ich tue und sage, vollkommen ernst genommen werden. Die Tatsache, dass ich seltsame Dinge denke und vor allem, dass ich davon überzeugt bin, dass sie wahr sind, ist ziemlich frustrierend.

Wie soll ich auch jemandem erklären, dass ich glaube, dass Alma zu mir kam und Geld von mir verlangte, dass ich glaube, mich daran zu erinnern, dass sie mit mir im Büro zum Computer ging und dass sie später mit einer großen Wunde an ihrem Hinterkopf auf dem Fußboden lag, neben dem blutverschmierten Hockeyschläger meiner Mom?

Seufzend öffne ich das Fenster. Ein eiskalter Wind strömt ins Wohnzimmer und zerzaust mein Haar. Ich blicke zum Mond. Manchmal verstehe ich nicht, wie mir solche Gedanken in den Sinn kommen. Ich bin sicher, dass ich niemanden damit belästigen sollte.

Almas Nachbarin ist davon überzeugt, dass sie sich irgendwo versteckt und vorerst nicht gefunden werden will. Sie erzählte einer Journalistin, dass Alma in letzter Zeit sehr unruhig und jähzornig gewesen sei und dass sie den Eindruck hätte, dass die Doppelbelastung von Arbeit und Muttersein monatelang zu viel für sie gewesen sei.

An dem Abend, als sie verschwand, war es sehr kalt und niemand hat gesehen, wohin sie gegangen ist. Die Polizei geht von einem Verbrechen aus. Es wäre auch ein Verbrechen, eine Mutter von drei kleinen Kindern zu töten, da stimme ich allen zu. Deshalb möchte ich mich nicht dem Gedanken hingeben, dass ich etwas damit zu tun haben könnte. Ich weiß, dass ich meinen eigenen Gedanken nicht immer trauen kann, es war eine gute Entscheidung alles, was mir meine Freunde über mein Verhalten erzählt haben, rückwirkend zu akzeptieren. Es ist wichtig, nur das zu glauben, was ich sehe und worüber Zweifel keine Kontrolle haben. Das schenkt mir Frieden.

Bald wird es Frühling. Und dann werde ich große Hortensien pflanzen, dort wo einst der Teich war. Almas kaltes Händchen wird ihnen nichts anhaben können.

Ich denke, die Pflanzen werden dort hervorragend gedeihen ...

NACHWEIS

Nachweise:
1. Wikipedia
2. Milf: (Akronym für das englische *Mother/Mom/Mum I'd Like to Fuck*, wörtlich übersetzt: „Mutter, die ich gerne ficken würde",) ist ein umgangssprachlicher, durch den Film *American Pie* bekannt gewordener und später durch die Pornoindustrie noch weiter popularisierter Ausdruck für Frauen mittleren Alters, die aus der Sicht anderer Personen eine attraktive Sexualpartnerin darstellen.

DANKSAGUNG

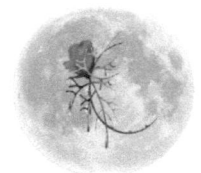

Ich danke
Marie Graßmann - Danke für Dein großartiges Cover.

Mein besonderer Dank geht an **Angelika Hörner**, die mich während des Schreibprozesses so wunderbar begleitet hat.
Du kannst stolz auf dich sein und hast meinen allergrößten Respekt.

und

ich danke Ihnen, lieber Leser/in, dass Sie mein Buch gekauft und gelesen haben.

ÜBER DIE AUTORIN

Das Spezialgebiet der Bestseller-Autorin sind Suspense-Thriller, Psychothriller und Romane. Bei ihrer akribischen Recherche lässt sie sich von Forensikern, Psychologen, Gentechnologen, Pathologen und Medizinern beraten. Ihre Thriller erreichten alle die Top-Ten-Bestsellerlisten vieler Ebook-Plattformen.

Auszeichnungen und Nominierung:

2016: Stefko, From Sarah with love: Halbfinale der Int. Writemovies Contest, Los Angeles.

2015: Sibirien – Die aus dem Eis erwachen: Finale der Int. Writemovies Contest, Los Angeles.

2019: Seelen unter dem Eis – Finale der Int. Writemovies Contest, Los Angeles und einem honorable mention

Weitere Romane der Autorin:

Thriller / Psychothriller: Eiskalte Umarmung, Eiskalter Schlaf (Print: Jasper, das Böse in Dir), Tödliche Perfektion (Print: Die Sekte), Wintermorde, Die Behandlung des Bösen, Am Ende das Böse, Wo ist Jay?, Lilith-Eiskalter Engel, Gleis der Vergeltung, Puppenmutter, Seelen unter dem Eis. Trügerische Affäre. Weitere Romane folgen.

Roman: Café de Flore und die Sehnsucht. Trilogie: Perlen der Winde.

Anthologie: Winterküsse, Nix zu verlieren, Summer in my Pocket

Kurzgeschichte: Sibirien – Die aus dem Eis erwachen

Mehr über Astrid Korten:

Website: www.astrid-korten.com

Facebook: www.facebook.com/Astrid Korten

FÜR IHRE NOTIZEN